미카미테렌
타케시마 에쿠

{구기대회를 목표로 농구 맹훈련!}

기분은 어떠신지?
한결같이 부끄러워요……!
걱정 마시길.
피부 미용사 민간 자격증도 소지하고 있습니다.
바디케어 기술이라면 나름 자신도 있고요.
하나토리 히토에

다리를 휙 들어올렸다. 그 탓에 비스듬히 자세가 무너졌다.
우와앗!
그러면 실례하겠습니다.
하기 전에 말해주실 수는 없나요?!

CONTENTS

[redacted]

본문 컬러, 흑백 일러스트 타케시마 에쿠

프롤로그

무서워, 무서워, 무서워…….

나── 아무것도 내세울 게 없는 평범한 고등학교 1학년, 아마오리 레나코는 벽까지 몰려 있었다.

눈앞에 있는 건 개구리를 노려보는 뱀처럼 매서운 눈빛으로 이쪽을 노려보는 여자아이.

점심시간의 빈 교실에서, 그녀는 나를 향해 멋들어진 벽쿵을 시전하는 중이었다.

"슬슬 대답을 들려줬으면 하는데."

"히익."

담담히 용건만 전하는 목소리에, 나는 지레 겁을 집어먹고 몸을 움츠렸다.

매끄럽게 윤기가 흐르며 갈라진 부분이라고는 한 올도 찾아볼 수 없는 흑발이 마치 커튼처럼 외부를 차단하고, 나를 그녀의 향기 속에 꼼짝없이 가두고 있었다.

코토 사츠키 양. 무뚝뚝하고 퉁명스러운 성격. 그래도 사실은 친구를 소중하게 여기는 다정한 면도 지닌 굉장히 좋은 사람……이라고 표현하기는 힘들지도 모르겠지만! 나에게 있어선 고등학생이 되고 나서 새로 사귄 소중한 친구다.

그랬을 텐데.

"아마오리."

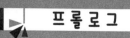

딱딱하면서 청아한 목소리가 내 귓속을 파고들었다.

10월 초순. 여름엔 덥고 겨울은 추운 일본의 사계절 중에서, 제일 쾌적한 가을은 말하자면 보너스 타임 같은 계절. 그런데도 땀이 줄줄 흐른다…….

운동장에선 한창 스포츠에 열을 올리는 중인 남자애들의 목소리가 들려온다. 이제 곧 개최될 구기대회를 목표로 매일같이 열정을 불태우는 모양이다.

그에 비해 고요한 빈 교실에 울리는 소리는 초조함 때문에 거칠어진 내 숨소리뿐이었다.

어질어질해서 현기증이 날 것만 같다.

"무, 무리라니까요……."

꾹 누르면『뿌이뿌이!』하고 소리가 나는 플라스틱 인형마냥 꼴사나운 목소리를 냈다.

"사츠키 양이랑 연인이 될 수 있을 리 없다고요! 무리무리!"

그렇다, 모든 건 사츠키 양이 보낸 메시지가 원인이었다.

요전에 나는 이런저런 일들을 겪으며 **어떤 결단**을 내리게 되었는데…….

그 결단에 대해선 이젠 돌이킬 수 없다.

이제 와서 후회한다거나 그런 차원의 문제가 아니다. 나는 행동했고, **그 사람들**은 내 결단을 받아들여 주었다. 그러니 문제 해결!

——이라고 생각하지 않으면 단숨에 찌부러질 것 같거든! 게다가 이제 와서 내가『후회된다—!』같은 소리라도 했다간 엄청나게 실례되는 행동이잖아! 죽어!

갑자기 요동치는 멘탈은 일단 제쳐두자……. 여하튼 간에…….

그 상황에서 사츠키 양도 끼어든 것이다.

『나랑도 사귀어 줘, 아마오리.』

남이 한 고백을 **끼어들었다** 같은 단어로 표현하다니, 진지한 마음을 짓밟는 것도 아니고 절대로 해선 안 되는 말일 것이다. 하지만 사츠키 양이 메시지를 보낸 타이밍은 그야말로 끼어들었다고 밖에 표현할 말이 없었다.

그도 그럴게 나한테 여자친구가 생긴 직후잖아?! 『나랑도』라는 건 뭔데! 그런 식으로 고백하기 있냐고!

그래서 나는 한동안 사츠키 양을 피해 다녔는데…….

그러다 결국 오늘, 점심시간에 꼴좋게 붙잡혀서 빈 교실로 끌려왔고, 이런 상황에 몰렸다.

사츠키 양은 여전히 나를 벽에 몰아붙인 채 내 턱에 손을 대고 추궁했다.

"어째서?"

"어째서냐고?!"

아기는 어디서 오는 거야? 같은 질문마냥 순진무구하게 되묻는다.

어쩌면 정말로 이해를 못 한 게 아닐까. 그럴지도 몰라. 나는 대답했다.

"왜냐하면, 저한테는 그게, 이제 연인이…… 있으니까요……."

고개를 돌리면서 대답했다. 입 밖으로 꺼냈더니 현실이라는 이름의 탄환이 날아와 가슴에 박힌 탓에 나까지 대미지를 입었기

때문이다.

사츠키 양은 한 박자 쉬고서 다시금 질문을 던졌다.

"그래서?"

아니…… 아니아니아니!

"그럼 안 되잖아?!"

"새삼 이제 와서 한 둘 늘어나 봤자."

"그, 그런 식으로 말하는 건!"

나는 사츠키 양 쪽으로 고개를 돌렸다. 눈이 마주친다. 윽.

이 사람은 내가 살면서 봤던 사람들 중 연예인까지 통틀어도 톱 클래스의 미소녀라, 이렇게 얼굴이 코앞까지 다가오면 미모에 홀리기 이전에 먼저 공포부터 치밀어 오른다.

차갑고 뾰쪽한 눈을 장식하는 긴 속눈썹. 고고한 미모는 가까이 다가가면 얼어붙고 마는 눈의 마녀 같다. 나보다 키도 크면서 어째선지 얼굴은 나보다 작은 멋들어진 스타일의 소유자다.

늘씬한데도 결코 앙상한 느낌 없이 나긋나긋한 몸매. 우리끼리만 하는 얘기지만 사실 저는 직접 실물을 본 적 있는데, 가슴도 굉장히 예쁜 모양을 하고 있더라고요…….(작은 목소리)

흠잡을 데 없는 미소녀의 얼굴에서 풍기는 압박감은 엄청났다. 당장이라도 굴복할 것만 같다. 하지만 꺾일 것만 같은 마음을 독려하면서 어떻게든 힘껏 버텨냈다.

왜냐하면 이건 아무리 상대가 사츠키 양이라 해도 양보할 수 없는 부분이니까.

"나, 나는 한 명이든 두 명이든 상관없다는 그런 생각으로 사귀

겠다고 마음먹은 게 아니라고……. 열심히 생각하고, 고민한 끝에 결심한 거니까, 그렇게 숫자로 표현해 버리면 조금 마음이 불편한데…….”

이 말 하나를 토해내기 힘들어서 사츠키 양이 보낸 메시지를 확인만 한 채 계속 무시하고 있었다.

하지만 드디어 말했다.

그래도 말끝이 힘없이 흐려지는 건 도저히 피할 수 없었다…….

으으…….

내가 거절해 놓고서도 이 무거운 침묵이 두려워서 사츠키 양의 안색을 살폈다.

사츠키 양은 딱히 아무런 감흥도 없어 보이는 표정으로 태연하게 나를 응시하고 있었다.

“흐응.”

제 얘기를 잘 알아들은 거 맞죠……?! 불안해진다.

“……게다가 사츠키 양은 나를 딱히 좋아하는 것도 뭣도 아니잖아…….”

입술을 비죽이면서 슬쩍 올려다보는 시선으로 사츠키 양을 바라보았다.

보나 마나 저번처럼 『좋아좋아 러브러브 쪽쪽』 하고 사랑이 담기지 않은 말을 속삭이겠지.

그런데.

“그러네.”

사츠키 양은 자기 머리카락을 손으로 만지작거리면서 어처구

니없는 대답을 했다.

이제는 아예 변명조차 안 해……!

“큭! 어차피 또 마이한테 심술을 부리기 위해서 나를 이용하려고 하는 거잖아요! 사츠키 양은 대체 절 뭐라고 생각하는 건가요?!”

“………….”

내가 그렇게 외쳐도 사츠키 양은 털끝만큼도 동요하지 않았고.

동요는커녕 천천히 나를 향해 얼굴을 가져다 대는 상황.

“잠깐, 기다.”

이 전개는 위험하다.

투명하고 깨끗한 피부와 설원에 피어난 작은 꽃송이 같은 입술이 눈에 들어왔다.

나는――.

“아, 안 된다고요!”

나는 넘어가지 않고 사츠키 양의 가슴을 밀쳐냈다.

힘 조절을 할 여유가 없어서 퍽, 하는 소리가 날 것 같은 기세로 밀쳐냈는데 사츠키 양은 아주 조금 뒤로 물러났을 뿐, 휘청거리는 기색은 조금도 없었다. 강해.

괜찮아 보이는 모습에 살짝 안심했다. 아니아니, 지금 안심할 때가 아니지.

“아, 안되니까요…… 그런 건, 사츠키 양…….”

두근거린다. 지금 흐름은 내가 거부하지 않았다면 키스당하는 흐름이었던 걸까.

아니, 아무리 사츠키 양이라고 해도 이제 막 연인이 생긴 나한

테 그럴 리가…… 싶은 마음과, 사츠키 양이라면 저지를 법 해, 싶은 마음이 공존하고 있었다. 슈뢰딩거의 키스다.

"……그래."

아랫입술을 쓰다듬고 있는 사츠키 양은 시종일관 무슨 생각을 하는 건지 알 수 없는 무표정이었다.

……혹시 화나게 만든 걸까.

"그다지. 별로 아무렇지도 않으니까."

"또 내 마음을 읽었어……!"

"읽은 적 없어. 네가 지나치게 단순할 뿐이야."

나는 사츠키 양이 무슨 의도로 이러는 건지 도저히 모르겠는데 사츠키 양만 나를 전부 파악하고 있다니 치사해…….

"결국 대체 뭐였던 건가요, 이거…… 전부……."

나는 땀이 맺힌 이마에 손수건을 가져다 댔다.

물어봐도 사츠키 양은 아무런 대답도 안 해주고…….

"시간을 빼앗아서 미안했어."

그대로 긴 머리카락을 나부끼면서 자리를 떠나버리니까.

나는 마치 버림받고 혼자 남겨진 듯한 감각에 휩싸인다.

"아."

억지에 가까운 강요를 받고, 그걸 거절하고——. 언젠가 지금 같은 불편한 마음을 느꼈던 적이 있었다 싶었는데, 바로 내가 중학생 때 따돌림을 당한 계기가 됐던 그 사건 때였다.

——남한테 권유를 받았을 때 거절해서는 안 돼.

그때의 트라우마가 묵은 상처처럼 되살아나면서 발밑이 무너

지는 착각에 휩싸였다.

나도 모르게 사츠키 양을 불러 세웠다.

"저기, 사츠키 양!"

사츠키 양이 발걸음을 멈췄다.

"나, 나는, 앞으로도 사츠키 양과, 친구로 지내고 싶어!"

귀를 통해 들리는 내 목소리는 살짝 떨리고 있었다.

그치만 간신히 친구가 될 수 있었는걸.

"그러니까 이건, 항상 하던 농담이지……?"

꿀꺽, 마른침을 삼키면서 마치 매달리는 것처럼 물었다.

"사츠키 양은."

최악을 상상했던 나는 신중하게 말을 고를 여유조차 없어서.

직설적으로 오직 내 바람만을, 염원했다.

"사츠키 양은 **나를, 좋아하게 되거나 그러지 않을 거지**?"

사츠키 양은 천천히 몸을 돌렸다.

그 얼굴은 어렴풋한 미소를 짓고 있었다.

"그야 당연하지."

그렇게 말해주는 사츠키 양에게.

"아무리 그래도 자만심이 지나쳐. 너무 우쭐대지 말도록 해, 아마오리."

나는── 무릎에 힘이 풀릴 정도로 크게 안도했다.

"그, 그러네!"

표정이 확 밝아진다.

"사츠키 양은 사랑이나 연심, 여자친구나, 데이트나, 결혼이나, 장래 같은 거엔 조금도 관심이 없는 사람인걸!"

"장래."

"아니, 살짝 범위를 벗어나긴 했지만! 아무튼 그런 느낌이라!"

나는 책상 위에 올려두었던 도시락 상자 꾸러미와 서류철 케이스를 챙겼다. 그리고서 교실을 나가려고 하는 사츠키 양 옆에 나란히 섰다.

안도감 덕분일까, 아니면 죄책감을 떨쳐냈기 때문일까, 나는 끊임없이 주절주절 나불거렸다.

"그보다! 그런 식으로 사람을 놀리는 건 너무하잖아, 사츠키 양! 나는 진심으로 대체 어떻게 해야 하나 고민했단 말이야! 이번엔 용서해 주겠지만 아무리 서로를 몹시 소중하게 여기고 아끼는 둘도 없는 친구라고 해도, 해서는 안 되는 일이 있는 거야! 알겠습니까?!"

사츠키 양은 성가시다는 듯이 한숨을 쉬었다.

"그래그래, 내가 잘못했어."

그 태도는 이제야 평소의 사츠키 양으로 돌아온 것 같았다.

다, 다행이야……! 이거야말로 내가 바라던 것……!

사츠키 양은 마치 내 기대에 부응하려는 것처럼 독설을 내뱉었다.

"걱정 마. 너를 좋아하게 될 만한 사람은 우주가 창조된 이래로 단 두 사람밖에 존재하지 않아. 지금까지도 그랬고, 또 앞으로도."

그런 것치고는 조금 독설의 수위가 높은 것 같지만!

"조금은 더 있었으면 좋겠는데!"

말은 이렇게 했지만, **그 두 사람**이 나를 좋아해 주는 시점에서 이미 더할 나위 없는 인생이라는 점만큼은 확실하긴 해!

도중에 사츠키 양과 헤어진 나는 폴짝폴짝 신나게 계단을 올랐다.

계단 끝의 철문. 손잡이를 돌리자 부드럽게 문이 열렸다.

넓게 펼쳐진 푸른 하늘. 가슴까지 후련해지는 청명한 가을 하늘 아래.

옥상의 콘크리트 바닥에 시트를 펼쳐두고서 두 소녀가 앉아있었다.

"아, 레나 짱, 드디어 왔네—."

"안녕, 레나코. 오늘은 바람이 부드러워서 옥상이 아주 기분 좋아."

도시락을 꺼내놓은 두 사람이 미소를 지으면서 나를 맞아주었다.

한 명은 세나 아지사이 양.

부드럽게 웨이브 진 머리카락을 길게 늘어뜨린, 솜털처럼 폭신폭신한 여자아이. 또렷한 눈동자와 달콤한 이목구비. 『이상적인 여자아이』라고 적혀진 간판 아래에 세나 아지사이 양을 척 세워놓으면 인류 모두가 합창하듯 한목소리로 환호를 지르며 수긍하겠지.

세나 아지사이 양은 무척이나 상냥하고, 누구나 동경하는 히로

인 같은 여자아이이다. 하지만 사실은 주인공 못지않은 강한 측면도 가지고 있어서, 나는 아지사이 양을 한 사람의 인간으로서 존경하고 있다. 아니 정확히는 숭배에 가깝다. 아지사이 양은 천사입니다.

그리고 또 한 사람. 아지사이 양 옆에 앉아있는 소녀는 오우즈카 마이.

천연인 게 확연하게 드러나는 금발은 마이가 프랑스인과 쿼터라는 증거다. 태양보다도 밝게 빛나는 게 아닐까 싶을 정도로 찬란한 황금빛은 마이의 내면에서 우러나오는 빛. 소위 말하는 오오라에 가까운 빛임에 틀림없다.

현역 톱 모델이니만큼 몸짓이나 태도에서 공주님과도 같은 기품이 느껴져서 우아하다. 아시가야 고등학교에서도 두말할 것 없이 최고의 인기를 자랑한다. 그런 마이를 가리키는 별명이 바로 슈퍼달링. 상대가 누구든 함께 대화하는 사람을 전부 행복하게 만들어 버리는 무적의 슈퍼 여고생이다.

그리고――.

"미, 미안, 조금 늦어서. 아하, 하하……."

바로 방금 전까지 사츠키 양과 얽혀 있었다는 사실은…… 조용히 덮어놓고…….

아지사이 양과 마이가 나를 위해 비워둔 자리에 앉았다.

두 사람 사이에 껴서 서툰 손길로 도시락 꾸러미를 풀었다. 처음으로 중학교 교복을 입었던 날처럼 묘한 멋쩍음과 흥분을 느끼면서.

"그, 그래도 두 사람과 이렇게 함께 점심을 먹을 수 있어서 기뻐."

감개무량한 듯이 말한 내 말을 듣고서 아지사이 양과 마이는 얼굴을 마주 보았다. 그러더니 누가 먼저랄 것 없이 후훗, 하고 작게 웃었다.

"오늘은 사츠키 짱도, 카호 짱도, 어디론가 가버렸는걸."

"그래. 모처럼 셋이 모였어. 학교에서 우리 셋이서만 있는 건 처음이지만 가끔은 이런 것도 좋겠지."

"응."

나에게는—— 우리에게는 비밀이 있다.

아무한테도 말할 수 없는, 남들이 보기엔 굉장히 부도덕한 비밀.

나는 마이한테 고백을 받았고, 그런 다음 아지사이 양한테 고백을 받아서, 어느 쪽도 선택하지 못했다.

——어느 한 쪽을 선택하는 게 아니라, 양쪽 다 선택하기로 결심했다. 그리고.

그 뒤로 우리 세 사람은 **셋이서 동시에 사귀기로** 정한 것이다.

내 연인인 아지사이 양이 "그러고 보니"라고 말을 꺼내며 마이를 보았다.

"마이 짱은 괜찮았어? 이벤트 회장에서 우리 말고 다른 사람들도 얘기를 들었을 텐데. 그게…… 우리 일이 입소문에 올랐다

거나.”

듣고 보니……!

그렇게 눈에 확 띄는 곳에서 고백극을 벌였으니까. SNS 트렌드에 오르거나, 가십거리를 쫓아다니는 사람들한테 쫓겨 다니다가 사생활이 없어지는 바람에 점점 심신 쇠약에 걸린다거나……?!

“뭐, 다소 있긴 했지. 하지만 무시할 수 있는 범위야.”

그러면서 **내 연인**인 마이는 스마트폰을 꺼냈다.

“만약 나한테 동성 연인이 생겼다는 이야기였다면 조금 더 센세이셔널하게 퍼졌을지도 몰라. 하지만 그것보다도 조금 더 나간 내용이었잖아?”

“그건 그럴지도.”

“그래. 오우즈카 마이가 여성과 그것도 셋이서 동시에 사귄다는 얘기는 너무나 황당무계하게 들려서 제대로 퍼지지도 않았던 모양이야. 잘 이해가 안 가는 이벤트 연출이라고 생각했겠지. 그런 의미에선 레나코의 결단에 감사해야 할지도 모르겠…… 는데.”

내 연인인 마이가 나를 보더니 눈이 휘둥그레졌다.

“무슨 일이야, 레나코.”

“어?”

“와아, 레나 짱, 얼굴이 새빨개졌어.”

“으엑, 아, 그게.”

내 연인인 아지사이 양이 내 이마에 손을 뻗었다. 서늘하고 보드라운 손바닥의 감촉에 나는 또다시 온몸을 굳혔다.

“괘, 괜찮아. 열이 나는 게 아니니까. 괜찮아, 괜찮아…….”

"그, 그래……?"

"으, 응! 퍼펙트 레나코야!"

내 연인인 아지사이 양이 걱정스러운 표정을 짓고 있어서 손을 붕붕 내저으며 괜찮다고 어필했다.

큰일이야……. 현실을 너무 올곧게 직시했다간 이젠 아무런 말도 할 수 없을 것 같아! 이 두 사람이 **내 연인**이라고? 나는 아직도 꿈을 꾸는 걸까……?

헬륨 가스가 온몸을 빵빵하게 채우고 있는 기분이지만, 지금은 정신을 차리고 눈앞의 대화에 제대로 참전해야지!

"다, 다행이네, 마이! 소문이 퍼져서 마이의 일거리가 줄어들기라도 했다간 나는 이젠 마이네 엄마한테 무릎 꿇고 사과할 수밖에 없었을 거야!"

"네가 마음을 쓸 필요는 없어, 레나코. 모든 결단은 나 자신의 책임이야. 혹여 셋이서 사귄다는 사실을 누군가한테 들켜서 내가 불이익을 당하게 된다 하더라도 마찬가지야. 나는 그때의 선택을 결코 후회하지 않겠지."

옆에 앉은 아지사이 양이 미소를 지으며 응, 하고 고개를 끄덕였다.

"나도 마찬가지야, 레나 짱. 이렇게 말해도 마이 짱과는 다르게 나한테는 짊어진 책임 같은 건 아무것도 없지만…… 후회하지 않는다는 마음은 똑같으니까."

"마이……. 아지사이 양……."

두 사람이 너무나도 상냥해서 나는 무심코 눈물이 나올 뻔했다.

빈약한 내 영혼은 저도 모르게 『두 사람은 이런 내 곁에 있어도 괜찮은 사람이 아니야! 지금 바로 최면 술사를 불러와서 내 기억을 전부 지우도록 할게!』 같은 소리를 내뱉을 것만 같았지만 가슴을 꾹 눌러서 어떻게든 견뎌냈다.

안 돼 안 돼, 결심했잖아. 지금 내가 해야 할 일은 우는 소리나 토해내는 게 아니야.

두 사람한테 사랑받을 수 있도록 계속 성장하는 것.

그리고 두 사람이 『후회하지 않아』라고 말한 게 거짓말이 되지 않도록 온 힘을 다해 노력하는 거야.

왜냐하면 내 입으로 말했는걸. 확실히 노력하겠다고.

"에잇!"

나는 짝 소리가 나도록 얼굴을 때렸다. 그 모습에 마이와 아지사이 양이 깜짝 놀란다.

"무슨 일이야, 레나코."

"잡생각을 쫓아냈어! 나는 새롭게 태어난 네오 레나코! 오직 앞만 바라보면서 한결같이 달려 나가는 용기와 사랑의 사자!"

"그렇게까지 분발하지 않아도……. 무리는 하지 말아 줘, 레나짱. 자기 페이스에 맞춰 노력하는 걸로 충분해."

나의 타천사 양이 바로 네오 레나코의 결심을 흔들려고 했다.

아지사이 양이 그렇게 말한다면야 그러도록 할게♡ 아지사이 언니한테 어리광 부리는 거 정말 좋아―♡ 라면서 손바닥 뒤집듯이 빠르게 태도를 바꾸고 싶어졌지만 됐어! 괜찮아!

"그런고로 이쪽을 봐주시죠."

나는 서류철 케이스에서 종이뭉치 두 개를 꺼내서 마이와 아지사이 양에게 하나씩 건네주었다.

두 사람이 평탄한 어조로 표지에 써진 글을 읽었다.

『연인 사업 계획서.』

아지사이 양이 무척이나 당황한 표정으로 내 쪽을 보았다.

"이게 뭐야……?"

나는 존재하지 않는 안경을 슥 밀어 올리는 동작을 취하면서 등을 꼿꼿이 폈다.

이날을 위해 이것저것 준비를 해왔다. 능숙하게 말할 수 있게 되려고 프레젠테이션 영상도 잔뜩 시청했다. 나는 유능한 전문직 여성 같은 말투로 입을 열었다.

"제가 이번에 두 사람의 연인이 됨에 있어서 여러 가지 약속을 정해두고 싶어서 요즘 계—속 이걸 만들었습니다. 일단 우선은 연인 계약을 분기별로, 다시 말해 3개월마다 갱신하는 형태로 하고자 합니다."

"연인 계약."

"3개월 갱신……?"

끄덕였다.

"네. 3페이지를 봐주십시오. 연인 계약이라는 건 저번 마쿠하리 멧세에서 당사자 간의 합의를 통해 발생한 관계를 말합니다. 물론 이 계약은 언제 어떤 때든 마이(이하 '갑'이라 한다)나 아지사이 양(이하 '을'이라 한다)이 일방적으로 파기할 수 있는 계약이지만 그 밖에 있어서도 다시금 갱신 타이밍을 설정해두고 싶습니다."

갑과 을이 얼굴을 마주 보았다. 나, 병(아마오리 레나코)은 일단 여기까지는 이해했을 거라고 치고서 설명을 계속 이어가기로 했다.

"갱신할 때에 대한 설명입니다만, 갑과 을은 여기 있는 사업평가 시트에 점수를 기재해 주시고."

"을이라고 부르고 있어……."

"흠, 100점 만점으로 된 평가 시트인가. 이걸로 너를 평가해 주길 바란다는 말이군. 항목이 꽤 많은걸."

"네, 총 20개 항목이 있습니다."

생활 통지표처럼 5단계 평가다. 카테고리는 『성실성』이나 『상냥함』 같은 성격적인 측면부터, 『데이트 만족도』처럼 연인으로서 응당 노력해야 할 항목까지 있다. 내가 떠올릴 수 있는 모든 걸 망라할 의도로 제작했다.

"저는 두 사람한테 『노력할게』라고 선언했습니다만, 그게 구체적으론 어떤 식으로, 어떻게, 얼마나 노력할 거냐에 대해선 밝히지 못했습니다. 이건 그런 저의 노력을 가시화하기 위한 시트입니다."

노력할게요! 같은 말은 입으론 얼마든지 떠들 수 있다.

아니, 하루하루를 올바르게 살아가는 사람이라면 그런 말만으로도 신뢰를 살 수 있겠지.

병은 지금까지 인생 속에서 우여곡절을 겪으며 살아왔기 때문에 그 누구보다도, 그 무엇보다도, 자기 자신에 대한 신뢰가 없다!

그럼에도 병은 노력하겠다고 결심했다. 정확히는 여기서 노력

하지 않으면 병은 분명 자기 자신을 혐오하게 될 게 분명하므로 노력하는 것 말고는 다른 선택지가 없다……!

그렇다곤 하나, 아무리 스스로를 위해서 노력한다고 말해도, 그것만으로 『병은 노력하고 있어! 그러니까 이런 병을 인정해 줘!』라고 하는 건 독선적인 억지다.

내가 고삐를 늦추지 않고 노력을 거듭하는 건 기본이고, 거기에 더해 두 사람도 연인으로서 합당한 만족스러운 행복을 손에 넣어야 한다.

그런 의미에서.

"병의 노력을 3개월마다 평가해 주시고, 그 결과 90점 미만이었을 경우엔 다음 계약 갱신을 보류하는 게 어떨까요."

몹시도 진지한 태도로 말한 나, 다시 말해 병의 제안에 두 사람은 성대한 박수와 환호성을――.

조금도 보내주지 않았다. 두 사람의 반응은 오히려 냉담하기 그지없었다.

엑.

"레, 레나 짱――."

무언가 말하려고 하는 을을 갑이 조용히 손을 뻗어 제지했다.

"레나코."

"네, 넵. 아니, 저는 병인데요……."

"알겠어, 이 평가 시트는 사용하도록 할게."

"마, 마이 짱."

어째선지 을이 눈을 치켜뜨면서 우리를 노려보았다. 을의 그런

표정을 보는 건 매우 드문 일이라서 나는 겁을 집어먹고 저도 모르게 원래 태도로 돌아갈 뻔했다.

그런데 갑은 미소를 지었다.

"괜찮지 않겠어? 이건 레나코가 노력의 결과를 피드백 해주길 바란다고 말하는 거야. 테스트 점수든 뭐든 자기가 이뤄낸 성과를 가시적인 형태로 평가받을 수 있는 건 좋은 동기부여로 이어지겠지. 재미있는 발상이야."

"그건 그럴지도 모르지만…… 하지만 내가 하고 싶은 말은 그런 게 아니라."

"물론 아주 잘 알고 있어, 아지사이."

갑은 병 쪽으로 시선을 돌려 "하지만 말이지" 하고 말을 이었다.

"합격점은 정해두지 않는 편이 좋겠는걸."

"어?"

나는 저도 모르게 갑을 쳐다보았다. 당황스러웠다.

"어, 어째서인가요! 저는 고객 여러분들이 기뻐하실 수 있도록! 그걸 위해 심혈을 기울여 연애사업 계획서를 만들었는데!"

"그래, 네가 우리를 위해서 노력하고 있다는 점은 분명히 전해졌어."

"하지만……."

미소 짓는 마이를 앞에 두니 자신감이 급격히 줄어들었다.

"……나한테 90점은 불가능하다는 뜻……?"

"오히려 반대야, 레나코."

"어……?"

나는 고개를 들었다.

머뭇거리며 되묻는다.

"반대……? 나는 살아있는 것만으로도 100점 만점이라는 뜻……?"

"맞아."

아하, 그렇구…… 나──?!

정신을 차렸다.

"아니야! 그렇게 쉽게 받아들일 수는 없어! 왜냐하면 마이는 나한테 너무 오냐오냐해주는걸! 나는 아직까진 그 정도로 자기긍정감이 높지 못하다고!"

"얼마 안 남았나. 다음은 맡기겠어, 아지사이."

"응. 있잖아, 레나 짱."

파상공격이다─!

아지사이 양이 가슴 앞에 손을 모으면서 올려다보는 시선으로 나를 바라보았다. 윽……. 그야말로 눈 깜짝할 사이에 포근한 날개에 감싸인 듯한 느낌……!

"나도, 마이 짱도, 레나 짱이니까 고백한 거야. 사귀어 달라고 말했던 거야."

큰일이야. 이미 운을 뗀 시점에서 나는 결국 굴복하게 될 거라는 사실을 깨달았다. 이건 확실한 미래 예지다……!

"그러니까 가장 중요한 건 바로 레나 짱이 레나 짱이라는 점이야. 그것만으로도 이미 100점 만점…… 아니, 점수 같은 건 매길 수 없어."

"으으, 내가 나라는 사실 만으로 100점 만점…… 전년 긍정 아지사이 양…… 으으, 으으으……."

머리를 감싸 쥐고서 괴로워하는 나.

이상하다. 내 마음이 정화될 것만 같다. 찬란하게 빛나는 길을 똑바로 걸어갈 생각이었는데 나는 또다시 암흑을 향해 나아가는 중이었던 건가……?

무엇보다 타인의 평가로 모든 게 정해진다니 그런 건 싫다고 생각했었는데 결국 나는 또 마이와 아지사이 양의 평가에 몸을 내맡기려고 하고 있었다…….

그럴, 그럴 생각이 아니었는데……!

"나는 바뀌고 싶어……. 언제가 됐든, 바로 오늘부터라도, 새로운 스스로를 향해 손을 뻗을 수만 있다면……. 마이나 아지사이 양처럼 뭔가 이런 훌륭한 사람이 되고 싶은데에~!"

바닥이 보이지 않는 늪 속에서 기어오르는 것처럼 태양을 향해 손을 뻗었다.

마이와 아지사이 양이 그런 내 손을 가만히 잡아 주었다.

"괜찮아, 레나 짱. 나도 기뻤어. 레나 짱이 우리를 정말 진지하게 생각해 주고 있다는 걸 잘 알았으니까. 그게 기쁘지 않을 리가 없잖아."

"그래, 그 말이 맞아, 레나코. 하지만 우리는 그걸로 너를 몰아세우고 싶지 않아. 너는 너만의 페이스로 충분하고 자신을 그 어떤 누구와도 비교하지 않아도 괜찮아. 먼저 누구보다도 스스로를 소중히 여길 것. 그런 다음 우리까지 소중히 여겨준다면 되는 거야."

두 사람은 한없이 상냥했다.

"아지사이 양~~ 마이~~~."

새까만 잉크를 씻어내는 것처럼 두 사람의 상냥함이 내 가슴에 스며들었다…….

"스스로 많은 것들을 결심했네, 아주 잘했어, 레나 짱. 참 장해, 레나 짱은 노력가구나."

"하지만 너 혼자서 너무 노력하려고 하지 않아도 돼. 우리 세 사람의 규칙은 셋이서 정하자. 나도 몹시 기대하고 있거든. 뭐니 뭐니 해도 꿈에서조차 그렸던 날들이 이제부터 시작되는 거니까 말이지."

"응응. 그러면 안 돼, 레나 짱. 나도 이것도 해봐야지, 저것도 해봐야지, 하고 열심히 고민하고 있으니까. 내 즐거움을 빼앗으면 떽이야."

아지사이 양이 사랑스럽게 미소 짓고, 마이는 달콤하게 웃었다.

나는 두 사람에게 양손을 붙잡힌 채, 마음속으로 눈물을 흘렸다.

"따뜻해…… 두 사람 다, 무척 따뜻해……."

연인…… 이렇게 훌륭한 두 사람이 내 연인이구나…….

무거운 책임감에 납작하게 찌부러질 것 같지만, 찌부러지고 싶지 않아…….

왜냐하면 나, 왜냐하면 나는…….

두 사람이 나를 특별하게 여겨줘서, 상냥하게 대해줘서 행복한 걸~~~~~~!

주체하지 못할 정도로 감정이 북받친 후, 마이와 아지사이 양한테 듬뿍 위로를 받고서…….

애초에 양다리를 걸치겠다고 선택한 내가 모든 일의 원흉인 주제에, 그야말로 혼자 북 치고 장구 치던 점심시간이 끝났다……. 나는 대체 뭘 하는 거람……. (진심)

혼자서 터벅터벅 복도를 걷던 도중, 노란색 리본이 옆에서 불쑥 나타났다.

"뭐, 마이랑 아 짱한테 양다리를 걸치고서 멘탈이 흔들리지 않고 태연한 사람이 오히려 이상하다고 생각하지만."

"카호 짱……."

갑자기 다 안다는 표정을 지으며 나타난, 사람을 잘 따르는 집고양이 같은 이 미소녀는 바로 코야나기 카호 짱.

입가에 언뜻 보이는 덧니가 특징으로, 작은 체구와 활기 넘치는 태도, 거기다 명랑하고 애교 많은 성격 덕에 아시가야 고등학교 모두의 여동생이라는 별명을 마음껏 누리고 있다. 어느 그룹에 얼굴을 내밀어도 귀여움을 받으니까, 어쩌면 집고양이가 아니라 인기 만점 길고양이일지도 모른다.

카호 짱은 자타가 공인하는 내 친구다. 사실은 초등학교 시절부터 알고 지낸 소꿉친구였다는 충격적인 사실을 최근에 알게 됐다. 그것 때문에 다투기도 하고, 서로 박치기를 주고받기도 했지만 지금은 완전히 사이좋은 친구다.

참고로 사츠키 양과 마찬가지로 내가 양다리 선언을 했던 자리에 함께 있었기 때문에, 내가 마이와 아지사이 양과 사귀고 있다

는 사실도 당연히 알고 있다.

"저기, 카호 짱, 한심한 소리 해도 될까……?"

"좋아. 하는 말에 따라선 짱돌로 때릴 거다냥."

방긋 웃는 얼굴로 주먹을 꽉 쥐는 카호 짱. 무서워.

나는 녹초가 된 얼굴로 웃었다.

"얻어맞고 싶지는 않지만 물어보고 싶어…… 가능하면 공감해 줘, 상냥하게 위로해 주길 원해……."

"이미 시작부터 최악인데 거기서 더 위를 노릴 생각이야……?!"

경악하는 카호 짱 앞에서 나는 관절이라도 탈구된 것처럼 어깨를 축 늘어뜨렸다.

"나는 역시 불안해……. 노력하겠다고 결심했지만 아무리 노력하고 노력해도 저 두 사람한테 어울릴만한 사람이 될 수 있을 거란 느낌이 안 들어……."

그건 한 치의 거짓 없는 내 진심이었다.

거짓말을 하는 것도, 내가 지금까지 굳게 결의했던 다짐을 배신하려는 것도 아니다……. 하지만 노력하고 싶은 것도, 불안해하는 것도, 둘 다 진심이니까…….

어느 한쪽으로만 적극적으로 움직인다면, 숨겨둔 다른 쪽 진심이 점차 크기를 키워가다가 펑 하고 터져버릴 것만 같다. 그러니까 카호 짱한테 물어보고 싶어! 그냥 물어보기만 하는 거라면 배신하는 짓은 아닌 거 맞지?!

내 한심한 발언에 카호 짱은.

"……아—, 하긴 뭐—."

일단 공감해 주었다! 기뻐. 카호 짱 좋아해…….

"그나저나 그건 사귀기 전부터 명백하게 알고 있던 사실이잖아."

"그렇기는 한데……."

하지만 위로해 주진 않았다. 그걸로 충분해, 고마워. 우는 소리를 들어주는 사람이 존재한다는 것만으로도 나는 구원을 얻을 수 있으니까…….

무대 위에 올라가 큰소리 뻥뻥 치면서 『사귀자』, 『행복하게 해줄게』 같은 소리를 했지만 솔직히 그럴 자신이 없으니. 심지어 노력의 방향성마저 잘못됐던 걸지도 모른다고 생각하니 더욱더 불안해진다.

무적의 네오 레나코는 도대체 어디 있는 걸까……. 에구구, 그런 게 있으면 내가 제일 만나고 싶다고……. (에구구라니.)

교실이 보인다. 우리의 1학년 A반.

"후냥?"

카호 짱이 고개를 갸웃거렸다. 교실 뒷문 앞에 언제나 나를 띄워주는 신, 하세가와 양이 있었다. 난처한 표정으로 손님맞이 비슷한 짓을 하고 있었다.

눈이 마주치자 "앗" 하고 호들갑스럽게 반응한다.

"아마오리 양, 코야나기 양, 그게, 손님이."

"우리한테?"

나도 모르게 으윽, 하고 신음을 흘릴 뻔했다.

하세가와 양 앞에는 다섯 명의 여학생이 서 있었다. 우리 반 애들이 아니다. 기억하기론 다섯 명 다, 옆 반인 B반 애들이다.

그중에 내가 껄끄러워 하는 사람의 얼굴도 보여서 무심코 한 발짝 물러났다. 아마 내 표정도 하세가와 양과 마찬가지로 억지스런 클레임을 거는 고객을 응대할 때 같은 표정이었으리라.

카호 짱만이 여유롭게 한쪽 손을 들어 올리며 인사를 건넸다.

"볼일이라니? 무슨 일 있어—?"

다섯 명이 일사불란한 움직임을 발휘해서 동시에 찌릿, 하고 이쪽을 노려보았다. 으악.

제일 앞에 선 미소녀가 앞뜰까지 들릴 만한 큰 목소리로 외쳤다.

"코야나기 양! 그리고 아마오리 양! 평안하신가요!"

"펴, 평안하신가요……?"

그녀의 이름은 타카다 히미코 양. 훤칠한 키에 길게 기른 흑발. 마이나 사츠키 양보다도 키가 커서, 170cm 이상이다.

B반의 보스격으로, 카호 짱 말로는 퀸텟을 눈엣가시로 여기고 있는 모양이라 어쩌다가 복도에서 마주치면 나한테도 혀를 차는 등 날카로운 태도를 보인다. 무섭네!

참고로 퀸텟이라는 건 아시가야 고등학교 1학년 A반의 톱 카스트에 소속된 다섯 명의 여학생을 가리키는 그룹명이다. 멤버는 마이, 아지사이 양, 사츠키 양, 카호 짱, 그리고 거기에 뭔가 음침한 여자가 덤으로 껴서 말석을 차지하고 있다.

내가 허둥지둥 당황하고 있는 사이에 카호 짱이 하세가와 양에게 싱글벙글 웃는 얼굴로 "고마워, 이제 그만 가도 괜찮아—"라고 말하면서 보내줬다. 하세가와 양은 사랑에 빠진 소녀 같은 눈으로 "정말 고마워요, 코야나기 양……♡"이라고 인사하고서 자

리를 떠났다. 카호 짱의 저 자연스러운 능력자 무브!

"어, 저기, 그래서, 저희들에게 무슨 용무실까요……?"

"그래요! 아마오리 양!"

히익. 강아지인 나를 컹컹 위협하는 대형견 같았다. 압박감이 장난 아니야!

타카다 양은 가슴에 손을 대고서 방금 전보다는 차분한 말투로 (혹은 스스로에게 도취된 거 아닌가 싶은 분위기로) 말을 이었다.

"4월에 입학하고서 딱 반년째가 되는 오늘. 지금까지 거듭되는 충돌을 되풀이하면서도 우리는 쉬이 우열을 가리기 힘든 라이벌로서 함께 정진하며 학교생활을 보내왔습니다만."

"네?"

사실인 것처럼 말하고 있지만 나는 타카다 양과 학교에서 엮인 적이 한 번도 없는데요……. 휘말렸던 적은 많이 있지만…….

내가 모를 뿐이지 사실은 퀸텟과 타카다 양은 친한 사이였던 걸까. 나만 없는 라인 그룹 채팅방이 따로 있고, 거기선 하루 종일 즐거운 대화가 오가는……. 앗, 안 돼! 또 암흑의 문이 열리려고 해!

열어서는 안 되는 문 앞에 필사적으로 바리케이드를 세우는 동안에도 타카다 양은 밀고 나가는 탱크처럼 이야기를 쭉쭉 진행시켰다.

"하지만 그런 미적지근한 온수처럼 평온한 나날을 보내는 상태로는 안 된다는 걸 깨달았어요……. 이제 슬슬 우리는 승부를 가려야 할 때예요! 아시가야 학생들에게 어느 쪽이 더 위인지 분명하게 보여줘야죠! 이러다간 이 학교가 둘로 분열되어 버릴 거예요!"

타카다 양은 양팔을 확 벌렸다. 목주름을 쫙 펼친 목도리도마뱀 같았다.

나는『아, 그러십니까, 그럼 전 이만……』하고서 목도리도마뱀처럼 맹렬한 스피드로 도망치고 싶은 마음이 무럭무럭 샘솟았지만, 꾹 참았다. 왜냐하면, 여기서 도망쳤다간 카호 짱 혼자 남을 테고, 거기다 애초에 나를 처음부터 콕 집어서 지명했으니까!

"스, 승부……?"

"그래요!"

타카다 양의 눈빛이 번쩍 빛났다. 히익.

"당신들 퀸텟과! 우리 5déesse(고디스)! 어느 쪽이 아시가야 고등학교 1학년의 정점에 군림하는가! 그래요, 승부하는 거예요!"

정점이니 군림이니 어쩌고는 일단 제쳐두고서.

"고…… 어? 뭐라고요?"

"5déesse예요!"

뭐든지 알고 있는 박식한 카호 짱한테 시선만으로 설명을 요청했다. 그러자 타카다 양 뒤에 서 있던 여학생 중 한 명이 대신 대답해 주었다.

"5déesse…… 쉽게 말해, 프랑스어로 여신을 뜻하는『déesse(디스)』라는 말에 우리 다섯을 더해서 고디스. 이건 발음해 보면 영어로 여신을 뜻하는, Goddess랑도 이어지는 거야, 아마오리 짱."(일본어에서 5는 고(ご)라고 발음한다.)

"그, 그렇구나……."

뭔가 한 번도 대화를 나눠본 적 없는 사람이 나한테 짱을 붙여

서 부르니까 엄청나게 거북하다. 게다가 이 사람, 왠지 모르게 말투가 아지사이 양이랑 비슷한 것 같아……. 묘하게 말투가 나긋나긋하거든. 분위기는 완전 다르지만.

"후훗, 다시 말해 여왕을 뜻하는 당신들 퀸텟과 비교하면 이름의 품격부터 우리의 승리. 그런 뜻이지, 히미 짱."

"네에, 유감스럽겠지만 그게 냉혹한 세간의 평가라는 거죠. 이미 승부는 났다…… 그렇게 볼 수밖에 없는 상황이겠지만 당신들에게도 직접 대결을 할 기회를 드리도록 하겠어요."

"와— 친절하기도 하지—."

가만히 얘기를 듣던 카호 짱이 성의 없는 맞장구를 쳐주더니 팔짱을 끼고서 턱을 괴었다.

"그래서? 그 기회라는 게 뭔데?"

"네에, 그래요, 마침 안성맞춤인 자리가 마련되어 있잖아요. 바로 그거예요, 반 대항전으로 승자를 정하는 구기의 제전——."

타카다 양은 발코니에 선 줄리엣을 올려다보는 로미오와도 같이 하늘을 향해 한쪽 손을 쭉 뻗었다.

"——반 대항 구기대회가!"

옆에서 카호 짱이 "역시나"라고 중얼거렸다.

"어, 누가 이기는지 구기대회로 승부를 내자는 뜻……?"

"네에. 이거라면 정정당당하면서 뒤탈도 없고, 무엇보다도 전교생에게 누가 승자인지 알릴 수 있잖아요?"

에에엑…….

그때 나는 기척을 느꼈다. 인간의 형상을 한 삐까번쩍한 광채

가 내 옆에 나란히 섰다.

"――과연, 재미있어 보이는걸."

오우즈카 마이. 퀸텟의 여왕!

B반의 누군가가 "우와" 하고 감탄사를 흘렸다.

굉장해. 방금 전까지 적진 한가운데 떨어진 기분이었는데 마이가 나타난 것만으로도 불안이 깔끔하게 날아가 버렸다. 이건 마치 FPS 게임에서 탑 티어 친구가 캐리 해주는 버스를 탄 초보 슈터 같은 느낌……!

타카다 양은 진지한 얼굴로 마이를 쳐다보았다.

"오우즈카 마이 양. 그럼 이 싸움을 받아들이겠다는 뜻인가요?"

"나 혼자라면야 얼마든지 상대가 되어주겠지만 말이지."

마이가 쓴웃음을 지었다. 옆에 추가되는 두 사람의 인영.

"나는 싫어. 귀찮은걸."

"그렇게 말할 거라고 생각했어, 사츠키."

"나는 누가 위냐 아래냐를 굳이 정할 필요는 없다고 생각해."

"그렇군. 고마워, 아지사이."

사츠키 양과 아지사이 양이 나타났다. A반 앞 복도에 퀸텟 집결이다.

역시 이렇게 모여 있으면 비주얼 수치가 장난 아니다.

나는 타카다 양을 비롯한 다섯 명에 대해선 잘 모르지만 그냥 지나가던 일반인의 시선으로 평하자면 나를 빼고 4대 5로 붙어도 퀸텟이 질 일은 결코 없을 거라는 생각이 든다…….

"다들 그렇게 말하는군. 미안해, 타카다 양. 우리 쪽은 다들 평

화주의자고, 모두들 상냥하거든. 그렇지? 레나코.”

“엇, 앗, 응, 네.”

그냥 지나가던 일반인이 갑자기 무대 위로 끌려오는 바람에 열심히 고개를 끄덕였다.

“스, 승부라니, 저는 그런 거엔 자신이 없어서요. 죄송합니다.”

그렇게 말한 직후였다. 제일 먼저 덤벼든 사람은 방금 전에 나한테 말을 걸었던 아지사이 양과 말투가 비슷한 여자애였다.

“세나 아지사이! 넌 그런 식으로 자기 혼자만 반 내 서열 같은 건 관심 없는 척 하면서, 실제론 약삭빠르게 퀸텟에서 단물만 쏙쏙 빼먹고 있잖아!”

“어어—? 내가 그런 식으로 보였던 걸까? 스즈란 양.”

아지사이 양한테 공격적인 태도로 손가락질을 하는 스즈란이란 여자애. 그녀가 포문을 열자 차례차례 B반 애들이 한 마디씩 던졌다.

앞머리를 길게 기른 여자애가 하아, 하고 권태로운 한숨을 내쉬며 사츠키 양한테 시비를 걸었다.

“귀찮다니, 그 마음은 이해해. 하지만 그런 거라면 빨리 져버리면 어때? 관심이 없다면 이기든 지든 상관없잖아.”

“진심으로 아무래도 좋은 일에 처음부터 시간을 할애하고 싶지 않아.”

“그래. 그 마음도 잘 알아. 누구든 뻔히 질 걸 알면서 승부를 겨루고 싶진 않겠지.”

그 말에는 아무런 대답도 하지 않은 채 사츠키 양은 그저 성가

시다는 기색으로 창밖을 향해 시선을 돌렸다.

조그만 체구를 가진 여자애가 폴짝 앞으로 튀어 나왔다. 그러더니 카호 짱을 향해 미소를 짓는다.

"저기저기—, 카호링은 어때? 승부, 내키지 않아—?"

"나는 까놓고 말해 어느 쪽이든 상관없다냥. 하지만 역시 퀸텟의 리더는 마이라고 생각하니까 마이의 결정에 따를까 싶은데—."

"에이— 같이 재밌게 놀자—. 응—응—응—응—?"

혀 짧은 소리를 내는 여자애가 몸을 붙잡고 흔드는 손길에 저항 없이 몸을 맡기는 카호 짱.

슬슬 깨달았는데.

……뭔가 아까부터 미묘하게 캐릭터가 겹치지 않아?

우리 다섯 명과 저쪽 다섯 명. 순수한 우연일지, 아니면 일부러 비슷한 캐릭터로 설정을 잡은 건지는 잘 모르겠지만.

타카다 양은 자신만만한 여왕님 같은 타입으로 마이와 맞붙고 있고, 다른 세 사람도 각각 분위기가 우아하고 여성스러운 아지사이 양, 쿨한 사츠키 양, 귀여운 여동생 같은 카호 짱과 닮았는데…….

아니, 그렇다고 치면.

마지막 한 명은 나랑 비슷한 분위기를 가진 애…… 라는 뜻?!

대체 어떤 애가 나타나는 걸까. 엄청 쭈뼛대고, 눈조차 마주치지 못하는 아싸의 결정체 같은 애가 등장하면 어쩌지……!

내가 그런 애로 보인다는 뜻이잖아!

아니야. 나는 인싸야. 누가 뭐라고 하든 나는 인싸 캐릭터야! 완전무결한 고등학교 데뷔를 해냈어! 아무한테도 들키지 않았어!

그러니까 마지막 애는 분명 어디에서나 볼 법한 평범한 양산형 같은 느낌의 여자애가…….

앞으로 걸어 나온 애는.

눈동자에 별을 띄우고 있는 사랑스러운 여자애였다.

"저기, 레나코 쿤. 나 있지, 사실은 예전부터 레나코 쿤이랑 얘기를 나눠보고 싶었어. 에헤헤, 첫 만남이 이런 형태가 되어버렸지만 그래도 이런 식으로 만나게 된 데도 다 의미가 있는 거겠지! 잘 부탁해, 나는 테루사와 요우코!"

"어째서냐고!"

"엑?!"

나도 모르게 외쳤다. 어째서 이런 밝고, 마음씨 착하고, 노력도 열심히 하는, 한 세대 전 순정만화 여주인공 같은 애가 튀어나오는 거야! 완전 다르잖아! 나를 좀 제대로 보라고!

"아, 레나코 쿤은 운명이나 점 같은 건 안 믿는 타입? 그래, 그렇구나, 내가 좀 너무 폼을 잡은 걸까? 와— 부끄러워. 그치만 레나코 쿤은 엄청 귀여우니까 혹시 그런 거라면 참 좋겠다— 싶은 생각을 하게 되거든. 헤헤헤."

"그만둬—!"

"에엑?!"

나는 남들의 시선도 아랑곳없이 절규했다. 그렇게 마구잡이로 남의 마음속에 들어오려고 하지 말라고! 좀 더 나랑 겹치는 캐릭터로 나타나길 바랐다고!

게다가 얘, 타카다 양 그룹 내에서 제일 귀여워……! 물론 사람

마다 취향은 있겠지만 키도 나랑 비슷한 정도고, 윤기가 흐르는 보브컷 머리카락도 정성껏 손질을 해서 광택이 눈부시고…….

"어, 어쨌든, 나는 레나코 쿤이랑 함께 뜨거운 땀을 흘리며 우정을 다지고 싶으니까 부디 잘 부탁해! 구기대회에서 같이 힘내자!"

"사, 살살 부탁드립니다…………."

적극적으로 훅훅 다가오더니 내 손을 잡고 붕붕 흔드는 와중, 나는 최대한 몸을 돌리고서 시선을 외면하는 중이다.

싫어, 먼저 적극적으로 들이대는 인싸 무서워……. 무섭다고…….

으으, 나는 인싸야……. 단지, 빛도 다 같은 빛이 아니라 강약이 있어서 나보다 압도적으로 눈부신 빛을 보면 눈이 멀어버리고 마는 생물일 뿐이야…….

그렇게 내가 고통받고 있는 모습이 마이의 눈에 띄었던 모양인지.

"최소한 한 명이라도 내키지 않아하는 사람이 있는 이상, 그룹 차원의 승부는 받아들일 수 없어."

아앗, 죄송합니다, 또 저 때문에 거절하게 만들어서! 이건 그저 제 자신의 어둠에 삼켜질 뻔했을 뿐이에요!

타카다 양은 나와 사츠키 양을 중점적으로 노려보더니 흥, 하고 가슴을 쭉 폈다.

"알겠어요. 점심시간도 슬슬 끝났으니 지금은 얌전히 물러가도록 하죠. 하지만 저는 포기하지 않아요. 반드시 당신들이 할 마음이 들도록 만들어 드리겠어요."

등을 돌리는 타카다 양. 다들 각자 한 마디씩 툭툭 던지면서 자리를 떠났다.

"레나코 쿤, 또 보자—!"

"네, 네에, 다음에 또……."

살랑살랑 손을 흔들어주었다. 되도록 얼굴을 마주치고 싶지 않지만…… 그럴 수도 없는 노릇이겠지……!

퀸텟 친구들과 함께 교실로 들어왔다.

나는 조용히 한숨을 내쉬었다.

그야 마이의 옆에 있는 것만으로 고등학교 생활에 셀 수 없을 정도로 많은 이득을 얻어 가고 있긴 하니까요.

다들 나를 높이 사주거나 존중해 주기도 하고 말이지. 세면대 앞에서 자리 잡은 채 왁자지껄 떠들던 여자애들도 나를 보면『아—, 아마오리 양 미안해—☆』라고 말하며 웃으면서 바로 자리를 비켜 주기도 하고. 애들이 언제까지고 자리를 독점하는 바람에 갈 곳을 잃게 되는…… 그런 꼴도 당한 적 없다.

남자든 여자든 기본적으로 호의를 가지고 말을 걸어준다. 중학교 시절의 암흑기를 경험했던 나에겐 이게 얼마나 감사한 일인지 절절히 통감하고도 남을 정도다. 치트급 가호다.

가끔씩 남자애들이 같이 놀자고 권하거나, 혹은 나를 시기하는 여자애들이 혀를 차거나 하는 일도 있지만 그런 거에 커다란 대미지를 입는 건 어디까지나 내가 인간관계 능력이 바닥을 치는 아싸라서 그런 거지, 내가 누리는 메리트에 비하면 사소하기 그지없는 단점에 불과할 터다.

퀸텟에 속한 걸로 굉장한 이득을 보고 있으니 내가 얻은 이득만큼 세금을 내는 건 당연한 일.

나는 이번 일도 그런 식으로 생각하고 있었, 는데…….

이윽고 이 소동은 작은 태풍이 점차 세력을 불려 나가는 것처럼 내 감정을 먹어치우는 대형 이벤트로 발전하게 되지만――.

이제 막 처음으로 연인을 사귀게 된 나(나한테는 아까울 정도인 미소녀를!)(그것도 두 명을 동시에!)는 필사적으로 하루하루를 살아가는 것만으로도 벅차서!

학교생활에 대한 걱정 같은 건 조금도 생각하지 못하고 있었던 것이다.

WATA-

Friends?

Lovers?

NARE

< 그룹명『5déesse의 공간』(4) 첫 번째

퀸 : 자, 이리하여 드디어 선전포고를 했군요.

히메유리 : 역시 히미 짱!

퀸 : 이걸로 이제는 물러날 수 없게 되었어요…… 후후, 후후후…….

퀸 : 토할 것 같아요.

miki : 밋키미키—!

miki : 미키미키! 밋키—!

퀸 : 미키 씨는 무슨 일인가요.

퀸 : 나쁜 마법사한테 저주라도 걸려서 말을 할 수 없게 된 건가요?

히메유리 : 아니, 잘은 모르겠지만, 요즘 저 컨셉이 마음에 든 모양이라…….

miki : 미키 미—키!

퀸 : 시끄러워요!

퀸 : 어휴 아무튼 간에! 우리 5déesse가 아시가야 고등학교의 정점에 서기 위해서!

퀸 : 어떻게 해서든 승부를 하겠다는 승낙을 이끌어내야 해요! 어떤 수단을 써서라도!

히메유리 : 어떤 수단이든, 이라니…… 무슨 수단?

퀸 : 그건.

퀸 : 지금부터.

퀸 : 생각하는 거예요!

히메유리 : 그렇구나.

miki : 미키 밋키—!

퀸 : 뭐래요?

히메유리 : 비장의 아이디어가 있다나 봐.

퀸 : 그거 대충 아무렇게나 말한 거 아니에요?

퀸 : 미키 양의 아이디어라니……. 제 무덤을 파는 꼴은 아니겠죠…….

miki : 예를 들어 아무나 한 명을 학교 뒤로 불러내서 도망 못 가게 길을 막고 포위한 다음, 시비를 건다거나. 아니면 사소한 괴롭힘을 되풀이해서 원한을 쌓거나. 아니면 누군가가 갖고 있는 소중한 물건을 부서뜨리면 되지 않을까!

퀸 : 엑?

히메유리 : 엑?

인간관계라는 건 이른바 계속해서 정답을 선택해 나가는 게임과도 비슷하다.

예를 들어 친구가 농담을 했다고 하자. 그 상황에서 올바른 정답은 웃는 거일 수도 있고, 태클을 넣는 거일 수도 있고, 냉담하게 무시하는 거일 수도 있다.

상황의 맥락, 분위기, 사람 사이의 관계에 따라 정답이 시시각각 변화한다.

시시한 농담에 대폭소를 터트렸다가 주위 애들한테 『뭐야 쟤……』라는 시선을 받으며 내 호감도가 대☆폭☆발(나쁜 의미로)할 수도 있다.

솔직히 말해서 너무 어렵다.

학교생활을 하는 동안 끊임없이 선택지에 직면한다.

친구의 푸념에 어떤 식으로 반응할 것인가. 동의할까, 동조할까, 격려할까, 위로할까. 그중에 하나를 선택했다 치고, 어느 수준으로 반응할 것인가.

세상의 인싸님들은 『그런 거야 그냥 보면 아는 거잖아』라고 대답한다. 독심술? 아니면 마법? 아니다, 정답은 주변에 맴돌고 있다.

그게 바로 『분위기를 읽는다』는 것.

기상예보사가 구름의 움직임과 온도의 변화를 보고 내일의 날씨를 예측하는 것처럼 인싸들은 미묘한 표정의 변화나 목소리

톤, 주변의 반응을 통해 항상(그리고 순식간에!) 정답에 다다르는 것이다.

역시 마법 맞잖아…… 나로선 불가능해…….

힘겹게, 힘겹게, 하나의 정답에 다다르는 데까지는 성공한다고 쳐도, 숨 돌릴 틈 없이 닥쳐오는 모든 문제들에 스피드 퀴즈마냥 빠르게 정답을 고르는 건 도저히 무리. 머릿속 CPU가 불타버려.

그래서 나는 그날, 옥상으로 도망쳤던 거다.

이미 허들이 한참 올라가긴 했지만 아무튼 뭐, 여기까지가 『평범한』 인간관계에 대한 얘기다.

그렇다는 말은 평범하지 않은 것도 있을까? 그렇습니다, 있습니다.

그게 『특별한』 인간관계.

내가 선택한 **셋이서 동시에 사귀자**는 루트에는 확실한 정답이 없었다. 서로 의논하면서 『그럼 이게 정답인 걸로 할까?』『응 그러자』 같은 식으로 그때그때 발걸음을 멈추고 대화를 나누며 새하얀 지도를 채워나가는 모험의 여정이었다.

게다가 그 모험의 여정에는 분위기라고 불리는 단서조차도 없으니까 눈가리개를 쓴 채 전진하는 거나 마찬가지…….

하나부터 열까지 손으로 더듬으며 걸어가는 길. 이건 틀림없지! 라며 자신만만하게 고른 선택지가 완전 지뢰일 가능성도 있다. 어떻게 생각해 봐도 하드모드다!

무리잖아!!!

하지만, 그렇다 해도!

하겠다고 결심했으니까 나는 세상 모든 꿈을 모두 모아서 원하는 걸 찾으러 가는 거야. ONE PIECE!

뭔가 한순간 자포자기 상태가 되긴 했지만……. 아무튼 말하자면 그런 거다…….

이제부터 시작되는 건『연인』으로서 내가 치러야 할 첫 번째 시련.

다만 내가 눈치 빠르게 행동하는 짓을 잘 못 한다고 해서『특별한』 인간관계도 나한테 잘 안 맞는다고는 단언할 수 없다. 미래는 언제나 미지수인 법이고, 게다가.

나는 처음 하는 게임은 공략을 보지 않고 플레이하는 타입이니까……!

"아니, 인간관계는 게임이 아니라고!"

나는 이른 아침부터 침대 위에 엎드려 얼굴을 베개에 파묻고 있었다. 잠옷 차림으로 한 손에는 스마트폰을 쥐고 있다.

커튼 사이로 비쳐드는 햇빛은 선명한 생생함을 머금고 있어서 지금이 완벽한 아침이라는 사실을 증명하고 있었다. 으으윽…….

"그치만 게임이라면 선택지만 고르면 되지만…… 실제론 그 선택지를 고르기 위한 능력이 없어……! 라는 게 현실인걸……."

지금 내가 직면하고 있는 건 연인으로서의 규칙 중 하나였다.

마이와 아지사이 양한테 미리 의견을 구했거든요.

내가 해줬으면 하고 바라는 게 있어? 라고.

물론 연인 사이가 된 다음 처음으로 무언가를 하는 거니까 허들은 최대한 낮춰달라고 했지만…….

그랬더니 구체적인 리퀘스트를 받게 됐죠.

그러면 일단은, 이라면서 마이가 한 개, 그리고 아지사이 양이 한 개.

이번에는 아지사이 양한테 받은 요청에 응하기 위해서 지금 이렇게 침대 위에서 끙끙대는 중이다. 아니, 끙끙대는 건 아지사이 양의 요청이랑 상관없이 나 혼자 하는 짓이지만!

아아, 이젠 끝이다. 약속시간이야.

여기서 더 우물쭈물했다간 아지사이 양을 실망시키게 된다. 그랬다간 아지사이 양한테 『역시 레나 짱과 연인이 되는 건…… 쪼—금 무리 아닐까 싶어서……. 앞으로 세 번쯤 다시 태어나면 다시 친구부터 잘 부탁할게~』라는 말을 듣게 될 거야.

나는 게임 내에서 단 한 개밖에 입수할 수 없는 엘릭서를 사용하는 마음으로 통화 버튼을 눌렀다. 에에잇—!

으으, 심장이 아파.

내 손으로 남한테 전화를 거는 건, 고등학교에 입학한 이후론 가족을 빼면 마이한테 잠깐 했던 것과 카호 짱한테 몇 번쯤 걸었던 정도뿐이다.

애초에 문자를 보내는 것만으로도 엄청 긴장하는 내가 아지사이 양한테 전화라니……. 연인이란 참 힘들구나—!

현실 도피하는 것처럼 뇌가 꽥꽥 비명을 늘어놓았다.

잠깐 수신음이 이어지더니——.

전화가 연결됐다.

『…………』

잠시 동안 침묵.

어라, 이, 이거, 연결된 거 맞지……?

"…………저기—."

숙제를 안 해온 학생이 자진 납세를 해야 할 때처럼 잔뜩 주눅 든 목소리로 말을 걸자, 전화 너머에서 뭔가 부스럭부스럭 옷자락 스치는 소리가 들려왔다.

그리고 한 박자 늦게.

『네에에, 여보세요오—…….』

꼬물거리는 목소리가 들렸다!

꼬물거리는…… 꼬물꼬물 아지사이 양이다……!

아무 말도 못 하고 입만 뻐끔거렸다.

할 말이 담겨있는 옷장을 탈탈 털어서 한바탕 헤집은 끝에 나는 뻔하디 뻔한 인사말을 건넸다.

"……조, 좋은 아침입니다……."

뉴후후…… 하고 어린 아이가 뺨을 간질이는 듯한 소리가 들린다.

지금 그건, 아지사이 양이……?!

『레나 짱, 안녕엉.』

후와아아아!

위험해. 잠에 취한 아지사이 양의 목소리가 귀에 다이렉트로 꽂혀. 패배할 것 같아. 아니 오히려 언제나 패배한 상태야. 인생에서 한 번도 이겨낼 수 없어.

"그, 그러니까……. 저기, 요청하신 대로 전화를 드렸는데요."

『응……. 우후후, 어쩐지 두근두근 설레네.』

"그, 그러네요, 굉장히요."

아지사이 양이 한 리퀘스트는 『휴일의 모닝콜』이었다.

두 동생들의 아침 준비를 도와야 하는 아지사이 양의 평일 아침은 그야말로 전쟁이라, 그 반동으로 휴일엔 상당히 게을러진다나.

그래서 내가 아침 8시에 모닝콜을 해주게 되었다.

그 정도라면 나도 할 수 있을 것 같다고 생각했었는데…….

상당히 아슬아슬한 수준이었다. 나는 여전히 전화라는 아싸 말살 병기를 극복하지 못했으니까…….

어찌 되었든 아지사이 양을 깨워주는 목표는 달성했다!

"그럼 아지사이 양. 오늘 하루도 몸 건강히 보내세요!"

『응. 아.』

나는 전화를 끊었다.

끊고 나서, 지금 아지사이 양이 뭔가 말하려고 한 거 아니야……? 라는 사실을 깨닫고 몸을 떨었다.

……어라?

모닝콜이라는 건 자명종 시계 같은 거…… 맞지?

허공에 대고 물었다. 내 물음에 대한 대답은 다시 울리기 시작한 전화였다.

"우와앗."

깜짝 놀랐다. 발신인은 당연히 아지사이 양.

"네, 네에, 여보세요……."

『응……. 미안, 레나 짱. 혹시 바쁜 상황이었어?』

"아뇨, 바쁜 일은 전혀 요만큼도 없습니다만."

나는 빠른 어조로 대답했다. 어쩌면 너무 무뚝뚝하게 들렸던 걸지도 모른다.

『그러면 저기…… 조금만 더 레나 짱의 목소리를 듣고 싶은데……. 안 될까?』

"아, 안 되지 않아, 전혀!"

어린아이가 소매를 꾹꾹 잡아당기는 것처럼 조르는 목소리. 나는 황급히 고개를 저었다.

"어, 어쩐지 미안해. 내가 뭔가 실수한 거지……?"

『아니야, 나야말로 떼를 써서 미안해.』

"그건 그다지……. 잠에 취한 아지사이 양의 목소리도 귀여웠으니까……."

『그, 그래……?』

"으, 응."

또다시 잠깐의 침묵.

……하지만 어째서일까.

예전에 아지사이 양과 통화했을 때에 비하면, 침묵이 흐르는 순간이 두렵지가 않아.

볼일이 없는데도 대화를 이어간다니 내가 제일 거북해하는 일이었을 텐데.

『있잖아, 여름방학에 같이 여행했을 때 말인데.』

"응."

『그때는 아직 레나 짱을 좋아하는 건지 어떤지 확실히는 잘 몰랐다고 해야 할까…… 아마 친구라고 여기고 있었겠지만.』

"으, 응."

『그래도 있지, 일어나면 바로 곁에 레나 짱이 있다는 건 어쩐지 아주 멋지다고 생각했어. 그래서 오늘도 아주 기뻤어. 일어나자마자 바로, 레나 짱의 목소리를 들을 수 있어서.』

"그, 그렇구나."

귀가 뜨겁다. 지금 이런 대화를 만에 하나 가족들이 들을지도 모른다고 생각하면 도저히 스피커 모드로는 못 하겠다.

이불을 뒤집어썼다. 침대 속에서 아지사이 양과 단둘이 있게 된 것 같은 느낌이 든다.

아지사이 양의 또렷한 호의를 느끼자 머릿속이 점차 새하얘진다. 하지만 안개가 자욱하게 낀 세상 속에서도 나는 할 말을 열심히 골랐다.

왜냐하면 나는 아지사이 양의.

"나야말로…… 아침부터 아지사이 양과 대화할 수 있어서 행복해."

『……정말로? 폐가 된 거 아니야?』

"응. 기뻤어. 또 아지사이 양의 언니가 된 것 같아서."

『……언니?』

"으, 응."

안 돼. 육성으로 듣는 것도 상당히 아찔했지만 전화로 들으면 귓가에 직접 속삭이는 것 같아서 이건 이것대로 다른 속성의 끝모를 아찔함이 느껴진다…….

『……하지만 지금은 언니가 아니잖아?』

어딘가 토라진 듯한 목소리에 내 가슴이 쿵 하고 뛰었다.
으, 으으. 물론 알고는 있지만요…….
“그렇, 죠…….”
『그치. 지금은 뭐야?』
내 입으로 말하게 하려고 하잖아!
“그거라고요, 그거.”
『그거라고만 하면 모르는걸.』
어떻게든 내 입으로 말하게 하려고 하잖아!!!
『응응―? 뭔데― 뭐야―?』
게다가 조금씩 칭얼거리는 어투로 변하고 있잖아……!
나는 이불을 꼭꼭 뒤집어쓴 다음, 거기에 더해 목소리도 한껏 낮춰서 하느님조차 들을 수 없을 정도로 작은 소리로 살짝 말했다.
“연인, 입니다…….”
『………….』
아지사이 양은 잠깐 침묵한 뒤.
『……응.』
더 이상 기쁠 수 없다는 목소리로 대답해 주었다.
크………… 무진장 부끄러웠지만 기뻐해 주니까 된, 건가……!
아니아니, 그렇지 않아! 나는 아지사이 양의 연인이야. 연인이라는 건 대등한 관계잖아?!
그렇다는 말은 나도 어리광을 부려도 괜찮은 거 아니야?!
훗훗훗, 이번엔 아지사이 양이 죽을 만큼 부끄럽게 만들어 줄 테니까…….

"저기저기, 아지사이 양도 말해줬으면 좋겠는걸. 아지사이 양은 저의 어떤 사람인가요—."

『응. 연인이야.』

"…………."

발을 내디디려고 한 장소에 딱 카운터펀치가 놓여있었던 것 같은 기분입니다.

『연인이야, 레나 짱. 후훗.』

"저기, 그러니까……."

『나는 있지, 세나 아지사이는— 아마오리 레나코의 연인이랍니다—.』

틈조차 주지 않고 다그치고 있잖아!!!

나는 이대로 아지사이 양한테 살해당할지도 모른다. 행복한 죽음이구나. 맞나?

"어째서 그렇게 태연한 거야?!"

『후후후, 아무렇지도 않지롱—.』

설령 실제로는 전화 너머에서 부끄러움에 발을 동동 구르며 베개에 얼굴을 파묻고 있는 아지사이 양이 있다고 해도, 나로서는 그걸 내다볼 방법이 없다…….

그렇게 생각하면 나는 앞으로도 쭉 아지사이 양이 어떤 거짓말을 한다 해도 간파해낼 수 없을 것 같다…….

"아, 아지사이 양과 간 온천 여행 즐거웠지!"

억지로 화제를 돌렸다. 하다못해 아지사이 양이 부끄러워하는 모습을 보이기 전에는 끝낼 수 없다.

"설마하니 언니 동생 놀이를 마이한테 들킬 줄이야! 정말 계산 밖이었지! 그건 부끄러웠지?!"

『그러게, 정말 깜짝 놀랐어.』

어째서 그렇게 태연하게 맞장구를 칠 수 있는 거야! 내가 지금 안달 내고 있는 게 훤히 보이기 때문인가?!

"또, 또 기회가 있으면 언제든지 언니가 되어줄 테니까, 아지사이 양의 언니가! 내가! 응! 알았지!"

『음— 그래도 그건 이제 충분하려나. 왜냐하면 지금은 연인인 레나 짱한테 잔뜩 어리광 부리고 있는걸.』

그, 그럴 수가!

연인이냐 자매냐, 라니. 그런 건 꼭 어느 한쪽이어야 한다는 법은 없잖아!

나는 저도 모르게 힘껏 외쳤다——.

"언니 동생이라도 연인이 될 수 있는걸!"

『우왓.』

볼륨 조절에 실패한 탓에 큰 목소리가 나오고 말았다.

"미, 미안!"

『아, 아니야, 괜찮아. 그건 그렇고…….』

이, 이건 안 좋은 말을 듣기 직전에 나오는 대사다.

『레나 짱은, 그런 게 좋아……?』

"그런 뜻은 아닙니다!"

그저, 뭐라고 해야 하나, 그 아지사이 양은 귀여운 아지사이 양 중에서도 특히나 귀여웠으니까!

그 있잖아, 원래 아싸들은 한 번 겪은 성공의 경험을 몇 번이고, 몇 번이고 되새기면서 물고 빠는 법이잖아!

친구랑 같이 한 그 게임 즐거웠지……. 같이 놀아서 즐거웠어……. 아아, 또 놀고 싶네, 참 즐거웠지……. 이런 식으로 몇 번이고!

그리고서 몇 년 후에 그 게임의 리메이크판이 발매된 다음 막상 해보니 생각보다 몰입이 안 돼서, 아아 그렇구나, 내가 즐거웠던 건 게임이 아니라 친구들과 함께 놀던 시간이었어…… 하고 다시는 돌아오지 않을 날들을 떠올리며 눈물짓는 슬픈 생물이잖아! 아니 나는 인싸입니다만!

『……레나 짱이 하고 싶다면야 또 하겠지만…… 으으.』

"신난다—!"

나는 저도 모르게 주먹을 꽉 쥐었다. 자매 놀이 때문에 그런 것만은 아니다. 아지사이 양이 드디어 부끄러워하는 모습을 보여주었기 때문이다.

하긴 잠에 취한 기분으로 했던 행동을 맨정신인 상태로 하는 건 당연히 부끄럽겠지. 하지만 역시 연인이라는 건 공평한 관계여야만 하는 거니까.

내가 기뻐하자 전화 너머에서 문득.

『……레나 짱은 어린 여자애를 좋아해?』

"그렇지 않습니다!"

『카호 짱 같은……?』

"아니에요!"

나는 온 힘을 다해 부정했다.

오해를, 오해를 풀어야 해! 이 오해를 그냥 방치해 뒀다간 무시무시한 기세로 확산돼서 도저히 손쓸 수 없는 사태가 될 것 같은 느낌이 들어!

나는 확실하게 말로 전했다.

"나는 어린 여자애를 좋아하는 게 아니라, 키 158센티 15세 아지사이 양이 꾸밈없는 모습으로 돌아가서는 굉장히 부끄러워하면서도 어린 여자애 흉내를 내며 저를 언니라고 부르면서 어리광을 부리는 상황이 엄청 좋을 뿐이에요!"

『……………………………그렇구나아…….』

어째서일까. 명확하게 말로 전했더니 오히려 훨씬 더 쓰레기 같은 인상이 늘어났다는 느낌이 드는데……!

아지사이 양과 아침 전화를 마치고서 녹초가 된 나는 간신히 이불 속에서 기어 나왔다. 연인으로서의 책무를 완수했구나…….

이건 두말할 것 없이 100점 만점! 첫 번째 시련 돌파 완료!

내일모레, 월요일에 마이와 약속한 일도 그렇지만『이거 해줘!』라고 말해주는 게 비교적 마음이 편하다. 왜냐하면 정답을 알 수 있거든.

사실 그럼에도 우당탕탕 대소동을 벌이긴 했지만…….

"휴우……."

다만 앞으로도 내가 연인의 책무를 다할 수 있을지 어떨지는 아직 잘 모르겠다. 모르면 모르는 대로 노력해 나가자. 그게 살아간

다는 거니까, 아마오리 레나코.

뭔가 아침부터 몸이 후끈 달아올랐네……. 가볍게 샤워라도 하고 올까나.

내가 방을 나서자마자 여동생이랑 딱 마주쳤다.

“앗, 언니.”

“아, 응. 좋은 아침.”

여동생── 아마오리 하루나는 나보다 두 살 아래. 중학교 2학년인데도 이미 나보다 약간 키가 크다……. 부활동(배드민턴 부)에 청춘을 바치고 있고, 듣자 하니 구내에서 나름 유명한 선수가 됐다는 모양이다.

운동신경은 말할 필요도 없고, 외모도 그럭저럭 귀여운 편이면서, 무엇보다도 두려움이라고는 없는 배짱과 소통 능력으로 당당히 인싸의 타이틀을 달고 있다. 언니만 남겨두고 너무 앞서가기 없기다……? 아마오리 집안의 잘난 자식과 못난 자식이라는 소리를 듣게 된다면 등교 거부를 해버릴 거니까…….

자매 사이는 평범한 편이다. 가끔은 싸우기도 하고, 겁나 짜증나게 만들 때도 있지만 그건 어떤 집안이나 다 마찬가지일 테니까. 서로 맞는 취미가 하나도 없는 것치고는 잘 지낸다고 생각한다.

그런데 왜 이런데 서있지. 어쩌다 마침 앞을 지나가던 중이었던 걸까. 아니, 설마 불평을 하러 온 건가?!

“앗, 미안, 시끄러웠어?”

“아니, 그건 딱히. 언니가 한밤중에 게임할 때 하는 혼잣말이 훨씬 더 시끄러우니까.”

"정말 드릴 말씀이 없습니다."

요, 요즘은 예전에 비하면 줄었잖아……. 예전보다는…….

변명하지 않고 바로 사과했더니 여동생은 잠시 동안 그 자리에 가만히 서서 나한테서 고개를 돌리고 있었다.

"저기…… 왜 그래?"

뭐야 이 침묵.

"아니, 딱히."

누가 봐도 하고 싶은 말이 있어 보입니다만…….

"누구랑 통화했어?"

"그게— 아지사이 양이랑."

"흐—응."

묘한 긴장감이다. 크라우칭 포즈를 취한 채로 언제 울릴지 모르는 스타트 신호를 기다리는 듯한 기분.

"그러고 보니 언니는 마이 선배랑 어떻게 됐어?"

"어?!"

나는 양손으로 심장을 부여잡았다.

어떻게 됐냐니…… 그건, 그걸 말하는 건가요……? 내가 마이한테 덮쳐진 상황을 여동생이 보고 말았다…… 그 일이 있고 어떻게 됐냐는 뜻인가요……?!

왜 이제 와서 그 일을 꺼내는 거야!

"그, 그, 그그그그건, 왜?"

"왜냐니."

여동생은 또박또박한 목소리로 말했다.

"그 이후로 어떻게 됐는지 소식을 듣지도 못했고. 마이 선배한테는 어쩐지 물어보기 힘들잖아. 언니가 갑자기 엄청 풀이 죽어 있기에 차인 걸까— 싶었는데 어느새 다시 기운을 차렸으니까."

"으, 응, 듣고 보니 확실히."

확실히 여동생 눈으로 보면 요즘 나는 수상함 MAX다. 게다가 방에서 셀카 연습을 시작하기도 하고, 코스프레 이벤트 퍼포먼스 때문에 발성 연습도 했으니까…….

"당연히 차였다고 쳐도 아무래도 그것만 있는 건 아닌 것 같았으니까."

"당연히라니."

아니 이해는 가는데.

나도 모르게 팔짱을 꼈다. 여기서 『마이랑 사귀게 됐어』라고 말하는 건 쉽지만 여동생은 아지사이 양의 연락처도 알고 있으니까…….

여동생이 아무 생각 없이 『언니가 마이 선배랑 사귄다는 거 알고 계셨어요?!』 같은 소리를 아지사이 양에게 했을 때, 만약 아지사이 양이 『응, 레나 짱은 나랑도 사귀고 있어. 나랑 마이 짱한테 양다리를 걸치고 있거든(방긋)』라는 대답이라도 하는 날에는.

나한테 인간관계에 대해서 설교를 마구 늘어놓았던 여동생이다.

『——언니. 아마오리 가문의 수치는 가족인 내가 책임지고 처단해 주겠어.』

그대로 내 가슴을 식칼로 찌를 것 같아………….

안 돼. 안 되는 수준이 아니라 내 인생이 끝난다.

살해까지는 안 간다고 해도 내가 집을 나가 독립하게 될 때까

지 쭉 여동생한테 경멸 어린 시선을 받게 되겠지……. 리얼해서 싫어…….

그렇게 되면 마이와 아지사이 양한테 고개를 숙여 부탁해서, 스케 씨와 카쿠 씨를 거느리고 다니는 미토 코몬처럼 나타나(일본의 시대극. 주인공인 미토 코몬이 충성스런 두 가신, 스케 씨와 카쿠 씨를 거느리고 나쁜 관리나 악당을 혼내준다.)『봐, 내가 상처 입거나 불행에 빠지면 두 사람이 슬퍼할 거라고! 그러니까 나한테 상냥하게 굴도록 해!』라면서 동생한테 무릎 꿇고 빌 수밖에 없을 것이다. 싫어!

나는 아주 신중하게 말을 고르면서 여동생을 향해 입을 열었다.

"마이랑은 그게, 이런저런, 이런저런 일들이 있었어!"

"이런저런 일이 뭔데? 사귀게 된 거야?"

얼버무리려고 했는데 내 심장을 꽉 움켜쥐고 놔주질 않잖아, 얘…….

"패션쇼에도 초대받은 데다가 엄마랑도 만났잖아? 그런데 아무런 진도도 안 나간 거야?"

"그, 그건……."

안 돼. 내 말주변으로 더 얼버무리는 건 무리야. 나는 최후의 조커를 꺼냈다.

"따, 딱히 상관없잖아! 왜 여동생한테 보고해야 하는데! 창피하니까 이 이야기는 여기서 끝이야!"

필드에 세트한 카드, 『언니의 강권』을 발동해 강제로 대화를 종료한다!

이 필드의 파괴 효과로 인해 여동생은 맥없이 물러날 수밖에

없──.

"뭐어? 지금까지 내가 얼마나 많이 도와줬는데 뭔 소릴 하는 거야. 상관있잖아?"

"그것도 그렇긴 한데!"

안 돼!

내가 여동생의 힘으로 고교 데뷔를 이뤘던 과거가 존재하는 한, 내가 고등학교 생활에서 손에 넣은 모든 은혜는 여동생 덕택이라고 봐야 한다. 너는 내 최대 주주냐고!

이제는 당하기 전에 먼저 저지를 수밖에 없는 건가? 내가 여동생의 심장을 꿰뚫을 수밖에 없는 건가……? 어차피 살해당할 바에야 저지를 수밖에…… 히, 히히힉, 저지를 수밖에 없는 건가……?!

위험한 생각이 내 머릿속을 지배하려고 했을 때, 여동생이 움켜쥐고 있던 내 심장을 간신히 해방시켜 주었다.

"하아……. 그냥 됐어. 알겠어. 진심으로 싫은 모양이니까 묻지 않을게."

"그게 나아!!"

내가 갈채를 보내자 여동생이 눈을 흘겼다.

"왠지 뒤가 켕길만한 일을 숨기고 있는 모양인데……."

"그만 하세요! 넘겨짚지 마시죠! 증거가 있는 건가요?! 네? 있냐고요!"

"갑자기 존댓말을 쓰고……."

"저는 그만 갈 테니까요! 그럼 평안하시길!"

종종걸음으로 부리나케 자리를 피했다. 다행히 쫓아오지는 않

는다. 휴.

방으로 가서 갈아입을 옷을 챙겨 욕실로 향한 다음, 한창 샤워를 하고 있을 때였다.

여동생이 추격에 나선 건 내가 발가벗고서 완벽히 무방비해진 타이밍이었다.

"언니 있지."

"이건 무규칙 잔혹 파이트잖아?!"

불투명한 유리문 너머에서 들려오는 목소리에 겁을 먹은 나는 몸을 떨었다. 이번에는 또 무슨 소릴 하려는 거야, 얘…….

"——**시스콘이야**?"

어쩐지 내 방 앞에 서있다 싶더니!

"아지사이 양이랑 통화하는 걸 훔쳐 들은 거야?!"

"아니 어쩌다 그 부분만 들렸을 뿐이야."

설마 내가 아지사이 양이랑 자매 놀이를 했던 것도 아는 건가……?! 어디까지 새어 나간 거지?! 그건 최고 국가기밀이라고!

"하지만 어쩔 수 없잖아! 언니란 여동생이 사랑스럽고 귀여워서 어쩔 줄 모르는 생물이니까!"

"……뭐, 뭐어?"

아지사이 양한테 투척했던 것과 똑같은 종류의 공들 중 남았던 것들을 그대로 여동생한테도 똑같이 내던졌다.

"귀여운 여동생이 어리광을 부리면 뭐든지 들어줄 수밖에 없다고! 그치만 귀여운걸! 시스콘이라서 그런 게 아니라 그쯤이야 언니라면 당연한 거잖아!"

나는 **아지사이 양의 귀여움**을 전력으로 역설했다.

“너도 만약 여동생이 있다면 분명 이해할 거라고! 그 어떤 슬픔으로부터도 지켜주고 싶다는 맹목적인 애정이 향하는 곳! 그게 여동생이야!”

나의 외침이 욕실을 울린다.

내 외침에 여동생은.

“…………………………………….”

잠시 동안 아무 말 없이 가만히 있더니 혼잣말처럼 중얼거렸다.

“…………징그러.”

네 녀석은 아지사이 양(5세)를 본 적 없으니까 그런 소릴 할 수 있는 거야—! 이래서 가슴속에 사랑이 없는 여자란, 하여간 이래서 참—!

하아……. 왠지 오늘은 아침부터 갑자기 피곤해…….

샤워를 마치고 나온 나는 멘탈 포인트 충전을 위해 PS4 군과 달콤한 한때를 보내기로 했다. 오늘은 이제부터 플포 군한테 잔뜩 응석을 부리는 거야. 헤헤헤.

한동안 뒹굴거리고 있었을 때.

띵동— 하고 초인종 소리가 울렸다.

여동생은 쥐어짜이는 직장인마냥 오늘도 부활동을 하러 나갔기 때문에 지금 집에는 나 혼자뿐이다. 어쩔 수 없지. 귀찮지만 몸을 일으켰다.

인터폰을 눌렀다. 권유 같은 거면 싫은데…….

아니었다.

『아마오리 레나코 씨 댁인가요?』

나는 허둥지둥 뛰어 내려가서 현관문을 열었다.

"사츠키 양이잖아?!"

"안녕, 아마오리."

현관에는 나들이옷 차림을 한 눈이 확 뜨이는 흑발의 미소녀가 우뚝 서 있었다.

사츠키 양이 내 방에 있어…….

나는 테이블을 앞에 두고서 정좌하고 있었다.

무슨 일로 사츠키 양이……? 마이랑 한 FPS 대결은 한참 옛날에 끝났을 텐데…….

미소녀가 내 방에 있다는 드문 사태에 뇌가 고장을 일으키기 직전이다. 아무리 지나도 익숙해질 것 같지 않다.

"……."

"……."

침묵이, 살을 에는 듯한 침묵이!

역시 사츠키 양. 아지사이 양이나 여동생과는 비교할 수 없을 정도의 침묵력이다. (※침묵력이란 그 사람이 입을 다물고 있을 때 내뿜는 압박감을 수치화한 것이다. 사실은 카호 짱이 제법 높다.)

더 이상은 못 견디겠다. 물이 가득한 세숫대야에서 고개를 드는 심정으로 말을 꺼냈다.

"저기, 사츠키 양…… 오늘은 어떤 용건으로……."

"그다지 중요한 용건은 없지만 아르바이트 때까지 좀 시간이 남아서."

"지각 변동으로 인해 우리 집이 도넛 가게 중간 지점으로 이동이라도 했어……?"

"그런 건 아니지만."

왠지 사츠키 양이 자꾸만 말을 흐린다. 평소에는 요도 무라마사에 맞먹는 예리함을 내뿜으면서.

설마 오늘의 사츠키 양은 사근사근한 사츠키 양인가……? 어머나, 실수로 반대 방향 전철을 타버렸네☆ 같은 기분으로 우리 집에 온 건가? 그런 느낌의 사츠키 양이라면 나도 좀 더 어깨의 힘을 빼고서 우정을 다질 수 있을지도……?

사근사근 사츠키 양은 부드럽게 입을 열었다.

"그래서 세나랑 이미 키스는 했어?"

"푸읍."

조금도 무뎌지지 않았잖아!

최단거리를 통해 최고 속도로 검을 휘둘러 오잖나……. 필시 이름 있는 검호렷다?

"왜 사츠키 양이 그런 걸 묻는 건가요?!"

"그러고 보니 이 방에서 너와 키스했었다는 게 떠올라서."

"그렇게 가볍게 잡담이라도 하는 기분으로?!"

자유 그 자체인 사츠키 양을 보고 있으면 어쩌면 인간관계의 정답이란 다 허상인 걸지도 몰라…… 싶은 생각이 든다.

으으, 나는 쭈뼛거리면서 가슴 앞에 양손을 모은 채 손가락을

꼼지락댔다.
"아직……인데요……."
"그래."
"…………………다 물어봐 놓고 딱히 아무것도 없는 건가요!"
"딱히 키스 정도야 별거 아니잖아. 하든지 말든지."
"……나랑 처음으로 키스했을 땐 그렇게나 허둥지둥 당황했으면서."
"이젠 기억도 안 나. 그런 옛날 옛적 키스 따위."
몹시 새치름한 표정으로 미소 짓는 사츠키 양. 말만 들어보면 엄청 경험 많은 언니 같잖아…… 첫 키스였던 주제에…….
하지만 그 미소는 금방 자취를 감췄다.
사츠키 양은 어딘가 그늘진 표정으로 말을 이었다.
"오늘 찾아온 건 말이지. 너한테 다시금 사과할까 싶어서."
"나, 나한테?"
"맞아."
저도 모르게 불안한 느낌을 받게 된다.
설마 이 사람은 내가 모르는 사이에 뭔가 못된 짓을 저지른 건가……?!
"아, 아지사이 양한테 우리가 키스한 적 있다는 소리를 했다거나 그런 건 아니죠?!"
"말한 적은 없는데. 그건 해서는 안 되는 말일까."
"어? 그게, 아마도……?"
그야 친구가 친구랑 키스했다는 소리를 들으면 당연히 충격받

지 않을까……? 어떠려나…….

"만약에 마이랑 카호가 키스한 적 있다는 말을 듣는다면 너는 어떤 생각이 들어?"

어떤 생각이 들까.

"……딱히 별생각, 안 드려나……?"

그치만 두 사람이 키스했다고 해도 그건 왠지 장난의 연장선 같은 이미지라서 그런 걸지도. 카호 짱 본인도 마이한테는 뭔가 가벼운 느낌이니…….

"그렇다면 의외로 괜찮은 걸지도……?"

애초에 마이는 내가 사츠키 양이랑 키스했다는 사실을 알고 있으니까.

마음이 기울기 시작한 나를 향해 사츠키 양이 툭 하고 덧붙였다.

"나는 세나한테 말하는 것만큼은 그만두는 편이 좋다고 생각하지만."

"엑? 그, 그런가요?"

"그렇지. 그러니까 나도 계속 비밀로 해줄게. 내가 너의 전 여친이었다는 사실은."

"표현—!"

누가 전 여친이야!

나랑 사츠키 양은 겨우 2주 동안 사귀었을 뿐! 그다음 깔끔하게 헤어져서 친구 사이로 돌아왔다고! 지금은 예전 관계는 털끝만큼도 남아 있지 않으니까!

어, 어라……?

나는 턱에 손을 대고서 조용히 물었다.

"…………저랑 사츠키 양은 전 여친 관계, 인가요……?"

"그거야 그렇잖아."

뭔가, 사실 내가 나고 자란 행성은 지구가 아니었다! 수준의 충격이 뇌리를 꿰뚫었다.

이, 이런 늠름한 미녀가 내 전 여친……? 그럴 수가!

"아니, 그치만, 그게! 그건 어디까지나 사귀는 척을 했을 뿐이었으니!"

"그것도 새삼스럽잖아."

분명 키스도 했고, 같이 목욕도 했고, 한 지붕 아래서 자기도 했지만……! 마이한테는 우리 완전히 사귀는 사이라고요—! 라며 얼떨결에 폭로하기도 했지만!

"사츠키 양이 내 전 여친? 내가 사츠키 양의 전 여친……? 그 사실을 아지사이 양이 알게 됐다간……?"

매달리는 듯한 눈으로 사츠키 양을 쳐다보자 사츠키 양이 시선을 피했다.

"아마, 엄청나게 신경 쓰게 만들겠지."

상상해 봤다.

『레나 짱은 사츠키 짱이랑 사귄 적 있었어?! 어째서 사츠키 짱이 레나 짱 같은 애랑?! 레나 짱 어떤 뒷수작을 부린 거야? 사츠키 짱의 약점을 쥐고 있다거나……?』

아니야! 해상도가 너무 낮아!

지금 아지사이 양은 내 연인이니까! 그런데 나를 지나치게 깎

아내리는 소리를 할 리가 없잖아!

그러니까 이게 맞겠지!

『레나 짱은 사츠키 짱이랑 사귄 적 있었구나. 헤에— 전혀 몰랐는걸. ……저기, 레나 짱은 사실 여전히 사츠키 짱을 좋아한다거나 그래? 하긴 그렇겠지, 사츠키 짱은 정말 멋진 여자애인걸……. 그런데도 나랑 사귀어 줘서 고마워.』

고개를 들었다.

"가슴이 너무 아파요, 사츠키 양!"

"그렇겠지."

기본적으로 사츠키 양은 무슨 생각을 하는지 전혀 알 수 없지만 마이에게 품은 경쟁심과 아지사이 양에게 한없이 물러터진 마음만큼은 진짜다. 찐 세나 아지사이 숭배 세력으로서 믿을 수 있다.

"알겠어요……. 저와 사츠키 양의 과거는 앞으로도 전부 비밀로……."

"그러네. 나중에 마이한테도 그렇게 말해둘게. 그래서 본론으로 돌아가자면."

"아, 네."

그러고 보니 나한테 사과할 게 있다나 뭐라나.

"너한테 이상한 문자를 보냈던 걸 말하는 거야."

"엇?"

문자라니……. 나랑도 사귀어달라고 했던 그거 말이지.

"그 얘기는 이미 빈 교실에서 나눈 대화로 다 끝난 거 아니었나요?"

"너는 끝났다고 생각했구나. 하지만 나는 그렇게 생각하지 않

았어. 아마오리는 내가 왜 그런 문자를 보냈는지 물어보고 싶었잖아."

"네에, 뭐……."

그야 사츠키 양은 그냥 장난삼아 그런 짓을 할 사람이 아니고. ……아닌가? 어떨까, 갑자기 자신이 없어졌다.

그런데 떠올려보면 사츠키 양도 일단 아무 생각 없이 안이하게 행동했다가 나중 가서 돌이켜보고 후회하는 일이 자주 있는 것 같아. 이번 일도 그런 케이스 중 하나일지도 모른다. 의외로 경솔한 사츠키 양…….

"폐를 끼쳤으니까 확실히 얘기를 해두자는 생각이 들었거든."

"사츠키 양은 그런 부분에서 스스로한테 엄격하죠……. 대단해……."

"안심해도 돼. 남들한테도 예외 없이 엄격하니까."

"그건 맞아!"

스스로를 다스리는 강인한 정신력을 다른 사람한테도 바라는 게 사츠키 양이었다. 그리고 그게 안 되는 사람을 딱 잘라 『쓰레기』라고 폄하하는 것도 사츠키 양이다. 터무니없는 여자잖아.

"그러니까…… 그럼 왜 그런 행동을 하신 건가요?"

사츠키 양은 확실하게 말했다.

"그건 **말하고 싶지 않아**."

"잠깐?!"

저도 모르게 되물었지만 사츠키 양은 아주 진지한 태도였다.

"어째서 그런 행동을 한 건가는 **말하고 싶지 않다**는 게 내 대답

이야. 이상."

"방금 전엔 확실히 얘기를 하겠다더니……."

"했잖아, 지금."

"에엑?! 그런 뜻?!"

진지한 태도를 풀고서 사츠키 양이 미소를 지었다.

"그때는 무심코 얼버무리고 말았으니까. 이제야 가슴속의 응어리가 풀렸어."

얼버무렸다는 사실도 전혀 눈치채지 못했고, 사츠키 양 안에서 OK의 선이 어디까지인지 하나도 모르겠지만…….

그래도 뭐…….

"그런가요…… 그런 거라면 알겠습니다."

사츠키 양이 말하지 않겠다고 정한 걸 내가 캐물을 수도 없으니까…….

게다가 뭔가 정말로 개운한 표정이었으니까 그걸로 충분하려나…….

아마 마이한테서 나를 빼앗아 주겠어— 라든가 그런 동기로 벌인 행동 아니었을까. 하지만 그런 짓을 하면 아지사이 양까지 불행해진다는 사실을 깨닫고선 황급히 취소했다거나, 의외로 그런 이유 아닐까……. 마이가 얽힌 일만 되면 갑자기 시야가 좁아지는 문제.

사츠키 양은 자기 손목시계를 내려다보았다.

"얘기는 이걸로 끝났는데 어떻게 하는 게 좋을까."

"앗, 아직 시간이 남았나요?"

"비교적. 뭐야, 키스하고 싶어?"

"그런 식으로 놀리는 건 참아주지 않을래요?! 저한테는 여자친구가 있으니까 이제 안 한다고요! 저랑 사츠키 양은 그냥 전 여친 사이잖아요?!"

"전 여친이라고 말하니까 갑자기 해도 될 것 같은 느낌이 들기 시작하네……."

"확실히………… 아니 그게 아니고!"

한순간 납득한 스스로를 바로 부정했다. 반복 옆 뛰기를 하는 생각 탓에 눈이 어지러웠다.

"그런 문란한 연애관은 봉인하고서……. 기왕이니까 같이 게임하죠, 게임."

"게임?"

나는 암매상 같은 웃음을 지었다.

"사츠키 양도 마이한테 게임기를 돌려준지 꽤 지났으니까 한동안 게임에 굶주렸겠죠. 후후후, 그쵸, 보고 싶었겠죠, 플포 군을!"

"그건 그다지."

"어째서?! 하루라도 게임을 하지 않으면 손이 덜덜 떨리지 않나요?!"

"그런 증상은 전혀 없는데. 그건 승부 때문에 했을 뿐이니까. ……그래도 뭐, 그러네."

사츠키 양은 언젠가 그때처럼 내 옆에 나란히 앉았다. PS4 컨트롤러를 손에 쥐고서 가슴을 두근거리게 만드는 미소를 보여줬다.

"없어서 곤란했던 적은 없지만, 그래도 네가 꼭 하고 싶다면야

함께해 줄 수 있어.”

“시, 신난다—.”

여전히 방심했다간 마음을 빼앗길 것만 같은 미소다. 옆에 다가오면 좋은 향기도 나고……. (게다가 이 향기, 뭔지 알 것 같아……!) 지나치게 미인이라고요, 사츠키 양…….

말로 하지는 않을 거지만 **함께해 준다면**야 저는 언제 어느 때라도 대환영이라고요, 사츠키 양!

“그럼 어떤 게임으로 놀아볼까요?”

“뭐든 괜찮아? 그러네. 그럼 이건 어때?”

사츠키 양이 고른 게임은…….

둘이서 플레이할 수 있는 좀비 슈팅 게임이었다.

“그건…….”

그건 내가 마이랑, 그리고 아지사이 양이랑도 플레이한 적 있는 타이틀…….

뭘까, 나는 무해하기 그지없는 소시민일 텐데, 왠지 여자애를 마구 갈아치우고 다니는 듯한 죄책감이………….

……뭐, 됐나! 친구랑 같이 노는 게임이라면 몇 번을 하든 즐거우니까!

“좋아요, 같이 해보죠! 조작법도 사츠키 양이 플레이했던 FPS랑 거의 비슷한 게임이니까요!”

그렇다, 같이 플레이한다는 사실에 가치가 있는 거다.

이건 의식과도 같은 것. 나랑 사츠키 양이 다시 친구로서 사귀기 위한 의식. 그치만 더 이상은 어색한 관계가 되고 싶지 않은걸!

하지만 플레이하자마자 충격적인 사실이 밝혀졌다.

"사츠키 양, 조작법을 하나도 기억 못 하잖아?!"

"나는 관심이 사라진 일들은 전부 머릿속에서 지우거든."

"무셔……."

그렇게나 즐거운 듯이 플레이했으면서. 처음부터 끝까지 마이랑 승부를 하기 위해서였을 뿐이었냐고……. 내가 사랑하는 플포 군을 이용하다니, 이 여자, 이 녀석……!

나는 묘한 분노를 느끼면서 튀어나오는 좀비를 차례차례 총으로 꿰뚫었다.

* * *

여동생한테 상처 입은 마음과 사츠키 양한테 휘둘린 감정을 이래서래 플포 군을 통해 치유했고…….

어떻게든 학교에 가기 위한 멘탈 포인트를 회복한 다음, 문제의 월요일.

그렇다, 내가『연인』으로서 치르는 첫 번째 시련의 파트 2…….

어감이 별로다…….

나는 부엌 테이블에 앉은 채로 안절부절못하고 있었다.

"어라, 빨리 내려왔네, 레나코."

"으, 응, 뭐."

평소에는 이 정도 시간이면 느릿느릿 일어나고 있었을 테지만 오늘은 이미 준비 완료. 그뿐만 아니라 헤어스타일이나 화장 등

등 비주얼을 보면 누가 봐도 공들인 티가 났다.

엄마가 버터를 바른 식빵 토스트를 차려주셨다.

"누구랑 약속 있어?"

"대충 그래."

"좋겠네—."

……왠지 어떤 표정으로 여기 앉아있어야 할지 알 수 없어졌다. 시선을 구석에 둔 채 빵을 우물거린다.

남자친구랑 약속이 있는 거라고 생각하시려나. 엄마는 깊이 캐묻지 않는 편이라 다행이지만, 물어보지 않는 만큼 변명을 할 기회도 없기 때문에 필연적으로 침묵이 최선이 된다.

최소한 여동생이 부엌으로 내려오기 전에 집을 나서고 싶다. 식빵을 목구멍으로 다 넘긴 타이밍에 스마트폰이 울렸다.

"아, 그럼 저기, 다녀오겠습니다."

"그래, 잘 다녀오렴."

빈 그릇을 싱크대에 넣고서 가방을 등에 멨다.

엄마의 미소 속에는 누가 봐도 나는 다 이해한단다, 라는 부모님의 마음이 가득 배어 나와서 솔직히 엄청 부끄러웠다.

현관에서 신발을 신고 있었더니 거실 쪽에서 "좋은 아침—"이라고 아침 인사를 하는 여동생의 목소리가 들렸다. 위험했다. 간발의 차이였다. 『뭘 멋 부리고 있는 거야?』라는 말을 듣게 됐다간, 설령 나쁜 뜻이 없었다고 해도 내일 첫차를 타고 온천여관으로 가출하게 될 것 같았다.

현관문을 열었다. 오늘도 아침은 쾌청하고 오후부터 날씨가 흐

려진다는 모양이다.

집 앞에는 리무진 한 대가 서 있었다.

리무진 옆에는 화사한 미소를 짓고 있는 여자애가 한 명. 일부러 차에서 내려서 나를 기다려준 소녀. 황금빛으로 물든 억새밭 같은 그녀의 긴 머리카락이 가을바람에 흔들렸다.

"안녕, 레나코."

"으, 응…… 안녕."

엄마한테도, 여동생한테도, 왜 멋을 부리고 있냐는 질문은 결코 받고 싶지 않았다. 왜냐하면 그건.

아마, 전부 정곡일 테니까.

"오늘은 고마워. 내 억지에 맞춰줘서."

"아니야, 전혀 그렇지 않아. 그보다는 오히려 『아침에 함께 등교하자』라니, 너무 소박한 요구라서 정말로 마이 맞나? 하는 생각을 했을 정도니까."

"그래? 그럼 좀 더 용기를 냈어야 했던 걸까……."

"아뇨, 정말로 딱 적당한 수준이었다고 생각합니다!"

아지사이 양의 모닝콜에 비해, 마이가 한 리퀘스트는 『데리러 갈 테니까 같이 학교에 가자』였다.

그거라면 할 수 있겠다는 느낌이 들었기 때문에 지금 이렇게 리무진 뒷좌석에 나란히 앉아있게 된 것이다.

편도 20분 내외의 등굣길. 리무진은 막힘없이 도내의 도로를 달렸다. 창밖으로 풍경이 흘러가는 게 신기하게 느껴질 정도로

평온한 시간이었다.

"어쩐지 이런 건 오랜만이네."

"아마 너를 리무진에 태운 건 요정에 갔을 때가 마지막이었지."

"아, 그런 말이 아니라 마이랑 둘이서 느긋하게 있는 게 오랜만이라는 뜻."

"아아…… 응."

마이는 조금 부끄러워하는 기색으로 시선을 내렸다.

"그러게. 요전까지만 해도 나는 너를 살짝 피해 다녔으니까……."

"지금은 이제 괜찮아?"

"물론이지. 무척 행복해."

옆에 앉은 마이를 힐끔힐끔 살폈다. 톱 모델로 군림하는 마이는 언제나 완벽한 미모를 갖추고 있다.

그건 10대 여자애가 오늘은 예쁘게 꾸며 볼까! 하고 의욕을 내는 것과는 수준이 다르다. 재능, 환경, 그리고 하루도 거르지 않는 노력으로 이루어진 미모다.

나는 마이가 평소에 어떤 활동을 하는지 잘 모르지만…… 그래도 마이가 자기 일에 열심히 노력하고 있다는 건 잘 알고 있고, 많이 힘들겠다는 생각도 든다.

"있잖아, 마이. 혹시 짧은 시간이라도 괜찮으니까 마이가 나랑 대화를 하고 싶다거나 잠깐 숨을 돌리고 싶다는 생각이 들면 언제든지 바로 연락해도 돼."

"……그 말은?"

"아니, 이런 거 제대로 말로 전한 적이 없다는 생각이 들어

서……. 그게, 그걸로 조금이라도 행복 게이지가 올라간다면 좋겠는데—, 싶어서."

마이가 후훗, 하고 웃었다.

"나는 레나코의 사정도 고려하지 않고 언제나 일방적으로 전화를 걸고는 했다만."

"그, 그래도. 봐, 내가 언제든지 전화해도 오케이야— 라고 말한 상태에서 전화를 거는 거랑, 아무런 언급도 없었는데 전화를 거는 건 마이도 느낌이 다를 거 아니야."

"너의 섬세한 마음 씀씀이에는 고마움을 금할 수 없어."

전방위적으로 폐를 끼치지 않으려고 미리 조심하려는 아싸 특유의 사고방식도 마이보고 말해보라고 하면 『섬세한 마음 씀씀이』가 되는 건가…….

……뭐, 그렇게 받아들여 준다면야 그건 또 그것대로 좋지.

그때 나는 문득 깨달았다.

"왠지 마이. 아까부터 그다지 이쪽을 보지 않는 것 같은데?"

"글쎄. 나는 평소랑 똑같은데 그냥 기분 탓 아닐까."

"엑, 그치만 아까부터 전혀 눈이 마주치질 않는다고! 아니, 평소엔 내가 시선을 피하니까 마주치지 않는 거지만!"

"이야, 밖에 예쁜 벚꽃이 피어있는 게 보여서 그만."

"지금은 10월이야!"

나는 억지로라도 마이랑 눈을 마주치고 싶어져서 허벅지를 찰싹찰싹 두드렸다. 허물없이 보디 터치를 하는 건 하는 쪽이 되든 당하는 쪽이든 여전히 어색하지만, 왠지 마이한테라면 자연스럽

게 할 수 있었다. 어쩌면 대부호 게임에서 스페이드 3이 조커를 이길 수 있는 원리와 똑같은 걸지도 모른다.

"마이, 저기, 마이. 마이마이. 마이마이마이마이마이."

집에 놀러 온 친척 어린애처럼 졸라댔더니.

"……알겠어, 레나코."

마이는 단념한 것처럼 이쪽을 봐주었다.

윽, 커다란 푸른 눈동자가 눈앞에 가득 펼쳐지니…….

쑤, 쑥스러워!

황급히 고개를 돌렸다. 하나도 자연스럽게 안 되잖아!

실제로 시선이 마주친 건 1초도 채 안 되는 시간이었겠지. 그런데도 눈꺼풀 안쪽에 마이의 얼굴이 선명하게 새겨져서 떠나질 않는다. 1초가 24시간처럼 느껴지는 강렬함이었다.

"아아……."

마이가 감탄의 한숨을 흘렸다.

"나는 너와 정말로, 연인 사이가 된 거구나."

"으, 응. 맞아."

"한때는 포기했던 미래였던 만큼, 뭐라고 해야 할까."

마이가 수줍게 웃었다.

"가슴이 벅차오르는걸."

"……."

저렇게나 나를 좋아해 주는 마이의 마음에 내가 제대로 보답할 수 있을지 또 불안해진다.

마이도 아지사이 양도 꽉 찬 1인분의 사랑을 쏟아주는데, 내가

두 사람에게 반반씩의 사랑밖에 보답해 줄 수 없다면 파탄나 버리는 관계니까.

나는 두 배의 사랑을 확실하게 전해야만 하는 것이다.

"저기, 마이!"

"왜, 왜 그러지?"

큰 목소리를 내서 기세를 끌어올린 나는 마이를 향해 불쑥 몸을 내밀었다.

"지금은 아직 전혀 믿음직스럽지 못할지도 모르지만! 나, 노력할 테니까!"

"그, 그렇구나. 응, 기뻐. 하지만 무리는 하지 않도록 해."

"그건 잘 알지!"

다소는커녕 꽤나 무리하지 않고선 불가능하겠지만 말이지! 마이 앞에서야 다 안다는 듯이 순순히 고개를 끄덕여 두겠지만!

"마이는 하고 싶은 걸 하고, 나도 하고 싶은 걸 해서 둘이 함께 해피해지자!"

"서로가 하고 싶은 것인가."

"응, 그게."

나는 마이한테서 최대한 시선을 피한 채로 말을 골랐다.

"아직, 하고 싶은 거지. 마이는 그…… 나랑, 저기, 옛날에 종이에 적었던 그런 거."

"그건."

마이도 마찬가지로 입가에 손을 댄 채, 다리를 꼬면서 고개를 돌렸다.

"단, 너를 상처 입힐만한 행동은 이제 하지 않겠다고 약속할게."
"하고 싶은가 아닌가로 말해 보라면?!"
"세상일을 이원론적으로 나누려고 하는 건 그다지 좋지 않다고 생각해. 예스와 노 사이에 존재하는 무수히 많은 선택지를 소중하게 여기고 싶어."
뭔가 갑자기 내가 할 법한 궤변을 쓰기 시작했어…….
"마이, 마이, 오우즈카 마이!"
"큭, 이거 부끄러운걸……."
다시 허벅지를 찰싹찰싹 때렸더니 두터운 문을 비집어 여는 것처럼 마이가 괴로운 표정으로 읊조렸다.
"하고 싶고말고……. 그때의 욕망은 조금도 달라지지 않았어……. 내가 품은 좋아함이란 몸도 마음도 이어지는 관계야……."
마이는 부끄러워서 견딜 수 없다는 표정이었다. 이제는 부끄러워할 줄도 알고 성장했구나…… 싶은 생각을 하게 된다.
그러고 보니 아지사이 양도 친구와 연인의 차이는 야한 기분이 드느냐, 아니냐, 라고 했던 것 같은데……. 그건 혹시 내가 꿈을 꾼 건가……?
뭐, 나는 여자애 상대로 엉큼한 마음을 품은 적이 지금까지 살면서 한 번도 없었기 때문에 공감은 할 수 없지만…….
그래도 이해는 할 수 있다. 만화에서 읽은 적도 있으니까.
"그런 당신을 위해서 제가 생각해 온 게 있습니다."
나는 가방에서 스케치북을 꺼냈다.
그대로 펼친다.

『스킨십 타임 제도 도입.』

마이는 충격을 받았다.

"스킨십 타임…… 이라고?!"

"맞아."

보이지 않는 안경을 쓱 밀어 올리면서 나는 최대한 사무적인 태도로 설명했다. 배역에 몰입하지 않으면 창피하거든요!

"마이가 선을 넘는 일이 없도록 시간을 정해두면 괜찮지 않겠냐는 생각이 들어서요. 이거라면 상호 합의하에 꽁냥꽁냥…… 아니, 스킨십을 할 수 있잖아?"

꽁냥꽁냥이라고 표현하려다가 입을 다물었다. 뭔가 꽁냥댄다고 하면 쌍방향이라는 이미지가 있으니까……!

"그렇군…… 너는 천재인가. 처음은? 6시간 정도려나?"

"하루 종일 아무런 일정도 없는 날 즐기는 노래방 프리타임이 아니라고!"

갑자기 평소 컨디션을 되찾은 마이를 보며 내심 초조해하면서도 어쩐지 그리운 마음에 기쁨을 느꼈다. 나는 손바닥을 펴서 앞으로 휙 내밀었다.

"단!"

이제부터가 정말 중요한 부분이라고 강조하면서 스케치북을 넘겼다.

"스킨십 타임을 할 경우 동일한 시간만큼 스킨십을 받는 타임이 발생합니다!"

"그 말은……?"

"내가 마이를 만질 겁니다."

"뭣이라."

마이가 당황했다.

그렇다, 이건 마이의 폭주 방지를 위한 비책. 『자기가 당하기 싫은 건 남한테도 하지 말라!』를 교육하기 위한 방법이다. 고등학교 1학년 여자애를 상대로 무슨 애완동물 교육을 시키는 것 같지만!

실제로 마이는 내가 무릎베개를 해줬을 때 굉장히 부끄러워했는걸. 공격력은 누구보다도 특출나지만 방어력은 종잇장. 암살자 클래스 같은 느낌이다. 아마 자기가 당하는 상황에서는 남들만큼 평범하게 쑥스러움을 느끼는 거라고 생각한다. 이거라면 억제가 되겠지.

그리고 또…… 기왕 연인이 되기로 결심한 거니까 내 쪽에서도 마이한테 어프로치를 하는 편이 좋지 않을까 하는 생각도 있고……. 그래도 내 입으로 『저기, 스킨십을 하고 싶은데요……』라고 말을 꺼내는 건 창피해…….

하지만 이렇게 처음부터 규칙을 정해버리면 나도 『그렇구나― 나도 만져야만 하는 건가―! 어쩔 수 없네―! 규칙인걸―! 크윽―!』 하고 등 떠밀린 듯이 저지를 수 있는 거다.

아니 뭐 딱히 하고 싶은 건 아니지만요. 어디까지나 규칙이 그런 거니까요, 규칙이. 어쩔 수 없는걸―! 규칙이 그런걸―!

자, 그런고로.

"그럼 일단 한번 해볼까요."

"지, 지금부터 하는 건가. 그럴 수가, 차 안에서라니."

"차 안에서 못할 만한 엉큼한 짓은 하지 않기야?! 학교에 도착할 때까지니까, 각자 3분 정도씩. 자자, 시작."

내가 보채자 마이도 간신히 각오를 다졌다.

"알겠어. 해보자."

"그러면 스킨십 타임 개시입니다."

나는 마이 쪽으로 몸을 돌려 가볍게 양팔을 벌렸다. 내 더없이 무방비한 자세에 마이는 흠칫거리며 조심스럽게 손을 뻗었다.

그리고선 뺨을 만졌다.

"응……."

간지럽다. 마이가 손등으로 내 뺨을 쓰다듬었다.

"레나코……."

"으, 응."

"좋아해, 레나코."

손등이 스르륵 뺨을 타고 목덜미로 내려온다.

저기요, 일단 스킨십에 대한 마음의 준비는 하고 있었습니다만, 그렇게 뜨겁게 사랑을 속삭일 줄이야 완전히 예상 밖이네요…….

마이가 내 가슴에 얼굴을 파묻듯이 밀착하며 나를 끌어안았다. 나는 양팔을 벌린 상태로 가만히 몸을 맡겼다. 왜냐하면 규칙이 그러니까!

"부드러운걸. 레나코의 냄새가 나."

"크……."

부, 부끄럽네!

내가 먼저 스킨십을 제안해놓고 부끄러워하는 것도 창피한 일

이라서 나는 입술을 꾹 다물고 참았다. 그저 손가락 끝에서부터 마이가 가진 마음이 가감 없이 전해져 와서 조금씩 몸에 땀이 배어 나왔다.

등을 쓰다듬고, 머리를 쓰다듬고, 뺨을 쓰다듬고. 방금 막 새로 산 인형만큼이나 애지중지당한 끝에 간신히 3분 종료. 해방되었다.

"하아, 하아……. 이, 이런 느낌입니다……."

처음 제안한 게 3분이라서 다행이다. 재활 치료로 10분이라고 허세를 부렸다간 집으로 되돌아가서 다시 한번 샤워를 했어야 할 참이었다.

나는 허둥지둥 헝클어진 머리카락을 다듬으면서 마이를 시선으로 올려다보았다.

"어, 어땠어?"

"응, 응……. 오랜만에 레나코를 만질 수 있어서 좋았어. 행복했어."

감개무량한 표정으로 말하니까 가슴이 뜨거워진다.

분하지만…… 이건 역시 기쁘다.

뭔가 이렇게 솔직하게 누군가에게 사랑받는 건 기분 좋으니까…….

이제 와서 새삼스럽지만, 내가 마이랑 친구니 연인이니 하면서 맞서던 시기는 사치스러웠네, 그 시간도 분명 즐거웠구나, 하고 떠올리게 된다…….

연인은 결코 친구의 상위 호환이 아니니까 뭔가 좀 다르지만. 그래도 스킨십은 뭔가 기분 좋단 말이지, 싫은 의미로. 응.

그건 그렇고—!

"다음은 내 차례야, 마이!"

"그래, 물론이지. 네가 선사해 준 행복만큼 나도 행복을 돌려주고 싶으니까."

"그럼 한다."

타이머를 3분으로 세팅해놓고.

어디 보자, 일단은…….

마이의 뺨을 향해 손을 뻗었다. 이 정도쯤이라면 나라도.

그런데 뻗은 손이 덥석 붙잡혔다.

"잠깐, 마이?!"

"응? 왜 그러지?"

"아니, 뭐 하는 거야. 놔주지 않을래?!"

"어? 아아, 응. 그렇지."

마이가 손을 놓았다. 뭐, 뭔데.

아니, 마이는 마치 주사를 맞기 직전의 어린애처럼 긴장한 기색이었다.

이건 설마…….

손등으로 마이의 뺨을 쓸었다.

"읏……."

마이가 움찔 몸을 떨었다.

이건………….

순간 욕실에서 카호 짱의 야들야들한 몸을 만졌을 때가 떠올랐다. 그때의 수치심, 그리고 은밀한 고양감이……!

헤어스타일이 망가지지 않도록 조심스럽게 마이의 뒷머리를 부드럽게 쓰다듬었다.

"……."

마이는 되도록 목소리를 내지 않으려고 입술을 꽉 다문 채 소리를 참고 있었다.

평소엔 조각된 미술품 같은 아름다움을 가진 마이가 지금은 뺨에 홍조를 띠고서 인간미로 넘치는 표정을 보여준다.

히엑……. 이러면 내 쪽이 더 창피해져서 머리가 이상해질 것 같아. 3분이라니 도저히 견딜 수 없어……!

……하지만 나는 카호 짱과의 목욕 이벤트를 겪으며 확실한 레벨업을 이루었다. 경험치가 나라는 인간을 강하게 만들었다!

상대가 마이라는 점만 제외하면 욕실에서 1 대 1로, 거기다 둘 다 알몸이었던 상황이 훨씬 더 아슬아슬했거든. 다시 말해 이쯤이야 여유롭게, 여유…… 아니, 어떻게든 견딜 수 있어!

마이의 머리를 끌어안는 것처럼 꼬옥, 하고 품에 안았다.

"마이."

"으, 응……."

무적의 네오 레나코가 마이의 귓가에 속삭였다.

"귀여워, 마이."

"그, 그런 소릴……."

지금 당장 발버둥이라도 칠 것 같은 마이에게 미소를 지어 주었다.

"귀여워, 마이. 귀여워."

"네 쪽이, 훨씬 더……."

"아니, 지금의 마이는 아주 귀여워."

그건 마음에서 우러나온 말이었다.

마이는 내 등에 손을 두르고서 나를 받아들여 주었다.

"……너는 정말로 팜므파탈이야. 내 마음을 농락하지……."

"후후후."

지금만큼은 우쭐해져도 괜찮겠지. 아무도 보는 사람 없는 차 안에서 마이가 내 품에 있다. 나한테 끌어 안겨서 부끄러워하고 있다.

아름답고 멋진 마이가 아니라, 지금 여기에 있는 건 귀여운 동갑내기 여자아이. 나는 마이와 한층 더 마음의 거리를 좁힐 수 있게 된 것 같아서 기뻤다.

"마이는 정말로 나를 좋아하는구나."

스킨십 타임 3분을 마치고…… 나는 스스럼없는 손길로 마이의 뺨을 쿡 찔렀다. 마이가 뾰로통하게 볼을 부풀린다.

"……큭, 그런 말은 누구한테 배운 거지!"

"내, 내 오리지널이거든!"

"나를 좋아하는 건 네 쪽이겠지!"

"그, 그야! 뭐! 좋아하는 건 맞지만요?! 좋아하지도 않으면서 스킨십 타임이라니 그거 완전 글러 먹었잖아!"

"알겠어. 내가 너를 만진 시간만큼 네가 나를 만지는 대신 돈으로 값을 치르는 건 어떨까? 서로한테 나쁜 거래는 아닌데."

"그렇게나 나한테 스킨십을 받는 게 싫어?!"

"싫을 리가 없지! 다만 부끄럽잖아……!"

"피차 마찬가지라고! 내 심정을 맛보도록 해!"

왁자지껄 투닥거렸다.

그야말로 몇 년 만에 주고받는 기분이 드는 대화에, 저도 모르게 웃음이 새어나온다. 결국 친구로서 좋아했던 상대는 연인이 되어도 여전히 좋았다.

하지만 어라. 그렇게 치면 사츠키 양에게 받았던 고백을 거절할 이유가 사라져 버리는 것 같아서 뭔가 안 좋은 느낌이 들었다. 아니 보통은 연인을 몇 명씩 만들지는 않는다고! 나는 평범함을 버렸지만 말이죠! 아무튼 안 돼!

자동차가 교문 앞에 도착.

둘이서 나란히 등교한 사실에 대한 핑계는 학교에 오다가 우연히 마이가 태워준 걸로 하기로 정했다. 아마 이러면 자연스럽겠지.

"고마워, 하나토리 씨."

운전석을 향해 마이가 감사를 건넸다. 말없이 고개를 끄덕이는 하나토리 씨를 보고서 나는 무심코 움찔했다.

그러고 보니…….

차에는 우리 둘만 있는 게 아니었다. 운전수 분이 계셨다…….

게다가 아마, 나를 미워하고 있을 게 틀림없는 하나토리 씨가……! 아니, 하지만 어떠려나. 하나토리 씨는 마이를 아주 좋아하는 모양이니까 나랑 마이가 사귀고 있다는 걸 알게 되면 그건 그것대로 응원해 준다거나…….

마이가 나를 향해 웃음 지었다.

"사실 하나토리 씨는 기본적으론 10시부터 20시까지가 근무시간이야."

"염려 마시길. 2시간의 휴식시간도 제공되고 있습니다."

하나토리 씨가 영문 모를 보충 설명을 달았다. 나는 "으, 응" 하고 고개를 끄덕였다.

"하지만 오늘 레나코와 등교한다고 말했더니 꼭 자기가 운전수를 하고 싶다고 말을 꺼냈거든. 하나토리 씨도 어지간히 레나코가 마음에 든 모양이야."

"별말씀을요."

백미러를 통해 하나토리 씨와 눈이 마주쳤다.

마치 꽃에 꼬여 드는 독충을 바라보는 듯한, 하이라이트가 사라진 눈을 하고 있었다.

응원해 주는 듯한 기색은 요만큼도 없다.

"하, 하하하, 그, 그렇군요…… 야아— 기쁜걸요……."

"독…… 아마오리 님. 부디 충실한 하루를 보내시길 바랍니다."

지금 분명 독충이라고 부르려고 했지, 이 사람.

"가, 감사합니다…………."

하다못해 충실한 하루는 보내고 싶네, 나는 진심으로 생각했다.

* * *

그런데 학교에 왔더니 학교에서는.

"어머, 아마오리 양 아니신가요. 상당히 칙칙한 얼굴로 걷고 계시는군요."

"으겍."

쉬는 시간에 복도에서 마주치고 말았다. 타카다 히미코 양. 통칭 고자세 양이다.

"들었답니다. 당신, 오늘은 오우즈카 양과 함께 등교하셨다면서요. 리무진을 타고서 아침부터 화려하게 전교생의 시선을 사로잡았다는 모양인데요."

"그, 그럴 의도는 아니었는데 말이죠……!"

그냥 얘기만 나누고 있는데도 마구마구 힐난 당하는 기분이 든다. 왜 내가 혼자 있을 때 오는 거야!

실제로 내가 마이와 함께 리무진에서 내리자 등교하던 학생들 사이에서 떠들썩한 술렁거림이 터져 나왔다.

그 시선은 선망 일색이었고, 만약 아시가야 고등학교가 아가씨 학교였다면 『어머, 오우즈카 님과 아마오리 님이에요!』『두 분은 정말로 사이가 좋으시군요』『네에, 퀸텟 분들은 정말 다들 근사하셔서 저도 모르게 동경하게 돼요』 같은 대화가 오갔겠지.

나는 완전히 호랑이의 위세를 등에 업은 코알라 꼴이었지만 마이와 함께 선망의 시선을 받는 건 기분 좋았다……. 이걸로 앞으로 반년은 원래 아싸였다는 사실을 들키지 않고 싸울 수 있을 것 같아.

그렇긴 한데! 잠깐 득 봤다 싶더니 바로 이거냐! 인싸세 징수가 너무 빡빡해!

“너무 건방 떨지 말아 주시겠어요?”

“힉.”

겁먹은 나를 향해 고자세 양이 얼굴을 들이밀었다.

“여러분 퀸텟은 어디까지나 잠정적 동률로 1위. 그것도 싸움을 피해 다니는 겁쟁이 집단이에요.”

“피, 피해 다니는 건…….”

“뭐죠? 아마오리 양에겐 반론할 수 있는 근거가 있다는 건가요?”

한층 더 다그치기 시작했다. 무섭다고.

머릿속이 점차 새하얘진다.

지금부터 30분 정도 넉넉히 시간을 준다면 재치 있는 한 마디쯤은 돌려줄 수 있을지도 모르겠지만 현실은 냉정하다. 정지된 시간 속의 세계로 입문하는 건 불가능해…….

“저, 저기, 그게…… 저, 저는…….”

내가 한 마디도 못 하고 우물대고 있자, 고자세 양은 재미없다는 듯한 표정을 짓고선.

“후, 부디 목을 깨끗이 씻고 기다리도록 하세요. 아시가야의 정점에 군림하는 건 어느 쪽인가, 그걸 알게 될 날이 곧 찾아오겠죠.”

코웃음을 치고서 자리를 떠났다.

사, 살았다…… 다행히도 피라미라서 넘어가 줬어……. 이대로 인적이 드문 곳으로 끌려가서 폭언을 연타로 두들겨 맞았다면 내 마음이 죽어버릴 뻔했다.

대체 뭘까……. 신랄한 태도로 따지면 사츠키 양도 마찬가지인

데 전혀 다르다. 중요한 건 적의가 있느냐 없느냐인 걸까. 나는 사람의 그런 감정에 취약한 걸까…….

터벅터벅 교실로 돌아왔다.

한고비 넘겼더니 이번에는 슬픔이 몰려왔다.

나는 정말로 꼴사나워……. 퀸텟에 들어온 뒤론 기가 센 사람과도 조금은 평범하게 대화할 수 있게 됐다고 생각했는데. 누군가가 다그치니까 바로 눈앞이 깜깜해졌어.

하다못해 좀 더 능숙하게 흘려 넘기거나, 받아칠 수 있게 되면 좋을 텐데 말이지……. 『학교에서 누가 더 위인지 그런 거에 관심 없어요!』라고 딱 잘라 말한다거나…….

머릿속으로 몇 번이고 시간을 되돌리면서 했어야 할 말들을 찾았다.

그게 좋은 행동이 아니라는 걸 알고 있는데도 도저히 멈출 수 없었다.

"카호 짱~~……."

"엑, 뭐야, 뭐야뭐야?"

교실로 들어갔더니 혼자 있는 카호 짱이 보였다. 나는 흐느적흐느적 몸을 구부려 카호 짱의 품에 안겨들었다.

"왜 그래, 무슨 일이야. 그래— 착하지 착해. 대체 무슨 일이 있었던 거야."

"이제 나, 평생 카호 짱 곁에 있을래……. 옆을 떠나지 않을 거야……."

"왜 프러포즈 같은 대사를 하는 거야. 설마 진짜로 프러포즈야?"

"으으, 그럼 프러포즈든 뭐든 됐어……."

찰싹, 하고 이마에 촙을 당했다. 아얏.

"또— 그렇게 틈만 나면 다른 여자애를 꼬신다니깐. 요 녀석, 요 녀석."

"그, 그런 짓 안 하거든……."

같은 여자끼리의 커뮤니케이션이니, 서로 부둥켜안고 있어도 딱히 누가 뭐라고 하는 건 아니지만 왠지 창피해졌다. 몸을 펴고 일어섰다.

카호 짱은 허리에 손을 대고서 한쪽 눈을 감았다.

"뭐, 어쩔 수 없네—. 뭔가 울적한 모양이니까 얘기를 들어주겠어."

"역시 카호 짱은 내 절친이야~……."

"그래그래, 그래그래."

점심시간에 카호 짱이 하소연을 들어주기로 했다. 이걸로 오늘은 이불 속에서 몇 시간이고 슬픔을 반복 재생하는 일 없이 끝날지도 몰라……. 고마워, 카호 짱……!

"그나저나 레나찡은 말이지. 오늘 아침 마이마이랑 리무진을 타고 등교하셨다는 소식을 들었는데요. 아— 부러워라, 부러워……."

"카호 짱한테까지 미움받았다간 나 죽어버릴 거거든?!"

나는 비명을 질렀다. 누군가의 호감도가 올라가면 다른 누군가의 호감도가 내려간다. 이 세상은 어째서 복잡한 밸런스로 이루어져 있는 거야!

참고로 하는 말이지만 마이와 함께 등교한 일에 대해서는 아지사이 양한테도 빈틈없이 추궁을 당했다. 아지사이 양은 "후후후, 그런 거였구나"라며 뭔가 눈치챈 것처럼 미소 짓고는 그 이상 아무 말도 없던데…….

두 사람의 리퀘스트는 서로에게 알려주지 않았다. 물론 당연히 신경은 쓰이겠지만 경쟁이 붙거나, 불공평하다며 싸움이 나지 않기 위해서라나. 마이랑 아지사이 양이 싸움이라니 나로선 전혀 상상도 가지 않지만.

"마, 마침 등굣길에 마이가 태워줘서."

"알겠어. 그럼 그런 거구나."

아지사이 양이 싱긋 웃었다. 나도 어색한 웃음으로 화답했다. 으으, 부끄러워!

"아하하, 고자세 양한테 잡혔던 거구나."

"응……."

점심시간. 다 함께 모여 식사를 마친 후, 나와 카호 짱은 적당한 층계참에서 대화를 나누는 중이었다.

교실 밖으로 나가는 게 조금 무서웠지만 카호 짱이 있으니 안심이다. 카호 짱만 있으면 어디든지 갈 수 있어. 나의 주인님이다 멍…….

"그거 재난이었겠다냥. 내가 있었다면 파팟, 하고 상황을 원만

하게 수습했을 텐데 지켜주지 못해서 미안해."

"크—응……."

카호 짱이 턱 아래를 살살 긁어준 덕에 마음의 상처가 점점 아물어간다.

동시에 인간으로서 존엄성이 쭉쭉 줄어드는 느낌도 들지만 대를 위한 소의 희생이다……. 무언가를 얻으면 무언가를 잃게 된다. 이 세상은 복잡한 밸런스로 이루어져 있는 것이다…….

"어째서 그렇게나 퀸텟을 눈엣가시로 여기는 걸까……."

"신분 상승 욕구가 강한 애는 어딜 가든 있는 법이다냥. 내가 보기엔 진심으로 마이를 꺾을 수 있다고 생각하는 거라면 터무니없는 자신감이라고 보지만."

"아, 역시 그렇지."

이곳저곳 다른 그룹에도 얼굴을 내밀고 있는 카호 짱은 퀸텟의 소식통이다. 만약 게임이었다면 분명 현재의 호감도 수치를 가르쳐 주는 포지션이었겠지.

"유감이지만 현재 배당은 1:1억 정도다냥."

대박은커녕 초대박 마권……!

"나는 B반 애들에 대해선 하나도 몰라……. B반에선 인기가 있거나 그래?"

"일단 반에서는 톱 카스트에 속하는 애들이지. 외모도 예쁘고, 목소리도 크고, 기가 센걸."

으……. 내가 거북해하는 타입들……!

내가 얼굴을 찌푸리는 모습을 보고선, 어째선지 카호 짱이 살

짝 기쁜 기색으로 웃었다.

"레나찡, 남의 험담을 듣는 것도 그다지 좋아하지 않는 모양이네—."

음…… 아마 그 말이 맞아.

만약 마이나 사츠키 양처럼 내가 잘 아는 사람에 대한 험담을 들으면 대미지가 몇 배로 늘어나겠지만, 내가 잘 모르는 사람의 험담도 듣고 있기가 힘들다.

하지만 그건 물론 내가 성인군자라서 그런 게 아니고, 누군가에 대한 험담을 들을 때마다 항상 자신을 돌이켜보게 되기 때문이다.

『그 녀석 영 눈치가 없어가지고—』라는 얘기를 들으면, 나는 과연 눈치 있게 행동하는 걸까 신경 쓰이기 시작해서 어쩔 줄 모르게 되거든. 『멍청한 주제에 우쭐해져선』이라는 대화가 귀에 들어오면 나도 시험 점수가 그다지 좋은 편이 아니니까 우쭐대지 않도록 조심해야지……. 하고 스스로를 경계하게 된다.

쉽게 말해 안절부절못하게 되는 거다. 여기 없는 사람에 대해서 얘기를 해도 내가 비난받는 듯한 느낌이 든다.

이건 성격이 착한 거랑은 다른 거겠지. 오히려 지나친 자의식과잉인 걸지도 모른다…….

"뭐, 그러면 최대한 험담처럼 들리지 않도록 얘기하겠는데, 고디스 애들은 말이지—."

카호 짱은 그런 나를 배려하면서 고디스 멤버를 소개해 주었다.

리더가 타카다 히미코 양. 미인에 키가 크고, 운동신경도 좋은

데다 부모님이 부자라고 한다.

"게다가 공부도 엄청 잘해서 무려 고등학교에 들어온 뒤로 결코 3위를 양보한 적이 없는 것이다!"

"우와."

나도 모르게 감탄을 흘렸다.

"그건 제법, 눈물겨운 이야기군요……."

왜냐하면 3위라는 건…… 3위라는 건 즉……!

카호 짱도 응응, 하고 고개를 주억거렸다.

"거기다가 우리 쪽 투톱은 다른 사람은 안중에도 없이 계속 둘이서만 경쟁을 이어가고 있으니까 말이다냥……. 저렇게 되는 것도 이해가 간다고 해야 할까. 하지만 이해하는 건 하는 거고 남한테 폐를 끼치는 건 또 다른 문제야, 레나찡!"

"앗, 네."

공감의 늪 속으로 잠길 뻔한 내 팔을 붙잡아 확 끌어올리는 카호 짱.

으, 응, 확실히 그렇다. 자기가 분하다고 해서 그게 남한테 화풀이할 이유가 되지는 않지.

"다른 면면들을 보면―, 사 짱이랑 캐릭터가 겹치는 애가 카메사키 치즈루 짱. 아 짱이랑 캐릭터가 겹치는 게 하가 스즈란 짱. 그리고 나랑 캐릭터가 겹치는 애가 네모토 미키 짱이야."

"설명이 너무 대충인 거 아냐?!"

경악하고 말았다. 그야 캐릭터가 겹친다는 생각을 하긴 했지만! 그건 모두가 그렇게 느꼈었구나…….

그다음 세 사람에 대한 설명을 들었다. 카메사키 양은 도서위원이고, 하가 양은 학생회에 소속된 애. 그리고 네모토 양은 수수께끼의 갸루라고 한다. 수수께끼의 갸루라니.

"설명은 끝!"

카호 짱이 한 건 해냈다는 표정을 지었다. 후반은 굉장히 대충이었는데…….

"아, 저기, 테루사와 양은?"

나랑 캐릭터가 겹치…… 아니, 겹치는 부분이 전혀 없지만! 명랑하고, 귀엽고, 나랑 일치하는 면이 전혀 없는 테루사와 양에 대해서 묻자.

"응―? 어디 보자, 걔는 말이지―."

카호 짱이 얘기하려고 입을 연 그때였다.

"앗, 차, 찾았다! 큰일이에요, 아마오리 양, 코야나기 양!"

황급히 끼어든 사람은 언제나 나를 찬미해 주는 히라노 양이었다.

"뭐야뭐야, 무슨 일이야?"

"우왓, 퀸텟의 코야나기 양이 이렇게 가까이에……! 무서울 정도로 귀여워…… 앗! 이, 이게 아니지!"

히라노 양은 잡생각을 떨쳐내려는 것처럼 고개를 휙휙 털고서 말을 꺼냈다.

"코토 양이 B반 애들한테 끌려가 버렸어요!"

뭐? 사츠키 양이……?!

나와 카호 짱은 달리고 있었다.

히라노 양은 화장실에 가던 도중 복도에서 사츠키 양이 B반 애들한테 둘러싸여 있는 모습을 목격했다고 한다. 어쩐지 심상치 않은 분위기를 느끼고서 몰래 숨어 훔쳐봤더니 세 사람이 달려들어 그대로 사츠키 양을 학교 뒤편으로 끌고 가버렸다나.

요전에 선전포고가 있기도 했으니 그걸 본 히라노 양은 우리 퀸텟한테 소식을 알리려고 열심히 찾아다녔다고 한다.

"사츠키 양, 괜찮을까……!"

"뭐, 사 짱이라면 괜찮을 거라고 생각하지만."

"응……."

카호 짱은 그렇게 말했지만 나는 걱정이었다.

아무리 사츠키 양이 어른스럽다고는 해도 아직 고등학교 1학년밖에 안 된 여자애다. 같은 또래 애들 셋한테 포위되면 무사할 리가 없다.

나는 1대1인데도 눈물이 날 뻔했다. 사츠키 양도 지금쯤 분명 불안한 심정이겠지.

그 애들한테 맞서는 건 솔직히 무진장 무섭지만……. 손이 덜덜 떨리지만! 지금 당장이라도 도망쳐서 모든 걸 잊고 잠들고 싶지만!

하지만 그렇다고 내버려 둘 순 없다고!

사츠키 양이 나를 어떻게 생각하는지는 모르겠지만…… 나에게 있어서 사츠키 양은 소중한 친구인걸!

일기예보대로, 오후가 되자 하늘에는 짙게 구름이 끼어있었다.

당장이라도 비가 쏟아질 것 같은 날씨 속에서, 연결 복도를 달

려 교사 뒤편으로 향했다.
모퉁이를 돌자, 그곳에는.
울고 있는 여자아이가 있었다.
"사츠키 양——."
저도 모르게 말을 걸려고 했다가, 깨달았다.
……응?
"아마오리, 카호. 뭐야? 급한 용건?"
"아, 아뇨………….."
내가 본 그대로를 설명하자면, 교사 뒤 벽면에 몰린 것처럼 사츠키 양이 벽을 등지고 서 있었고, 그 앞에 여자애 셋—— 타카다 양과 테라사와 양을 제외한 고디스 멤버 셋——이 있었다.
그리고 그중 한 아이는 훌쩍훌쩍 울상을 짓고 있고, 양옆에 선 애들은 설산에서 곰이라도 만난 것 같은 눈으로 사츠키 양을 쳐다보고 있다.
이, 이건…………?!
"사 짱 대승리잖아……."
그런 거야?!
우는 애를 위로하던 아이 중 하나가 울먹이는 눈으로 우리한테 외쳤다.
"어, 어떻게 그렇게 심한 말을 할 수 있는 거야……?! 믿을 수 없어!"
"심한 말?"
사츠키 양이 성가시다는 듯한 시선을 던지자 세 사람이 곧바로

움찔 몸을 떨었다.

히익. 나도 분위기에 말려들어 몸을 떨었다.

"무슨 용건인가 싶었더니, 이런 곳까지 끌려와서 너희들의 한심하기 짝이 없는 얘기에 어울려줬는데 잘도 태연하게 그런 소리를 할 수 있구나. 후안무치도 유분수야."

"어, 어려운 말을 써서 잘난 척하기는!"

"어라. 최대한 노력해서 바보도 알아들을 수 있는 어휘를 써줬는데 이래도 아직 부족했던 거구나. 내 예상을 훨씬 웃도는 바보였을 줄이야. 용케도 아시가야에 입학했네. 그 떨어지는 두뇌로 공부를 참 열심히 했구나."

"스, 승부하자고…… 어느 쪽이 위인지 정하기 위해서……!"

사츠키 양이 말을 꺼낸 애한테 시선을 던졌다. 록 온 당한 하가 양은 누가 봐도 알 정도로 어쩔 줄 몰라 했다.

"그럼 당신이 나와 승부를 해 보겠어?"

"……어?"

"지금 여기서 승부를 내고, 그게 끝나면 이제 절대로 당신은 나한테 상관하지 않도록 해. 뭐든지 좋아. 당신이 지금 꺼낸 말인걸. 자, 뭐로 할래?"

"자, 잠깐, 그건."

불쑥 얼굴을 내미는 사츠키 양.

하가 양은 "히엑……" 하고 신음하면서 사츠키 양이 다가온 만큼 뒤로 물러났다.

"자, 당신들이 틈만 나면 했던 소리잖아. 도망치는 건 비겁한

녀석이라고. ……그렇지?"

그건 마치 시골 처녀를 꾀어내는 마녀와도 같은 광경이었다…….

나는 대체 뭘 걱정했던 걸까.

3대1이라고 해도 사츠키 양이 질 리가 없잖아……. 대체 상대가 누구라고 생각하는 거야. 저 코토 사츠키라고…….

"두, 두고 보라고~~~!"

80년대 식 구닥다리 대사를 내뱉으면서 세 사람은 허둥지둥 도망갔다.

잠시 그 뒷모습을 바라보다가 헉, 하고 정신을 차렸다. 나는 사츠키 양에게 황급히 다가갔다.

그래. 아무렇지 않은 척하고 있어도 사츠키 양은 고집쟁이니까 실제론 내심 상처 입었을 가능성도 있어.

"저기, 사츠키 양, 괜찮아? 그게, 다친 데는 없는 거지?"

"그래."

사츠키 양은 태연하게 머리카락을 털었다. 한낮에 커피 한 잔의 여유라도 즐기는 것과 별반 다를 게 없는 평온한 태도였다.

진심 리얼로 아무렇지도 않은 표정을 하고 있잖아…….

"만약 권총이라도 꺼냈다면야 조금은 몸의 위기를 느꼈겠지. 하지만 기껏해야 고등학교 1학년 꼬맹이 셋. 대수롭지 않아."

"사츠키 양도 같은 나이잖아?!"

"상대보다 정신적인 우위에 서려면 자기 자신에 대한 건 뻔뻔해져야 해. 그런 다음엔 약한 상대를 집요하게 노려서 각개격파하면 되지. 그것뿐이야."

아니 당신은 쉽게도 말하지만요…….

확실히 FPS에서도 수적으로 불리한 상황에서는 먼저 상대의 머릿수를 줄이는데 온 힘을 쏟아야 한다……. 그게 가능한지 어떤지는 둘째 치고서라도 이론대로라면…….

사츠키 양이 이쪽으로 몸을 돌렸다.

"걱정돼서 도와주러 온 거야? 둘 다."

"어? 그야, 뭐……."

방금 전까진 그럴 생각으로 온 거지만…….

카호 짱이 어처구니없다는 듯이 웃었다.

"필요 없었던 모양이지만 말이지—."

"흐응."

사츠키 양은 쌀쌀맞은 어조로 말했다.

"고마워."

"으…… 응."

왠지 이런 식으로 자연스럽게 커뮤니케이션을 취할 수 있게 된 게 기뻐서 이러니저러니 해도 달려오길 잘했구나, 하는 생각이 든다.

카호 짱이 검지를 척, 세우면서 웃었다.

"뭐, 이걸로 B반 애들도 다들 질렸을 거라 생각해. 퀸텟의 돌격대장의 칼날에 두 동강이 났으니 당분간은 귀찮게 굴지 않겠지!"

부정적인 사고방식을 가진 나조차도 그렇게 생각했다.

사츠키 양이 끌려갔던 사건에 대해선 바로 그룹 메시지를 통해 퀸텟 모두에게 정보 공유를 마쳤고, 이걸로 이 사건은 다 정리된

거라고.
이때까진 그렇게 여겼다.

＊＊＊

“어제는 큰일이었던 모양이네.”
쉬는 시간. 아지사이 양이 마음에 스며드는 온천 같은 따뜻한 목소리로 나를 치유해 주었다.
오늘은 아침부터 평화로운 하루를 보내는 중이다. 그리고 분명 앞으로도 그럴 것이다.
이제 내 인생에 괴로운 일이나 슬픈 일 같은 건 단 하나도 일어나지 않을 것이고, 남은 고등학교 생활은 장밋빛으로 물들어 있다. 인생 완결!
……그런고로, 그 일환으로서 나는 지금 교실에서 아지사이 양과 대화를 나누고 있었다.
“이렇게 말하기는 뭣하지만 타깃이 된 게 사츠키 양이라서 다행이었던 걸지도…….”
만약 타깃이 나였다면 몇 초 지나기도 전에 삐엥—! 하고 울음을 터트렸을 테니까.
하지만 내가 끌려갔다면 카호 짱이랑 사츠키 양이 구하러 와줬으려나? 평생치 은혜를 느끼게 되네. 바로 충성을 맹세할 거야.
사츠키 양이 타깃이 된 이유는 단독 행동을 할 때가 많아서 그런 게 아니겠냐는 게 카호 짱의 말이었다. 그건 확실히 맞는 말이

지만 퀸텟에서 제일 싸움을 걸어서는 안 되는 사람도 사츠키 양 아니야?

“있지, 만약 걔들이 찍은 게 아지사이 양이었다면 어떻게 했을 거야?”

“만약 나라면.”

아지사이 양은 하얀 구름을 좇는 것처럼 허공을 바라보더니 고개를 갸웃했다.

“일단은 대화를 나눠 보지 않을까. 점심시간이면 시간도 넉넉할 테니까 어째서 이런 짓을 하는 건지 이것저것 물어봤을 거야.”

“사, 상대가 얘기를 들으려고 하지 않는다면……?”

“음―. 역시 그래도 끈기 있게 대화를 나눠 보려나. 왜냐하면 아예 모르는 사이도 아니고, 같은 학교 학생인걸.”

나는 아지사이 양이 여자애들한테 둘러싸여 적대시 당하고 있는 광경을 상상했다.

어쩐지, 슬퍼지기 시작했어…….

“그, 그래도 역시 위험하다고 생각해…….”

“괜찮아, 괜찮아. 나 있지, 중학교 때는 이런 상황에 처한 적이 꽤 많이 있었거든.”

아지사이 양의 발언에 나는 경악했다.

“그, 그랬어?!”

“응. 몇 번은 중재에 나선 적도 있어.”

저, 전혀 상상이 안 돼. 아지사이 양이 싸움을 중재……? 어떻게 된 거야.

"중학교 시절 아지사이 양은 혹시……."

"어?"

설마 아지사이 양은 옛날에 꽤 거칠게 놀았다…… 거나?!

한순간 머리카락을 금색으로 염색하고서 정수리만 검게 물들어 있는 아지사이 양의 모습이 떠올랐다. 배꼽을 내놓은 패션에 초 미니스커트를 입고서 엄청 큰 스트랩을 가방에 단 사나운 눈매를 가진 양아치 아지사이 양이다.

설마 그런 의미로 고등학교 데뷔를 한 거야? 아지사이 양…….

"어, 어떤 사람이었어? 중학교 때 아지사이 양은."

내 어처구니없는 상상 따위 아랑곳없이 아지사이 양은 "후훗" 하고 웃었다.

"비밀."

역시 양아치였던 건가요?! 아지사이 양!

그렇구나, 만약 그렇다면 여러 가지 수수께끼들이 풀린다…….

아지사이 양이 가족을 생각하는 마음이 큰 것도 으레 불량아들은 가족한테만큼은 상냥하기 마련이니까……! 긍정적이고 의외로 분위기를 잘 타는 것도! 겉과 속이 똑같은 것도! 전부 한때 노는 애였으니까!

"아— 왠지 레나 짱 이상한 상상하는 것 같아."

"그, 그렇지는."

아지사이 양이 쿡쿡 웃었다.

"있지, 나 중학교 때는 학생회장을 했어."

"헤, 헤에…… 아니, 학생회장?!"

그건 학교 내 톱 중의 톱이잖아!

그렇구나, 학생회장은 날 때부터 학생회장으로 태어나서 평생 학생회장을 하는 거라고 생각했는데……. 학생회장도 고등학교에 들어오면 리셋돼서 일반 학생으로 돌아오는 건가…….

"놀랐어?"

"으, 응……. 그래도 듣고 보니 또 엄청 납득이 간다고 해야 하나."

전 학생회장님……. 나와는 인연이 먼 인종이었구나, 아지사이 양…….

"아, 그렇다고 교칙을 지키라며 잔소리를 하지는 않으니까."

"으, 응, 그렇지."

아시가야는 어느 정도 상식적인 범주 안에서는 교복을 커스텀하는 게 용인되고 있어서, 아지사이 양도 학교에서 지정한 거 말고 가느다란 리본을 매고 있다.

잘 어울리고 아주 귀엽지만 솔선해서 교칙을 지켜야 하는 입장인 학생회장이 할만한 패션은 아니라고 생각한다. 그런 느슨함이 어쩐지 아지사이 양답다.

학생회장인가…….

"아지사이 양이 학생회장이었다면 학생들 모두가 열렬한 팬이 될 것 같아."

막 팬클럽이 생긴다거나. 여차하면 내가 직접 만들 것 같아.

그리고 팬클럽 내에서 순위 전쟁이 일어나, 설립자인 나는 나중에 들어온 스쿨 카스트 상위의 여자애한테 위협을 당해 맥없이

팬클럽 회장직을 내놓게 되는 거야……. 이윽고 팬클럽에서조차 있을 곳을 잃어버린 나는 방에 틀어박히게 되는데…….

망상에서조차 불행해지는 환각을 보는 건 하지 말자!

아지사이 양이 손가락으로 조그마한 하트를 만들었다. 앗, 귀여워!

"레나 짱도 내 팬이 될 거야?"

"되지, 되고말고. 아지사이 양의 코디를 흉내 내기도 하고, 머리 스타일도 비슷하게 바꿀지도."

"어— 뭐야 그게, 엄청 귀여워. 하자하자."

양손을 가슴 앞에 모으고서 방긋 웃는 아지사이 양. 귀여운 건 아지사이 양이라고.

그런데 아지사이 양 코스프레를 한 나인가……. 거울을 보면서 스스로를 돌이켜 보고선 죽고 싶어질 것 같아. 자신을 세나 아지사이라고 생각하는 아마오리 레나코는 이미 범죄죠.

그때 마이가 다가왔다.

"뭔가 재밌어 보이는 대화를 하고 있는걸."

"응, 마이 짱. 그러고 보니 마이 짱은 중학교 시절엔 부활동 같은 거 했었어?"

"나는 뭔가 해보고 싶었지만 가정 사정 탓에 허락을 받지 못했거든. 어떤 부에 들어가기는 했어야 됐기 때문에 사츠키가 있는 문예부에 소속되어 있었어."

"와아, 사츠키 짱이랑 마이 짱, 같은 부 소속이었구나."

"따지고 보면 같은 부였던 것도 아니야."

사츠키 양도 대화에 끼어들었다. 어제 성대하게 날뛰었던 대괴수, 사츠키질라다.

"마이는 마음이 내킬 때만 부에 와서 적당히 시간을 때웠잖아. 내가 권하는 책도 전혀 읽지 않았으면서."

"너는 독서가니까. 나는 그 페이스에 쫓아갈 수 없었어."

"아 다르고 어 다른 법이네."

그러자 아지사이 양이 내 쪽으로 이야기의 바턴을 건네주었다.

"레나 짱은 중학교에서 부활동 같은 걸 했었어?"

"어?! 저, 저 말인가요?"

큰일이다. 이 흐름대로라면 혹시나, 하고 어렴풋이 위기를 느끼긴 했지만……! 어떻게 할까. 아니, 진실을 교묘하게 감추면서 중요한 부분은 말하지 않고 상대가 알아서 짐작하게 만드는 테크닉을 쓰자.

"나는 저기, 일단 농구부에 소속되어 있었어."

"헤에— 그랬구나. 어쩐지 조금 의외야."

"그, 그다지 성실하게 참여하지는 않았지만. 응……."

그렇다, 입부 첫날 얼굴을 내민 뒤부터 한 달 가까이 근력 트레이닝만 시키는 생활이 괴로워서 발길을 끊고는 부활동 이전 신청서를 냈던 걸 슬쩍 바꿔 말했다. 이게 커뮤력입니다.

"레나 짱이 농구 경험자였다면 마음 든든한걸."

"어? 아, 응. 그러네요."

머리 위에 물음표를 둥둥 띄운 채로 끄덕였다.

무슨 소리지. 체육 수업을 말하는 걸까.

"응, 확실히" 하고 마이도 동의했다. 사츠키 양은 관심 없는 태도로 자리로 돌아갔다.

대체 무슨 뜻일까. 그건 다음 HR 시간에 바로 알 수 있었다.

칠판에 적힌 종목. 거기에는 소프트볼과 농구가 있었다.

여학생은 전원, 반드시 이 두 종목 중 한 가지를 골라 참여해야 한다는 뜻이다. 당연히 나는 소프트볼을 고르고 싶다. 왜냐하면 개인이 짊어지는 책임이 농구에 비하면 더 가벼워 보이니까……!

그런데 실제론. 내 이름은 농구 아래에 적혀 있었다.

어째서 이렇게 된 거지?!

내가 오들오들 떨고 있는 동안에도 홈룸은 착착 진행됐다.

학급 임원인 시미즈 군과 카호 짱이 칠판 앞에 나란히 서서 척척 이름을 적어 나갔다.

"흥흐흥—, 기왕 하는 거 역시 이기고 싶은걸—!"

젠장!

여기서 내가『에이— 귀찮으니까 역시 소프트볼이 좋아(웃음)』이라고 말하면 아마 통하긴 하겠지. 뭐니 뭐니 해도 나는 퀸텟의 아마오리 레나코. 학급의 상위! 카스트! 여자! 이긴 한데…….

상위 카스트라는 건 예를 들어 얼굴이 예쁘거나, 말을 재미있게 하거나, 공부를 잘하거나, 패션을 잘 꾸미고 다니는 법이다. 그렇기 때문에 남들한테 존경을 받고, 귀족적인 지위를 누릴 수 있다.

다시 말해 기회주의적인 태도나, 남들을 깔보는 행동만 하고

다니면 그건 스쿨 카스트 상위권에 어울리지 않는다는 뜻. 친구들한테 반감을 사게 되고, 최종적으로는 퀸텟 그룹 안에서도 지탄을 받게 되는 것이다!

그치만 반 애들 모두 나한테 기대하고 있는 상황이니까! 예전에 농구부 소속이라는 소리를 해버렸으니까!

퀸텟의 권한을 써야 할 때는 언제인가. 그걸 신중하게 판별해야만 한다……. 하지만 그건 지금인가……? 어떻지……?

내가 돌아가는 추이를 살피고 있었더니 농구팀 멤버가 결정됐다. 너무 상황을 지켜보기만 한 듯한 느낌도 들지만 신중하게 지켜본 덕분에 내가 처한 상황이 눈에 띄게 호전되었다.

농구 멤버 5명 중에 퀸텟이 세 사람.

나와 카호 짱, 그리고 사츠키 양이다.

“소프트볼은 마이마이가 무쌍을 찍어준다고 치고!”

“최선을 다하겠어.”

마이가 가슴을 펴자, 소프트볼을 고른 여학생들이 하나같이 안심하는 표정을 짓는다. 그때 아지사이 양이 짝짝 손뼉을 쳤다.

“역시 마이 짱이야.”

“후후, 너까지 그렇게 말해주니 평소 이상의 실력을 발휘할 수 있을 것 같아. 좋아, 알겠어. 그렇다면 내가 A반에 승리를 바치겠다고 맹세하도록 하지.”

소프트볼을 고른 여자애들이 마이를 향해 가히 사랑에 빠진 듯한 시선을 보내고 있었다. 아시가야의 슈퍼달링……!

“그리고!”

이어서 카호 짱이 쾅, 하고 칠판을 때렸다.

“농구팀에는 우리 반의 2대 에이스 중 한 명! 사 짱을 배치함으로써 어느 쪽으로도 빈틈이 없는 A반 최강 포메이션이 완성된 거야!”

개인적으로는 마이랑 사츠키 양이 태그를 이루는 모습도 보고 싶었지만 그건 사츠키 양이 싫어할 것 같으니. 아니, 사실은 사츠키 양은 되도록 우리 팀에 넣어두고 싶으니까!

“우리 반 여자애들 너무 센 거 아냐?”

팔짱을 낀 시미즈 군이 절절한 어조로 중얼거렸다. 남자애들도 전부 그 말에 동의하고 있다. (참고로 남학생은 풋살과 배구를 한다고 한다.)

“좋아, 다들 열심히 하자—!”

에이, 에이, 오— 하고 카호 짱이 혼자서 주먹을 높이 치켜들었다. 반응이 없는 게 불만이있는지 나를 향해 손가락을 척, 내밀었다. 엥?!

“힘내자, 레나찡!”

반 애들의 시선이 나에게 쏠린다. 엇, 어엇!

당황하면서 카호 짱을 흉내 내며 주먹을 치켜들었다.

“에, 에이에이오—?”

“그래, 바로 그거야!”

카호 짱이 엄지손가락을 치켜세웠다. 반에 유쾌한 분위기가 흐른다. 다, 다행이다……. 정답이었던 모양이다.

팀 배분도 끝났고, 구기대회는 2주 뒤. 그때까지 나도 모쪼록

사츠키 양과 카호 짱의 발목을 잡지 않을 정도로는 연습해 둬야지……!

하지만 설마하니 이후에, 구기대회가 결코 질 수 없는 처절한 싸움으로까지 발전할 줄이야…….

이제 내 인생은 순풍에 돛을 단 인생이었던 거 아니었나요……?! 마이랑 아지사이 양과 실컷 데이트를 하고 즐거운 고등학교 생활을 보내는 걸로 이제 충분하잖아요—! 싫어—!

WATA-
Friends?
Lovers?
NARE

퀸 : …….

퀸 : 마치 초상집 같네요.

츠루 짱 : 으으…….

츠루 짱 : 그 사람, 너무해…… 어떻게 그렇게 모진 말을 할 수 있어……?

츠루 짱 : 마치 마르지 않는 샘처럼 온갖 폭언이 쏟아져 나오고……. 코토 사츠키이…….

퀸 : ……그렇게나 심하게 당한 건가요?

히메유리 : 정말 장난 아니었다니깐! 걔는 악마야, 악마!

퀸 : 단순한 오우즈카 마이의 졸개는 아니었다는 뜻이군요.

츠루 짱 : 설마…….

히메유리 : ?

츠루 짱 : 그 여자는…… 오우즈카 마이한테 돈으로 고용된 보디가드…….

츠루 짱 : 아니, 암살자 아닐까……?

히메유리 : ?!

퀸 : 설마 그럴 리가요.

츠루 짱 : 그 순간 그 눈빛. 그건 그야말로 사람을 죽여 본 게 아니면 설명이 안 돼…….

히메유리 : 어쩐지……!

히메유리 : 하지만 만약 정말이라면 어떻게 해야 돼?!

히메유리 : 오우즈카 마이를 쓰러트리면 암살자한테 노려지게 되는 건데?!

츠루 짱 : 아니, 반대야, 하가.

히메유리 : ?!

츠루 짱 : 오우즈카 마이를 카스트의 톱에서 끌어내리는 것으로 구심점을 잃도록 만들 수만 있다면……!

히메유리 : 돈으로 고용된 코토 사츠키는 돈을 좇아 이쪽에 붙는다……?!

츠루 짱 : 충분히 가능한 현실적인 청사진이야.

퀸 : 그런 걸까…….

히메유리 : 다시 말해…… 할 수밖에 없다는 뜻이네…….

츠루 짱 : 맞아. 그리고 그걸 위해서는 먼저 퀸텟의 전력을 깎아낼 필요가 있어.

츠루 짱 : 그렇다고 한다면 노려야 할 건──.

학교를 마치고 집으로 가는 길에 스포츠 용품점에 들러서 농구공을 샀다.

내 전용 농구공이다.

어렸을 때 기억이 떠오른다. 초등학교 체육 시간. 다들 체육관에서 제각각 공을 들고 가지고 놀았던 기억.

크고 단단한 농구공이 무척 멋져서 나는 혼자 농구공을 갖고 놀고 싶었는데, 공이 얼마 없으니까 혼자서 갖고 놀면 안 된다면서 강제로 농구를 하는 애들 사이에 끼게 됐다.

네다섯 명이서 서로 공 돌리기를 하는 바람에 내가 농구공을 만져볼 기회는 얼마 없었고, 뭔가 생각했던 것과 달라서 슬펐지.

중학생 때 농구부에 들어간 것도 그 영향이 있었겠지. 그랬는데 이번에는 공을 만져볼 수조차 없었고, 인간관계도 잘 풀리지 않아서 또 금방 그만둬버렸지만…….

하굣길. 오직 나만의 농구공을 만지작거리면서 문득 생각했다.

이렇게 공을 샀으면 혼자서도 실컷 놀 수 있었겠구나.

나는 거기까진 전혀 생각이 닿지 않았다. 왜냐하면 농구공은 학교 물건이고, 학교에서 갖고 노는 게 당연한 거라고 생각했으니까.

혼자서 SNS에 글을 올렸던 날. 처음으로 컴퓨터로 게임을 했던 날. 내 손으로 직접 앞머리를 다듬었던 날. 모든 날들이 『앗,

이렇게 해도 되는 거구나?!』의 반복이었다.

이런 식으로 한 걸음, 한 걸음씩 자신의 세상이 넓어지는 거구나, 하고 마치 남의 일인 것마냥 감상을 품으며 집에 도착했다.

내일은 학교를 마치면 공을 가지고 집 근처 공원으로 가자. 나만의 농구공이 기쁘기도 하면서, 살짝 부끄럽기도 했다.

집에서 조금 걸어가면 나오는 곳. 한산하게 비어있는 시민 공원의 운동장.

두 개 있는 농구 코트에 사람이라곤 학교 체육복을 입은 나 혼자뿐.

통통통……. 공이 지면을 때리는 소리가 울려 퍼진다.

어, 어쩐지…… 창피해……!

보통 이런 느낌으로 밖에서 혼자 플레이하는 스포츠 선수는 기본적으로 실력이 있다고 해야 하나, 뭔가 고고한 노력가! 같은 이미지가 있었는데…….

나는 서툰 손놀림으로 덩그러니 혼자서 드리블만 하고 있는 상황…….

강아지를 산책시키는 할아버지나 학교를 마친 학생들이 지나갈 때마다 묘하게 땀이 난다.

허접이 허접 나름대로 노력하고 있네, 풉, 같은 느낌.

혹은 아— 흐뭇한 모습이구먼—, 같은 환청이 들려온다.

싫어싫어…… 남들 눈에 띌 거라면 훨씬 더 실력이 붙은 다음에 공원에 나오고 싶었어……. 방 안에서 1년 정도 드리블 연습

을 한 다음이라거나……! 그러면 구기대회가 끝나버리지만!
하다못해 누군가가 옆에 같이 있어줬다면 조금은 남들의 시선이 덜 신경 쓰일 텐데. 혼자는 괴로워. 누구든 좋으니까, 누구든……!
그런 생각을 하고 있었더니 따릉따릉하는 자전거 벨 소리가 들려서 깜짝 놀라 뒤를 돌아보았다.
"야호—."
"——카, 카호 짱!"
내 표정이 확 밝아졌다.
"어떤 무기든 좋으니까 하나만 달라고 바랐더니 현 메타 최강의 무기인 어설트 라이플이 떨어져 있었던 기분!"
"무슨 소린지 전혀 이해가 안 가지만 대충 기뻐하고 있다는 건 알겠어."
자전거를 주차해 놓고서 카호 짱이 종종걸음으로 다가왔다.
카호 짱도 체육복 차림이다. 다만 하의는 플리츠 운동복 스커트를 입고 있어서 움직이기도 편해 보이는 데다가 아주 세련된 느낌이었다. 퀸텟! (감탄했을 때 나오는 감탄사.)
"어, 어떻게 카호 짱이 여기에……?"
"그렇게 반짝이는 기대를 담은 시선으로 바라보면 『어쩌다 지나가던 참이었을 뿐』이라고 농담하기가 힘들다냥……."
그런데 카호 짱은 갑자기 스마트폰을 들이밀면서.
"애초에 이렇게 『오늘부터 농구 연습을 할 거야! 공원에서 16시 반부터 연습할게! 혼자서 연습하고 올게!』라고 메시지를 줄줄이 보

낸 주제에, 어떻게고 자시고고 없잖아! 대놓고 신호를 줬으면서!"
힝……. 그치만 진짜 와줄 거라곤 생각 못 했는걸…….
참고로 사츠키 양한테도 똑같은 짓을 해봤지만 철저하게 무시당했다.
"고마워, 고마워어…… 역시 카호 짱은 내 베스트 프렌드……."
"어휴 정말이지, 참 약삭빠른 여자다냥……. 뭐— 상관은 없지만. 나도 연습하고 싶었고. 이걸로 레나찡한테 남은 베프 포인트는 20포인트입니다."
"베프 포인트가 뭐야?!"
갑자기 처음 듣는 설정이 튀어나왔다.
"너무 생각 없이 낭비했다간 베프에서 그냥 친구로 강등되고, 얼굴만 아는 사이가 되고, 새빨간 남남이 됩니다."
"이번에는 얼마나 소비한 거야……?"
카호 짱은 손가락 하나를 세웠다.
"100포인트 정도."
"이제 남은 건 20포인트밖에 없잖아?! 카호 짱 어서 돌아가 줘! 문자도 전부 삭제할 테니까! 나 혼자서 열심히 해볼 테니까!"
"뭐, 농담은 이쯤 하고."
나를 놀리니 속이 시원해졌다는 것처럼 덧니를 드러내면서 씩 웃는 카호 짱. 끄으응…… 또 농락당하고 있어…….
"헤이, 패스패스."
"아, 응."
분명 가슴 앞에서 휙 내미는 느낌이었지.

휙, 하고 공을 던졌다.

카호 짱은 공을 덥석 받더니 드리블을 하기 시작했다. 남의 드리블 솜씨를 잴 수 있을 만한 실력은 없지만 뭔가 그럴듯하게 폼이 잡혀있는 느낌이었다. 어쩌면 단순히 무지막지 귀여운 카호 짱이 하는 거라서 그럴지도 모른다.

"좋아, 레나찡, 들어와 봐."

"아, 알겠어!"

나는 자세를 낮춰서 카호 짱을 향해 파고들었다. 디펜스라면 나름 자신이 있다고요! 평소에 FPS로 반사 신경을 단련하고 있으니까요!

손을 앞으로 쭉 뻗어 깔끔하게 볼을 커트! (샥)

"……."

"뉴후후."

……커트! (샥)

커트 커트 커트! (샥샥샥샥)

카호 짱은 노련하게 볼을 좌우로 움직이면서 눈 깜짝할 사이에 내 옆을 빠져나갔다. 아앗.

그대로 골대를 향해 달려가 점프슛. 포물선을 그리며 날아간 공은 쏙, 하고 멋지게 네트를 통과했다.

"오, 들어갔다."

"에엑……."

나는 넋이 나간 채 공이 그리는 궤적을 눈으로 좇았다. 그, 그럴 수가.

"카호 짱, 농구를 이 정도로 잘했어……?"

굴러간 공을 주워든 카호 짱이 가슴을 폈다.

"뭐, 지금은 농구 선수 코스프레를 하고 있어서 그런 거려나."

"말도 안 돼! 그게 가능하다면 카호 짱은 세상에서 뭐든 가능하다는 거잖아! 카피 계열 능력자냐고!"

"완전 웃겨. 레나찡은 리액션 맛집이다냥."

카호 짱을 웃기려고 이러는 게 아닌데 말이지……!

"코스프레는 그렇다 치고, 나는 그렇게 잘하는 편이 아니야. 평범한 사람보다야 조금 나은 정도. 다시 말해 그런 나한테 손쓸 엄두도 못 내는 레나찡은."

"나는."

카호 짱은 입가에 손을 대고서 덧니를 살짝 드러내며 "푸푸풉" 하고 여봐라는 듯이 웃었다.

"허접♡ 이라는 뜻이지♡ 허—접♡"

"요게!"

나는 또다시 카호 짱한테 도발을 당했다.

이제 봐주지 않을 테니까! 똑똑히 알게 해주지!

그러나…….

"레나찡, 겁나 약해♡ 체력 바닥♡"

"나한테 쪽도 못 쓰잖아♡ 패배자♡ 패—배자♡"

"아아— 또 져버렸네♡ 레나찡은 참 지는 걸 좋아하는걸♡"

나는 땅바닥에 엎드린 채로 외쳤다.

"젠자앙—!"

도저히 이길 수가 없어……. 벌써 20연패쯤 했어. 어떤 때는 아예 공을 건드리지도 못했다. 눈더미처럼 점점 쌓이기 시작하는 굴욕의 감정이 무릎까지 차오른 기분이었다.

카호 짱이 혀를 내밀며 웃었다.

"미안미안, 즐거워서 좀 지나쳤네. 그렇게까지 흠씬 짓밟을 생각은 없었어. 오구오구, 아이 착하다."

그 조그만 손으로 내 머리를 쓰다듬어주는 카호 짱.

당근과 채찍이 너무 노골적이라구……. 그런데도 상냥하게 대해주면 기뻐하게 돼……. 어디를 자극하면 어디가 반응하는지 완전히 꿰뚫고 있는 것처럼 카호 짱이 나의 척수를 컨트롤하고 있어…….

젠장, 젠장…… 한층 더 분해…….

"다시는 카호 짱이랑 농구 안 해……."

"엥—? 삐진 거다냥? 레나찡, 응응? 레나찡?"

"피이—."

뺨을 부풀리면서 고개를 획 돌렸다. 카호 짱이 난처하게 만들 거야.

"레나찡, 레나찡, 레—나찡. 이쪽 봐주라—♡"

그렇게 콕콕 찔러도 반응 안 할 거라고. 가, 간지럽지만.

그랬는데 카호 짱이 뺨에 손을 찰싹 붙였다. 읍.

그러더니 천천히 내 고개를 자기 쪽으로 돌려서 바라보게 만들었다.

"으엑."

깜짝 놀랄 정도로 바로 코앞에 카호 짱의 얼굴이 있었다.

빤———히 바라보는 시선이 어찌나 뜨겁던지 내 얼굴이 단숨에 확확 뜨거워졌다. 히익.

거기에 화룡점정으로 미소녀의 치켜뜬 시선과 위스퍼 보이스처럼 속삭이는 목소리가.

"레나찡…… 미안하다냥. 반성하고 있다냥. 용서해 줬으면 좋겠다냥……."

정면에서 뇌를 흔들어 놓는다.

"으으으으으으으으…… 용서할게……."

"해냈다— 이래서 레나찡을 정말 좋아한다냥♡"

카호 짱이 머리를 토닥토닥 두드렸다.

지난번에 무릎 꿇고 사과했을 때도 그렇고, 사과하는 방식에 풍부한 바리에이션을 갖추고 있는 데다, 방식 하나하나가 필살의 일격과도 같은 위력이다……. 이래서는 아무 이유 없이 머리에 흙탕물을 붓더라도 용서하게 돼…….

안 되겠어. 인싸 모드인 카호 짱을 상대하고 있으면 뭐 하나 내 뜻대로 풀리는 게 없다. 귀족 아가씨한테 휘둘리는 메이드 같은 느낌이 들기 시작했다.

"카호 짱, 일단 지금은 안경을 써줄 수 없을까……."

"한창 운동 중인데 어째서?!"

그래야 내가 카호 짱보다 우위에 설 수 있으니까……!

설득력 있는 의견이라고는 뭐 하나 짜내지 못한 채 힘없이 고개를 떨궜다. 카호 짱 강해……. 못 이기겠어…….

"그나저나 아까부터 계속 신경 쓰이던 건데 말이지—. 레나찡 있잖아, 봐주는 거 아니야?"

"봐줘?"

무슨 소리지.

"뭔—가 디펜스의 압박감을 느낄 수 없다고 해야 하나, 자신감이 없어 보인다고 할까. 거리감이 느껴지거든. 더 딱 달라붙지 않으면 손이 안 닿지 않아?"

"그, 그건."

찔끔했다. 물론 짚이는 구석이 있다.

그야…….

"그랬다간 카호 짱의 몸에 닿게 될지도 모르잖아……!"

"아니아니, 아니아니아니아니."

정색하면서 손을 내젓는다.

"스포츠란 게 원래 그런 거잖아?!"

"그럴 수가! 혼란스러운 틈을 타 카호 짱한테 바디 터치를 한다니! 그런 주제넘은 짓을!"

"저번에는 나한테 안겨서 위로받은 적도 있잖아?!"

"그건 그거! 긴급사태였으니까! 이건 또 달라!"

왜 이해를 못 하는 거야!

카호 짱이 드리블을 하며 내 일거수일투족을 놓치지 않고 남김 없이 꿰뚫어보는 것처럼 올곧은 시선으로 응시하니까, 부끄러울 수밖에 없고……. 게다가 카호 짱은 워낙 날씬하니까 선불리 만졌다간 넘어뜨려 버릴지도 모르는 거니…….

즉, 쉽게 말해서.

"카호 짱이 너무 귀여운 게 잘못이라고!"

공원 농구 코트에 내 절규가 울려 퍼졌다.

그 순간 카호 짱의 눈동자가 요염하게 빛났다.

"헤에—♡"

"윽!"

또 제 무덤을 판 기분이 들어!

카호 짱이 소악마 같은 웃음을 지으며 양팔을 펼쳤다.

"좋아. 그럼 이리로 와."

"뭐가 좋은데?!"

"이건 여자의 몸에 익숙해지는 특훈."

"저도 여자인데요?!"

내 몸을 이리저리 더듬으면서 보라는 듯이 말했지만 카호 짱은 납득해 주지 않았다.

"레나찡이 이 상태여선 한 팀인 내가 곤란하잖아!"

"윽! 그, 그거야 그렇지만! 그래도 상대 팀한테는 분명 카호 짱한테 버금갈만한 귀여운 애가 없을 테니까!"

"있으면 어떡할 거야!"

"없습니다! 카호 짱은 세상에서 제일 귀여워!"

"설령 그렇다 쳐도."

카호 짱은 자기가 세상에서 제일 귀엽다는 말을 아무렇지도 않게 받으면서.

"상대가 어떻든 상관없이 레나찡은 못 만지겠지. 왜냐하면 연습에서도 해내지 못한 사람이 실전에서 할 수 있게 될 리가 없으니까. 나도 촬영회 전에는 항상 혼자 거울과 카메라를 보며 어떻게 찍힐지 연구한다고!"

코스플레이어 카호 짱의 노력까지 꺼내 들며 의견을 피력한 탓에 나는 그대로 격침당했다.

"알겠다고! 알겠다니깐! 할게! 하면 되잖아!"

그 대신 후회하지 말라고!

나는 콘택트렌즈를 벗은 카호 짱의 몸을 씻겨줬던 적도 있는 데다, 무엇보다도 마이한테는 스킨십 타임 때 실컷 몸을 요래저래 한 적도 있어! 했던가? 한 걸로 치자!

그러니까 인싸 카호 짱 한둘쯤은……. 또 『냐앗』이라는 목소리가 나오도록 만들어 줄 테니까!

"이게……."

나는 카호 짱의 말랑말랑한 팔뚝을 붙잡았다. 몹시 부드럽다. 너무나도 가녀리다. 안 돼. 벌써부터 부끄러워지기 시작했어.

"자자, 좀 더!"

"에, 에잇!"

이번에는 옆구리를 터치했다. 탄력이 느껴지는 부드러움, 그러면서도 다부진 근육의 감촉이 느껴졌다. 생각하려 하지 않아도

등을 씻겨줬을 때 봤던 카호 짱의 알몸이 눈앞에 자연스레 떠오른다.

"그래서야 영 글렀어! 오펜스한테 돌파당한다고! 있는 힘껏 부딪혀보란 말이야! 쾅! 하고."

"와, 와앗―!"

카호 짱이 온몸으로 돌격해왔다. 몸통 박치기를 당한 나는 주춤거리며 물러섰다. 그리고 그대로 카호 짱을 품에 안는 듯한 자세가 되고 말았다.

운동을 한 직후라 그런지 카호 짱의 몸은 따끈따끈하면서 작은 동물을 품에 안았을 때와 비슷한 기분 좋은 감촉이……!

아니 그보다 카호 짱이 마구잡이로 밀어붙이잖아! 자, 잠깐!

"이영차―!"

"으아으아으아으아!"

지금 부끄러워하고 있을 때가 아니었다. 온 힘을 다해 맞서지 않으면 바닥을 나뒹굴 판이다.

나는 카호 짱의 가녀린 몸을 감싸 안으면서 이를 꽉 악물었다. 마치 씨름이라도 하는 듯한 모습이다.

하지만 조금도 버티지 못하고 그대로 넘어져 버렸다. 우와앗!

가볍게 등을 바닥에 부딪쳤다. 아야야…….

천천히 고개를 들자 카호 짱이 내 허리 위에 가만히 올라타 있었다.

분명 위에 올라타 있는 상태인데도 조금도 체중을 느낄 수 없는 건 카호 짱이 너무나 가볍기 때문이다. 다리를 벌린 자세로 걸

터앉아서는 내 가슴 위에 손을 올리고 있다.

이, 이 자세는 너무 위험한 거 아닌가요……?! 여러 가지 의미로……!

큭……. 시선을 피하듯 고개를 돌렸다.

"레나찡."

"뭔가요……."

손바닥으로 꾹꾹 가슴을 누른다. 폐가 압박을 당해서 숨쉬기가 힘든데요……. 가슴을 만질 거면 좀 더 상냥하게…… 아니! 그것도 곤란하지만요!

카호 짱이 멍한 표정으로 입을 열었다.

"나한테 깔린 상태로 얼굴을 새빨갛게 물들이고 있는 레나찡, 뭔가 엄청 야하네."

"납득이 안 가—!"

나는 펄쩍 뛰어올랐다. 그 탓에 위에 올라타 있던 카호 짱은 "와햣" 하고 뒤로 나동그라졌다.

일단……. 카호 짱의 충격요법으로 여자의 몸에 조금은 익숙해진…… 느낌이 든다……. 굳이 말하자면 요게—! 하는 반발심 덕분이지만…….

그러고 나서 잠시 동안 오펜스와 디펜스를 교대해가며 연습한 뒤, 우리는 벤치에 나란히 앉아 달궈진 몸을 식혔다.

"흐헤— 힘드네."

"지, 지쳤어……."

"레나찡은 테크닉을 연마하는 건 일단 제쳐두고서 좀 더 체력을 길러야겠네."

"이게 FPS의 세계였다면 버튼을 조작하기만 해도 몇 시간은 달릴 수 있었을 텐데……."

내가 괴로운 듯이 신음하자 카호 짱이 "게임 중독이다냥……" 하고 중얼거렸다.

이미 날은 어두워져 있었다. 가로등 불빛 아래 비치는 카호 짱은 지금까지와는 조금 다른 어른스러운 분위기로 입을 열었다.

"있지, 레나찡은 마이마이나 아 짱이랑 그 이후로 어때?"

"어떠냐니."

시선을 돌리자 카호 짱은 살짝 고개를 기울이며 표정을 볼 수 없게 숨겼다.

"그전에 말한 적 있잖아. 불안하다고. 학교에선 딱히 아무 일도 없었냐는 듯한 표정으로 행동하는 모양이지만."

아아, 응.

"뭐…… 그때는 그랬지. 물어봐 줘서 고마워……. 지금은 어떻게든 아등바등 해나가고 있죠."

전에 박치기를 당했던 부분이 저릿저릿하게 욱신대는 느낌이 들어서 이마를 문질렀다.

"흐—응……."

잠깐 텀을 두고서.

"나는 중학교 때부터 코스프레를 해오면서 남녀 사이의 다툼이나 소문은 꽤 많이 주워들었으니까, 셋이서 동시에 사귄다니 절

대로 잘 될 리가 없다고 생각하지만."

"으……. 그건, 뭐, 그렇죠."

"그래도 옛날부터 레나찡은 항상 내 상상을 뛰어넘는 행동을 해왔으니까 이번엔 어쩌면, 싶은 마음도 있어."

"그건."

응원해 주고 있다는 뜻일까. 내 무모한 도전을.

갑자기 코앞에 손가락을 척, 들이밀었다. 므엑.

"착각하지 말라냥. 이건 어디까지나 레나찡의 친구로서 말하는 의견. 평범한 여고생으로서의 나나, 마이마이를 최애로 삼는 나는 비난 일색이니까!"

"으, 응."

"그저 나는 레나찡처럼 진지하게 연인이란 무엇인가에 대해서 생각해 본 적이 없으니까, 레나찡이 결심한 일을 상식이 어쩌니 운운하면서 비난하는 건 뭔가 아니다 싶었을 뿐!"

벌떡 일어난 카호 짱이 그 자리에서 골대를 향해 공을 던졌다.

공은 골대 직전에서 힘을 잃고는 지면을 굴러갔다.

"카호 짱은 연인이 있었으면 좋겠다고 생각한 적 없어?"

"마이마이 때는 장난 반이었다고 해야 하나, 인싸 코스프레를 할 거라면 연인 정도는 만들어두는 편이 좋지 않을까 생각했을 뿐이었고, 깊은 뜻은 없었어!"

"하지만 좋아한다며."

"좋아하기야 하지만! 그런 좋아함은 아니라고 할까! 나는 아직 레나찡처럼 좋아한다든가 사랑한다든가, 그런 건 잘 모르겠달까!"

카호 짱이 공을 주우러 달려갔다.

희미한 불빛에 비친 얼굴이 빨갛게 달아오른 것처럼 보였다.

"다, 다시 말해! 우는 소리를 해도 되고, 그땐 내가 들어줄 거지만! 마이도 아 짱도 내 소중한 친구들이니까 제대로 행복하게 해 주지 않으면 용서하지 않을 거야!"

"카호 짱……."

그 말에 깨달았다.

그렇구나, 이런 것도 있는 거구나.

연애는 당사자들 간에 이뤄지는 일이고, 제3자는 관계없는 일이라고 생각했는데.

그런데 마이나 아지사이 양한테도 다른 소중한 사람들이 있을 테고, 두 사람의 행복을 바라는 그 사람들 입장에선 내 존재는 못미덥고 불안한 무언가다.

평범한 연인 사이라면 또 모를까, 『**평범하지 않은 길**』을 선택하고만 나는 실컷 두들겨 맞을 요소들밖에 없으니.

이건…… 평범한 연인보다 훨씬 더 잘 해내지 않으면 주변 사람들이 수긍해 주지 않는 거 아닌가…….

『그런 녀석은 관두는 편이 좋다고』라든가, 『걔 말고도 더 좋은 사람이 있잖아』 같은 말이 분명 나올 거 같지……. 그리고 소중한 사람한테서 그런 말을 듣는다면 마이나 아지사이 양은 분명 마음 아픈 일을 겪게 되겠지………….

그런 말을 듣지 않게 하는 건 내 노력 여하에 따라서 어떻게든 할 수 있는 문제일까……? 모르겠어……. 생각지도 못한 각도에

서 한층 더 압박감이 느껴진다…….

하지만 지금은 약한 소리나 토해내고 있을 상황이 아닐 테니까.

"응……. 꼭 행복하게 해주고 싶다고…… 생각해……."

나는 작은 소리로 읊조렸다.

"목소리가 작다냥……."

어이없어하는 표정이 된 카호 짱은 공을 가지고 놀면서.

"뭐, 하지만 나도 완전 생초짜인 상황에서 코스플레이어가 되고 싶다고 마음먹었고, 누군가한테 비난받더라도, 반대를 듣더라도, 그래서 어쩌라고— 하는 마음가짐이었으니까. 그래서 레나찡의 경우에도 나 개인적으로는 어쩔 수 없이 응원하게 된다고 할까……. 대충 그런 느낌이거든!"

"응."

카호 짱의 마음이 확실히 전해졌어.

격려해 주고 있다는 걸 알고 있으니까.

나는 고개를 들고선 믿음직스럽지는 못할지도 모르지만, 웃었다.

"고마워, 카호 짱."

"응!"

과장스럽게 고개를 끄덕이는 카호 짱.

"단, 너무 마이마이나 아 짱한테만 신경 쓰느라 또— 나에 대해선 잊어버렸다간 그것도 용서 안 할 거니까! 나랑도 꼭 놀아줘야 해!"

"다, 당연하지!"

나는 자리에서 벌떡 일어나 주먹을 꽉 쥐면서 호소했다.

이 점은 확실히 자신 있게 말할 수 있어!

"그치만 카호 짱이랑 다시 만나서 기뻤는걸! 앞으로도 훨씬 더 카호 짱이랑 친해지고 싶으니까! 연인과 친구는 내 안에선 여전히 별개의 관계고, 카호 짱과 함께하는 시간은 다른 어떤 것과도 바꿀 수 없는 소중한 시간이라고 생각하니까!"

"그…… 그렇다면 괜찮겠지만…… 냥."

카호 짱은 공을 들어 입가를 가리면서 더듬더듬 말했다.

"그러면…… 그게, 나 내일도 시간 있는데. 또 같이 공원에서 농구 연습…… 할래?"

마치 어린애가 조르는 것처럼 조심스럽게 묻는 카호 짱.

쓰다듬어 줘, 쓰다듬어 줘, 하고 달라붙는 새끼 고양이 같은 사랑스러운 모습을 보며 나는.

최대한 시선을 피했다.

정말로 이런 말씀드리기 거북하지만…….

"죄송합니다…… 내일은 저, **아지사이 양이랑 약속**이 있어서요…………."

나를 향해 공이 날아왔다.

"레나찡은 왕변태!"

"아니거든!"

* * *

내가 달려가자 가게 앞에 있던 여자아이의 표정이 꽃처럼 화사하게 밝아졌다.

"레나 짱."

"미, 미안 조금 늦었지."

"아니야, 괜찮아. 무슨 메뉴로 할지 고민하고 있었거든."

카호 짱과 농구 연습을 한 다음 날 방과 후. 나는 카페 앞에서 아지사이 양과 만났다.

최근에 학교 근처에 새로 오픈한 카페가 있는데 가보고 싶네— 하고 얘기를 나눴던 그 가게다.

가게 안을 들여다보았다. 이제 막 새로 생긴 가게라는 점도 있어서 아시가야 학생들이 많이 보였다. 손님 숫자는 적당히 붐비는 정도.

가게 안으로 들어가 제일 안쪽 자리로 안내를 받았다.

안내받은 자리에 아지사이 양과 마주 보며 자리에 앉으니 마음이 놓였다.

"그게— 사실은 나오는 길에 또 타카다 양한테 신발장 앞에서 붙잡히는 바람에……."

"뭐어? 괜찮았어?"

"응, 보는 사람도 많았으니까……. 하지만 아직도 승부를 포기하지 않은 모양이라……. 이미 구기대회 멤버도 다 정해졌다고 했는데."

"나랑 마이 짱은 소프트볼이고 레나 짱과 다른 애들은 농구로 정해졌는걸."

"응."

다시 말해 퀸텟 멤버가 따로따로 나뉜 이상, 타카다 양 팀과 직접 대결은 이미 실현 불가능하다는 뜻이다. 이제 와서 질척대봤자 멤버 변경은 불가능하니까 좀 그만해 줬으면 좋겠다.

아니지, 내가 짜증스러운 표정을 짓고 있으면 아지사이 양이 마음을 쓰게 될 거야. 스마일 스마일.

"자, 자자자, 달콤한 거라도 먹으면서 싫은 일들은 다 잊자!"

메뉴판을 거꾸로 뒤집어서 아지사이 양한테 보여줬다.

"으, 응, 그러게. 모처럼의 데이트…… 인걸."

미소를 지으며 뺨에 홍조를 띠는 아지사이 양.

"엑? 아, 넵, 그러네요!"

『데이트』라는 사소한 한 마디가 내 마음에 긴장이라는 감정을 불러온다!

그렇구나, 데이트……! 데이트인가, 데이트! 의식하면 의식하게 되니까 의식하지 않으려고 카호 짱한테 말할 때도 『약속이 있어』라고 완곡하게 돌려 말했는데!

그건 그렇고.

"이거, 사귀고 나서 처음 하는 데이트……?!"

"엇, 으, 응……. 그, 그럴지도."

끄덕끄덕 고개를 주억거리는 아지사이 양.

그 모습을 보아하니 아지사이 양은 진즉에 깨닫고 있었을지도 모른다.

무슨 일이란 말이냐.

"아지사이 양과 하는 첫 데이트가 방과 후에 들른 카페라니……."

"레, 레나 짱?"

나는 오들오들 몸을 떨었다.

"그럴 수가, 좀 더 드라마틱한 데이트를 했어야 했는데……. 야경이 보이는 고층 레스토랑, 창가 자리에 앉아 멋진 드레스를 입고 샴페인으로 건배를 한다거나……."

"레나 짱?!"

"그런데 이렇게…… 학생의 주머니 사정까지 배려해 주는 저렴한 가격의 가게에서 아지사이 양과 첫 경험을 치르게 되다니……. 내 연인 평가 등급이 대폭 내려가 버려……!"

"레나 짱, 레나 짱."

"헉."

손등을 찰싹찰싹 두드리는 아지사이 양의 손길에 정신을 차렸다.

"미, 미안, 나."

"어휴…… 생각이 마이 짱한테 물들어버린 거야?"

"듣고 보니……………………."

나는 넋을 잃었다. 이대로 데이트의 기준이 마이 수준으로 맞춰지게 된다면 앞으로 두 번 다시는 평범한 범주의 연애를 할 수 없게 되잖아…….

수입도 없으면서 허세를 부리고, 빚을 가득 진 상태로 연인한테 태연한 표정을 짓는 여자가 되어버려……. 마이 탓에……! 이젠 끝장이야……!

아지사이 양이 내 손등 위로 손을 포갰다.

"그런 식으로 멋진 이벤트 삼아 하는 근사한 데이트도 물론 좋아해. 하지만 그런 것보다 나는 한 번이라도 더 많이 레나 짱과 같이 놀고 싶으니까. 준비하는데 시간이 걸리니까 2주 후까지 기다려주세요, 같은 건 싫거든?"

"그렇구나……. 한마디로 을이 하고자 하는 말은 통상 업무를 착실히 수행하면서 특별 업무에도 대응하라는 뜻……."

"그런 뜻이 아닌데?!"

이런, 또 연인 사업 계획서의 아마오리 레나코가 튀어나왔다.

"하아……. 괜찮아, 알고 있는걸. 레나 짱이 열심히 노력하고 있다는 점도."

아지사이 양이 한숨을 쉬게 만들었어?!?!?!

그 아지사이 양이 사람 앞에서 한숨을……. 이젠 끝이야, 끝장 중의 끝장이다.

이 카페에서 나는 헤어지자는 말을 들을 거야……. 『레나 짱을 좋아한다고 생각했었는데 착각이었던 모양이야. 역시 우리는 친구로 남았어야 했네. 그럼 갈게』라고 말하며 차가운 시선으로 내려다보면서 물을 끼얹고, 나는 홀로 덩그러니 카페에 남겨지게 되겠지…….

아지사이 양, 버리지 말아 줘…….

"있잖아, 그러니까 나도 레나 짱이 제대로 이해할 때까지 끈기 있게 몇 번이고 말해줄 거야. 꼬맹이들한테 주의를 줄 때랑 똑같다는 걸 이젠 알게 됐으니까."

동생을 둔 누나의 얼굴로 나를 보던 아지사이 양의 눈이 휘둥그레졌다.

"레나 짱, 왜 눈에 눈물이 그렁그렁한 거야?!"

"……버, 버림받을 줄 알고…………."

아지사이 양이 또다시 작게 한숨을 쉬었다. 한숨을!

"……내가 얼마나 레나 짱을 소중하게 생각하는지 확실히 전해질 수 있도록 노력할 테니까."

다시금 결의를 다지는 것처럼 말하는 아지사이 양.

나도 내가 좀 더 멘탈이 단단해졌으면 좋겠어…………!

일단은『버리지 않을게……』라고 언질을 받아낸 덕에 종이 한 장 차이로 모든 게 끝장나는 사태를 피한 나는 아지사이 양과 함께 메뉴를 보았다.

왠지 두 사람을 행복하게 해주겠다고 선언한 건 나인데도, 오히려 내 쪽이 훨씬 정신적으로 피폐한 거 같지 않아? 기분 탓이려나.

"와, 이거 봐, 레나 짱."

"새로운 메뉴……. 커플 할인, 이라니."

둘이서 고른 케이크 세트를 조금 저렴한 가격에 주문할 수 있는 이벤트인가 보다.

가게 근처에 학교가 있다는 이유로 흥에 겨워 만든 메뉴 같다.

"아, 아무래도 이건 좀 부끄럽지……."

"그, 그러네요……."

1엔이라도 더 싼 가격으로 주문하고 싶은 여고생 두 사람이 『우리들 커플이에요—♡』라며 주문하는 건 꽤 귀엽다고 생각하지만 나랑 아지사이 양은 진짜 커플인지라……. 얼굴이 새빨개질 게 분명하지.

음료를 고르고 있었더니 아지사이 양이 "있잖아" 하고 말을 걸었다.

"레나 짱은 그, 마이 짱한테도 방금 같은 말을 해?"

방금 같은 말이라는 건, 벌써부터 월간 흑역사 대상 노미네이트를 달성한 『버리지 말아 줘』를 말하는 거다. 으—음.

"안 말하려나……."

"어? 그랬어?"

놀라는 아지사이 양에게 "응"이라고 대답하며 고개를 끄덕였다.

"어째서?"

어째서……?

확실히 마이는 귀한 집 아가씨고, 현역 모델인 연예인에, 매력적인 여성과의 만남도 많다.

이유를 나열해 보면 아지사이 양보다 마이가 훨씬 더 나를 내버릴 것 같다. (너무함)

그런데 어째서 마이는 나를 버리지 않을 거라고 믿을 수 있는 걸까.

그건 말로 표현해 보니 너무나 쉽게 대답이 나왔다.

"마이는 나를 좋아하는구나— 라는 생각이 들어서일까……."

아지사이 양은 내 애매모호한 대답을 붙잡아서 선명하게 윤곽

을 그려내고자 더 깊이 캐물었다.

"어째서?"

"으~~음……."

구체적인 예를 들자면 얼마든지 있다.

옥상에서 같이 뛰어내려 줬던 점. 툭하면 내 몸을 노렸던 점. 몇 번이나 키스를 당했고, 오직 나한테만 보여주는 표정도 많이 있었다. 틈날 때마다 메시지나 사진도 보내주고.

전부 다 아지사이 양한테는 말할 수 없는 것들뿐이지만!

그런 이유들이 쌓이고 쌓여서 마이는 나를 좋아한다는 사실을 실감한 것이다.

내가 끙끙대며 신음하고 있었더니 아지사이 양은 조용히 눈을 감고서.

"알겠어."

그렇게 말했다.

뭔가, 습격 직전의 아코 번의 낭인들처럼 각오가 서린 목소리였다. 뭐, 뭐지……?

슥, 하고 아지사이 양이 손을 들어서 점원을 불렀다.

그러고는 주문했다.

"커, 커플 할인 부탁드려요!"

아지사이 양?!

주문을 받으러 온 언니한테 아지사이 양은 이어서 덧붙였다.

"저기, 저는 밀크 티랑 바스크 치즈케이크 세트로……. 레, 레나 짱은?"

"저, 저는 그게."

허둥거리며 주문을 마쳤다.

점원분이 자리를 떠난 다음에도 우리는 둘 다 아무 말도 없었고, 아니 아무 말도 없는 정도가 아니라 아지사이 양은 얼굴이 새빨갛게 되어서 고개를 푹 수그리고 있었다.

"……커, 커플인걸……."

"어, 어어?"

입을 비죽 내민 채로 아지사이 양은 혼잣말처럼.

"나랑 레나 짱은, 확실한 커플이니까……."

"그, 그렇죠……."

어떤 부분에서 아지사이 양의 스위치가 들어간 건지는 도무지 모르겠지만…… 아무튼 엄청나게 부끄러워…….

물론 주변 손님들이 보기에는 여고생 둘이서 장난으로 주문한 거겠지— 정도로만 생각할 테지만. 점원 분도 살짝 웃었고.

그렇기는 한데……. 우리는 실제로 커플인지라 사람들의 시선이 무지막지 신경 쓰인다. 왠지 바늘방석이라기보다는 유치원 아이들의 학예회를 지켜보는 것 같은 흐뭇한 느낌이…….

"……힘껏, 잔뜩 마음을 전할 거니까……."

"어? 무, 무슨 말인가요?"

아지사이 양의 조그만 목소리에 되물었을 때 주문한 케이크 세트가 나왔다.

앞에 놓인 치즈 케이크를 포크로 자른 아지사이 양은 잘라낸 케이크 조각을 포크로 찍더니 그대로 내 쪽을 향해 내밀었다.

아지사이 양이 미소를 짓는다.

"……자, 레나 짱, 아—앙."

"어?!"

"자, 아—."

"아니, 그치만, 그게! 그렇게까지 하지 않아도 괜찮지 않을까요?!"

나는 이걸 커플 할인을 주문했으니 점원한테 진짜 커플인 척 어필하기 위해서 해야 하는 행동 같은 거라고 멋대로 상상하고 있었는데.

아지사이 양의 생각은 다른 모양이었다.

"빨리 아— 하고 입을 열어줄 수 없을까요, 레나코 씨."

"어째서 갑자기 존댓말?! 무서운데!"

입가에 어색한 웃음을 짓고 있는 아지사이 양은 누가 봐도 임계점에 다다른 부끄러움을 무마하려는 모양새였다. 이런 아지사이 양은 처음 보는데요!

큰일이다. 주변 사람들이 점점 우리 쪽을 주목하기 시작했다.

아지사이 양은 주변 사람들이 조금도 눈에 들어오지 않는 상태인 것 같았고, 마치 시시각각 벼랑 끝으로 내몰리는 느낌이었다.

"마이 짱이 똑같은 행동을 하면 순순히 먹을 거잖아! 레나 짱도 참!"

"아니, 마이는 내가 항복할 때까지 같은 행동을 계속하니까 어쩔 수 없다고 할까!"

"그러면 나도 같은 행동을 계속할 거거든! 아— 해줘, 자, 아—앙!"

아지사이 양이 빙글빙글 돌아가는 눈으로 한층 더 포크를 들이밀었다. 계속 거절했다간 곧 포크에 푹 찔릴 것 같았다.

나는, 내 사명은, 두 사람을 행복하게 해주는 것……. 아지사이 양의 바람을 이뤄주는 것……. 나는 스스로를 그 사명을 이루기 위해 태어난 안드로이드라고 암시를 걸기로 했다.

절벽에 몸을 던지는 심정으로 입을 열었다.

"아, 아—앙……."

"!"

멸종 위기종한테 먹이를 먹이는데 성공한 사육사처럼 아지사이 양의 표정이 확 밝아졌다.

내 앞으로 내민 케이크를 덥석 입에 물었다. 입을 떠나 멀어지는 포크를 바라보면서 나는 입가를 손으로 가리며 무감정하게 감상을 전했다.

"마시써요……."

"응…… 응! 다행이다, 고마워!"

뺨에 손을 대면서 미소를 짓는 아지사이 양. 뭐, 사실 맛 같은 건 조금도 모르겠지만요.

하지만 웃는 아지사이 양은 역시 귀여웠다. 아니, 화내는 아지사이 양도 귀엽고, 무표정인 아지사이 양도, 하등한 나를 깔보는 시선으로 볼 때의 아지사이 양도 귀엽긴(그렇게 본 적 없지만!)하다.

역시 미소가 특히나 잘 어울려. 정말 꽃이 활짝 피어나는 듯한 웃음이란 이런 걸 두고 말하는 거겠지.

부끄러움의 대가는 이 미소를 본 걸로 쳐드릴까요. 이런 이런

연인이 조르는 걸 들어주는 건 참 힘들구만요. 쉽지 않아요.

"그럼 다음은 레나 짱 차례네."

"으엑?!"

시험이 끝난 날 오후에 느끼는 해방감을 맛보고 있었더니 아지사이 양이 조그만 입을 벌렸다.

"아—앙."

그건 다시 말해 내가 아지사이 양한테 하라는 뜻……?

작은 새처럼 입을 벌리고 있는 아지사이 양에게 내가……?!

내 앞에 놓인 건 티라미수. 이럴 줄 알았다면 아— 하고 먹여주기 엄청 힘든 케이크로 주문할 걸 그랬다…… 신겐 모찌라든가. 메뉴에는 없지만!

"아, 아지사이 양, 저기."

"……커플인걸."

아지사이 양이 살짝 뺨을 부풀리면서 내 쪽을 빤—히 응시했다. 오늘의 아지사이 양은 커플이라는 이름의 창 한 자루를 쥐고 나를 상대로 시체의 산을 쌓을 작정인가 보다.

"그치만, 저기요, 그게, 주위에 사람들도 많이 있고 말이죠."

"꼭 좀 해주실 수 없을까요, 레나코 씨."

"제발 진정해, 아지사이 양!"

그러니까 존댓말은 무섭단 말이야!

그렇지, 나는 아지사이 양을 행복하게 해주기 위해 태어난 안드로이드……. 그녀가 태어남과 동시에 세나 가문으로 와서 그때부터 쭉 아지사이 양의 성장을 곁에서 지켜보고 있는 존재…….

크, 아지사이 아가씨를 위해서라면 이 정도쯤이야……! 엄청 창피하긴 하지만 죽는 것도 아니니!

해주겠어! 아—앙 정도야! 할 수 있다고! 왜냐하면 나는 노력하겠다고 결심했으니까! 확실히 행동으로 보여드리겠다고요!

내가 온 힘을 다해 기력을 짜내고서 고개를 들었더니.

이번엔 아지사이 양이 부들부들 떨면서 고개를 푹 수그리고 있었다.

설마, 이 패턴은.

"……어쩌지, 미안해, 레나 짱……. 아까부터 억지만 계속 부려서……. 이젠 괜찮으니까요……."

——우와악, 갑자기 진정하지 마!

"뭐, 뭐야, 왜 그래?! 아지사이 양! 자, 아— 해야지, 아—앙!"

"아뇨…… 괜찮습니다……. 잘 생각해 보니 입을 뻐끔거리는 것도 뭔가 보기 흉하지 싶어서……."

"그렇지 않아! 엄청 귀여웠어, 아지사이 양! 세상에서 제일 귀여워!"

"으—으—……."

긴고아가 머리를 조이는 것처럼 고뇌하는 아지사이 양.

"아—앙 하고 먹여주고 싶네! 아지사이 양한테 꼭 아— 하고 먹여주고 싶어! 아— 하지 않은 채로 오늘은 집에 못 가겠는데?! 그야 우리는 커플인걸!"

이젠 그냥 우격다짐으로 밀어붙일 수밖에 없어. 나는 파들파들 경련하는 미소를 지으며 스푼으로 티라미수를 떠서 내밀었다.

"자, 아—. 우리 아지사이 짱은 아— 할 수 있을까요? 할 수 있을까요?!"

"아—……."

몸을 앞으로 내밀며 머리카락을 귀 뒤로 쓸어 넘긴 아지사이 양이.

덥석, 하고.

입술을 벌려 내 스푼을 입에 물었다.

우와, 우와아…….

뭔가 두근두근했어. 안드로이드조차도 마음을 자각하게 되는 광경이었다.

그도 그럴게 뭔가 지금 건…… 지금 그건!

쏙, 하고 작은 혀를 내밀며 아지사이 양이 수줍게 미소를 지었다.

"……맛있어."

"으, 응……."

뭔가 지금 건 야하지 않았어?!

그쵸, 어떻습니까? 제 마음속 여러분들! 네?!

내 마음속 마이는『그건 네가 야한 애라서 그런 거 아닐까』라고 말했다. 사츠키 양은『정말 엉큼하구나, 너…… 저질』이라며 어이없어했다. 아지사이 양한테는『레나 짱은 그런 점에만 주목하는 거구나. 욕구불만이야?』라며 경멸을 샀고, 마지막으로 카호 짱이『레나찡 왕변태♡』라고 속삭였다.

뭐야! 왜 넷이서 한목소리로 나를 꾸짖는 거야! 아무도 내 말에 동의해 주는 사람이 없잖아! 내 마음속이니까 좀 더 나한테 맞춰 주는 존재가 되어 달라고!

아지사이 양이—— 내 마음속 아지사이 양이 아닌 천사 아지사이 양이—— 아하하, 웃었다.

"뭐, 뭔가 이상한 소리를 해서 미안해. 자, 먹자 먹자."

"그, 그러네요!"

휴— 진땀 뺐네.

그래도 분위기를 확실히 전환해 주는 게 진짜 아지사이 양이지. 하긴, 이번엔 그 분위기를 혼란으로 몰아넣은 것도 아지사이 양이긴 해도…….

아지사이 양이 포크를 입에 넣었다. 왠지 그 입술을 쳐다보게 돼…….

안 돼, 안 돼! 또 마음속 친구들한테 몰매를 맞을 거야!

내가 다급하게 티라미수에 스푼을 꽂으면서 맛있게 먹으려고 했던 그때.

깨달았다. 깨닫지 못했다면 좋았을 텐데…….

"으……."

"으?"

"아, 아뇨!"

이 스푼, 아지사이 양이 입에 물었던 스푼이야………….

그 신성한 입에 닿았던 스푼으로? 내가? 디저트를 먹어?

아무리 그래도 그건 무리지.

나는 근처를 지나가던 점원을 불렀다.

"죄송합니다, 스푼 새것으로 하나만 주세요."

"레나 짱?!?!?!"

* * *

있었던 일을 처음부터 끝까지 카호 짱한테 얘기했더니 폭소를 터트렸다.

"너무하잖아!"

"으으…………."

나는 손으로 얼굴을 덮었다.

오늘도 방과 후에 카호 짱과 농구 연습을 하는 중이다.

사실은 몇 명쯤 더 초대하고 싶었던 모양인데, 농구팀의 다른 멤버인 하세가와 양과 히라노 양에겐 부활동이 있다면서 거절당했다나.

거절했다기보다 정확히는 퀸텟 두 사람과 함께라니 무리—! 같은 느낌으로 도망쳐버렸다고 해야 하나…….

나는 같이 농구를 하는 멤버가 아는 애들이라서 안심하고 있었는데, 어쩌면 히라노 양과 하세가와 양과는 시합 당일까지 한 번도 연습을 못 할지도 모르겠다…….

그런고로.

오늘도 농구에 대해 잘 모르는 우리 둘이서 드리블도 하고, 패스도 돌리고, 적당히 슛 연습도 하는 중이었다. 그다지 실력이 느는 느낌이 안 들어…….

눈꼬리에 맺힌 눈물을 훔친 카호 짱이 겨우 폭소를 멈췄다.

"이야— 아무리 그래도 그건 너무하네. 레나찡, 어쩌면 금방 차

이는 거 아니야?"

"뭐어어어어?!"

눈을 부릅떴다. 내가, 내가 아지사이 양한테 차인다고……?!

"그건 싫어어……."

"그렇게 되면 내가 위로해 줄 테니까. 레나찡은 참 어쩔 수 없다니깐— 이러면서."

카호 짱이 토닥토닥 등을 두드렸다. 으으, 점점 울적해지기 시작했다.

"연애는 역시 어려워……."

"그러게—."

어깨를 축 늘어뜨리고 있다가 헉, 하고 깨달았다. 겁먹은 눈으로 뒷걸음질 쳤다.

"윽…… 미, 미안 카호 짱. 이거 또 자학 섞인 자기 자랑 같아……?"

지금 상황에서 카호 짱한테까지 버림받았다간 내 마음이 꺾여 버리고 만다. 최대한 살살 눈치를 보면서 카호 짱의 안색을 살폈다.

"으음—."

그러자 느긋한 동작으로 고개를 흔드는 카호 짱.

"지금은 그다지 그런 생각이 안 드는걸. 어쩐지 힘들어 보이고. 노력하는구나— 싶고."

"카호 짜앙……."

왠지 이젠 카호 짱과 함께 있는 시간이 엄청나게 힐링 돼.

"우리 같이 살자, 카호 짱……. 그리고 나를 매일 밤마다 케어

해줘……. 내 고민을 들어주는 테디 카호 짱이 되어줘…….”

“지금 나까지 꼬시는 거야?”

“그건 아닌데—!”

연인 두 사람으로 이미 내 허용량은 한계야! 아니, 수용할 수 있다면 카호 짱을 꼬셔도 된다는 뜻은 아니지만요?!

그, 그래도 카호 짱과는 왠지 있는 그대로의 모습으로 사귈 수 있을 것 같다는 느낌이 들어……. 친구의 연장 선상이라고 해야 하나……. 옛날부터 알고 지낸 친구인 만큼 꾸밈없는 나 자신으로…….

그렇게 함께 살기 시작한 나와 카호 짱. 그러나 취업에 실패한 나는 결국 파칭코로 생계를 유지하려고 들면서 카호 짱한테 계속 폐만 끼치게 된다. 기둥서방 같은 생활이 극에 달해 어느 순간부턴 카호 짱한테 폭력을…… 아니, 이거 **정신 불안증을 앓으면서 가정폭력을 휘두르는 남자친구 레나찡과 계속 상처를 입으면서도 그런 레나찡을 참을 수 없을 정도로 좋아하고 좋아해서, 부탁이야 제발 헤어지지 말아 줘, 라고 애원하는 여친 편**이잖아.

카호 짱의 최면 음성은 앞으로도 계속 나를 따라다닐 것 같다……. 이러다 카호 짱을 주인님이라고 부르게 될지도 몰라. 혹시 이미 말했던가……? 에이 설마…….

전율하고 있었더니 카호 짱이 뭔가 눈치챈 표정으로 내 어깨를 탁탁 두드렸다.

“알겠어. 다음에 ASMR 신작을 만들어서 보내줄게.”

“아, 아아아뇨, 그런 뜻은 아니고요! 뭐, 보내준다면야 듣지 못할 것도 없지 않기는 한데요?!”

"희망 사항 있어?"

"그럼 여러 여자친구들이 나를 두고 쟁탈전을 벌이는 느낌으로 자존감 향상 효과가 있는 음성을……."

아니야. 결코 내 취향이 그런 쪽이라는 뜻이 아니야. 정말로 아니야.

그저 지금 상황에 조금이라도 빨리 적응해야 하니까 비슷한 걸로 부탁했을 뿐이라고. 내 바람이 그렇다는 게 아니거든! 그 점을 확실하게 이해해 줬으면 좋겠어!

괜히 역정을 내고 있었을 때, 그라운드에 누군가가 나타났다.

남자애들이다. 아무도 안 오는 공원이라고 생각했는데 농구를 하는 그룹이 우리 말고도 있었나 보다.

"오, 왔다 왔다."

"어?"

카호 짱이 크게 손을 흔들었다. 어? 엥?

"그게, 겨우 둘이서 연습하는 것도 좀 말이 안 되잖아? 그래서 오늘 하루 정돈 노하우 같은 걸 배워둘까 해서."

"그건 무슨 뜻……."

핏기가 싹— 가시는 느낌이 났다.

나타난 사람은 같은 A반 남자 두 사람이었다.

"안녕, 코야나기."

"야호—."

한 명은 나도 성을 기억하고 있었다! 시미즈 군. (이름까진 모른다) 그리고, 뒤에 있는 키가 큰 남자애는 같은 반인 어어, 아마

야마구치 군이다.

카호 짱의 팔을 잡아당겼다.

"카, 카호 짱!"

"응? 왜?"

어리둥절한 표정인 카호 짱.

큭……! 그렇구나! 카호 짱은 내가 남자애들을 거북해하는 걸 모르는구나! 그도 그럴게 초등학생 때, 내 입으로 남자 여자 가리지 않고 반에서 인기인이었다고 뻥을 쳤었으니까!

완벽한 자업자득이었다.

"둘 다 농구부거든. 이 기회에 가르침을 얻어서 단숨에 레벨업을 하자!"

확실히 실력을 늘리려고 한다면 그게 가장 빠른 길……!

하지만 동시에 그건 내가 전에 농구부였던 주제에 운동신경 빵점인 여자라는 사실을 들키게 되는 양날의 검이기도 했다.

그 말인즉슨.

내가 지금 해야 할 일은 퀸텟의 일원으로서 우리 그룹과 아마오리 레나코의 평판을 떨어뜨리지 않도록……. 그러면서 동시에 농구 실력이 늘 수 있도록 진지하게 연습에 임하고……. 아, 또 카호 짱한테 내가 남자를 거북해한다는 사실을 들키지 않도록 해야 한다!

해야 할 일이, 해야 할 일들이 너무 많아!

나는 모든 걸 체념하고 일단은 대화에 전념하기로 했다.

"오, 오늘은 잘 부탁드리겠습니다—."

인싸 여자애처럼 보일 수 있도록 몸을 굽히며 얼굴에 미소를 띠어보았다. 아마 이런 게 인싸라는 느낌이 들어…… 맞겠지……? 자, 나는 인싸라고. 자, 이거 봐봐…….

시미즈 군은 가져온 농구공을 검지로 빙글빙글 돌리면서 (멋있어 보이는 기술이다!) 입을 열었다.

"응응, 일단 뭐부터 할래? 중점적으로 연습하고 싶은 부분 있어?"

"나는 슛! 슛이 좋아!"

카호 짱이 번쩍 손을 들었다.

"음— 뭐, 득점을 못 하면 이길 수도 없는 법이지. 좋아, 그럼 슛부터 해볼까."

"예이—!"

카호 짱은 뛸 듯이 기뻐했다. 이 정도로 알기 쉽게 감정 표현을 해주는 애라면 남자어 여자어 상관없이 커뮤니케이션이 성립하겠지…….

"아마오리 씨는 그다지 대화를 나눈 적이 없었지."

"그, 그러네요."

야마구치 군이 말을 걸었다. 듬직한 체격이지만 성격 좋아 보이는 얼굴이다. 이거라면 긴장하지 않고…… 아니, 무리였다. 큼지막한 몸을 가진 시점에서 이미 무리다. 커다란 건 어쩐지 무서운걸.

"예전에 농구부였다면서?"

"아, 아뇨, 그치만 엄청 서툴러서……."

"아하하, 그래서 연습하는 거구나. 멋진걸."

"멋지다는 말을 들을 정도는, 전혀 아니지만요……."

어쩌지! 숨 막혀!

저 지금 인싸스럽게 행동하고 있나요?! 못하고 있죠!

"좋아, 그럼 잠깐 슛 연습을 해볼까. 우리는 저쪽 골대를 쓰기로 하고."

"네, 넵!"

시미즈 군은 그나마 얘기를 나눠본 적이 있는데! (손에 꼽을 정도)

남자애들과 대화할 땐 어떤 부분이 민감한 부분인지 잘 모르니까 최대한 예의에 어긋나지 않도록 무난한 말밖에 못 하게 된단 말이지!

뻣뻣하게 긴장한 상태로 그런 생각을 하고 있었을 때 시미즈 군이 달려왔다.

"미안 미안, 야마는 코야나기한테 가주지 않을래? 내가 아마오리 씨를 가르쳐 줄게. 너희들은 거의 처음 보는 사이나 마찬가지잖아?"

시, 시미즈 군――!

"응, 알겠어."

"같은 반이니 사실 처음 보는 사이도 아니지만. 아무튼 잘 부탁해."

어깨를 탁탁 두드리면서 야마구치 군과 시미즈 군이 포지션을 바꿨다.

살았어……!

"자, 그럼 해볼까."

"으, 응."

어미를 쫓는 새끼 오리처럼 시미즈 군 뒤를 졸졸 따라갔다.

그리고서 골대 아래에 섰다.

"레이업은 그렇다 치고. 참고로 아마오리는 투핸드 슛과 원핸드 중 어느 쪽을 연습하고 싶어? 높은 위치에서 슛을 쏘는 게 원핸드고, 먼 거리를 던질 수 있는 게 투핸드라는 느낌일까. 요즘은 여자들도 남자처럼 한 손으로 슛을 쏘는 사람도 늘었지."

"저기. 그러면 원핸드를 연습해 보고 싶어…… 뭔가 그쪽이 멋있어 보이고."

"오케이. 사실 그쪽이 나로서도 가르치기 쉬워."

시미즈 군이 싱긋 웃었다. 씩씩함과 귀여움이 섞인, 남자애다운 웃음이라는 느낌이다.

그리고서 잠시 동안 시미즈 군한테 슛 폼 지도를 받았다.

여전히 긴장은 됐지만, 그래도 배우는 입장에선 상하 관계가 확실히 나뉘다 보니 오히려 대하기 쉽다고 할까. 선생님을 대하는 태도를 그대로 가져와서 쓰면 되니 마음이 편해졌다.

게다가! 연습을 이어가는 동안 조금씩 골대를 스치지도 못하는 일이 없어졌고, 아깝게 빗나가는 슛이 늘어났다.

"오, 오오…… 왠지 이거 재밌네!"

"그거 다행이야."

골 밑에 선 시미즈 군이 리바운드를 해서 나한테 공을 패스해준다. 그 공을 받은 나는 그 자리에서 공을 휙 던졌다. 들어갔다.

와, 우와, 들어갔어!

"들어갔어!"

"역시 전 농구부."

"유령부원이었지만! 앗, 이거 비밀이다?!"

"그래그래."

한 번 손맛을 느끼자 점점 즐거워졌다. 이거 실전에서 대활약하게 될지도 모르겠어……!

"나 제법 잘하는 걸지도!"

"오, 백 년에 한 명 나올 천재."

"헤헤헤."

가끔씩 폼이 흐트러졌다거나, 어디에 힘이 너무 들어갔다며 시미즈 군이 지적을 해줬고, 나는 그때마다 신경 써서 공을 던졌다.

"그나저나 어쩐지 미안하네."

"어? 뭐가?"

"B반 말이야."

"……으응?"

나는 공을 가슴에 안은 채로 고개를 갸웃거렸다.

남자애들은 여자애에 비해 감정의 희로애락이 목소리나 표정에 잘 드러나지 않으니까 무슨 생각을 하고 있는지 잘 모르겠다.

"뭔가 다투고 있는 모양이잖아, 여자들끼리."

"아아……. 그건 여자들이라기보다는 우리 그룹이 타깃으로 찍혔을 뿐이라고 해야 하려나."

"뭐, 그렇다 해도 곤란해 보이니까."

땅에 떨어진 공을 주운 시미즈 군이 그대로 골대를 향해 슛을 날렸다. 높게 올라간 공이 골대를 향해 멋지게 쏙, 하고 네트를 통과했다.

"하지만 여자들끼리 싸우는데 남자가 괜히 참견해도 잘 풀리는 경우가 없잖아? 그래도 그냥 지켜보고만 있는 것도 좀 미안해서."

"으, 응……. 고맙습니다."

"그래서 간접적으로나마 힘이 되어줄 수 있어서 조금 마음이 후련해졌어. 코야나기가 말을 꺼내줘서 나야말로 고마워."

나한테 공을 패스해 줬다. 내가 아프지 않도록 살살 던져주고 있는 거겠지.

어쩐지…… 엄청 좋은 사람이잖아, 얘……!

"시미즈 군은 여자친구 있었지."

"어? 응, 뭐."

시미즈 군은 한순간 솔직하게 놀라는 표정을 지었지만 바로 표정을 다잡았다.

"중학교 때부터 사귀기 시작해서 벌써 2년쯤 됐나."

"뭔가 시미즈 군이 인기가 많은 이유를 아주 잘 알겠어."

"별로 인기가 있는 건 아니지만……."

나는 공으로 지면을 툭툭 두드렸다.

"남자애들이랑 대화하는 게 그다지 익숙하지 않거든. 여러모로 신경 써줘서 덕분에 살았어……."

"그쯤이야 뭐 괜찮잖아. 세나나 코아냐기가 예외인 거지."

"오우즈카 양은?"

"걔는 천상계의 주민."

점점 어두워지기 시작한 하늘을 손가락으로 가리키는 시미즈 군의 모습에 저도 모르게 웃음이 나왔다.

"저기, 시미즈 군은 여자친구를 화나게 만들거나 하진 않아?"

"아니, 사실 맨날 실수해. 자주 연락을 까먹거나 그러거든."

"그랬구나!"

나는 조금 마음이 편해졌다. 왜냐하면 이 정도로 배려심을 갖춘 시미즈 군조차 그렇다면야 내가 실수하는 것도 어쩔 수 없다고 생각할 수 있으니까.

"아마오리는?"

"어? 뭐가?"

"사귀는 사람 있어?"

"어, 그게—."

나는 동공 지진을 일으켰다.

있다고 대답하는 건 부끄럽지만 없다고 하면 거짓말이 되니까!

"일단은. 그게, 응."

"그렇구나. 하긴 그렇겠지."

시미즈 군은 딱히 더 파고들지 않았다. 휴.

"아마오리도 인기 많아 보이는걸."

"그, 그건…… 아니라고 생각하는데요!"

퀸텟 중에서 제일 노리기 쉬운 애라서 그래, 라고 대답하려다가 남자애한테 할 말은 아니라고 판단했다. 역시 백 년에 한 명 나올 천재!

그 후로도 잠시 동안 잡담을 나누며 슛 연습을 이어가고 있었을 때.

“아앗—!”

나도 모르게 외쳤다.

“무, 무슨 일이야.”

“지금 몇 시지?! 큰일 났다!”

황급히 가방을 향해 달려가서 스마트폰을 확인했다. 히익, 벌써 시간이 이렇게.

시미즈 군뿐만 아니라 야마구치 군과 카호 짱도 다가왔다.

“왜 그래? 레나찡.”

“만날 약속이 있었거든!”

“헤에……. 인기도 많으시군요.”

게슴츠레 뜬 눈으로 웃는 카호 짱. 남들 앞에선 하지 마!

그때 전화가 걸려왔다. 건 사람은 마이다. 바로 받았다.

“여, 여보세요!”

『아아, 레나코. 미안, 만나기로 한 약속 말인데.』

“으, 응.”

『일이 좀 밀려서 어쩌면 늦을지도 몰라. 그러니까 먼저 내 맨션으로 가줬으면 해.』

“아…… 그, 그렇구나.”

사실은 이미 집에서 나왔어야 할 시간이었는데 마이가 늦는 덕분에 어떻게든 시간에 맞출 수 있을 것 같았다. 럭키—!

『지금은 어디지?』

"어, 그게. 집 근처 공원에서 농구 연습을 하고 있었어."

『그렇군, 그럼 마중 나갈 사람을 보낼게.』

"아, 응…… 알겠어."

전화를 끊은 다음 마이한테 문자로 주소를 보냈다. 이걸로 오케이.

아니, 전혀 오케이가 아니야. 모처럼 연습을 도와주러 왔는데 끝낼 시간을 말하지 않았다. 나는 뒤로 돌아 깊이 고개를 숙였다.

"미안, 시미즈 군, 야마구치 군! 열심히 가르쳐 줬는데 나 이후에 약속이 있어서!"

"아냐, 아무렇지도 않아. 슬슬 가야 할 시간이라고 생각한 참이었어. 그치, 야마."

"응, 날도 많이 어두워졌으니. 어때? 아마오리 씨, 실력은 붙었어?"

"으, 응. 아마도! 두 사람 다 정말로 고마워!"

나는 어색한 미소를 지으며 다시 한번 고개를 숙였다.

이제 그만 해산하자는 분위기 속에서 카호 짱이 기지개를 쭉 폈다.

"음—! 오늘은 열심히 연습하느라 엄청 땀을 흘렸어! 빨리 집에 가서 샤워하고 싶다—!"

"아하하, 그러네, 카호 짱……."

말을 건넨 직후 나는 헉, 하고 깨달았다.

지금 바로 마중이 온다. 그렇다는 건.

"——샤워할 여유가 없잖아!"

마중은 바로 왔다. 커다란 리무진이 공원에 멈춰 서자 왠지 모르게 함께 기다려주고 있던 시미즈 군과 야마구치 군도 "오오—" 하고 감탄을 터트렸다.

"미안, 그럼 이만, 나중에 봐!"

마지막으로 카호 짱이 크게 손을 흔들어 주었다.

"그러면 열심히 해—."

뭘 열심히 하라는 건지는 잘 모르겠지만 알겠습니다!

이리하여 나는 체육복 차림에 한 손에는 공을 들고서 공주님이 있는 성으로 이동하게 되었다.

마차만 호화로워 봤자 이런 초라한 꼴이어서야 의미가 없어—!

"하아……."

하다못해 갈아입을 옷이라도 가져왔으면 좋았을 텐데…….

리무진 안에서 나는 체육복에 코를 대고 킁킁 냄새를 맡았다. 윽…… 땀 냄새. 신경 쓰여……!

뭔가 하나를 열심히 해보겠다고 결심하면 다른 쪽에서 덜렁대는 부분이 생긴다.

오늘은 마이랑 저녁식사를 하기로 약속했다. 아지사이 양과 카페에 갔으니까 그럼 다음은 마이랑 보내야지, 싶은 생각에 내 쪽에서 먼저 『바라는 거 없어?』라고 물어보았다.

마이는 분명 오늘을 기대하고 있었을 거다. 그런데 내가 어리바리하게 굴어서야 마치 마이를 경시하는 듯한 인상을 주게 된다.

아냐, 마이는 상냥하니까 그런 생각 안 할지도 모르지만……

그래도 나 스스로가 『제대로 안 하고 있잖아!』라며 낙제점을 매기고 싶어지니까.

사업평가 시트는 0점! 계약 갱신은 없음! 으으, 난 역시 타인과 사귈 수 있을 만한 사람이 아니었어…….

"무슨 일 있으신가요?"

"앗, 아, 아뇨."

운전석으로부터 나를 향해 말을 건네는 여성의 목소리가 들렸다. 내가 어지간히도 수상하게 굴었던 거겠지. 으으, 한심해……. 어깨를 움츠렸다.

"방금 전까지 운동을 했던 참이라 땀 냄새가 신경 쓰여서……. 게다가 옷차림도 이렇고……."

"그런가요. 확실히 그렇군요."

동의한다는 상대의 말에 무심코 고개를 들었다.

운전석에 있는 사람은.

"끼야—! 하나토리 씨!"

"………………."

나는 리무진 구석으로 대피하고는 몸을 한껏 구기고서 오들오들 떨었다. 밀실에서 하나토리 씨와 일대일……!

결국 나는 마이와 아지사이 양을 둘 다 선택했으니까……!

거기다 한술 더 떠서 이 사람이 보는 앞에서 마이랑 『스킨십 타임』이니 『스킨십 받는 타임』 같은 소리를 했다고요!

큰일이다. 사, 살해당할 거야……!

"이 차는 어디로 향하고 있는 건가요……?!"

"아가씨의 맨션입니다만."

"거짓말! 산속에 있는 폐가로 끌고 가서 거기다 버려두고 갈 거죠, 나는 피에로 분장을 한 살인귀한테 쫓겨 다니는 신세가 될 거야……!"

"그걸 바라신다면 그렇게 해드리겠습니다."

"싫어어~~!"

나는 겁에 질린 나머지 구슬프게 울었다.

"모처럼, 모처럼 인생이 잘 풀리기 시작한 느낌이 드는데 여기서 죽기는 싫어어……. 이대로라면 나는 마이너스인 채로 인생을 마감하게 돼……. 게다가 다음 달에도, 그다음 달에도 신작 게임이 나오는데에……."

아아, 내가 이렇게 삶에 미련이 많았다니 처음 알았다…….

하지만 요즘은 조금씩 학교에서도 잘할 수 있게 됐고, 친구들도 다들 나한테 다정하게 대해주니까…….

가능하면 조금만 더…… 앞으로 80년 정도 더 살고 싶다……. 그야 그쯤 되면 플스 20 같은 것도 나오고, 풀 다이브형 VR 게임도 출시하겠지. 그러면 이런 시원찮은 나라도 마을을 구원하는 용사가 될 수 있는 체험이 가능해질 테고 분명 엄청나게 즐거울 거야…….

"도착했습니다."

"히익."

차가 멈췄다. 나는 쭈뼛쭈뼛 창밖을 보았다. 그곳은 눈에 익은 주차장이었다. 오, 오오…….

"마이네 맨션이야……."

"아까부터 그렇게 말씀드렸습니다."

나는 하나토리 씨를 향해 반짝이는 시선을 보냈다.

"혹시 하나토리 씨……! 저를 인정해 주셨나요……?!"

"당신이 생각하는 저는 데스 게임의 지배인 같은 건가요."

하나토리 씨는 차디찬 눈초리로 나를 한 번 훑어보고는 차에서 내렸다. 그리고 내가 앉은 쪽 문을 열면서 내리시죠, 하고 나를 에스코트해 주었다.

"네, 네……."

겁을 먹은 나를 머리부터 발끝까지 슥 살피더니, 하나토리 씨는 무표정이었던 얼굴을 찌푸렸다.

"아무리 그래도 그런 차림을 하고서 아가씨를 만날 수는 없겠군요. 갈아입을 옷을 준비하겠습니다. 방에서 기다려주십시오."

"하나토리 씨!"

역시 하나토리 씨는 나를 위해서!

"당신 수준의 인간과 교제하고 있다는 사실에 아가씨가 자괴감에 빠져 상처받는 일이 없도록 제가 최선을 다해 보살펴드릴 테니까요. 제대로 저를 따라와 주시길 부탁드립니다."

"아, 네……."

이 사람은 내 편…… 내 편……? 내 편이라는 게 뭐더라.

아니, 그래도 마이의 아군이라면 즉, 내 편인 거 아닐까? 그건 또 어떠려나.

안내하는 하나토리 씨를 따라 엘리베이터에 탔다. 좁은 공간의

침묵은 유난히 더 크게 울렸다.

왠지 단순한 침묵보다 엘리베이터 안의 침묵은 훨씬 더 무겁게 느껴지지. 중력 탓일까.

"저기, 하나토리 씨는."

엘리베이터 버튼 앞에 선 하나토리 씨는 미동조차 없었다.

……영원히 입 다물고 있을까.

"왜 그러시죠?"

"엑, 아뇨, 그게, 마이를 참 좋아하시는구나—! 해서, 아하하!"

이거 무조건 혼나는 흐름이다. 배빵을 당할지도 몰라. 『닥쳐라, 이 천치 같은 놈!』 이러면서.

"그렇죠."

하지만 하나토리 씨는 그저 부드럽게 수긍할 뿐.

어어…….

이건 계속 이야기를 이어가도 괜찮은 흐름인가……?

우주가 멸망할 때까지 이대로 가만히 입 다물고 있어도 괜찮겠지만……. 그래도 그건 왠지.

그래도 마이랑 사귀는 사이인데, 항상 마이 곁에 있는 하나토리 씨가 불편한 마음을 품은 채로 있는 건 좀…… 가슴속이 답답하니까.

마이도 서운하게 느낄 테고.

친해질 수 있다면 (없다고 해도!) 하다못해 세상 돌아가는 잡담 정도는 나눌 수 있을 정도의 사이가 되고 싶다. 뭔가 오해가 있다고 한다면 오해는 풀어두고 싶다.

나도 마이에게 진지한 마음을 품고 있다는 걸 알아줬으면 좋겠다…….

하나토리 씨와 공통의 화제라고 한다면……. 저번에 온천여관에서 들었던 마이사츠 과격파에 대한 주제일까?

"저, 저기, 사츠키 양도 좋아하시나요?"

"네."

이번에는 단호하게 고개를 끄덕였다.

다시 말해…….

"마이랑 사츠키 양이 사귀는 사이였다면 최고였을 거다, 라는 뜻이네요……."

"그렇죠. 아직 포기하지 않았습니다만."

"그런가요…… 엥?!"

"도착했습니다."

엘리베이터 문이 열렸다. 나는 넋이 나간 상태로 하나토리 씨를 올려다보았다.

"무, 무슨 뜻인가요?!"

"무슨 뜻이고 자시고. 아가씨는 총명하신 분입니다. 당신과 사귀는 게 뭔가 잘못된 일이었다는 걸 언젠가 스스로 깨닫게 되시겠죠."

"그, 그건, 과연 어떨까— 싶은데요……!"

찌릿 노려보는 눈. 아니, 노려보는 게 아니야. 그냥 시선을 던졌을 뿐이다.

그런데도 손끝까지 저릿저릿하게 떨려온다. 혹시 마안의 소유

자인 걸까.

“언젠가 그렇게 될 겁니다.”

철컥, 문을 열고서 거실로 향하는 하나토리 씨. 그 뒤를 따라갔다.

워낙에 확신에 가득 찬 어조로 고개를 끄덕이니까 자연스레 불안해졌다. 비스듬히 아래로 시선을 떨어트리며 투덜투덜 말했다.

“그, 그렇게 말해도 하나토리 씨는 저에 대해서 아무것도 모르시잖아요…….”

“그렇죠, 대충밖에는.”

“그, 그런데 왜.”

왜 그렇게 단언할 수 있는 건가요…… 라고 말하려고 했더니 하나토리 씨가 어딘가로 모습을 감췄다. 얘기하는 도중인데!

다시 모습을 드러냈을 때는 팔에 무언가 상자를 안고 있었다.

내가 갈아입을 옷……? 그건 아닌 것처럼 보이는데.

“마침 좋은 기회입니다, 독충 씨. 당신에게 진실을 이해시켜 드리도록 하죠.”

“네, 네?”

“저와 아가씨의 히스토리…… 시크릿 메모리……. 그렇습니다, 당신과 저의 격차, 오랜 세월 동안 쌓아온 애정의 차이를.”

어딘가 도취된 표정으로 상자를 여는 하나토리 씨.

거기에는 앨범, 블루레이 디스크 등이 가득 들어있었다.

이, 이건…….

이 사람, 어른스럽지 못하게 자기가 더 위라고 자랑하러 왔어……?!

*** ***

하나토리 히토에가 태어난 곳은 사가현에 있는 시골 촌구석이었다.

마을 주변에는 정말 아무것도 없었고, 같은 또래 아이라곤 겨우 셋. 놀거리라고 해봤자 야산을 뛰어다니는 정도. 그런 히토에에게 있어서 즐거움은 TV나 인터넷 속에 있었다.

화려한 세상. 찬란하게 빛나는 직업.

일 년 내내 탱크톱과 반바지 차림으로 지내는 소녀 시절을 보내면서 히토에는 점점 도시에 대한 동경이 강해졌다.

대학교 입시를 계기로 무사히 도시에 있는 학교로 진학하게 된 히토에는 꿈이었던 예능 업계에 뛰어들었다.

작은 모델 사무소에서 어시스턴트 아르바이트 일을 시작한 것이다.

『처음 뵙겠습니다, 하나토리라고 합니다.』

당시 9살이었던 모델의 담당을 맡게 된 히토에는 허리를 숙여 인사했다.

익숙하지 않은 힐. 낯선 정장. 입에 붙지 않는 표준어. 어색하기 짝이 없는 장비들을 몸에 두르고 잔뜩 긴장한 채 발을 디딘 세

상 속에서.

히토에는 금발의 공주님과 만났다.

『처음 뵙겠습니다. 오우즈카 마이입니다. 잘 부탁드립니다.』

『——아♡♡♡♡♡』

그건 그야말로 하나토리가 동경했던 개념 그 자체였다.

가늘고 윤기가 흐르는 머리카락. 보석과도 같은 푸른 눈동자와 새하얀 눈을 퍼 담은 것 같은 하얀 피부. 원숭이에서 진화한 인간과는 근본부터 다른, 여신이 흘린 눈물에서 탄생한 듯한 소녀를 보고서 히토에는 벼락과도 같은 충격을 맛봤다.

동시에 눈을 뜬 건 봉사의 마음.

하늘은 사람 위에 사람을 만들었다. 그게 바로 눈앞에 있는 소녀다.

소녀는 앞으로의 인생 속에서 많은 사람들에게 꿈을 보여주겠지. 그렇다면 누군가가 그녀를 섬기는 건 당연한 섭리였다. 뭐니 뭐니 해도 일반 대중과 소녀는 인생의 가치부터가 크게 차이가 난다.

어떤 의미에선 이것 또한 **첫눈에 반했다**고 표현해야 할지도 모른다.

서로를 마주 보고 있던 몇 초간의 순간이 끝나고, 굳어있던 히토에에게 소녀는 덧없는 미소를 지었다.

『하나토리 씨는 내 곁에 있어 줄 거야?』

당시 퀸 로즈는 아직 경영 상황이 힘든 상태였고, 인재 유출도 심각했다. 서브 매니저라고는 하나 대학생인 히토에가 오우즈카

마이의 담당을 맡게 된 것도 그런 사정이 있었기 때문이었다.

마이 공주님이 건넨 말씀에 히토에는.

바닥에 무릎을 꿇고서 똑바로 눈을 바라보며 말했다.

『네. 저는 평생 마이 아가씨를 섬기겠습니다.』

그 말에 담긴 모든 마음이 아홉 살 소녀에게 전해졌다고는 생각하지 않는다. 하지만 소녀는 히토에를 보며 기쁜 듯이 미소를 지어주었다.

히토에는 대답을 들었다고 생각했다. 더 이상 없을 명예로운 역할에 가슴이 뜨거워졌다.

이후, 히토에는 열심히 업무에 임했다.

성실한 근무태도를 인정받은 히토에는 대학교 졸업 후, 마이의 전속 매니저로서 회사에 영입되었고.

현재에 이르러선 업무적 서포트뿐만 아니라 일상생활을 돌보는 역할도 맡을 수 있게 됐다.

이거야말로 의미 있는 인생이었다.

*** ***

"——그리고 그게 제 사명이라고 확신한 겁니다."

"허, 허어."

마이의 초등학생 시절 영상을 보면서 나는 하나토리 씨의 얘기를 듣고 있었다.

이건 사랑이 무겁다고 해야 할 정도가 아니다. 이 사람의 기호가,

아니 이젠 인생 그 자체가 마이에 의해 뒤틀린 듯한 사람이었다.

여동생, 혹은 자기 딸처럼 마이를 소중하게 여기고 있으시구나…….

하긴 뭐, 나 같은 게 갑자기 툭 튀어나와서 마이의 총애를 얻게 된 거니까 불평하고 싶어지는 마음도 조금은 이해할 수 있긴 한데………….

아니아니, 지금 내가 설득당하고 있잖아!

"그래도 인생이란 원래 자기 마음대로는 안 되는 법이니까요……!"

내가 슬쩍 흘린 말을 듣고서 하나토리 씨는 깜짝 놀란 것처럼 나를 돌아보았다.

"당신."

"아, 그게, 고등학생 1학년짜리가 건방진 소리를 해서 죄송합니다!"

"아뇨, 그건 그 말대로입니다."

……뭔가 살짝 수긍해 준 건가?

가슴에 손을 얹은 하나토리 씨의 맞은편, 영상 속에서는 예쁜 옷을 입은 조그만 마이가 찰칵찰칵, 하고 카메라맨 앞에서 사진 촬영을 받고 있었다.

당연하지만 나랑 카호 짱이 했던 촬영회와는 규모가 비교가 안 된다. 엄청나게 커다란 스튜디오에, 산더미 같은 촬영 기자재, 수많은 스태프들.

이 영상은 하나토리 씨가 업무의 일환 차 손캠으로 찍은 영상

인지, 가끔씩 하나토리 씨의 감탄에 찬『아가씨…… 어쩜 이리 사랑스러우신지……』혹은『아가씨는 그야말로 오우즈카가에 강림한 공주님……』이라고 중얼거리는 목소리가 들어가 있었다. 마이 오타쿠……?!

겉모습과의 갭이 신경 쓰여서 견딜 수가 없는 나에게 하나토리 씨가 말했다.

"저도 바라건대 마이 아가씨는 코토 님과 영원히 달콤한 시간을 보내길 소망했습니다. 하지만 그것 또한 제 이기심일지도 모르죠."

그럴지도 모른다가 아니라 500% 이기심이라고 생각하는데요…….

입 밖으로 내기는 무서웠기 때문에 나는 온화하게 미소 짓는 걸로 자연스레 좋은 분위기를 내려고 노력했다.

"뭔가, 죄송합니다……. 저 같은 녀석이라……."

"그러네요, 독충 씨."

"아, 부르는 명칭은 달라지지 않는구나……."

"확실히 당신은 아가씨가 선택한 분. 설령 당신이 온갖 농간을 부려 아가씨를 홀린 독충이라고 해도……. 처음부터 저로선 어찌할 도리가 없는 일이었습니다. 당신을 물리적 수단으로 배제한다면 결국엔 아가씨가 슬퍼하실 테니까요."

하나토리 씨가 고개를 떨궜다. 성인 여성의 풀 죽은 모습에 나는 가시방석에 앉은 심정이었다. 아니 그나저나 물리적으로 배제하실 생각이셨습니까…………?

"하나토리 씨는, 마이를 좋아하시네요……."

공포를 느끼면서 중얼거렸더니 하나토리 씨는 조용히 고개를 끄덕였다.

"……네."

나는 마이네 가정환경에 대해선 잘 모르지만……. 그래도 마이의 곁에 이렇게 마이를 소중히 여기는 어른이 있다는 건 좋은 일이라고 생각하니까…….

그때 TV에서 나오던 영상이 바뀌었다. 여전히 마이의 영상인 건 똑같지만 방금 전보다 살짝 성장한 모습이었다. 초등학생 고학년 정도일까.

이 시절쯤 되니까 마이의 외모 나이가 자칫 지금의 나랑 크게 다르지 않아 보인다……. 키는 이미 나만큼이나 큰 데다 생김새도 어른스러워서…….

마이의 옆에 서 있는 검은 머리의 여자애도 분명 유명한 모델분이겠지. 분위기라고 해야 하나, 품격이라고 해야 하나, 사람의 시선을 잡아끄는 힘이 굉장했다.

하나토리 씨가 루벤스의 명화를 눈앞에 둔 소녀처럼 감탄의 한숨을 흘렸다.

"하아……. 코토 님, 아름다워……."

"어, 어라?! 이거 사츠키 양인가요?!"

듣고 보니……. 마이랑 사츠키 양이다…….

두 사람은 셔터 소리 사이사이에 서로 뭔가를 속삭이면서 쿡쿡 마주 웃었다.

아직 초등학생 시절, 지금과는 다르게 눈동자에 예리한 요도 같은 날카로움이 없는 사츠키 양……. 구김살 없이 천진하게 웃는 사츠키 양의 모습은 예전에 본 것 같기도 하고, 아닌 것 같기도 하고…… 아무튼 엄청 귀여워!

"우와, 귀여워……. 쩔어, 귀여워……."

"그쵸그쵸."

왠지 하나토리 씨가 으스대는 표정을 짓고 있지만 그것도 수긍할 수밖에 없을 정도로 미소녀였다. 아니 그보다 지금의 사츠키 양과 차이가 너무 심해서 엄청나…….

마이와 사이좋아 보이는 것도 그렇고, 작은 체구로 더러움을 모르는 소녀 둘이 정답게 장난치는 모습은 어른들이 결코 손댈 수 없는 **성역** 같았다. 이건 동화 속 한 페이지인가……?

"코토 님은 아가씨의 일을 도와주시던 시기가 있었습니다. 그때 여전히 풀이 죽어 있었던 아가씨를 위해서."

"아아! FPS를 했을 때 들었던 에피소드!"

"네, 그렇습니다. 물론 촬영 현장에 그냥 친구가 드나들 수는 없습니다만 다른 사람도 아닌 코토 님이니까요. 현장에서 즉석으로 스카우트되었고, 결과는 보시는 대로입니다."

"역시 사츠키 양……."

코스프레 회장에서 보여줬던 당당한 태도를 떠올렸다. 역시 원래부터 경험자였던 거잖아요—!

황홀한 얼굴로 중얼거리는 하나토리 씨는 마치 신의 탄생에 입회한 신도 같았다.

"이때의 광경을 저는 분명 평생 잊지 못하겠죠."

"그렇구나…… 마이랑 사츠키 양이 결혼해 줬으면 좋았겠네요……."

"네…………. 아뇨, 아직 포기하지 않았습니다만."

이런 연유로 하나토리 씨는 뇌가 망가졌고, 그 후로는 마이사츠 과격파가…….

하지만 이해가 간다. 마이든 사츠키 양이든 아지사이 양이든, 만약 어린 시절에 만났다면 나도 틀림없이 마음을 빼앗겼을 테니까. 카호 짱? 카호 짱은 뭐…… 친구니까…….

"바라건대 제가 하늘의 부름을 받을 때는 날개를 단 아가씨와 코토 님이 손을 이끌어 주셨으면."

"위험한 소리를 꺼냈어……."

잘 보면 화면에는 마이사츠 말고도 몇 명쯤 아역 모델들이 있었다. 하지만 압도적일 정도로 광채에 차이가 난다. 퀸텟 안에 있는 나 같아. 힘든 세상이다…….

"자."

하나토리 씨는 BD를 꺼내서 조심스러운 손길로 상자 속에 넣었다. 보물 상자인 걸까.

"슬슬 목욕 준비도 다 됐겠죠. 독충 씨."

"아, 네."

독충이라고 불릴 때마다 기분이 축…… 가라앉고 만다. 그래요, 저는 아마오리 레나코. 마이와 사츠키 양 사이에 끼어든 독충……. 살아있어서 죄송합니다…….

여하튼 욕실에 들어가 있는 타이밍에 마이가 왔다간 큰일이다. 빠르게 샤워만 마치고 나오자.

"그럼 감사히 빌리겠습니다……. 죄송합니다……."

대체 어느새 준비해 둔 걸까, 하나토리 씨는 품에 갈아입을 옷 한 벌을 들고 있었다. 건네받으려고 했더니 재빠르게 먼저 걸어가 버렸다. 뭐, 얌전히 안내를 받자…….

"이쪽입니다."

"오……. 의외로 평범……?"

문을 열자 세면장이 있고, 안쪽에 두꺼운 유리 칸막이로 나누어진 욕실이 보였다. 분위기로 따지면 마이와 같이 묵었던 호텔 욕실과 비슷하려나. 물론 평범한 수준은 넘는다. 하지만 마이네 맨션이니까 러브호텔만큼이나 넓은 욕조가 있을 줄 알았다.

"그럼 실례하겠……."

하나토리 씨는 아직도 갈아입을 옷을 건네주지 않았다.

아뇨, 저기요?

"아가씨를 위해서입니다. 당신에게만 맡길 수는 없습니다."

"……그게 무슨 뜻."

내 눈앞에서 하나토리 씨가 정장을 벗기 시작했다.

어?!

"무슨 뜻?!"

"그러니까."

하나토리 씨가 목에 매고 있던 넥타이를 슥, 풀면서 당연하지 않냐는 듯한 얼굴로 말했다.

"제가 당신을 아가씨 앞에 내놓아도 부끄럽지 않을 정도로 깨끗하게 씻겨드리겠습니다."

"뭐——."

나는 소리쳤다.

"뭐라고요오오오오오오오오오오오오오오?!"

따뜻한 김이 피어오르는 욕실로 조심조심 발을 들여놓았다.

몸 앞을 목욕 수건으로 가리기는 했지만 뒤쪽은 훤히 드러난 상태. 등 뒤에 하나토리 씨가 있어서일까, 어쩐지 목숨이 노려지는 듯한 위기감이 느껴진다.

"깨끗하게 씻겨주신다니, 저기, 그게 무슨 뜻……."

셔츠를 벗을 때 머리카락이 걸리적거리는 기색이더니, 하나토리 씨는 지금 단정하게 묶고 있던 머리카락을 풀어 내린 모습이었다. 살짝 곱슬끼가 있는 흑발이 하나토리 씨의 몸에 그림자처럼 달라붙어 새하얀 피부를 더욱 돋보이게 해주는 것 같았다.

하나토리 씨가 샤워기를 손에 들고 물 온도를 조절했다. 쏴아— 하고 쏟아지는 물줄기 소리를 들으며 나는 지금 한창 푹 빠져 있는 FPS를 떠올리기로 했다.

시가지 맵일 때는 아무래도 초반부터 격렬한 격전이 벌어지기 마련이니까 인적이 드문 지역에 틀어박혀서 생존율을 올릴 수는 없으려나. 하지만 결국 수비적인 플레이로는 다소 순위를 올릴 수는 있어도 1등은 힘드니까 평소 플레이에서 에임 연습을 더 열심히 하는 쪽이 결과적으로는 성장으로 이어지겠지. **그래, 흑발**

미인 언니가 몸을 씻겨주는 것도 최종적으로는…….

안 되겠어! 현실도피가 쉽지 않아!

"그보다 몸 정도는 혼자서도 씻을 수 있는데요!"

휙 뒤를 돌았다. 그 탓에 하나토리 씨의 몸을 그대로 눈에 담고 말았다.

어른스러운 몸을 가진 여성이었다.

허벅지는 쭉 뻗어 있고, 전체적인 형태는 가늘면서도 원숙한 느낌을 띠고 있었다.

이웃집 아주머니나 선생님과는 달랐다. 내 또래 여자애들과도 전혀 달랐다. 『언니』의 알몸이라는 느낌…….

뭔가 적나라해……!

친구의 알몸도 아슬아슬함의 극치였지만, 거의 대화도 해본 적 없는 새빨간 타인이나 마찬가지인 언니의 알몸도 상당히 아찔했다. 위험해위험해.

게다가 상대가 마치 도우미 로봇처럼 지금까지 감정을 겉으로 드러내지 않았던 하나토리 씨의 나체라는 점이 한층 더 배덕감을 증폭시키고 있어…….

정장 아래엔 이렇게나 매끈매끈 반들반들한 아름다운 나신이 있었구나, 하고…….

아니, 밀려오는 번뇌가 장난 아니잖아!

"그럼 실례하겠습니다."

하나토리 씨가 향기 나는 바디 소프를 샤워 스펀지에 묻혔다. 다행이다, 어디 사는 엉큼한 녀석처럼 맨손으로 하는 건 아닌가

보다.

"네, 넵……."

그래, 미용실에서 샴푸 서비스를 받는 기분으로 있으면 되는 거야.

하나토리 씨는 철저히 업무의 일환인 것처럼 하실 테니까 나도 어디까지나 사무적으로, 사무적으로…….

천천히 목욕 수건을 벗겨냈다. 벽 쪽을 보고 우두커니 서 있는 나…….

뒤에서 하나토리 씨의 손이 내 등을 향해 뻗어오는 기척.

스펀지가 피부에 닿았다.

"히야."

"차가우신가요?"

"아, 아뇨……. 왠지 조금 간지러워서."

"조심하도록 하겠습니다."

피부를 문지르는 감촉이, 평소 집에서 쓰는 슈퍼에서 산 스펀지와는 완전히 달랐다.

"뭐, 뭔가 독특한 스펀지네요."

"실크입니다. 섬유가 촘촘해서 피부의 사소한 노폐물까지 확실하게 제거할 수 있습니다. 대신 너무 강하게 문지르면 피부에 상처가 나기 때문에."

"과, 과연."

그래서 그렇게 상냥한 손길인 거군요…….

닿는 듯 마는 듯 부드러운 터치. 솜털 끝만을 살짝 쓰다듬는 듯

한 스펀지 놀림에 내 안 무언가의 게이지가 조금씩 고양되어 간다.

이, 이거…… 설마, 기분 좋은 거 아닌가……!

저릿하게 달아오르는 열기에서 도망치는 것처럼 나는 입을 열었다.

"으, 으읏…… 으으……."

그러자 갈 곳을 찾지 못하고 있던 욱신거림이 조금이지만 가셨다.

그렇지만 하나토리 씨는 멈추지 않고 나를 슥삭슥삭 닦아주고 있어서 지금 이 순간에도 계속 간지러움과도 비슷한 기분 좋은 감각이…….

"저, 저기…… 여전히 간지러움이, 가시질 않아서…… 읏……."

"상당히 간지러움을 많이 타시는군요."

"그런, 걸지도……?"

하나토리 씨는 특별히 주저하는 기색도 없이 스펀지를 옮겨 등에서부터 내 엉덩이 쪽으로 쭉 미끄러져 내려왔다. 히익?!

"저, 저기저기!"

"조금 조용히 해주실 수는 없을까요?"

"어째서 제가 혼이 나는 거죠……?"

입술을 꾹 악물면서 버텼다. 버틴다니 뭔데?! 아니 그치만 간지러운걸!

"그러면 잠시 앉아주실 수 있으신지?"

"네……."

나는 녹초가 된 기분으로 자리에 앉았다. 욕실 매트와는 살짝

다른, 목욕용 등받이 의자(?) 같은 거에 앉으니 조금 마음이 편해졌다.

하나토리 씨가 물이 든 페트병을 내밀었다.

"가, 감사합니다……."

빨대를 입에 물고서 한 입. 이게 바로 진짜 공주님 대접……. 뭔가 온몸에서 땀도 쭉 뺀 게, 건강해질 것 같아…….

하나토리 씨가 내 다리를 휙 들어 올렸다. 그 탓에 비스듬히 자세가 무너졌다.

"우와앗!"

"그러면 실례하겠습니다."

"하기 전에 말해주실 수는 없나요?"

다리에 수수께끼의 아로마가 칠해지고, 다시 스펀지로 슥슥 닦였다. 통나무 표면을 대패질하는 느낌이다……. 내 다리가 통나무라고?! 그 정도로 두껍지는 않거든?!

"기분은 어떠신지?"

"한결같이 부끄러워요……!"

"걱정하지 마시길. 피부 미용사 민간 자격증도 소지하고 있습니다. 바디케어 기술에는 나름 자신도 있고요."

그런 문제가 아니라!

한쪽 다리를 들어 올리고 있다 보니 자세가 말이죠……! 열심히 허벅지를 오므려서 버티고는 있지만 뭔가 결코 보여줘서는 안 될 부분을 드러내게 될 것 같아서……!

지금까지 이 정도로 내 존엄성이 욕보였던 적이 있었을까. 없

었을 거라고 생각합니다만……!

보, 복근이 부들부들 떨리기 시작했어……!

"햐웃."

"무슨 일 있으신가요?"

"바, 발가락 사이까지 닦는 바람에……! 저도 모르게……!"

"그러신가요."

하나토리 씨는 충실히 직무를 수행하기 위한 로봇 같은 걸까. 눈썹 하나 까딱하지 않고 다른 쪽 다리를 덥석 잡아당겼다. 으힉.

또 문질 문질 통나무 손질이 시작됐다. 기분 좋아…….

"그나저나 이런 부분까지 반짝반짝 씻기다니 어쩌려는 생각인 건가요?! 설마 저는 이대로 마이에게 헌상하는 접시 위에 올라가는 건 아니겠죠?!"

"무슨 천벌받을 소리를……."

"그치만 거기까지 할 필요는 없잖아요?!"

"씻을 필요가 있느냐 없느냐가 아닙니다. 더러운 몸으로 아가씨를 만나는 행위 자체가 아가씨에 대한 모욕이니까요."

크윽……. 그야 저도 항상 깔끔한 몸으로 있고 싶긴 한데요!

하나토리 씨는 드디어 양쪽 다리를 씻는 작업을 마쳤다.

"하아, 하아……. 사, 살아남았다……."

"다음은 천천히 누워주십시오."

"네………."

하나토리 에스테 살롱의 시술은 아직도 이어지는 모양이다.

이번에는 목욕 등받이 의자에 등을 기댄 나. 다리를 쭉 뻗은 자

세로 앉았다. 이젠 그냥 어설프게 저항하는 것보단 시키는 대로 협력해서 한시라도 빨리 끝내는 편이 낫겠다는 느낌이 들기 시작했어…….

"팔을 들겠습니다."

"네에에."

또 방금 전 같은 부드러운 손길로 팔뚝부터 손등까지 문질러졌다. 나는 다리보다도 등이랑 팔이 민감한 걸지도 몰라……. 또 호흡이 거칠어진다…….

정말로 밑 손질을 당하는 기분이다. 나는 머리부터 발끝까지 다듬어진 다음 집에 온 마이 앞에 오롯이 올라 소금과 크림에 찍혀 맛있게 잡아먹히는 걸까……? 주문이 많은 오우즈카 요리점…….

양쪽 팔이 끝났다. 이걸로 나는 간신히 해방되어…….

"그럼 등받이를 젖히겠습니다."

"으에?"

과연 목욕 등받이 의자. 등받이를 젖히면 그대로 누울 수도 있구나. 욕실 천장을 물끄러미 바라볼 일은 좀처럼 없다 보니 신선했다.

"이쪽도 실례할게요."

"호와……?"

타월이 눈 위를 덮었다. 이것도 미용실 같았다.

……몰캉.

응……?

가슴에 뭔가, 감촉이……. 아니 이건, 착각이 아니라…….

이번엔 몸 앞쪽을 씻기고 있어?!

"미용실이랑 달라!"

"미용실에서는 알몸이 되지 않으니까요."

"그렇긴 한데 말이죠?!"

알몸으로 눈을 가린 채 눕혀져 있다니, 무방비한 상태인 것도 정도가 있지! 하나토리 씨가 나를 죽이려고 마음먹으면 언제든 실행할 수 있는 상태잖아!

가슴께에 스펀지가 닿아서, 『햐앗!』 하고 소리를 지를 뻔했지만 견뎌냈다.

그대로 스펀지가 가슴골을 타고 배 쪽으로 미끄러져 내려간다.

으으, 쫙 뻗은 손가락이 저절로 오므려지고, 다리가 움찔움찔 경련하게 돼.

처음에 등을 씻겨 줬을 때보다 기분 좋은 감각이 훨씬 더 크게 밀려와서 목소리를 참는 게 괴로워졌다. 으으으으.

"저, 저기이…… 하나토리 씨, 아직, 인가요."

"이제 조금 남았습니다. 참아주세요."

"네에에……."

아아, 이젠 안 돼, 괴로워, 무리무리.

"아으으…… 아아아…… 후우…… 후우……."

견딜 수 없어져서 결국 신음이 흘러나왔다.

뜨거워. 물에 몸을 담그지도 않았는데 온몸이 따끈따끈하다.

뭔가 마사지 비슷한 것까지 해주고 있고…….

"기, 기분 좋아서……. 아, 안 돼요, 하나토리 씨, 안 돼, 이거……."

머릿속이 붕 뜨기 시작했다. 내 목소리가 어딘지 멀리서 들려온다.

"하아…… 하아…… 으, 아으읏."

머릿속으로는 필사적으로 이건 야한 짓이 아니야, 이건 야한 짓이 아니야, 라며 염불처럼 되뇌고 있었지만 내 목소리는 누가 들어도 핑크빛으로 물들어 있었다.

으으으, 왠지 피부 안쪽이 저릿저릿 울리는 것 같아서 애달파……. 나 지금 눈을 가리고 있어서 잘은 모르겠지만 여기저기 엄청난 꼴이 되어 있지는 않을까…….

"너, 너무 과해요, 이젠, 안 돼, 안 되니까요…… 무리무리, 하나토리 씨이……."

저도 모르게 달콤한 목소리를 내고 말았다. 이런 꼴은 학교 친구들에겐 절대로 보여줄 수 없겠는데, 하고 머리 한구석으로 생각했다.

슥, 하고 눈에 빛이 비쳤다.

"아……."

"수고하셨습니다, 독충 씨."

하나토리 씨가 내 얼굴을 들여다보았다.

"으, 응…… 헙!"

넋이 나가 있던 나는 황급히 입가를 닦았다. 예상대로 입가에 침이 흐르고 있었다.

"이, 이건 그런 게 아니니까요! 딱히 기분 좋아졌다거나 그런 건!"

"그런가요. 솜씨를 발휘하는 건 오랜만이었는데 그렇게나 기분 좋게 느껴주셔서 기쁩니다."

"그런 게 아니라……!"

하나토리 씨가 샤워기로 뜨거운 물을 틀었다. 내 머리를 살짝 든 다음 그대로 몸을 물로 씻겼다. 벌렁 누운 상태로 누군가가 몸을 씻겨주는 것도, 뜨거운 물을 뿌리는 것도 다 처음이라 신기한 체험이었다.

아니 그보다 온몸이 기분 좋아진 게 분해…….

"뭐, 뭐어, 이 정도쯤은 얼마든지 견뎌낼만했지만요! 간지러웠던 것도 처음뿐이었고요! 방금 전에는 일부러 진 척 한 거니까요! 하나토리 씨도 그리 대단할 거 없네요—!"

알몸으로 그런 소리를 주절거리는 나를 내려다보면서 "네네" 하고 건성으로 대답.

그러더니 내 위에 가슴부터 하반신만 아슬아슬하게 가릴 수 있을 만한 작은 타월을 덮었다.

……응?

찍— 하고 뭔가 오일 비슷한 걸 손에 짜더니 양손을 짝짝 맞부딪히면서 손바닥 위에 섞는 하나토리 씨.

"그러신가요. 그럼 지금부터 이어서 오일 마시지를 하도록 하겠습니다."

"자, 잠깐!"

하나토리 씨는 내가 그러든지 말든지 내 위로 몸을 덮었다.

"잠까아아아아아안~~~!"

문이 열리는 소리가 나더니 발소리가 가까워졌다.

"안녕, 늦어서 미안해. 꽤 오래 기다리게 만든 걸까──."

거실로 들어온 마이는 웃는 얼굴인 채로 굳었다.

식탁 의자에 오도카니 앉은 나는 어색한 웃음을 지었다.

"어, 어서 와, 마이……."

"다녀오셨습니까, 아가씨."

옆에 서 있던 하나토리 씨가 공손하게 고개를 숙인다.

"괜찮으시다면 저녁 식사 준비가 다 되었습니다만, 어떠신가요?"

"그, 그래, 잘 부탁할게, 하나토리 씨……."

마이가 코트를 벗자 자연스러운 동작으로 하나토리 씨가 옷을 받았다. 꾸벅 인사를 하고서 식사 준비를 하기 위해 방을 나선다.

마이가 들뜬 표정으로 내 맞은편 자리에 앉았다.

"놀랐어."

"그, 그러십니까."

"굉장히 귀여운걸."

마이는 손을 뻗어 정면에 앉은 내 손을 쥐었다.

목욕을 마친 뒤, 나는 하나토리 씨가 골라 주신 옷으로 갈아입었다. 당연히 체육복은 아니다. 드레스 룸에 오랜 시간 보관되어 있던, 마이가 입지 않는 원피스다.

몸에 맞을지 걱정이었는데 크면 큰 대로 어울리는 느낌이 있다고 한다. 하나부터 열까지 하나토리 씨한테 코디네이트를 맡겼고, 헤어스타일 어레인지까지 받았다.

심지어 전신 마사지도 받았으니……. 몸이 확 가벼워진 느낌. 지금의 나는 어쩌면 꽤 귀여울지도 모르겠는데……?!

아냐아냐, 우쭐해지지 말자! 마이는 걸핏하면 나보고 귀엽다고 하니까!

"귀여워, 레나코."

봐봐, 또 말했어!

"확실히 상대평가로 치면 지금의 내가 역사상 제일 귀여운 상태인 건 맞다고 생각하지만, 그래도 마이 주변에는 귀여운 사람이나 미인이 산더미처럼 있을 테니 절대평가로 치면 나는 딱히 귀엽다곤 볼 수 없다고 할까……."

"아주 근사해. 귀엽네, 레나코."

"만약 몸이 목적이었다면 나를 고를 일은 없다고 했으면서!"

너무나 창피했던 탓에 째려보듯 마이를 보았더니 그건 그것대로 마이가 "응" 하고 고개를 끄덕인다. 고개를 끄덕이잖아!

"내가 예시를 든 사람들은 모델로 일하는 사람들이니까. BMI가 14에서 16사이인 분들이야. 매 끼니 주의를 기울이고, 항상 꾸준한 노력으로 사력을 다해 스타일을 유지하고 있지."

"그렇구나! 그럼 무리겠네!"

나는 주저 없이 패배를 인정했다. 나는 닭튀김이든 메론 빵이든 고민 없이 먹으니까…….

마이는 미소를 지었다.

"하지만 그게 무조건 다 훌륭하다고 말하는 건 아니야. 나는 모델들보다도 너를 좋아해. 나를 위해서 예쁘게 차려입어 줘서 고마워."

"으, 응……. 거의 하나토리 씨 덕분이지만……."

"기쁜걸. 정말 기뻐."

싱글벙글 웃으며 내 손을 쓰다듬는 마이를 보니, 으으, 이렇게까지 기뻐해 준다면야 부끄러움을 참은 보람이 있었네, 하는 생각이 든다………. 세뇌……?

아냐, 나는 언제까지 마이한테 삐딱하게 굴 건데!

제대로! 사랑을! 전해야 해!

"으으으으으으."

"왜, 왜 그러지. 갑자기 머리를 감싸 쥐고 괴로워하다니."

"지금 내 안에 있는 악마를 불태우고 있어……. 하지만 그 악마는 거의 나와 동화되어 있기 때문에 나도 함께 대미지를 입는 중이야……."

"그, 그렇군, 잘은 모르겠지만 힘들겠구나."

마이가 어이없어하는 동안 하나토리 씨가 식사를 가져왔다.

햄버그 스테이크 가게에서 볼 법한 수레를 밀면서 올 줄 알았는데 평범한 트레이였다. 나와 마이 앞에 음식이 담긴 접시를 차려주었다.

속 깊은 접시 안에 듬뿍 담긴 건 비프스튜다.

"우와, 맛있어 보여."

하지만 오우즈카 집안 식사인 것치고는 상상했던 거에 비해선 호화롭지 않았다. 혹시나 통돼지 구이 같은 게 나오지 않을까 했는데……. 아냐, 마이는 모델이니까. 그렇게 많이는 안 먹어.

"그럼 맛있게 드십시오."

"네— 잘 먹겠습니다!"

운동을 한 직후라서 몹시 배가 고팠다. 음식 냄새에 뱃속이 꼬르륵거리기 전에 빨리 먹자.

"맛있어 보이네, 마이."

"그래, 틀림없이 맛있을 거야. 내가 보증할게."

비프스튜에 스푼을 넣었다. 감자나 브로콜리가 듬뿍 들어있고, 당근이 색감을 예쁘게 더해줬다. 이건 소고기일까. 푹 고아져 있어서 부드러워 보인다.

한 숟가락 떴다. 너무 뜨겁지 않고 온도도 딱 좋았다. 나는 살짝 후—후— 분 다음 입에 넣었다. ……음!

"맛있어!"

집에서 먹는 스튜랑은 완전 달라! 뭐라고 해야 하나, 맛이 진해! 아니 맛이 깊다?! 감칠맛이…… 있어! 그렇지, 피로가 풀리는 맛이 나!

"저기저기, 마이, 굉장해! 역시 하나토리 씨네!"

헉, 이거 설마.

내가 마이한테 시집을 가면 매일 이런 밥을 먹을 수 있다는 뜻인가……?!

마이한테 청혼을 받고 있긴 하지만, 실제로 결혼한다면 손에

들어올 생활을 이렇게 구체적으로 생생하게 눈으로 봤더니, 전혀 다른 측면에서 마음이 설레기 시작할 것만 같은데……?

하나토리 씨가 마사지도 해주는 거잖아? 어디를 갈 땐 리무진으로 바래다주고……. 세상에서 제일가는 공주님 대접……. 그런 건 인간이라면 누구나 동경하지…….

"후후후."

그러자 마이가 입가에 손을 대고서 웃고 있었다. 뭐야뭐야.

"하나토리 씨가 우리 집에 온 지 얼마 안 됐을 때의 일이 떠올랐어."

"아가씨."

살짝 당황한 듯한 목소리를 내는 하나토리 씨.

"그 시절엔 만들 수 있는 요리도 적었고, 유일하게 이것만큼은 제대로 만들 줄 안다면서 항상 압력 밥솥으로 비프스튜를 만들어 주었어. 기억해? 하나토리 씨."

"……그때는 폐를 끼쳤습니다."

하나토리 씨는 고개를 숙이며 얼버무리려고 했지만 뺨이 붉어져 있었다.

"하나토리 씨한테도 그랬던 시절이……."

"맞아. 그러고 보면 운전도 옛날엔 좁은 골목으로 들어섰다가 얼굴이 새파래졌었지. 어찌할 바를 몰라 쩔쩔매거나, 운전 학원에서부터 다시 배우겠다며 풀이 죽기도 하고."

"……아가씨, 용서해 주시길."

"아니, 칭찬하는 거야. 쭉 나를 위해서 최선을 다해줘서 고마워

하고 있어."

"분에 넘치는 말씀입니다."

뭔가…… 멋진 장면이다.

아까 하나토리 씨의 헌신을 들은 직후라서 더더욱.

스튜는 맛있고, 마이도 하나토리 씨도 즐거워 보이니, 응.

상당히……. 좋은 분위기!

"그건 그렇고 어쩐지 신기한 기분이야."

아련한 표정으로 미소를 짓는 마이.

"어어…… 뭐가?"

열심히 스튜를 냠냠 먹으면서 되물었다. 무드라곤 없는 나…….

"우리 집에 레나코가 있고, 하나토리 씨가 만들어 준 식사를 함께 먹고 있어. 마치 가족이 된 것 같아서."

"……마이?"

그건, 나에게는 그냥 언제나 집에서 보내는 평범한 일상이다.

아빠 엄마와 함께 밥을 먹고, 여동생과 내가 오늘 학교에서 있었던 일을 대충 떠든다. 태어났을 때부터 항상 변함없었던 당연한 광경.

숟가락을 옮기던 손을 멈추고서 마이의 얼굴을 살폈다.

무슨 생각을 하고 있는 건지 잘 모르겠어. 다만 편안한 표정을 짓고 있었다.

……일이 피곤했던 걸까?

"으, 응. 하지만 그게, 결혼 같은 건 아직 생각하지 않거든……?"

노파심에 묻자, 마이가 웃었다.

"응, 알고 있고말고. 그저 고마워."

맛있는 음식을 대접받고, 예쁜 옷을 빌려 입은 건 난데 고맙다는 인사를 들어도…….

거기서 마이는 테이블에 팔꿈치를 괴고서 깍지를 끼며 싱긋 웃었다.

"그렇지. 그럼 먼저 동거부터 시작하는 건 어떨까. 아아, 물론 부모님의 허락을 받을 때는 내가 인사드리러 가겠어. 긴장되기 시작했는걸."

"그것도 안 할 거거든?!"

"괜찮아. 처음에는 갑작스러운 일이라 반대하실지도 모르지만 반드시 설득해 내겠어. 너와 나의 꿈을 함께 이루기 위해서."

"내 꿈은 평온 무탈하게 살아가는 건데요?!"

갑자기 대화의 템포가 확 달라져서 깜짝 놀랐다고!

게다가 굳이 노력해서 설득하지 않더라도 우리 부모님은 바로 OK 해버릴 것 같은 느낌이 들어……. 부모님을 설득하는 게 껌이라서 그렇다기보다는 마이가 지나치게 훌륭한걸……!

최소한 여동생은 대찬성할 테니까 말이지……. 내 편 너무 적지 않아……?

그럴 경우 하나토리 씨가 내 편이 되어줄 것 같은 느낌도 들지만, 그래도 마이가 하는 말에 반대를 외치지는 않을 것 같아. 역시 자기 몸은 자기가 지켜야 해!

"나는 밥 하나로 회유될 정도로 쉬운 사람이 아니라서요……."

"그러면 다음엔 너를 위한 게임 룸을 마련해 볼까나."

"그건 내 약점이니까 제발 그만둬! 마이네 집에 오면 고성능 PC에다 고주사율 모니터로 게임을 마음껏 할 수 있다니, 그런 건 안 되니까! 여기 틀어박히게 될 거야!"

내 외침에 마이는 잠시 동안 즐겁게 웃었다.

그냥 마이네 집에 놀러 가서 밥을 먹고 돌아왔다. 그저 그뿐이었는데 마이가 평소 이상으로 매우 기분 좋게 기뻐해 주니 또 놀러 와도 괜찮지 않을까, 하는 생각을 하게 된다.

어라, 이거 소위 말하는 집 데이트? 연인이 된 마이와 처음으로 하는 집 데이트였던 거 아니야……?

아냐아냐, 설마 그럴 리가……. 밥을 먹은 다음 잠깐 마이랑 격투 게임을 하면서 놀다가 집에 왔을 뿐이니까……. 그렇게 대단한 의미는, 그치? 응응!

결국 집에 갈 때도 하나토리 씨가 바래다주었다.

"죄송합니다, 오늘은 여러모로 감사했어요. 저녁밥도 그렇고, 그, 옷까지."

"아뇨. 기회가 있다면 다음에 받으러 찾아뵙겠습니다."

집에 바래다줄 때의 하나토리 씨는 리무진이 아니라 검은색 경차를 타고 있었다. 이게 하나토리 씨가 출퇴근용으로 타는 차인가 보다. 남의 차 냄새가 나서 뒷좌석에 앉는 게 왠지 긴장됐다.

집 앞에 내려주셨다. 체육복과 농구공이 든 봉지를 안고 고개를 숙였다.

그대로 떠날 줄 알았는데 하나토리 씨가 운전석 창문을 열었다.

"앞으로도 아가씨와 친하게 지내주세요."
그 얼굴엔…… 살짝 미소를 짓고 있었다.
"……괜찮은 건가요? 제가 친하게 지내도."
"무슨 변덕인지, 꽃은 독충이 마음에 드시는 모양입니다. 어쩔 수 없는 일이죠."
여태까지 그랬듯이 매몰찬 말이었지만……. 그래도 약간 인상이 다르게 들려. ……들리는 느낌이 들어.
일단은 문답 무용으로 배제! 라는 자세에서는 벗어난 모양이다. 다행이다. 하지만 하나토리 씨가 태도를 바꿀 만한 행동을 내가 했던가?
그나저나 이분, 마이 얘기를 할 때는 훨씬 살가운 언니란 말이지. 앞으로도 영원히 저런 표정으로 있어 주면 조금은 대화하기 편할 텐데…….
"저녁 식사 때 아가씨는 마치……."
"?"
"아뇨, 아무것도 아닙니다."
사무적인 표정으로 돌아온 하나토리 씨에게 딱 한 가지 물어보고 싶은 게 있었다.
그건 계속해서 내 목에 걸려있던 작은 가시 같은 궁금증이었다.
아니, 작지는 않다. 죠스의 두개골만 한 크기는 되는데…….
머뭇머뭇 입을 열었다.
"하나토리 씨는 어떻게 생각하시나요."
"뭘 말이죠?"

"그게, 양다리에 대해."

"아아."

내 예상을 깨고서.

하나토리 씨는 쿡쿡 웃었다.

"신경 쓰지 않습니다."

"엑……………… **그, 그런가요?"**

"네에."

뭣이라……. 한순간 할 말을 잊었을 정도로 의외의 대답이었다.

자신 없었던 시험의 채점 답안지를 받게 되는 날, 기합을 넣고 학교에 도착했더니 선생님이 쉬는 날이었을 때와 비슷한 허탈한 느낌이었다.

하나토리 씨는 특히나 마이를 소중하게 생각하는 사람이니까 나 같은 존재는 정말로 눈엣가시일 터. 앞으로 하나토리 씨한테도 인정을 받아야만 한다니 엄청나게 허들이 높았지만, 그래도 반드시 해야 하는 일이었으니까.

지금은 하나토리 씨도 포함해서 행복하게 해드리겠습니다! 라고 선언하는 건 어려운 일이지만 조만간 제대로 가슴을 펴고 말할 수 있게 되어야 하니.

그래도 처음부터 인정해 주고 있다는 사실은 뭐, 나름 기쁘…… 려나?

그런데 하나토리 씨는 미소를 지으며.

딱 잘라 말했다.

"——그런, **얼토당토않은 소문** 따위."

…………….

……응?

"저기."

"아가씨한테 양다리를 걸치는 인간이 이 세상에 존재할 리가 없습니다. 그러니 인터넷에 떠도는 일련의 소문은 너무나도 황당무계. 당신이 해야 할 일은 쓸데없는 소문에 휘둘리지 말고 아가씨를 위해 매일 스스로 정진하는 일뿐입니다."

"그러니까……."

나는 양손의 손가락을 배배 꼬면서 물어봤다.

"만~약에…… 그게 진짜로~ 제가 양다리를 걸치고 있다고 친다면~ 어떻게 하실 건가요~?"

"후후."

하나토리 씨는 기품 있게 웃었다. 그런 일은 하늘에서 갑자기 1조 엔이 떨어져 내리는 일 만큼이나 말도 안 되는 일이라는 듯이.

"형법 199조."

그런 중얼거림만 남기고서 하나토리 씨는 차를 몰고 사라졌다.

형법 제199조

사람을 살해한 자는 사형, 무기 또는 5년 이상의 징역에 처한다.

나는 방에 돌아와서 이불을 뒤집어썼다.

살해당할만한 죄를 짓지는 않았다고 생각하는데요! 어떨까요?! 네?!

* * *

아무래도 꾸게 된단 말이죠, 악몽을…….

시작부터 아무런 전조도 없이 아지사이 양한테 차이는 장면으로 스타트다. 『미안해, 더 이상 레나 짱을 좋아하지 않게 됐어』라는 말에, 그렇구나, 이제 좋아하지 않게 됐다면 어쩔 수 없지………… 하고 수긍했다.

친구라면 취미나 공통의 화제를 통해 서로 이어져 있는 법이지만 연인은 서로를 좋아하느냐 마느냐의 문제니까 이제 좋아하지 않게 됐다면 사귈 수 없는 거다……. 너무나도 괴롭다.

그저 이걸로 나는 마이와 둘이서 사귀게 되었다. 마이는 『앞으로도 함께야』라고 말해주었다. 마이는 나를 좋아하니까 나랑 사귀고 있다. 증명 종료.

언제나처럼 마이네 집에 가서 마이랑 같이 침대에서 사이좋아진(???) 다음, 그만 집에 가려고 했을 때 하나토리 씨가 불러 세웠다. 나를 향해 손가락을 쭉 뻗는다.

『당신은 아가씨 상대로 양다리를 걸쳤군요.』

나는 온 힘을 다해 부정했다. 떳떳하지 못한 행동이지만 어쩔 수 없다. 죽고 싶지 않았다. 삶에 대한 욕구는 어떤 것보다 크다.

이미 하나토리 씨가 모든 걸 꿰뚫어 보고 있다는 걸 깨닫자, 나는 무릎을 꿇고 빌었다. 카호 짱이 전수해 준 자존심을 내던지는 방법이다. 할 수 있는 변명은 죄다 했다. 나는 잘못 없어! 걔들이

나를 유혹한 거야! 저는 잘못한 게 없다고요!

하나토리 씨가 구제할 길 없는 쓰레기를 내려다보는 표정으로 나를 내려다보고 있다. 어느새 하나토리 씨는 전기톱을 들고 휘두르는 중이었다. 어째서 전기톱? 자기 전에 플레이 한 게임의 영향이었다.

계속해서 소리쳤다. 나쁜 건 내가 아니야——. 그 말을 지워버리듯이 전기톱이 나를 두 동강 냈다. BAD END.

이런 꿈을 꿨는데 아침부터 상쾌한 기분으로 “좋은 아침!”이라고 말할 수 있을 리가 없다. 나는 터벅터벅 교실로 들어갔다.

“안녕, 레나 짱.”

“아, 안녕!”

나는 짐짓 커다란 목소리로 인사했다. 불안은 웃음으로 날려버리자! 아지사이 양 앞에서 불안해하는 표정을 지을 수는 없는걸.

가방을 내려놓고 자리에 앉았다. 아지사이 양을 물끄러미 바라본다.

“무슨 일 있어?”

“어어, 그게 말이죠.”

오늘도 귀엽네……. 이게 아니라.

만약 내가 양다리를 걸치고 있다는 사실을 아지사이 양 동생들한테 들킨다면 어떤 시선을 받게 될까.

같이 게임도 했었던 코우키 군과 킷페이 군도『쓰레기!』『저질!』이라며 실컷 나를 힐난하겠지. 아지사이 양을 마중 나왔던 그 상냥해 보이는 어머님도 어쩌면 전기톱을 들고 나를 쫓아올지도 모

른다.

"나, 아지사이 양을 위해 더욱더 최선을 다할게……."

"엇?!"

하나토리 씨처럼, 나도 의미 있는 인생을 찾아내고 싶어…….

"오늘 교과서는 잘 챙겨 왔어? 숙제는 해왔어? 깜빡한 물건은 없고?"

"어어, 응. 괜찮을 것 같은데?"

"그렇구나……. 만약 아지사이 양이 잘 곳이 없어서 묵을 장소를 찾게 된다면 우리 집에 와도 되니까!"

"으, 응, 알겠…… 어?"

덕을 쌓고 싶어……. 나는 아지사이 양이 그저 매일 건강하게 살아가는 모습을 지켜보는 걸 좋아하지만, 그래도 전기톱에 두 동강 난 레/나코가 되고 싶지는 않으니까…….

만약 아지사이 양이 나 없이는 결코 행복해질 수 없는 아이였다면 나도 아지사이 양을 위해서 뭐든 가리지 않고 해줬을 텐데…….

하지만 아지사이 양은 틀림없이 스스로의 힘으로 행복해질 수 있는 사람이니까 궁극적으론 내 도움 따위 필요하지 않겠지…… 그러면 내가 덕을 쌓을 수가 없어…….

아지사이 양을 상대로 덕을 쌓기 위해서는 일단 아지사이 양이 불행해져야만 하는 거야……! 인간을 행복하게 해주는 건 힘든 일이구나……!

안 돼, 감히 불행해진 아지사이 양을 상상하다니, 덕이 감소한다! 다른 방법을 찾자.

"매일 하루에 한 번 아지사이 양을 칭찬하는 건 어떨까……."

"그건 기쁜 일이지만……?"

아지사이 양은 여전히 전혀 영문을 모르겠다는 표정으로 고개를 갸웃거렸다.

그 사랑스러움을 앞에 두고 나는 스스로의 어리석음을 깨달았다.

"안 돼! 아지사이 양이 귀엽다는 건 당연하기 그지없는 일이니까, 귀여운 걸 귀엽다고 말해봤자 그건 단순한 사실에 지나지 않아……. 이래서는 아지사이 양이 기뻐해 주지 않아……!"

"그렇지 않은데."

"아지사이 양, 그 필통 귀엽네!"

나는 캐릭터가 그려진 필통을 손가락으로 가리켰다. 최대한 칭찬의 베리에이션을 늘리고 싶어.

그러자 아지사이 양은 웃는 얼굴로 "응"이라며 고개를 끄덕였다.

"이건 있지, 언제나 고맙다면서 꼬맹이들이 선물해 준 거야. 별일도 다 있지—."

"아, 그랬구나."

좋아, 이건 굿 커뮤니케이션. 내 호감도가 올라가는 효과음이 들렸다. 아지사이 양과 동생들의 사이가 돈독하다는 것도 왠지 기쁜걸.

"좋은 아침"이라고 인사하며 마이가 다가왔다. 인사에 화답하기 전에 뒤에 서 있는 인물부터 먼저 눈에 들어와서 윽, 하고 신음했다.

"이제 슬슬 생각을 해 보셨나요? 오우즈카 양."

"그렇게 말해도 말이지. 나는 딱히 친구들의 리더를 맡은 것도 아니야."

"거짓말하지 마세요! 아무리 생각해도 퀸텟의 리더는 당신이잖아요!"

나와 눈이 마주친 마이는 어깨를 으쓱했다.

"오늘도 타카다 양한테 붙잡혔네……."

"그러게……."

이제 구기 대회 팀 편성도 다 끝났으니까 슬슬 포기해도 될 텐데…….

아지사이 양과 속닥속닥 대화를 나누고 있었더니 타카다 양의 시선이 이쪽으로 슥 이동했다. 힉.

"아마오리 양도, 세나 양도! 평안하세요! 그러고 보니 들은 얘기로는 아마오리 양이 농구 종목을 골랐다면서요?!"

성큼성큼, 침략자처럼 거침없이 다가오는 타카다 양. 히익.

"네, 네에, 뭐……."

"그러면 여기서 한 가지 승부를 하는 건 어떤가요! 사실은 말이죠, 우리도 농구 종목을 골랐어요! 그야말로 정당한 승부 아닌가요?"

"어어어……."

그렇게 말해봤자 마이랑 아지사이 양이 소프트볼 종목이니까 정당한 승부일 리가 없다. B반은 그런 식으로 이기면 만족하나?

"저기, 타카다 양. 한다고 쳐도 다음 기회에 하자. 반 애들을 말려들게 하는 건 다른 아이들한테 폐가 되는 일 아닐까."

아지사이 양이 타카다 양을 부드럽게 만류했다. 그럴 수가, 위험해, 아지사이 양! 타깃으로 찍혀서 불행해졌다간 내가 덕을 쌓게 된다고!

하지만 타카다 양은 여전히 들은 척도 하지 않았고.

"그래서야 당신들이 언제까지고 도망쳐다니겠죠! 학교행사의 일환으로 겨루는 편이 전교에 우리의 우열을 알릴 수 있는 법이에요. 나 참……."

타카다 양은 A반을 둘러보면서 허리에 손을 올리고 말했다.

"제가 이렇게까지 말해도 다들 눈치만 살피면서 시선을 피하고. A반은 겁쟁이 집단인가요!"

반 전체가 조용해졌다.

멘탈이 약한 나 같은 애는 단숨에 찌부러질 것 같은 침묵을 받고서도 타카다 양은 입가에 손을 댄 채로 웃음을 지어 보였다.

"흥, 이래서는 정말로 얘기가 안 되네요. 이제 됐어요. 오늘도 이걸로 이만 실례하겠어요. 아침의 소중한 시간을 당신들에게 써봤자 소용없다는 사실은 잘 알았어요——."

손을 쫙 펼치면서 자리를 떠나려는 타카다 양.

그때.

"잠깐, 지금 그 말투는……."

"응?"

항의하려는 여학생이 한 명.

바로 아마오리 레나코라는 애인데요……!

그치만 딱히 승부한다 해도 퀸텟이 패배할 일은 없으니까! 각

자의 일상이 있거나, 싸움에 맞지 않는 상냥한 성격이거나, 꿈을 좇느라 바쁘니까 상대하지 않을 뿐이야. 퀸텟이 질 리가 없는걸!

계속 듣고만 있다 보니 화도 나고!

"실제로 싸워보면 퀸텟이 이긴다고요!"

"헤에. 입만으로는 얼마든지 말할 수 있어요."

그때 동조하는 외침이 들렸다.

"마, 맞다고요! 퀸텟이 이기는 게 당연해요!"

"옳소옳소! B반 따위한테 지지 않아요!"

그건 멀리서 소동을 지켜보고 있던 히라노 양과 하세가와 양이었다. 퀸텟의 팬인 아이들!

타카다 양은 불쾌하다는 듯이 눈썹을 찌푸리더니, 자신에게 향하는 시선을 뿌리치는 것처럼 손을 휘둘렀는데.

"정식으로 싸워볼 생각이 있다면 이번엔 B반으로 와주시죠. 시끄럽게 짖어대 봤자 저는 조금도 개의치 않는다고요!"

"아."

휘두른 타카다 양의 손이 책상 위에 있던 무언가를 쳐서 바닥에 떨어트렸다.

쨍그랑하고 바닥에 떨어진 건――. **아지사이 양의 필통이었다.**

"앗."

게다가 타카다 양은 그걸 힘껏 짓밟고 말았다.

――콱, 하고 짓밟히는 소리가 났다.

"죄, 죄송――."

반사적으로 뭐라고 말하려고 한 타카다 양의 말보다 더 빠르게

내가 먼저 외쳤다.

"——아지사이 양의 필통!"

마이가 타카다 양에게 덤벼들었다.

"너는 무슨 짓을 하는 거지!"

"앗, 엇, 아니, 그게."

허둥대던 타카다 양은 멍하니 풀이 죽은 아지사이 양을 내려다 보았다. 그리고.

그리고………….

——입가에 손을 올리고서 큰 소리로 웃었다!

"호—홋홋홋호! 그런 허접한 물건이 필통?! 책상 위에 둔 쓰레기인 줄 알았어요! 무심코 밟아버리게 되는 것도 어쩔 수 없는 일이죠! 그야 쓰레기인걸요!"

조용해진 교실에 타카다 양의 홍소가 울려 퍼진다.

이, 이게…………!

아지사이 양이 슬픈 목소리를 흘렸다.

"아……. 선물 받은 필통……."

가만히 바닥에 무릎을 꿇고서.

아지사이 양은 신발 자국이 남은 필통을 주워들었다.

"……쓰레기가, 아니야……."

가느다란 목소리가 울려 퍼지자, 그 순간.

"세나 씨가……." "세나 짱……." "세나……." "아지사이 양……." "우리 반의 아이돌이……." "무슨 짓을……." "아아, 세나 양……."

A반의 마음이 하나가 되었다.

그 **강한 의지**가 등을 밀어준 것처럼.

"……받아들이겠어."

"네?"

내가 타카다 양에게 있는 힘껏 손가락질을 했다.

"알겠다고! 그 승부 받아줄 테니까! 농구로 누가 더 위인지 확실히 가려보자고! 만약 우리가 이긴다면 애들 앞에서 아지사이 양한테 실컷 사과하도록 만들어 주겠어!"

윽, 한순간 기죽은 표정을 짓는 타카다 양.

"네, 네에! 그거 좋죠! 저야말로 바라 마지않던 제안이에요!"

"타카다 양."

마이도 또한 내 옆에 와서 섰다.

"나를 미워하는 것도, 원망하는 것도 상관없어. 익숙하니까 말이지. 다만 그것 때문에 내 친구에게 위해를 끼친다고 한다면 결코 용서하지 않아."

나도 지금까지 들어본 적 없는 마이의 무서운 목소리에 타카다 양이 할 말을 잃었다.

"…………네, 네에! 그러네요! 당신의 그런 무르기 짝이 없는 점을 제대로 이용한 거예요! 모두 제 의도대로 된 거랍니다! 그럼 승부의 날을 기대하도록 하겠어요! 목을 씻고 기다리도록 하세요!"

후다닥 빠른 걸음으로 A반을 떠나는 타카다 양.

아지사이 양은 신발 자국이 찍힌 필통을 품에 안고서 걱정스럽게 우리를 바라보았다.

"……저기, 나."

“그래, 알고 있어, 아지사이.”

마이가 아지사이 양의 손을 쥐었다.

“이제 두 번 다시는 이런 일이 일어나지 않도록, 그녀들에게 새겨주도록 하지. 서로의 입장이라는 걸 말이야. 너의 슬픔을 풀어주겠어.”

“마이 짱…….”

다음으로 아지사이 양은 나를 보았다.

…………….

점차 분노의 열기가 가라앉고, 정신을 차린 나는…….

떨리는 손을 뒤로 감추면서, 창백해진 얼굴로 힘껏 고개를 끄덕였다.

“응! 우리한테 맡겨줘!”

도발에 보기 좋게 넘어가 터무니없는 말을 해버렸어!

그래도 우리 반은 두말없이 일치단결했다.

남자 여자를 가리지 않고, 슬퍼하는 아지사이 양을 보고서 누구나 B반에 대한 증오를 불태웠다.

——이리하여, 그저 학교행사일 뿐인 구기대회는 결코 질 수 없는 싸움으로 변한 것이다.

퀸 : …….

퀸 : …….

히메유리 : 해냈네! 히미 짱!

츠루 짱 : 적이라고 간주한 상대에게 용서는 없다…… 같은 편이지만 두려워, 히미코.

miki : 미키미키!

히메유리 : 특히 세나 아지사이를 노리다니, 착안점이 좋아!

츠루 짱 : 맞아, 내가 말했던 대로네.

히메유리 : 그 여자, 자기는 모두의 편이에요~ 라며 아무한테나 실실거리고 말이야.

히메유리 : A반 남자도 여자도 죄다 홀려서 자기 종처럼 부리고 있다고!

츠루 짱 : 역시……!

히메유리 : 게다가 있지, 여기서부터는 내 추측…… 아니 직감인데.

히메유리 : 저지르고 있겠지, 그 여자.

츠루 짱 : ?!

히메유리 : 뒤에서는 엄청난 악행을 저지르고 있을 거란 말이야.

츠루 짱 : 설마… 그런 순진무구한 얼굴을 하고서는…….

히메유리 : 그것도 전부 표면적인 얼굴이야.

히메유리 : 뱃속은 질척질척 시꺼멓고.

히메유리 : 분명 취미는…… 커플 사이에 끼어들어서 남자만 가로챈 다음 바로 버려버리는 것…….

히메유리 : 그렇게 주변 인간관계를 파괴한 다음 혼자 고립된 아이한테 상냥한 척 다가가서는 마음속의 빈틈을 파고드는 거야. 이 짓을 반복해서 지금 같은 인기인의 지위를 얻은 거지.

츠루 짱 : 어쩜 무시무시한……!

츠루 짱 : 퀸텟의 배후의 지배자잖아!

히메유리 : 바로 그거야.

히메유리 : 하지만 말이지, 그런 상대한테도 봐주는 거 없이 싸움을 거는 여자가 우리한테 붙어있으니까.

히메유리 : 그치! 히미 짱!

퀸 : …….

퀸 : ……응, 맞아!

나는 무릎을 꿇고서 천 엔짜리 지폐를 내밀고 있었다.

그러고는 여동생에게 간드러진 목소리로.

"하루나 짱……. 부디 제게 농구를 가르쳐 주세요……."

"뭐야."

어제 있었던 일로 A반의 마음은 하나가 되었다.

참고로 아지사이 양의 필통은 약간 발자국이 찍힌 정도지 눈에 띄는 파손은 없었기 때문에 그것만큼은 가슴을 쓸어내렸다……. 아마 신의 가호가 아니었을까 싶다.

이제는 승부에 이겨서 아지사이 양의 원한을 갚을 뿐이지만…….

거기에는 문제가 있었다.

카호 짱이 B반 애한테 물어본 바로는 저쪽 농구팀 멤버는 타카다 양 그룹 5명이 전부 뭉쳤다고 한다. 게다가 역시나 한 명도 빠짐없이 운동신경도 좋다나.

우리에겐 사츠키 양과 카호 짱이 있다곤 해도, 나머지가 나와 히라노 양과 하세가와 양.

이대로라면 딱 잘라 말해서 상당히 고전하게 되겠지…….

우리도 마이와 아지사이 양을 다시 불러서 퀸텟이 다 함께 모여 대항하자! 라는 제안도 나오기야 나왔지만……. 갑작스런 멤버 변경은 소프트볼팀 애들한테 폐를 끼치게 된다. 그건 분명 아

지사이 양도 원하는 바가 아니겠지.

요컨대 농구 멤버의 맹특훈이 시급해진 것이다.

우리 멤버 중에서 부활동도 아르바이트도 안 하는 사람은 오직 나뿐. 여기선 시간이 많은 내가 솔선해서 연습하는 수밖에 없다.

——그런 고로 나는 여동생한테 머리 숙여 부탁하는 중이다.

"하아, 반 대항전. 아지사이 선배를 위해서란 말이지……. 사정은 이해했지만."

여동생은 힐끔힐끔 눈을 피했다.

그러고 보니 저번에 말다툼 한 이후로 표면상으론 평범하게 지내고 있었지만 가끔씩 말문이 막힐 때가 종종 눈에 띄었다.

혹시 양다리를 걸친 게 들통난 걸까……? 싶어서 나는 그때마다 움찔거리고 있다.

"해, 했지만?"

"아니, 나는 배드민턴부니까. 농구는 잘한다고 보기 힘들어."

"그래도 충분해! 잠깐 같이 연습해 주는 것만으로도 괜찮으니까!"

"학교 친구들한테 부탁하면 되잖——."

하고 말을 꺼내려던 여동생은 황급히 자기 입을 막았다.

"미안, 언니는 친구 없는데."

"있는데?! 반에서 인기인이거든?!"

필사적으로 주장해 봤지만 뜨뜻미지근한 시선을 받았다.

하지만 실제로 부담 없이 부탁할 수 있는 친구가 있었다면 굳이 여동생한테 돈을 내면서까지 가르침을 구걸할 필요는 없었을 테니까, 내 반론은 처음부터 사망한 상태였다. 우리 반론이 숨을

쉬지 않아요…….

"아무리 그래도 매일은 힘들어. 부활동이 빨리 끝나거나 다른 볼일이 없을 때뿐이니까. 알겠지?"

"고마워, 하루나 짱~! 상냥한 아이로 자라주어서 언니는 기뻐! 사랑해!"

"……그래그래."

여동생의 정에 기대서 천 엔 지폐는 도로 집어넣으려고 했더니 그건 빈틈없이 강탈해갔다. 젠장!

여동생의 지갑 속으로 들어가는 내 돈을 눈으로 배웅했다. 여동생은 RPG에서 중요한 선택지가 떴을 때, 정말로 괜찮으시겠습니까? 라고 확인하는 것처럼 다시 한번 힘주어 물었다.

"하지만 진짜로 나, 농구는 잘 못 하거든?"

"잘하잖아!!!"

나는 놀람을 감추지 못하며 농구공이 골대를 통과하는 모습을 바라보았다.

평소 연습하던 공원에 여동생과 같이 왔는데…….

"어? 아니, 완전 별로지."

하나로 모아 높이 묶은 포니테일에 추리닝을 입은 여동생은 땅에 떨어진 공을 주워, 양팔을 사용하면서 복잡한 드리블을 어렵지 않게 선보였다.

"엿차."

그대로 폴짝 뛰어서 점프슛. 양손에서 쏘아진 공은 또다시 골

대 안으로 빨려 들어갔다.

"잘하는데 뭘!!!"

"아니아니. 연습 전에 가끔씩 친구들이랑 놀이 삼아 하는 정도인걸."

여동생의 목소리에는 평소처럼 『이야— 나 진짜 하나도 못 하는데—(힐끔힐끔)』 하고 사람 열받게 만드는 기색이 전혀 없었다. 아무래도 진심으로 하는 말인가 보다…….

이 자식, 스포츠라면 뭐든지 해내는 건가……. 내 유전자는 어째서……?

"앗, 사실은 나도 마법적인 무언가로 스포츠의 재능이 봉인 당했다거나 그런 건가……?"

"모르겠는데."

여동생님이 나에게 공을 휙 패스했다. 당황하며 받아든다.

"몸을 쓰는 법 같은 건 어느 정도 수준까진 익히기 나름이니까. 한 가지 스포츠를 열심히 하면 이 정도는 누구나 할 수 있어."

"그렇구나…… 다시 말해 한 가지 FPS 게임에 통달한 사람은 이미 그 시점에서 에임력은 물론이고, 상황 판단 능력이나 상대의 심리를 읽는 실력도 뛰어나서, 다른 FPS 게임을 한다 해도 처음부터 축적된 경험치가 워낙 높기 때문에 일정 수준의 랭크까지는 순식간에 도달할 수 있다는 뜻인가……."

중얼중얼 혼잣말을 했더니 여동생님이 "그 빠른 말투, 아싸 같아"라고 지적했다. 윽, 죄송합니다.

그나저나, 그런 거라면.

"만약 상대 팀이 전부 운동하는 애들이라면, 다들 하루나만큼은 할 수 있다는 소리잖아!"

"그렇지 않겠어?"

나는 저도 모르게 외쳤다.

"그걸 이기는 건 보나 마나 무리잖아! 무리무리! (※역시 무리였다!)"

구기대회까지 2주도 안 남았다. 지금부터 연습해서 여동생을 능가하라니!

"즉, 언니네 팀은 실력에서 압도적으로 밀린다는 거야?"

"으…… 정확하지는 않지만 아마도."

"흐—응."

여동생은 진지한 얼굴로 팔짱을 꼈다.

그건 제법 늠름한 모습이라 무심코 눈길을 빼앗길 것 같았다.

집에서도 나한테는 좀처럼 빈틈을 보여주지 않는 하루나지만, 학교에서는 분명 이렇게 빠릿빠릿한 표정으로 후배를 지도하고 있겠지. 혹시 너…… 인기 많은 거야……?

"농구는 5 대 5 팀전이잖아? 상대도 초보자 팀이라면 개개인의 능력이 뒤떨어져도 어떻게든 해볼 수 있는 요소가 있을 거라 생각해. 잠깐만 기다려 봐."

"아, 네."

나도 모르게 존댓말로 고개를 끄덕였다.

의지한 보람이 있구나……. 언니로선 아쉽게 생각하는 반면, 같은 편으로서는 고마워…….

여동생이 어딘가에 전화를 걸었다. 농구부 친구한테 전화로 물어봐 주는 걸지도 모른다. 이게 친구가 많다는 건가.

나는 할 게 없어서 일단 혼자 슛 연습을 시작하고 있었더니.

"앗!"

그라운드 한쪽에서 커다란 목소리가 들렸다.

어깨를 쫙 펴고 당당히 걸어오는 저 여자애는 서, 설마.

"언니 선배!"

"으겍, **세라라 짱**!"

유명 여중생 코스플레이어 세라라 짱은 더욱 눈꼬리를 곤두세웠다.

"**세이라예요**! 틀리지 말아 주세요~?!"

"죄, 죄송합니다. 그런데 어떻게 여기에."

세이라 양은 다리가 훤히 드러나는 반바지 트레이닝 웨어를 입고 있었다. 귀여워.

"하루나가 갑자기 농구를 하자고 문자를 보냈거든요. 저도 요즘 운동 부족이라서 뭐, 괜찮겠지 하고 나왔어요."

"그, 그렇구나. 역시 코스플레이어, 운동복 차림도 귀여운걸."

"어머, 당연한 거지만요!"

세이라 양은 방긋 웃으면서 간단한 포즈를 취해주었다.

"귀여워!"

"흐흥, 그쵸 그쵸."

마쿠하리 멧세에선 나도 코스플레이어의 갑옷을 두르고 있었기 때문에 그다지 눈여겨보지 못했지만, 이렇게 꾸미지 않은 상태에

서 보니 세이라 양은 엄청나게 귀여웠다. 본바탕이 좋아…….

"아니지, 그러지 말아 주실래요?! 제 취미에 대한 건 하루나한테도 비밀이라고요!"

"그랬구나! 미안!"

뺨을 볼록 부풀리며 말한 세이라 양은 "뭐, 괜찮지만요"라며 나를 용서해 주었다. 상냥해.

"언니가 배신했던 것도 포함해 저는 과거의 일 같은 건 아—무래도 좋아요. 지금의 제가 가장 귀여우니까요. 거기에 얽매이지 않아요."

"그렇구나……. 그래도 미안해. 속이고 있었던 건 아니야. 그건 순서의 문제라고 해야 하나, 세이라 양이 먼저 권했더라면 분명 세이라 양한테도 협력했을 거니까……."

"이제는 괜찮아요—."

"MOON 씨한테서 들었는데 순위 발표 직후에 울었다면서? 아쉬웠네."

"지금 시비 거시는 건가요?!"

내가 대화 주제를 선정하는 능력이 너무 절망적이었던 탓에 얼굴이 빨갛게 달아오른 세이라 양이 따져 물었다. 그대로 내 멱살을 쥔다. 히익, 예뻐.

"그, 그런 거 아니야! 굳이 말하자면 격려해 주고 싶은데— 라는 생각에 그만! 하지만 과거의 일에는 얽매이지 않는 거지?!"

"아픈 곳을 찔러놓고선 말꼬리까지 잡지 말라고요!"

"죄, 죄송합니다…… 대화가 많이 서투른 편이라……!"

어깨를 들썩이며 씩씩대던 세이라 양이 내 멱살을 확 놓아줬다.
"……분하다니, 그렇지 않아요. 왜냐하면 다음에야말로 제가 우승할 테니까요."
세이라 양은 그렇게 말하며 가슴을 폈다.
"지금은 아직 승리로 향하는 여정이에요. 그러니까 언니 선배도 이때 미리 제 사인을 받아두는 편이 좋을 거예요! 한 장에 백억 엔쯤 하게 될 거니까요!"
검지를 척 세운다.
아무리 그래도 허세라는 생각이 들었지만, 그래도 저렇게 고집을 부릴 수 있을 정도로 씩씩해 보여서 안심했다. 꿈을 좇는 아이가 마음을 강하게 먹고서 노력하는 모습은 참 좋지…….
"그 대신 오늘은 언니 선배한테 농구로 본때를 보여드릴 테니까 각오하세요."
"그, 그건 좀 살살 부탁할게!"
통화를 끝낸 여동생도 돌아왔다.
"야호, 세이라."
"안냥~ 하루나."
여중생 둘이 갸루스러운(?) 인사를 나눈다. 퀸텟과는 다른 종류의 인싸 분위기가 느껴지는군요. 뜨거운 인싸의 기운이 주변에 차올라서 숨쉬기 힘들다.
"일단 작전을 생각해 왔거든. 나중에 정리해서 가르쳐 줄게, 언니."
"고마워, 여동생……."

넙죽 인사했다. 이 어쩜 가성비 훌륭한 천 엔인가……. 역시 언니보다 뛰어난 동생은 갖고 볼 일이야…….

"그리고 언니 친구도 한 명 올 거라 그랬나?"

"응, 아마 슬슬 올 거야. 너는 세이라 양으로 끝?"

"문제 있어?"

"아, 아니, 여름 방학 때는 셋이서 놀러 왔었으니까."

하루나와 세이라 양, 그리고 또 한 명, 보브컷을 한 애가 있었다. 퀸 로즈 얘기를 듣자마자 눈빛이 확 달라졌던 여자애, 분명 미나토라는 이름이었던 것 같다.

"아니아니, 그건 딱히 아무래도 좋잖아요. 자자, 농구하죠, 농구. 네?"

세이라 양이 당황하는 기색으로 말을 끊고 끼어들었다. 응?

"괜찮아, 세이라."

"아, 응……."

"지금 좀 싸웠거든."

여동생이 낮게 깔린 목소리로 말했다. 어쩐지 평소에 나랑 싸웠을 때랑 똑같은 태도라서 은근히 트라우마를 자극했다. 조마조마.

"아, 그렇구나."

"응."

잠시 어색한 침묵이 흘렀다.

어어……. 상대가 누구라도 잘 지낼 것 같은 하루나인데 싸우기도 하는구나— 아하하—, 하고 웃는 편이 좋으려나. 하지만 괜히 건드리지 않는 편이 나은 주제 같으니…….

어색한 분위기를 환기하는 것처럼 세이라 양이 괜스레 밝은 목소리를 냈다.

"그런 거는 됐잖아~! 기왕 이렇게 된 거니까 즐겁게 농구해보자~! 다 함께 사이좋게 러브 앤드 피스! 그쵸~?"

그 타이밍에 한발 늦게 합류한 여자애가 브이를 그린 손을 쑥 들이밀면서 자연스러운 미소로 대화에 끼어들었다.

"맞아맞아, 사이좋게! 우리는 엄—청 친한 친구인걸, 냥!"

세이라 양의 눈이 화등잔처럼 커졌다.

"하아?! 어째서 여기에—?!"

하긴, 그렇게 되겠지…….

오늘은 여동생과 세이라 양, 그리고 나와 카호 짱이 팀을 맺고 2 on 2 시합 형식으로 연습을 하게 되었다.

실력을 랭킹으로 따져보면 세이라 양도 여동생한테 지지 않을 정도로 잘하고, 카호 짱도 비슷한 수준. 그리고 내가 두 단계는 떨어지는 정도일까.

예상대로 나는 발목을 잡기 일쑤였고, 순식간에 체력이 한계에 달했다. 벤치에 벌렁 널브러져 숨을 헐떡였다.

"노, 농구………… 피, 피곤해………… 힘들어…………."

그렇게 내가 뭍으로 올라온 물고기마냥 쌕쌕거리고 있었더니 여자아이의 귀여운 환호성이 들려왔다.

"뭐—?! 카호 선배는 세이라랑 아는 사이였어요—?!"

누군가 했더니 여동생이다. 한껏 꾸민 목소리로 말하는 여동생

한테선 체육계 고릴라의 면모는 씻은 듯이 찾아볼 수 없었고, 그저 평범한 미소녀로 변해 있었다. 캐릭터를 꾸미고 있다기보다는 내 앞에서만 너무 애교 없이 굴 뿐이라고 생각하지만…….

“뭐— 그렇지! 사소한 **외부 활동**에서 알게 됐거든, 그치, 세이라 짱!”

“그, 그으렇죠~!”

세이라는 경련하는 웃음을 짓고 있고, 카호 짱은 싱글벙글이다. 두 사람은 어깨동무를 하고서 사이좋음을 있는 대로 어필하는 중이다. 일단 여기선 협조하기로 정했나 보다.

“그건 그렇고 레나찡한테 이렇게 귀여운 여동생이 있었다니 완전 몰랐다냥. 지금은 중학교 2학년? 아주 똑 부러지는걸—.”

“아하하, 그런 말 자주 들어요. 저야말로 항상 우리 언니가 신세를 지네요. 괜찮은가요? 폐를 끼치지는 않나요?”

“쓸데없는 소리 하지 마아~……… 여동새앵~……….”

내가 당장이라도 숨넘어갈 것 같은 목소리로 말했지만 그건 현실에 아무런 효과도 발휘하지 못했다. 지금 내 성대 마이크는 음소거 상태에 있는 걸지도 몰라.

“폐라니 당치도 않아. 나야말로 레나찡한테 언제나 도움받고 있거든.”

“정말로요?!”

엥…….

“정말이야 정말! 나만 그런 게 아니야! 레나찡도 참, 벌써 반에서 인기인이라 우리 그룹은 다들 레나찡을 두고 쟁탈전을 벌이고

있는 느낌!"

"그룹이라니, 어?! 마이 선배랑 아지사이 선배 맞죠?!"

"응응응! 이미 **남김없이 레나찡의 포로**라고!"

카호 짱과 눈이 마주쳤다. 카호 짱이 찡긋, 윙크를 날린다.

아니, 『레나찡의 평판을 잔뜩 올려놔 주겠다냥♡』같은 건 필요 없거든?! 그건 쓸데없는 배려라니깐! 여동생이 엄청 미심쩍다는 눈으로 이쪽을 보고 있잖아!

"어, 언니의 어디에 그런 매력이……?"

"그야 당연히 그거지, 그거. 한마디로 그거야. 바로 그건데……."

카호 짱은 팔짱을 끼고서 『아마추어는 입 다물고 있어』라는 표정으로 눈을 감았다.

"…………여자 꼬시는 솜씨 같은 거."

"좋아—! 그러면 다시 농구를 시작해 볼까나! 어?! 지금 무슨 대화하고 있었어?! 하나도 안 들렸는데—!"

튕겨 오르듯 일어난 내가 카호 짱과 여동생 사이에 끼어들었다.

만에 하나라도 내가 양다리를 걸치고 있다는 사실이 여동생한테 발각된다면 완전 큰일 날 테니까. 좋아, 아직 안 들켰어.

만약 들킨다면? 하나토리 씨는 전기톱, 여동생은 식칼을 들고 쫓아올 것 같거든요. 대체 뭐냐고! 제가 그렇게까지 나쁜 짓을 한 건가요?!

모두가 행복해지면 되는 거잖아! 나도 열심히 노력하겠다고 말했잖아!

* * *

"어쩐지 미안해, 레나 짱."

"어?! 뭐가 말인가요?!"

학교 점심시간. 둘이서 학교 안뜰에 있는 자판기에 마실 걸 사러 가던 중 아지사이 양이 갑자기 사과의 말을 꺼냈다.

뜻밖의 일에 당황했다. 내가 사과할 일은 사막의 모래알만큼이나 널려있지만 아지사이 양한테 사과받을 만한 일은 도무지 짐작 가는 바가 없다.

설마 『부모님한테 교제하는 상대가 양다리를 걸치고 있다고 말했더니 불같이 화를 내셨거든. 레나 짱이 위자료를 지불하게 될지도 모르는데 그렇게 되면 잘 부탁해. 120만 엔 정도니까 열심히 해』라는 말을 듣는 거야……?!

지금 지갑에 120엔이 들어있던가 기억이 안 나서 불안해하던 중인 내가 120만 엔……?!

"레나 짱뿐만이 아니라 모두한테도 그렇지만……. 나 때문에 구기대회에 힘을 쏟게 돼서."

"아, 아아…… 그거구나."

휴우, 하고 가슴을 쓸어내렸다. 덧붙여 아슬아슬하게 120엔도 들어있었다. 스프라이트를 골랐다.

"아지사이 양이 사과할 만한 일이 아니라니깐. 누가 봐도 잘못한 건 시비를 걸러 온 B반인걸. 다들 그렇게 말하잖아?"

"그건, 응……."

아지사이 양은 딸기우유를 양손으로 쥐었다. 어쩐지 그대로 교실에 돌아갈 분위기가 아니라서 안뜰에 선채로 대화를 나눴다.

요즘 밖에 나갈 때는 코트 위에서 땀투성이가 되기 일쑤였기 때문에 바깥바람이 이렇게 차가워졌다는 걸 미처 깨닫지 못했다.

"하지만 레나 짱 오늘도 수업 중에 졸고 있었지? 무리하는 거 아니야?"

"엑? 그건 그게, 알잖아, 나는 평소에 전혀 운동을 안 하니까! 다른 사람이랑 비교해서 체력이 부족한 탓이라고 해야 할까!"

"응……."

아지사이 양은 시무룩한 표정이다. 아지사이 양이 어두운 표정을 짓고 있으면 오히려 내가 애가 탄다. B반 놈들, 아지사이 양이 이런 표정을 짓게 만들다니……!

나는 원래 화가 나도 오래가지 않는 성격이지만 이번만큼은 다르다. 왜냐하면 내가 이기지 않으면 아지사이 양이 계속 신경을 쓰게 될 테니까.

"하지만 필통도, 밟히긴 했어도 부서진 건 아니니까……."

"그야 그렇죠! 부서졌다면 바로 소송이에요, 소송! 그보다 문제는 그 점이 아니라 아지사이 양을 업신여기는 저쪽의 태도라고 해야 하나…… 결국 아직도 사과하지 않았지?"

"그건 그렇지만……."

나는 주스를 마시며 주먹을 꾹 쥐었다.

"걱정 마, 아지사이 양. 반 애들 모두는 아지사이 양을 좋아한다고. 좋아하는 사람을 위한 일이니까 힘이 되어주고 싶은 거야.

무, 물론 나도 그렇고……! 그러니까 꼭 이기고 말 테니까!"

"레나 짱……."

어쩐지 새삼 내 책임이 막중하다는 느낌이 들기 시작하네…….

아냐 아냐, 이건 단체 경기니까! 책임은 다섯 명으로 분산되어 있어! 하지만 내가 발목을 잡은 탓에 진다면?! 내 책임이야!

어쩌지, 갑자기 속이 안 좋아지네. 지금부터 수업을 째고 농구 연습을 하는 편이 좋으려나.

내가 고민하고 있었더니 아지사이 양이 갑자기 말했다.

"있잖아, 레나 짱…… **키스, 할래**?"

스프라이트를 뿜을 뻔했다.

"뭐?!"

아지사이 양은 머리카락을 쥐어 올려서 입가를 감췄다.

우왕좌왕 흔들리는 눈으로.

"그, 그러니까…… 내가 할 수 있는 일이 뭐가 있을까― 생각했더니 그 정도밖에 안 떠올라서……."

"아니저기그게저기."

"앗, 하, 하지만 안 되겠지. 그건 레나 짱이 아니라 내가 포상을 받는 게 되어버리는걸……."

아지사이 양의 얼굴이 순식간에 가을 낙엽보다 홧홧하게 달아올랐다.

키스……? 아지사이 양이 해주는, 키스……?!

연인이 꺼낸 말에 나는, 나는………….

"아, 안 되는 건! 아닌데!"

"레, 레나 짱."

아지사이 양의 어깨를 덥석 붙잡았다.

뭐라고 할까!

거대한 감정의 덩어리를 때리고, 반죽하고, 펴서 조금씩 말로 가공했다.

"안 됩니다! 그런 건!"

"아, 안 돼……?!"

아지사이 양이 쿠웅―! 하고 충격에 비틀거렸다.

아니야. 그런 뜻이 아니고!

"아니, 엄청 기쁘기는 하지만! 그래도 뭔가 그렇게, 첫 던전에서 여는 보물 상자부터 갑자기 엑스칼리버가 튀어나오거나 하는 방식은 나한테 있어서 좋지 않다고요!"

"그, 그게, 무슨 뜻……?"

"좀 더 고난을 극복한 끝에 손에 넣는 방식이 아니면 내가 거기에 맛을 들이게 되니까요!"

마이 때는 항상 분위기에 휩쓸리기만 했다. 그 탓에 손에 들어온 거대한 행복이 무서워서 나는 반사적으로 도망치려고 들었다.

그때와 똑같은 행동을 반복해서는 안 돼. 자제해야 한다.

"쉽게 말해서…… 예, 예를 들어 농구 시합에서 이기면 키스해 줄게…… 같은 방식이라면 괜찮은데요……. 그건 저한테 있어서 포상이니까요, 세뱃돈보다도 훨씬 엄청난 느낌의 포상……."

행복이란 누군가가 쥐여주는 게 아니고 스스로의 힘으로 쟁취해야 하는 법이다.

"아지사이 양의 키스에는 그만한 가치가 있으니까요……."

"그렇지는 않다고 생각하는데……."

아지사이 양은 수긍하지 못하는 기색이었다.

"나도…… 레나 짱이랑 하고 싶다고, 생각해도…… 그건 안 되는 거야?"

듣자마자 내 머릿속 은하에 무한대의 선택지가 떠올랐다.

하지만 선택지가 떠올랐을 뿐, 제대로 처리할 능력은 없었기 때문에 나는 그대로 동작 불능에 걸려서 숨넘어갈 것처럼 헐떡이며 중얼거렸다.

"안 되겠지…… 안 돼…… 네, 안 됩니다……."

"어어어?!"

"안 됩니다!"

"두 번이나……."

충격을 받은 아지사이 양의 모습이 내 죄책감을 부채질했다.

하지만…….

"죄송합니다…… 하지만 제가 아무런 고생도 없이 아지사이 양한테 키스를 받을 수 있는 입장이 되어버리면 앞으로 미래에 어떤 괴로운 일이 있어도『그치만 아지사이 양한테 키스를 받을 수 있는걸』이라는 생각에 어떤 일에도 진지한 태도를 보이지 않는 나태한 인간이 될 거라고 생각해요……."

"그, 그렇지 않아……."

"그렇다고요……. 아니 그보다 이미 그렇게 되었습니다. 저는 그런 미래를 바꾸기 위해서 미래에서 왔습니다."

"정말이라면 그게 더 놀라운 사실이야……."
가슴에 손을 대고서 진지한 얼굴로 말했다.
"그러므로 여기선 부디 부탁드립니다. 제 인생을 위해서."
"인생이라는 말까지 꺼내면 나로선 어쩔 수가 없잖아……."
슬픈 기색으로 고개를 흔드는 아지사이 양, 하지만 금방 다시 미소를 지어주었다.
"그래도 응. 레나 짱한테는 중요한 일인 거구나. 알겠어."
"이해해주셔서 감사드립니다."
공손히 머리를 숙이자 뾰로통한 표정이 돌아왔다. 실수했다. 비즈니스 레나코가 튀어나왔다.
양손을 내저었다.
"그러니까 그, 정말 엄청난 포상이라는 뜻이지 결코 싫다는 뜻이 아니니까…… 정말로……. 저는 아지사이 양을 좋아하니까요……."
"……응."
아지사이 양은 기분을 푼 모양이었다. 다행이다.
그렇긴 한데 동시에 후회가 무지막지 밀려왔다.
……어째서 나는 공짜로 키스를 받을 수 있는 기회를 스스로 걷어차는 걸까. 지금 행동 때문에 아지사이 양한테 평생 키스를 받을 수 없게 되면 어쩔 거야. 아마오리 레나코는 진짜 바보야.
그런데.
딸기우유를 다 마신 아지사이 양이 나에게 속삭였다.
"그러면…… 열심히 해, 구기대회. 나 기대하게 되거든……?"
"엇?! 앗?! 아!"

그 말인즉슨.

구기대회에서 이기면 상을 준다는 뜻이고——.

——상이란 한 마디로 아지사이 양이 해주는 키스, 인 거니까.

나는 순식간에 딱딱하게 굳었다.

"여, 열심히 하겠습니다!!!"

* * *

"카호 짱! 오늘부터 매일 24시간씩 농구 연습하자!"

"어? 아니, 당연히 무리지……."

"그렇구나! 하긴 그렇지!"

방과 후 학교에서 나는 활활 타오르고 있었다.

아니, 특별한 이유가 있는 건 아니고 말이죠. 그냥 구기대회라는 학교 행사에 한층 더 진지하게 임해볼까 생각했을 뿐이에요.

뭐라고 해야 하나, 노력? 이란 참 멋진 거지. 매일 노력을 거듭해서 어제와는 다른 자신으로 압도적인 성장을 이룰 수 있는 거야. 결과에 상관없이 노력은 그저 그 자체만으로도 훌륭한 거야. 이기고 지는 것보다도 훨씬 중요한 것을 가르쳐 주거든. 요즘의 트렌드는 노력.

"아 짱한테 무슨 말 들었어?"

"딱히 아무 말도 안 들었는데요?! 어째서 하고많은 사람 중에 아지사이 양인가요?!"

카호 짱의 말에 엄청나게 과민 반응을 하고 말았다.

"아니 그치만 오늘 아 짱도 계속 안절부절못하고 있었고……. 두 사람의 사이를 알고 있는 내 입장에서 보면『우와— 사랑의 냄새가 풀풀 풍기네……』싶은 느낌이니까."

"그런가요! 뭐, 그건 카호 짱의 상상일 뿐이니까 저는 아무 말도 하지 않을 건데요!"

얼굴이 새빨개져서 반론하는 나를 보며 카호 짱은 게슴츠레 뜬 눈으로 웃었다.

"아 짱을 위해 노력하겠습니다! 같은 거야—? 레나찡도 참, 사랑에 빠진 소녀구나~♡"

"아, 아아아아니거든요?!"

나는 당황하면서도 있는 힘껏 부정했다.

"그것보다는 그런 식으로 상대가 시비를 걸었으니까 굳이 아지사이 양을 위해서가 아니더라도 힘내야겠다는 생각이 드는 건 당연하잖아?! 그치! 카호 짱도 그렇잖아?!"

"그야 당연하지."

카호 짱은 당당하게 끄덕였다. 엥.

"인싸라고 해서 다 함께 손을 마주 잡고 해피— 같은 생각만 하는 게 아니라고. 나는 싸워야 할 땐 싸우는 여자거든. 전부 아 짱 앞에 무릎 꿇고 사과하도록 만들 거야."

인싸 모드 카호 짱은 정말 멋있구나…….

"그러니까 레나찡도 아 짱을 위해서 열심히 노력하도록 해♡ 러브러브구나♡ 여자친구를 위해서♡ 멋진 모습을 보여주자♡"

"인싸 모드 카호 짱은 툭하면 놀려먹는구나!"

이런 쪽으로 놀림당하는 건 처음이라서 장난 아니게 부끄러워!

카호 짱의 덧니가 소악마의 송곳니처럼 보이기 시작했다. 살랑살랑 흔들리는 꼬리도 붙어있는 것 같다.

"됐으니까! 할 거야! 농구!"

"응, 아 짱을 위해서 말이지♡"

"우오오오—!"

내가 양손을 치켜들며 위협해 봤자 카호 짱한테는 노 대미지. 거기에 상대의 공격력이 줄어드는 것도 아니었다. 젠장!

"……그나저나 이거, 지금 어디로 향하고 있는 거야?"

가방은 교실에 놔둔 채, 나는 카호 짱이 이끄는 손짓대로 따라가고 있었다.

이쪽 방향에는 체육관밖에 없을 텐데…….

"그야 설명할 필요도 없잖아. 진심으로 이기려고 한다면 역시 이걸 해 줘야지. 그런고로 정찰이야, 정찰."

"저, 정찰……!"

나한테 일언반구의 설명도 없이 그런 위험한 임무에 데려온 거야……?!

"어? B반 농구팀을?"

"응응응. 듣자 하니 오늘은 남아서 합동 연습을 한다는 모양이야. 우리를 흉내 내는 건가—? 그런 고로 정보를 남김없이 뽑아내서 발가벗겨주자고!"

카호 짱이 엄지손가락을 치켜세우며 웃었다.

으으음, 들켰다간 혼나는 거 아닐까…….

하지만 확실히 상대 팀의 전력은 미리 알아두고 싶다. 그러면 좀 더 구체적인 작전도 세울 수 있겠지.

누군가 하는 편이 좋다고 한다면 확실히 나도 가야 한다.

“좋아, 카호 짱……. 하자, 정찰.”

“잠깐, 레나찡. 그전에 중요한 얘기가 있어.”

“어? 그, 그래?”

카호 짱은 묘한 표정으로 검지를 세웠다.

“서로한테 코드네임을 붙이자.”

“으, 응……. 중요한 거야?”

“뭐어—?! 둘 다 이름으로 부르면 들킬지도 모르잖아—! 이 어리석은 것!”

“너무 화내는 거 아냐?!”

겁을 먹는 나를 향해 카호 짱이 헛기침을 했다.

“좋아, 그럼 나는…………………………….”

가만히 굳어 있는 카호 짱의 눈앞에 몇 반인지 모를 남학생 여학생이 지나쳐 간다.

“………………『자기야』라고 부르도록!”

“아무것도 떠오르는 게 없어서 아무거나 붙인 거지?!”

“나도 레나찡을 『자기야』라고 부를게.”

“둘 다 똑같잖아! 하다못해 여보야라고 하든가!”

카호 짱이 주먹을 높이 치켜들며 앞장서서 걸어갔다.

“좋아, 그럼 가볼까! 자기야!”

“다른 사람이 들으면 엄청난 오해를 할 것 같은데…….”

"레나찡."

터무니없는 호칭으로 부르는 카호 짱이 내 어깨를 툭 쳤다.

"평범한 고등학생은 여고생이 친구보고 『자기야』라고 부르는 걸 들어도 아— 여자끼리 사귀는 사이인가— 라고 생각하지 않아. 그런 식으로 장난치는구나— 하고 생각할 뿐이야. 여자애를 너무나 좋아하는 레나찡과는 다르게."

"**아니라고** 말했잖아!"

몇 번이고, 몇 번이고, 몇 번이고, 몇 번이고, 몇 번이고, 나는 쭉 부정해왔다고!

"나는 여자애를 좋아하는 게 아니라니깐! 옛날엔 만화를 읽으면서 좋아하는 남자 캐릭터 얘기도 하고 그랬잖아?! 카호 짱만큼은 좀 믿어줘!"

카호 짱이 『풉』 하고 비웃는 것처럼 웃었다.

"여친을 둘이나 두고 있는 여자가 그런 소릴 해도 말이다냥……."

그걸 꺼내 들면 할 말이 없다고! 네, 싸움 끝! 제 패배입니다—!

"자, 가자, 자기야."

"알겠습니다, 자기야……."

나에 대한 오해가 풀릴 날은 평생 오지 않겠구나. 아뇨, 딱히 평생 여자애랑만 사귈 거라든가 그런 뜻은 아니고 말이죠.

빡빡 말다툼을 하면서 체육관으로 향했다. 살그머니 문을 열고서 안을 엿본다. 카호 짱과 같이 빼꼼히 고개를 넣었다.

오, 있다있다. 좀 멀지만 대충 보인다.

"어때? 자기야."

"어디 보자, 저쪽에 있는 건 세 사람뿐인가."

사츠키 양한테 시비를 걸었던 세 사람이다. 타카다 양과 테루사와 양은 없는 모양이다.

"아직은 패스 돌리기만 하고 있네."

"응. 그래도 뭔가 운동 잘하는 분위기가 느껴져……."

인싸 남학생들은 운동을 잘하는 애들만 있지만, 인싸 여학생은 두 패턴으로 나뉜다.

남학생들과 마찬가지로 타고난 운동 실력 덕에 어릴 때부터 높은 자존감을 갖고 자라온 전사 계열 인싸 여자(우리 여동생은 이쪽 계열)와, 그다지 운동은 잘 못해도 사람들이 인정해 주는 마법사 계열 인싸 여자다.

마법사 계열 인싸 여자는 다양한 부류가 있다. 예를 들어 얼굴이 빼어나게 예쁘거나, 집이 부잣집이거나, 엄청난 커뮤니케이션 능력을 갖고 있거나, 힘 있는 남친이 있는 식이다. 아니면 입학 첫날부터 오우즈카 마이한테 말을 건 덕에 같은 그룹에 들어갔다거나!

뭐, 그러니까 몇 명쯤 운동을 못 하는 애가 섞여 있어도 이상한 일은 아니지만……. 타카다 양 그룹은 대부분이 전사 계열일 가능성이 있다…….

"흐음, 만만치 않아 보여?"

"어떠려나……. 실제로 시합하는 모습을 보지 않으면 뭐라고 말하기 힘들지만. 그나저나 카호 짱…… 아니, 자기야는 그렇게 눈이 나빴던가."

"사실은 지금 콘택트렌즈가 삐뚤어져서."

"뭐어……?!"

카호 짱은 평소에 인싸 코스프레를 하고 있는 애라서 콘택트렌즈를 벗으면 카호 짱의 원래 성격이 튀어나오게 된다.

아싸인 카호 짱은 귀엽긴 해도, 믿음직스럽지는 못하기 때문에 나는 초조해졌다.

"이, 이런 상황에서 자기야(아싸)로 변해도 곤란해……! 아무도 없는 공간에 우리 단둘이 있을 때만 해줘!"

"엑, 어째서…… 무셔~……."

당연히 평소에 놀림당한 것에 대한 답례(완곡한 표현)를 하기 위해서지만 그걸 일일이 설명할 필요는 없으므로 입을 다물었다.

"뭐, 괜찮앙 괜찮앙. 살짝 눈앞이 뿌옇게 보일 뿐이니까. 오, 슛 연습하나 보다."

"진짜네. 보자……."

우와 슛도 제법 잘한다. 최소한 나보다는.

"이거 좀 더 연습량을 늘려야겠는걸……."

"자기야는 의욕이 넘친다냥."

"그야 물론이지."

——아지사이 양의 키스가 걸려있거든.

나는 입술을 꽉 다물었다. 큰일 날 뻔! 그거는 절대로 말 안 할 거야!

게다가 키스 같은 건 관계없다고! 원래부터 나는 아지사이 양을 위해서 반 애들과 하나가 되어 노력할 생각이었다고! 키스가

걸려있으니까 열심히 하겠다니 그런 건 같은 팀 애들한테도 실례잖아! 다른 애들한텐 아지사이 양의 키스가 걸려있지 않으니까!

"자, 자기야는 있지, 예를 들어…… 그게~ 만약 이기면 마이가 키스해 준다는 말을 듣는다면 좀 더 의욕이 나거나 그래?"

"…………."

카호 짱은 마른 침과 함께 하려던 말을 꿀꺽 삼키더니 쭈뼛거리며 반문했다.

"어, 뭐야 그거. 자기 여자친구를 상품으로 제공하겠다는…… 그런 뜻……?"

"아니, 그런 뜻이 아니고!"

"아무리 그래도 놀랐어……. 내가 최면 음성으로 자기야의 성적 취향을 회복 불가능한 수준까지 일그러뜨리고 말았던 건가 해서……."

"그런 뜻이 아니라…………."

너무 설명이 부족했다. 반성하고서 덧붙였다.

"조, 좋아하는 사람이 해주는 키스를 상으로 받을 수 있다면 인간은 어느 정도로 노력할 수 있는 걸까, 하는 생각이 들었을 뿐이야…… 미안."

"뭐, 자기야가 섬세함이 결여된 발언을 하는 거야 항상 있는 일이니까 이제 익숙해졌어."

"죄송합니다……."

"하지만 그런 거라면 나는 자기야의 키스가 더 좋은데."

"호왓?!"

터무니없는 소리를 꺼낸 카호 짱을 쳐다보았다.

카호 짱은 소악마 같은 웃음을 짓고서 브이자를 그린 손을 턱에 댔다.

“그치만 현재 시장에서 가장 가치가 급등하고 있는 건 자기야잖아. 아 짱과 마이마이가 쟁탈전을 벌이고 있고. 그치?”

“쟁탈전이 아니라 원만한 관계를 쌓아나갈 생각입니다만…….”

“그래서 최종적으로는 자기야의 키스가 제일 이득이라는 느낌이 들어. 나는 의외로 출세욕 많은 여자인걸. 응.”

어, 어어…….

나는 묘하게 쑥스러워져서 머리카락을 만지작거렸다.

“어쩐지 카호 짱한테 그런 말을 듣는 건 부끄럽다고 해야 하나…….”

“왜?”

“그야 옛날부터 알고 지낸 친구니까……. 역시 다른 애들과는 다르다고, 할까……. 뭔가 특별하다고 해야 할까…….”

카호 짱은 잠시 동안 내 얼굴을 물끄러미 바라보더니.

과장되게 어깨를 으쓱하면서 한숨을 쉬었다.

“으음— 변함없이 본인은 자각이 없다는 점이 성가시다냥…….”

“무, 무슨 말인가요, 그거.”

“됐어— 됐어—, 혼잣말이야. 그래서 해줄 거야? 키스.”

“안 할 거야! 어디까지나 예시라고!”

남한테 서슴없이 할 만한 짓이 아니잖아! 사츠키 양도 아니고!

“아, 고자세 양이다.”

"어?"

진짜다. 체육관에 타카다 양이 와서 농구 연습에 참가했다.

나는 전율했다.

"자, 잘해……."

"아— 이건 수준이 다르다냥. 중학생이 직접 만든 의상과 프로의 실력이 들어간 옷 정도의 차이?"

적어도 그냥 운동신경이 좋은 수준이 아니다. 농구 경험도 있는 게 아닐까. 쩔어.

"둘 다 경험자니 자기야가 열심히 해줘야겠네!"

"거짓말이지?! 최근에 나랑 연습했을 때 어땠는지 다 잊은 거야?!"

그때 타카다 양의 움직임이 딱 멈췄다.

그러더니 이쪽을 보면서 노성을 지른다.

"누군가 훔쳐보고 있나요?!"

으겍.

"자기야가 괜히 태클을 거니까!"

"그럴 거면 자기야도 괜히 장난치지 말아 줬으면 좋겠는데!"

우리는 추하게 서로한테 책임을 전가하면서 황급히 문에서 멀어졌다.

"큰일이야 큰일! 둘로 나뉘자! 나는 이쪽이야!"

"뭐?! 아, 알겠어! 나중에 봐, 자기야!"

그렇게 도망친 곳의 끝은……….

"막다른 길이잖아!"

체육관 창고만 덩그러니 있는 막다른 길.

당장 펜스를 기어 올라가 학교 밖으로 도망갈까? 하지만 기어 오르는 동안 잡힐 것 같단 말이지! 아아아아, 이미 바로 뒤까지 따라온 것 같은데!

절체절명의 위기를 맞이했을 때 **"레나코 쿤!"** 하고 부르는 목소리가 있었다.

체육관 창고 문 쪽에서 여자애 한 명이 손짓하고 있다.

나는 망설일 여유도 없이 안으로 뛰어 들어갔다.

금방 추격자가 따라왔다.

"분명 이쪽으로 도망쳤어요! 당장 붙잡아서 제재를 가하도록 하겠어요!"

숨을 죽였다.

나는…… 여자애와 함께 체육관 창고 로커 안에 몸을 숨기고 있었다.

문이 드르르륵, 하고 단숨에 열리면서 창고 안이 확 밝아졌다.

몸을 밀착한 여자애가 입가에 손을 대고서 나에게 속삭였다.

"……괜찮으니까. 응? 조금만 더 얌전히 있어 줘, 알겠지?"

"테, 테라사와 양……?"

테라사와 요우코 양. 딱 한 번 인사를 나눈 적이 있다.

타카다 양 그룹 애들과 같이 있던 여자애다.

"어, 어째서……."

로커 바로 밖에서 목소리가 들렸다.

"어—디—숨은—건—가요—……!"

히익.

뭔가 갑자기 엄청 호러처럼 변했는데요! 살인마 1명 vs 생존자 4명이 아니라, 생존자 1명 vs 살인마 4명인데요!

타카다 양과 그 동료들이 창고 안을 수색하고 있다……. 그다지 넓지 않은 창고니까 금방 들킬 거야……!

들킨 다음, 바로 타카다 양한테 붙잡혀서 묶인 채 매달릴 거야……! 나는 사츠키 양만큼 심지가 굳지 못하니까 금방 울음을 터트리겠지. 그리고 그 영상이 SNS에 퍼질 거야……. 싸워보지도 못하고 A반이 진 게 되어버려……!

"……괜찮으니까. 괜찮아."

"아……."

떨리는 내 몸을 테라사와 양이 꼭 안아주었다.

거기다 머리까지 쓰다듬어줘서…….

"걱정하지 마. 금방 나갈 테니까. 괜찮아 괜찮아. 자, 마음속으로 10초를 세 봐. 열, 아홉, 여덟……."

신기하게도 마음이 차분해지는 목소리였다.

정말인지 우연인지는 잘 모르겠지만……. 정확히 10초를 세고 나자 타카다 양과 애들이 사라져 있었다.

온몸에서 힘이 쭉 빠진다.

"수고했어. 잘 견뎠구나."

"테라사와 양……."

척추가 뽑힌 것처럼 흐느적흐느적 몸을 못 가누면서, 누가 부축해 주지 않으면 제대로 서지도 못하는 나를 테라사와 양이 잠시 동안 안아주었다.

이 사람, 뭔가 엄청 달콤한 냄새가 나……. 향수를 뿌렸구나…….

"앗, 미안. 방금 전까지 운동을 하고 있었으니까 땀 냄새 나지……?!"

"저, 전혀! 좋은 냄새예요!"

"엇?"

로커 안에서도 알아볼 수 있을 정도로 테라사와 양의 얼굴이 빨개졌다. 앗.

"죄, 죄송합니다, 그럴 생각은!"

"아, 아하하—. 좋은 냄새인가……. 그런 말을 듣는 건 처음이라서 쑥스러운걸. 게다가 레나코 쿤한테 그런 말을 들을 줄이야, 정말이지 참."

"미, 미안합니다……."

로커 안에서 너무 밀착하고 있으면 점점 냄새에 감싸 안길 것 같았다. 슬슬 괜찮을까? 하고 테라사와 양을 슬쩍 살핀 후, 문을 열었다.

바깥 공기가 흘러들어오는 느낌이 시원했다. 나는 커다랗게 한숨을 내쉬었다.

"휴우…… 아, 도와줘서 정말 고맙습니다!"

"아니야, 됐어됐어!"

"그건 그렇고…… 왜 도와주신 건가요?"

테라사와 양도 B반인데…….

"음—."

테라사와 양은 턱 끝에 검지를 대고서 비스듬히 올려다보는 포

즈로 말했다.

"레나코 쿤을 돕고 싶다고 생각했으니까. 그래서일까."

"……어, 어째서?"

"이유야 어쨌든!"

아하하, 하고 입을 벌려 웃는 테라사와 양. 사소한 건 신경 쓰지 마! 라고 말하는 인싸의 선의가 느껴져서 더 이상 추궁할 수 없었다.

으으, 도움까지 받아 놓고 면목 없지만 내 능력으로는 이 아이와 그다지 능숙하게 대화할 수 있을 것 같지가 않아……! 여기선 빠르게 이탈을…….

"아, 레나코 쿤. 아직 밖으로 나가는 건 위험할지도."

손을 붙잡혔다. 와, 와앗.

퀸텟 친구들과는 서서히 익숙해지긴 했어도 역시 잘 모르는 애한테서 스킨십을 당하는 건 여전히 당황하게 된다.

당황한 탓에 필요 이상으로 힘을 주어 손을 빼는 바람에 테라사와 양을 놀라게 해버렸다.

"죄, 죄송합니다."

"아, 아니야. 아무렇지도 않아. 그런데 레나코 쿤은 생각보다 예의 바르고 어른스럽구나."

"엥?! 아뇨, 양산형 여자인데요!"

그건 즉, 아싸처럼 보인다는 소리 아닌가……?!

경계하면서 반론하자 테라사와 양은 "아차—"하면서 머리에 손을 올렸다.

"아— 신경 쓰였다면 미안. 나는 생각난 걸 바로 말해버리곤 하거든……. 좀 더 화려한 애 아닐까 싶었을 뿐이야. 이런 습관 좋지 않지. 미안해."

"아, 아뇨……."

테라사와 양은 웃차, 하고 체육 창고 매트 위에 다리를 쭉 펴고 앉았다. 나도 문 쪽에서는 보이지 않도록 조금 떨어진 곳에 웅크렸다.

"나는 섬세함이 부족하다고 할까, 조금 별나다고 해야 하나……. 이 모양이라 중학교에선 그다지 친구가 없었거든. 고등학교 들어오고부터였지. 드디어 여자애들 그룹에 낄 수 있게 됐어. 소위 말하는 고교 데뷔라는 거야."

"엇, 앗…… 그, 그랬군요."

고교 데뷔라는 한 마디에 심장이 덜컹했다.

"응. 히미코 짱이 친구가 되어 줘서 덕분에 구원받았어. 다른 반 애들 눈에는 난폭한 여왕님처럼 보일지도 모르겠지만 상냥한 구석도 꽤 있어. 진짜야."

"그랬군요……."

뭐라고 대답해야 좋을지 알 수 없어서 똑같은 패턴으로 맞장구를 치고 나서야, 이러면 안 되지, 하고 고개를 흔들었다.

"저기, 어째서 저한테 그 얘기를……?"

"앗, 듣고 보니! 어째서일까?!"

"뭐, 뭔가요, 그게……."

자기도 모르겠다는 듯이 웃는 테라사와 양의 모습에 나는 휘청

거릴 뻔했다.

"음— 하지만 어쩐지 레나코 쿤은 상냥한 분위기가 느껴져서 그런 걸까? 고교 데뷔라는 소리를 듣고도 바보 취급 하지 않을 것 같다는 희망적 관측!"

그건.

"저는…… 그런 짓은 절대로 안 해요……."

나도 모르게 말이 나왔다.

"어?"

"앗, 아뇨."

얼버무리자.

"뭔가, 다시 말해 그게……. 그런 식으로 노력해서 스스로를 바꾸려고 행동하는 사람을 존경해서요……! 그래서 그…… 좋다고 생각합니다! 저는!"

그런데…… 테라사와 양은 눈이 동그래졌는데…… 헉.

"후훗, 아하하, 너무 솔직하잖아."

"미, 미안."

사과하는 나를 향해 테라사와 양은 귀엽게 웃었다.

"역시 레나코 쿤은 상냥하구나. 레나코 쿤 같은 인싸도 있다고 생각하니 의외로 나도 다양한 애들과 친해질 수 있을지도, 하는 생각이 드네."

윽……. 뭔가 방금 전에 『그다지 능숙하게 대화할 수 없을지도』라는 생각을 한 게 엄청 미안해졌어……. 열심히 살고 있는 사람한테 일방적으로 그런 판단을 내리다니, 나는 얼마나 오만한 인

간이란 말인가……! 친구가 조금 늘었다고 우쭐해진 건가?!

사람한테는 누구나 저마다의 다양한 고민이 있다는 걸 잘 알고 있었을 텐데도!

나는 깊이, 진심으로 반성했다. 그리고 모든 인류를 색안경을 끼지 말고, 있는 그대로 보자고 다시 한번 굳게 결심했다.

"되, 될 수 있을 거라고 생각해요. 테라사와 양이라면 분명……!"

두 번 다시는 실수를 되풀이하지 않도록 힘주어 말했더니 테라사와 양이 방긋 웃었다.

"고마워, 레나코 쿤. 아, 나는 요우코로 충분해!"

"어엇……. 그럼 저기, 요우코, 양?"

"거기서 좀 더."

"네에?! 그, 그럼…… 요우코 짱……이라거나."

테라사와 양은 커다란 눈을 가늘게 접으면서 생긋 웃었다.

"기뻐! 아하하. 뭔가 맞선 같네. 퀸텟의 레나코 쿤과 나라니 전혀 어울리지 않겠지만! 그래도 기뻐!"

"그렇지만도 않다고 생각하지만요……!"

하긴, 내가 빌려 입은 호랑이의 위세는 워낙 품질 좋은 퀸 로즈제 제품인걸……!

"히미코 짱을 너무 싫어하지 않았으면 좋겠지만…… 그런 짓을 저질렀으니 아마 힘들겠지! 하다못해 승부가 끝난 다음에는 뒤끝 없이 끝났으면 좋겠네, 양쪽 다."

"으, 응. 그러게."

타카다 양에 관한 건 말씀하신 대로 힘들 거라 생각하지만요…….

다른 사람도 아니고 아지사이 양을 슬프게 만들었으니까 말이지.

그래도 지금은 적 진영 소속이지만 어쩌면 다른 반에도 친구가 생길지도 모른다는 건 어쩐지 기쁘다. 싸움 끝에 탄생하는 것도 있구나.

"테라…… 요, 요우코 짱이야말로 시합 때는 잘 부탁해."

"으응. 오늘은 얘기를 나눌 수 있어서 다행이야!"

서로 마치 그게 당연하다는 것처럼 자연스럽게 악수를 나눴다.

그것만으로도 왠지 또 요우코 짱의 얼굴이 달아오른다.

"아, 레, 레나코 쿤의 손, 부드럽네……."

"그, 그런가요?"

"응……. 아, 미안! 결코 그러려는 생각은 아니었고! 그러려는 생각이라니 뭐래?! 아무튼 A반한테는 지지 않을 거니까—!"

"네, 넷!"

뭔가 마지막은 시끌벅적한 느낌이었지만! 요우코가 먼저 나가서 주변을 살펴본 다음 내가 도망칠 수 있도록 도와줬다.

그런데 헤어지기 직전.

"앗, 맞다, 레나코 쿤. 저기, 있잖아."

"무, 무슨 일인가요."

요우코 짱은 입가를 손으로 누르면서 머뭇머뭇 입을 열더니.

"……어, 어쩌다가 우연히 듣게 된 건데! 코, 코야나기 양을『자기야』라고 불렀던 거, 아무한테도 말 안 할 테니까! 괜찮으니까! 그 말을 하고 싶었을 뿐이야! 그럼 이만!"

"기다려!"

내 외침은 닿지 못한 채, 요우코 짱은 자리를 떠났다.
잠깐, 카호 짱! 말한 거랑 다르게 단단히 착각하고 있는데요!
저기요! 카호 짱!

＊＊＊

“아하하하.”
“웃을 일이 아니거든?! 어휴 진짜!”
나는 얼굴을 빨갛게 물들이면서도 풀 사이드에 있는 마이를 향해 손가락을 척, 가리켰다.
지금 여기는 아카사카에 있는 호텔. 회원제로 운영되는 익숙한 피트니스 수영장이었다.
왜 이런 곳에 있냐고 묻는다면 오늘은 비가 오는 탓에 농구는 못 하니까 그럼 체력이라도 기르자는 생각에 마이한테 오늘 일정을 물어본 다음 수영장으로 온 것이다.
빈말로도 수영을 잘한다고는 할 수 없지만 어푸어푸거리며 열심히 레인을 왕복하는 중이다.
뭐, 이런 고급 수영장에서 열심히 수영하는 건 나뿐이라서, 좀 부끄럽다면 부끄러운 상황이지만요…….
“귀여운 착각이잖아. 그렇군, 카호와 네가 말이지. 이걸로 마침 내 연인이 세 명인가.”
“나는 바람둥이 짓의 극의를 추구하려는 구도자가 아니라고!”
나는 어제 있었던 일을 마이한테 푸념 삼아 털어놨다.

카호 짱과 둘이서 타카다 양 그룹을 정찰하러 간 일. 코드네임 『자기야』를 썼던 일. 방심한 탓에 그걸 다른 사람이 듣는 바람에 착각 당한 일. 그걸 들은 사람이 요우코 짱이라는 건 슬쩍 감췄다.

마이는 풀 사이드에 앉아서 나를 보며 웃었다.

"인기가 너무 많은 것도 큰일이구나, 레나코."

"그건 절대로 아닐 테지만요……."

신음했다. 당연하지만 수영장이니 나도 마이도 수영복 차림이다.

나는 노출이 많지 않은 원피스 타입 수영복. 마이 앞에서 배를 훤히 드러내는 비키니 같은 건 두 번 다시 안 입을 거니까.

그런 마이는 오늘도 검은색 비키니다. 그다지 수영을 할 생각은 없는 것처럼, 장식이 잔뜩 달려있는 엄청 귀여운 수영복.

평소에도 그렇지만 맨살을 드러내고 있으면 쭉 뻗은 각선미가 굉장히 강조돼서 이게 세계에서 활약하는 모델이구나……! 하고 감탄하게 된다. 인간이란 굉장하구나. 다양성이라는 측면에서.

다양성이라고 하니 말이지만, 더욱 굉장한 건 카호 짱이나 요우코 짱처럼, 말하자면 귀여운 타입인 여자애들이 간혹 세계를 무대로 활약하는 마이보다도 빛나 보이는 순간이 있다는 점이다.

내가 여자애를 보는 눈이 아마추어 수준이라서 그런가 싶지만……. 정말로 여자애란 신기해. 아냐, 열심히 살아가는 사람은 그 자체만으로도 아름다운 거라고, 레나코. 반성하도록 해.

"그나저나 뭔가, 『자기야』에 관한 건 얘기하지 말았어야 했던 걸지도……."

말하고 나서야 깨달았다. 판단이 늦잖아.

"그건 어째서?"

"그야…… 마이가 기분 나쁘게 느끼지 않을까, 해서……."

"흠."

마이는 자세를 고쳐 다리를 꼬면서 미소를 지었다.

"과연 그렇군. 그럼 어째서 내가 그 얘기를 듣고 기분 나빠할 거라고 생각했지?"

"엥? 갑자기 마이 퀴즈?"

"그럼 그런 걸로 하지."

마이는 싱글벙글 웃고 있어서, 표정만 보면 조금도 불쾌해하지 않는 것처럼 보이지만……!

아냐, 그래도 나는 색안경 없이, 있는 그대로의 모습을 제대로 볼 수 있는 사람이 되고 싶어. 동시에 남의 마음을 헤아릴 수 있는 사람이 되고 싶기 때문에 풀 사이드에 기대서 생각에 잠겼다.

"어째서일까……. 보자, 물론 나는 마이랑 아지사이 양한테 진심을 담아 고백했지만, 친구 사이인 카호 짱을 동일선상에 놓는 건 두 사람한테 향하는 마음도 가볍게 여겨질 수 있어서 그런 걸까…… 어때."

"음—."

정답인지 오답인지 말을 안 해줘!

좀 더 생각해 보자.

"어, 그럼 내가 두 사람을 두고 바람을 피울지도…… 하고 불안해진다거나!"

"으음……."

마이는 연이어 신음했다.

뭔데?!

"아니…… 재미있지 않을까 해서 퀴즈라고 말한 건 좋지만 의외로『정답이야』라고 대답하는 건 나 자신의 나약함을 너에게 떠넘기는 것 같아서 부끄러운걸……."

"……뭔가 그렇게 경솔하게 말을 꺼내는 건 사츠키 양 같아."

"그럴지도 모르겠어. 그건 그렇고, 뭐냐, 그게."

마이는 시선을 깔고서 양손의 손가락을 꼼지락거리며.

"굳이 말하자면 후자에 가까울까. 너의 진지함을 의심해 본 적은 없어. 하지만 아무래도 너는 매력적이니까. 상냥한 너라면 상대가 보내는 호의에 응해주고 싶은 마음이 생길지도 모른다는 생각에."

"으, 죄송합니다……."

또 사츠키 양의 얼굴이 떠올라서 나는 마음의 손으로 휙휙 털어냈다.

풀 사이드로 올라가 마이 옆에 나란히 앉는다.

반성이다. 반성에 반성을 더해 반반성성이다.

"하아……. 미안해, 이렇게나 부족한 인간이라."

"아니. 그렇게 매일 더 나아지려고 노력하는 너를 좋아해."

"마이는 툭하면 내 응석을 받아주려고 해……."

"결과가 나오지 않는 노력, 그 자체를 인정해 준 것도 너였으니까."

마이와 맞닿아 있는 허벅지에서 살며시 열이 올랐다.

"……어쩐지 마이랑 얘기하고 있으면 내가 엄청 착한 사람인 것처럼 들려."

"그건 유감이지만 착각이라고 생각해."

"저도 알고 있거든요!"

조금도 망설임 없이 부정하는 말에 화를 냈다. 내 반응에 마이가 웃는다. 어휴!

파닥파닥 물장구를 쳤다. 물보라가 허공에서 춤을 춘다.

수면에 인 파문이 수영장 구석까지 퍼져나간다.

"……저기 있잖아, 마이."

"응?"

심정을 토로하는 말은, 어디까지가 나의 나약함의 발로일까.

말하고 싶은 이유 중에는 안심시켜주고 싶어서 그런 것도 있다. 하지만 그 선을 잘 모르겠다.

하고 싶은 말과 해서는 안 되는 말, 꼭 해야 하는 말과 하는 편이 좋은 말. 그것들을 확실하게 정리 정돈해서 마이를 기쁘게 해줄 수 있는 말들만 할 수 있게 되면 좋을 텐데.

"미안."

"그건 뭐에 대한 사과인 걸까."

"요즘 계속 마음을 놓을 수가 없고, 나 자신을 돌아볼 여유도 별로 없었거든. 아, 이것도 변명이겠지……. 그래서 뭐라고 해야 하나, 마이한테 계속 폐만 끼치고 있다는 생각이 들어서."

우리 둘뿐.

마이가 내 허벅지 위에 손바닥을 올렸다.

나는 그 손바닥 위에 손을 겹쳤다. 나를 잘 알고 있는 마이의 손.

"처음에 고백을 받고서……. 마이는 처음에 고백한 다음 계속 기다려줬는데, 뭔가 뒷전으로 미뤄버린 것처럼 돼서……. 그 일은 쭉 사과하고 싶었어."

"……응. 그렇구나."

"으……. 네."

마이가 직접 자기 입으로 말하는 일은 결코 없겠지만, 만약 동의한다면 『역시 그렇게 생각했었구나』 하는 기분이 퍼져나가서 마음에 구멍이 뚫릴 것 같다.

하지만 나보다 마이가 훨씬 더 서운했을 테니까 그다음 말도 제대로 말해야지.

"있잖아, 믿어주지 않아도 괜찮지만……. 나는 확실히 마이를 좋아하니까. 지금은 틀림없이 좋아하니까. 오다이바에서 데이트하러 갔을 때도, 꽤 옛날 일처럼 느껴지지만 엄청 즐거웠고……. 좋아해, 마이를."

"응."

맞잡은 손가락을 마이가 꼼지락꼼지락 움직였다.

"어째서 믿어주지 않아도 괜찮다고 말하는 거야?"

"어? 아, 그건……."

어째서일까.

생각해 보고서 말을 짜냈다.

"……지금은 믿어주지 않더라도 앞으로의 행동으로 보여줘서 언젠가는 믿어줄 수 있도록 노력할 거니까, 그런 걸까."

"후훗."
마이는 미소를 지으며 나에게 몸을 기댔다.
"나도 좋아해, 레나코를. 그런 레나코가 예전보다도 좋아."
"그, 그건, 영광입니다…… 이, 있잖아, 오늘 마이가 『어째서』『왜』라고 묻는 게 많은 건, 나를 제대로 이해하려고 노력하기 때문이지?"
"응. 좀 성가셨을까?"
"아니야! 전혀 그렇지 않아. 마이도 노력하고 있구나, 싶었어."
나는 수면으로 시선을 옮기면서 말했다.
"어쩐지 기쁘다고 할까……. 좋아하는 사람이 나를 위해서 노력해 준다는 건 기쁜 일이구나……."
그런데 그 말에 마이는 고개를 갸웃했다.
"나름대로 노력해 오기는 했지만 이상한걸…….여태까지 너를 기쁘게 해주려고 생각했던 이런저런 방법들은."
"그거 나를 파티에 데려가거나, 가이세키 요릿집에 초대했던 거잖아?! 너무 차원이 다른 스케일이라 순순히 받아들일 수가 없었다고!"
"작은 스케일이라……. 으음, 사탕 먹을래?"
"사탕을 받고『아아, 나를 위해서 노력하고 있구나』라고 생각하는 사람이 어디 있냐고! 알면서 그러는 거지?!"
마이는 기품 있게 쿡쿡 웃었다.
어휴 진짜, 어휴 정말이지…….
"그러고 보니 결국 마이는 타카다 양한테 무슨 짓을 한 거야?"

"그게, 정말로 짚이는 구석이 없단 말이지."

턱에 손을 올리는 마이.

으—음.

"마이는 살면서 얽혔던 사람들이 워낙 많다 보니, 진짜로 무슨 짓을 했는데 잊어버린 건지, 아니면 완전히 근거 없는 원망인지 판단이 안 가서 힘들 것 같아……."

"그렇지. 뭐, 익숙해졌다면 익숙해졌어."

그러면서 마이는 먼 곳을 바라보았다.

"어쩔 수 없는 얘기야. 나는 오우즈카 마이니까 그런 숙명인 거겠지."

"에잇."

나는 마이의 허리를 밀어서 수영장에 빠트렸다.

첨버—엉!

"가, 갑자기 무슨 짓을?!"

놀라서 나를 돌아보는 마이. 나도 내심으로는 이런 짓을 했다가 화를 내진 않을까 하고 엄청 조마조마했지만 태연한 척 대답했다.

"슬프다거나, 서운하다거나, 괴롭다거나, 열 받는다거나, 뭐든 시원하게 말해도 되잖아. 여, 연인 앞에서니까."

마지막 대사만큼은 조금 부끄러워서 더듬고 말았다! 백 점을 놓쳤어!

에잇, 시치미 뚝 떼고 계속해야지.

"왜냐하면 마이한테는 슬픔도 기쁨도 함께 나누는 관계가 연인

이잖아? 그러면 자, 나한테도 나누어 달라고. 자자, 어서어서."
"끙……."
물속에 선 마이는 잠시 동안 막막한 것처럼 가만히 있었지만.
체념한 걸까, 아니면 예전부터 쭉 하고 싶은 말이 있었던 걸까.
더듬더듬 입을 열며 나한테 털어놔 주었다.
"……처음 만나는 상대가 정면으로 나한테 적의를 보내면서 일방적으로 욕을 하는 경우도, 종종 있어. 많은 사람들한테 알려질수록 개중에는 부정적인 의견을 가지는 사람도 있으니까."
소위 말하는 안티라는 거다.
"옛날보다는 훨씬 나아진 거야. 흘려 넘기는 법도 능숙해졌어. 마음 없는 소리에 가장 상처받았던 건 초등학생 시절이었지……. 그 시절엔 응원해주는 사람보다도 나를 아프게 하는 목소리가 더 크게 들리는 느낌이 들었어."
"그랬구나……."
사츠키 양이 함께 스튜디오까지 와줬던 시절의 이야기지, 그거.
마이가 조그맣던 시절인가.
"퀸 로즈는 말이지, 당시엔 아직까지 그렇게 유명하지 않아서 미디어에 노출을 늘리려고 했던 시기가 있었어. 어머니 성격에 분명 다소 억지스러운 수단도 사용했었겠지. 원한을 사는 것도 당연한 이야기야, 회사의 이름을 등에 업고 있는 건 나였으니까."
"그, 그렇다고 해서 어린애한테 애먼 화풀이를 하다니, 너무하잖아!"
내가 씩씩대며 말하자 마이는 자조하듯이 웃었다.

"그렇지. 지금은 어쩔 수 없는 거라고 체념도 하게 됐지만 그 시절엔…… 몹시 슬펐거든."

고개를 숙인 마이의 얼굴이 마치 어린아이의 얼굴처럼 비쳐서 나도 수영장에 들어갔다.

마이의 손을 쥐었다.

"마이……."

"반 친구들도 그랬어. 다들 나한테 친근하게 대해줬지만 어딘가 내가 있을 곳은 없는 것 같은 느낌이 들었어. 가족과 좋아하는 사람과 친구들과 함께, 평온하게 살아갈 수만 있으면 나는 그걸로 족했어. ……그렇게 말해봤자 소용없는 일이려나."

미소 짓는 마이의 표정이 굉장히 덧없어 보여서.

어쩐지, 마이는 항상 강한 모습으로 있으려고 노력하고 있지만 사실은 남들보다 훨씬 더 마음 편한 삶을 바라고 있는 걸까.

타인의 기대에 부응하고 계속 누군가를 위해서 노력하고 있지만, 그 에너지를 조금 더 스스로를 위해 쓸 수 있으면 좋을 텐데…….

……혹시, 스스로를 위해 에너지를 쏟았던 곳이 나였던 걸까……?!

충격적인 사실이다.

그런 거였다면 내 방에서 덮쳐졌을 때 마이를 밀쳐냈던 건 엄청 큰일이었던 거 아니야……? 아니, 그건 지금도 억지로 하려 했던 마이가 잘못한 거라고 생각하지만!

으으으, 나는 한바탕 머리를 감싸 쥔 뒤, 마이를 꽉 껴안았다.

"레, 레나코?"

"내『스킨십 타임』……."

"뭐?"

"그러니까 이게 끝난 다음에는 내가『스킨십 받는 타임』이 발생합니다……."

"그, 그런가……. 그런 규칙이었지……."

마이와 찰싹 몸을 맞대는 걸로 마이의 마음을 위로해 주려고 하는 건 좋은 행동일까, 아니면 안 좋은 행동일까. 몸을 너무 함부로 쓴다고 생각하려나……?

그래도 나는 마이가 기뻐해 줬으면 좋겠고, 싫은 일은 잊게 해 주고 싶다. 그걸 위해 스킨십을 당하는 건 그다지 싫지 않을지도 몰라…….

친구로도, 연인으로도, 마이는 내 소중한 사람인걸! 마이를 위해 할 수 있는 일이 있다면 얼마든지 해주고 싶다고! 내가 너무 쉬운 여자인 걸까?!

이런 나지만, 딱 달라붙는 걸로 마이가 기뻐한다면야……. 그렇다면야 몸이든 뭐든 쓸 수 있는 건 전부 써주겠다는 거야! 다만 용기를 낼 수 있는 범위 내에서!

잠시 동안 꼬옥― 안고서 마이의 나긋나긋한 몸을 느꼈다. 물속이라 오히려 서로의 체온이 더욱 선명하게 전해져서 맞닿은 부분이 저릿저릿하게 뜨거웠다.

"스, 슬슬 5분쯤 됐을까."

"……그럼 다음은 내 차례구나."

"응……."

그저 마주 안았을 뿐, 마이의 이상한 곳(?!)은 만지지 않았지만…….

그게, 그다지, 만지더라도…… 나는 딱히 거부하지 않을 거니까……? 마이.

마이의 눈동자가 나를 빤—히 응시한다. 마이는 뺨을 물들인 채 시선을 잠깐 피한 뒤, 이번엔 내 몸을 품속에 가두는 것처럼 꼭 안았다.

“레나코…….”

“읏…….”

마이의 키스를 가만히 받아들였다.

어쩐지 오랜만이다.

입술이 몇 번인가 맞닿았다. 굉장히 부드럽다.

마이의, 여자아이의 입술.

전처럼 혀를 넣으려나 싶어서 마음의 준비를 하고서 미리 대비하고 있었는데 그건 없었다. 아기의 뺨에 내리는 키스처럼 쪽, 쪽, 하고 마이가 상냥한 키스를 되풀이했다.

아무도 보는 사람 없는 수영장 안. 나는 마이의 몸에 달라붙어 서로의 열기를 나누었다. 두 사람 사이를 순환하는 열기가 우리의 마음까지 녹여내려 하나로 섞어주는 것처럼.

……솔직히 기분 좋았다.

제대로 음미해 본 적은 없었는데……. 키스는 이렇게 기분 좋은 거구나.

게다가 연인과 하는 키스. 내가 연인과 키스를 하고 있다니 웃

음이 나온다. 고등학생이 되고 이런저런 많은 일들이 있었지만 제일 놀라운 건 바로 나 자신이구나…….

머릿속이 둥실둥실 멍해진다. 그래서 5분이 지났다는 사실도 바로 깨닫지 못하고, 몸을 떼는 마이한테 "후엥……?" 하고 어리둥절한 시선을 보내고 말았다.

"아, 그게…… 시간이 다 됐으니까."

그 말에.

내 심장이 쿵, 하고 크게 고동쳤다.

"아, 응! 그렇지! 시간, 시간이 됐는걸! 오케이—! 이번에도 어떠셨습니까, 마이 씨. 즐거우셨을까요, 제 몸은!"

대체 무슨 소릴 하는 거야, 레나코. 라는 시선을 받았다. 다른 사람도 아니고 마이한테!

크, 굴욕……. 그보다 나도 당황해서는 무슨 소릴 지껄이는 거람…….

"그러고 보니까 말인데."

"넵 그러고 보니! 나 그러고 보니 완전 좋아!"

마이가 먼 곳을 바라보았다.

"아지사이한테 들었어. 이번 구기대회에서 네가 이기면 키스를 하겠다고."

"……………………."

이상하네, 수영장에 몸을 담그고 있는데 식은땀이 줄줄 흐른다.

"어, 그게…………."

뭐라도 말을 해야 한다는 충동에 이끌려서 나는 뻐끔뻐끔 입을

열었다.

“그게 아니고 말이지.”

“호오.”

첫마디가 부정하는 말이라니, 바람피우다 걸린 사람의 상투적 문구 같은데, 싶었다.

“있잖아, 마이한테 비밀로 했던 게 아니고, 봐, 뭐라고 해야 하나, 민감한 얘기니까. 아니 그보단 마이랑 키스했다는 것도 아지사이 양한테는 말한 적 없고…….”

“나는 물어보기에 대답했어. 레나코와 키스한 적 있다고.”

“둘이서 뭐든 다 얘기하는구나!”

어째서일까. 이래저래 내가 할 소리는 아니라고 생각하지만, 마이랑 아지사이 양이 사이좋게 지내고 있으면 위기감이 느껴진단 말이지…….

왜냐하면 분명 두 사람끼리 대화하는 편이 훨씬 즐거울 게 분명한걸……. 화젯거리도 풍부하고, 대화도 능숙하고…….

그러다가 어느 날, 마이도 아지사이 양도 문득 깨닫는 거야.

뉴턴이 떨어지는 사과를 보고서 중력을 발견한 것처럼 두 사람이 마주 웃은 직후 『이래저래 레나코는 필요 없는 거 아냐……?』라고 하는 거지.

그런 거라고! 나는 처음부터 느끼고 있었다고!

그러니까 나는 버림받지 않도록 노력해야, 노력해야만 해……!

내 초조함은 꿈에도 모른 채, 마이가 미소를 지었다.

“네가 우리를 위해 이것저것 생각해 주듯이 말이지. 우리도 가

끔씩 서로 어떻게 하면 더 잘해나갈 수 있을지에 대해 얘기를 나누고 있어. 이건 그 일환이야."

"그 말은……?"

"만약 조금이라도 떳떳하지 못하다는 생각이 드는 게 있다면 그게 어떤 것이든 간에 서로에게 얘기하자. 그리고 상대가 솔직하게 털어놨을 때는 그걸 확실히 받아들이자고 말이지."

그런 얘기를 했었구나.

"아지사이는 뭘 하더라도 항상 나를 신경 써주니까. 그래서 나한테 얘기하는 걸로 아지사이가 너와의 관계를 긍정적으로 여길 수 있다면 나도 그걸 돕고 싶어."

"그렇, 구나……."

확실히 아지사이 양은 나한테도 신경 쓰는 만큼 마이에겐 더욱 더 배려하겠지. 그건 눈치를 살피는 행동이 아니라, 아지사이 양의 진지한 상냥함이다.

나한테도 말할 수 없는 것들이 잔뜩 있을 테니까, 뭔가, 응.

지금은 오히려 감사 인사를 해야 할 상황이다.

"……고마워, 마이. 나는 전혀 깨닫지 못했어."

마이가 고결한 미소를 지었다.

"괜찮아. 아지사이는 좀 상냥함이 지나치니까. 게다가 물론 나도 원했던 관계야. 이 관계를 유지하기 위해서 최선을 다하는 건 당연하잖아?"

자신한테 메리트가 있는 것도 아닌데 그런 식으로 딱 잘라 말해주는 마이야말로 엄청 상냥하잖아…….

"그렇다면 저기, 나도 마이한테 묻고 싶은 게 있는데."

"뭐든지 말해줘."

"……어떻게 느꼈어?"

마이는 고개를 갸웃했다.

"뭐가 말이지?"

"아니, 그러니까 나랑 아지사이 양이, 그, 키스를 한다는 말을 들었을 때…… 불편한 마음이 들지는 않았어?"

"흐음……."

마이는 턱에 손을 대고서 입을 다물었다.

그 잠깐의 텀은 내가 상처받지 않을 만한 표현을 고르면서, 동시에 어떻게 대답해야 좋을지 고민하는 것 같았다.

"우리는 셋이서 사귀고 있는 거야. 물론 언젠가는 이렇게 될 것도 생각했었어. 그래서 각오는 해뒀거든. 아지사이와 네가 행복해진다면야 그건 좋은 일이야."

"……질투해……?"

나는 마이를 올려다보았다.

지금까지 마이가 저질렀던 이런저런 폭주들은 대부분 질투심의 발로가 원인이었다. 그렇다면 이번에도…….

"질투하지 않아."

마이는 그렇게 주장했다.

나는 믿을 수 없었기 때문에 다시 한번 확인하듯이 물었다.

"저, 정말로?"

"질투 안 한다궁."

“『궁』?!”
눈이 휘둥그레졌다.
“잠깐, 마이, 뭔가 캐릭터 붕괴가!”
“진짜라궁.”
“마이가 『궁』 같은 말투를 써?!”
“쓴다궁.”
귀, 귀여운………… 건가?!
기괴한 감정이 싹튼다.
어쨌든 이거 질투하는 게 확실해……. 미리 잘 달래주지 않으면 나중에 내가 큰일 나게 된다. 나아가선 우리 셋의 관계가 위기에 처하게 돼.
“그, 그러면 있지 마이도! 내가 해줬으면 하고 바라는 거 없어?! 저기, 구기대회에서 이기면 아지사이 양한테만 상이 있다는 건 확실히 불공평하지! 응? 응?!”
따지고 보면 아지사이 양의 키스도, 내가 아지사이 양을 위해 열심히 B반과 싸우겠다고 결심했고, 그걸 미안하게 생각한 아지사이 양이 나한테 주는 상처럼 된 건데…….
그게 어째서 마이를 위해 상을 줘야 하는 이유가 되는 건지 논리적으론 하나도 모르겠지만…… 그래도 인간관계라는 건 논리만으로 되는 게 아니잖아!
그래도 내 말은 마이의 마음에 울리는 게 있었던 모양이라.
마이의 눈빛이 흔들리더니 입을 열었다.
“해줬으면 하고 바라는 거라.”

"응응."

대체 무슨 소릴 꺼낼까…….

만약 마이가 『연인끼리 오붓하게 하룻밤을』 같은 소리를 꺼냈을 때, 나는 그걸 거부할 수 있을까……….

아니 그보다, **거부할 이유가 있기는 할까**………………?

"레나코."

"넵, 네엡?!"

온몸이 뜨겁게 달아오르고 있던 나에게 마이가 미소를 지으며 말했다.

"그렇다면──."

* * *

"누오오오─!"

나는 맹렬하게 드리블을 하면서 골대를 향해 슛을 쏘았다. 어깨에 힘이 너무 들어간 탓에 죄다 빗나갔다.

언제나처럼 카호 짱과 공원에서 둘이 함께 농구 연습 중이다.

"레나찡, 오늘도 기합이 잔뜩 들어갔네."

"하아, 하아, 하아…… 뭐, 그렇지……!"

나는 턱 끝에 맺힌 땀을 훔쳤다.

마이가 꺼낸 말이 내 머릿속에 줄곧 바로가기 아이콘처럼 고정되어 있었다.

『그렇다면.』

운을 뗀 마이는 거기서 잠깐 숨을 멈추고서, 쑥스러운 기색으로 뒷말을 이었다.

『네가 아지사이와 키스를 한 다음에…… **나한테도 분명하게, 좋아해, 라고 말해줬음 좋겠어.**』

자신의 나약함을 드러내는 것처럼 토해낸 마이의 말을 듣고서.

나는 머리를 한 대 맞은 기분이었다.

결국은 그렇구나.

나와 다를 게 없다. 질투하는 건, 마이 또한 불안하기 때문이다.

마이와 아지사이 양이 가깝게 있으면 내가 불안을 느끼듯. 나와 아지사이 양이 가까워지면 마이가 불안해한다.

그러니 나를 안심시켜 줬으면 좋겠어. 마이는 그렇게 말한 것이다.

"우오오—! 한 판 더—!"

그건 다시 말해 전부——.

——전부 내 노력이 부족하기 때문이다.

그야 그렇잖아. 내가 두 사람을 행복하게 해주겠다고 제대로 전했더라면 불안함을 느낄 필요도 없었을 테니까. 그치. 내가 잘못 생각하는 거 아니지.

지금은 그게 안 되니까, 그러니까 나는 안 되는 거야.

더 확실하게 아지사이 양이, 마이가 안심할 수 있도록 해주고 싶어. 내가 두 사람을 좋아한다는 걸 알아줬으면 좋겠어. 나는 진심이라는 걸 분명하게 전하고 싶어.

그걸 위해선.

역시 구기대회에서 이겨야만 한다.

말이 아니라 행동으로 보여주지 않으면 마음은 전해지지 않는다. 아지사이 양을 위해서 나는 이만큼이나 노력했어, 라고 결과로 보여주지 않으면 안 된다. 겨우 한 번으로 전부 알아주긴 힘들 테니까 하나씩 하나씩 튼튼하게 쌓아 올려서.

이건 그걸 위한 첫걸음이다.

아지사이 양과 키스를 하고, 그다음엔 마이한테 똑바로 좋아한다는 마음을 전하자.

그러니까 이겨야 해. 이기지 않으면 안 되는 거야!

"으랴앗—!"

내가 던진 공이 다시 한번 허공을 가른다.

데굴데굴 굴러가는 공. 그 공은 누군가의 발아래에 멈췄다.

"아, 죄송합니—— 응?"

공을 주워든 여자애가 황급히 목소리를 높였다.

"저, 저기 있잖아요."

소극적이고, 어딘가 옛날의 나처럼 뒷말을 흐리는 목소리.

그 여자애를 보고 깜짝 놀랐다. 어라? 어째서 여기에?

"히라노 양?"

"네, 넷! 오늘은 부활동이 없었거든요."

"저도 있습니다!"

히라노 양과 하세가와 양이다.

"어라…… 어쩐 일이야?"

"윽."

내가 묻자 히라노 양은 굉장히 아픈 곳을 찔린 것처럼 비틀거렸다.

헉……. 묻는 방식이 별로였다는 느낌이 든다.

내 머릿속에 의문의 기억이 되살아난다. 툭하면 학교를 빼먹던 시기의 내가 어쩌다 양호실이 아니라 교실에 가면 갑자기 누가 말을 거는 거야. 『어라? 오늘은 왜 있는 거야?(웃음)』 이렇게.

뭐냐고, 그게! 중학교는 의무교육이니까 누구든 자유롭게 등교할 권리가 있잖아! 내 마음은 트럼프 타워보다도 무너지기 쉽단 말이야! 깨지기 쉬운 물건을 다루듯이 섬세하게 다뤄줘!

그렇다. 아싸의 마음은 연약한 것이다. 그러니까 잘 알아. 나는 잘 알고 있다고, 히라노 양, 하세가와 양. 우리는 언제나 두꺼운 갑옷으로 토끼 같은 하트를 보호하고 있지.

표현을 고쳐 다시 말했다. 최대한 친절하게!

"두 사람 다 체육복 차림이네. 집에 가는 중?"

"아, 아뇨, 그게 아닌데요……."

"그럼 운동을 하던 도중이었다거나?"

"그게요……."

머뭇머뭇 시선을 피하는 히라노 양. 뒷말을 기다렸다.

이런 대화의 템포는 어쩐지 그리운 느낌이 들었다.

진정된다…….

하지만 인싸가 그 평온을 깨부쉈다!

"오, 와줬구나! 두 사람!"

재빠르게 달려온 카호 짱이 크게 손을 흔들었다. 그러자 히라

노 양과 하세가와 양은 갑자기 눈에 플래시 라이트를 맞은 것처럼 얼굴을 감쌌다.

"윽, 빛속성이 갑자기!"

"하윽…… 귀여워……! 감정이, 사고가, 귀여움 일색으로 물들어가……!"

갑작스럽게 나타난 카호 짱, 눈부셔……!

토끼들만 오순도순 살고 있는 골짜기에 나타난 티라노사우루스 같은 카호 짱은 셋이 나란히 얼어붙어 있는 모습에 "후냥?"하고 고개를 갸우뚱했다. 자기도 사실은 어둠속성이면서!

하지만 히라노 양은 지지 않고 한 걸음을 내디뎠다. 히라노 양 강해!

"하아, 하아…… 저, 저기 말이죠……! 사실은 있잖아요……! 큭, 인싸 님의 시간을 빼앗고 마는 이 1분 1초가 너무 송구스러워……!"

"그렇다고 질질 끌었다간 주목받는 시간이 늘어날 뿐이니까……! 기, 기합을 넣고 말하겠어요! 말할 겁니다!"

두 사람은 서로를 부축하며 마주 섰다. 그렇게 하지 않으면 지금 당장이라도 도망쳐버릴 것 같은 인싸의 위압감을 느끼면서도. 뭐야 이 감동적인 장면.

"우, 우리는!"

히라노 양이 주머니에서 스마트폰을 꺼내 쑥 내밀어 화면을 보여줬다.

"코야나기 양이 불러서 왔습니다!"

뭣이라…….

화면에는 문자로『농구 연습할 거니까 같이 어때?(꽤 귀여운 이모티콘)』이라고 적혀 있었다.

카호 짱, 두 사람 다 친구 등록해 뒀구나. 과연 대단한 커뮤력……. 아니 이게 아니고.

불러서 온 거라고 해도.

아무리 권유를 받은 거라도 여기까지 오는 건 쉽지 않은 여정이었을 것이다.

뭐니 뭐니 해도 카호 짱도 나도 퀸텟. 히라노 양 입장에서 보면 여기에 마이가 두 사람 있는 기분이었겠지.

만약 중학생 시절 내가 같은 반 인싸 애들한테 농구 연습하자는 권유를 받는다면? 갈 수 있을 리가 없다. 왜냐하면 쫄래쫄래 갔다가『우와, 진짜로 온 거야? 웃겨』라고 비웃음거리가 될 게 뻔해—— 라고 망상부터 했을 게 뻔하니까.

그래서 발걸음이 떨어지질 않았겠지. 그런데 두 사람은 와줬어!

히라노 양과 하세가와 양은 서로 시선을 교환한 뒤, 작게 입을 열었다.

"저기, 우리는 퀸텟 여러분들을 좋아해요."

"어?"

나는 움찔했다. 그런 뜻이 아니라는 건 알고 있고말고요!

"보고만 있어도 눈 호강이 되는 데다, 항상 이런 우리한테도 상냥하게 대해주시니까요……."

"상냥하다니, 별말을."

오히려 내 입장에선 두 사람이 나한테 상냥하게 대해준다는 인상인데…….

자기 말에 자기가 고개를 끄덕이면서 히라노 양이 말을 이었다.

"학교 상위 카스트 분들은 아싸 따위 벌레 수준으로만 여기고 있다고 해야 하나, 흥 겨우 커뮤력 5인가…… 쓰레기군…… 같은 느낌인데요……."

그 말은 내 가슴에 박힌다고!

"그런데 A반분들은 정말로 털털하고, 우리는 말을 걸어줘봤자 그다지 재미있는 대답도 못 하는데도 항상 배려해 주셔서……. A반이 돼서 정말로 다행이라고 진심으로 느끼고 있습니다."

히라노 양의 말에 하세가와 양이 응응, 하고 고개를 끄덕였다.

그건 정말로 그렇다. 나도 처음에 말을 건 사람이 마이였던 덕분에 지금도 반에 잘 녹아들어 있다.

반의 분위기라는 건, 국가의 이미지가 그 나라의 수장에 따라 달라지는 것처럼 반을 이끄는 상위 그룹의 행동에 따라 정해지는 법이다.

오로지 자기들밖에 생각하지 않는 애들이 반의 톱이 되면 반의 분위기도 차가워지고, 선정을 베푸는 상냥한 왕이 톱이 되면 분위기가 훈훈해진다.

그런 의미에서 마이는 국민들이 흠모하는 사랑스러운 여왕이었다.

마이와 아지사이 양이 타산을 가지고 남들한테 친절을 베푼다고는 생각하지 않는다. 하지만 그 친절이 돌고 돌아서 마이와 아

지사이 양을 돕고 있다는 사실에 기쁨을 느꼈다.
 등을 받쳐주는 하세가와 양에게 힘입어 히라노 양이 딱 잘라 말했다.
 "B반이 한 짓을 보고서 용서할 수 없다고 느꼈어요. 그래서 우리도 세나 양과 퀸텟 분들을 위해서 노력하고 싶어요!"
 ――다만 문득 머릿속을 스친다.
 요우코 짱이 했던 한 마디.
 자기는 아싸였지만 고자세 양이 친구가 되어준 덕분에 구원받았다고 말했다.
 아주 조금 가슴이 아파――.
 하지만 나는 가슴의 통증을 떨쳐내고서 히라노 양과 하세가와 양을 향해 웃음을 지었다.
 "고마워, 두 사람 다!"
 "윽, 귀여워……!"
 "어버버버…… 아마오리 양의 미소……!"
 나는 기세를 타고 두 사람의 손을 잡았다.
 "우리 함께 A반이 대단하다는 걸 깨닫게 해주자!"
 "손이――!"
 "그, 그만해주세요, 아마오리 양! 그러다 반해버린다고요?!"
 여러 가지 기쁜 일들이 겹쳐서 내 불안을 말끔히 지워주었다.
 나는 빛이 비치는 장소에 서 있다는 사실을 확실히 실감할 수 있었다.
 승리하기에 마땅한 건 A반이다.

"나도 농구는 완전 서투르지만 함께 힘을 합쳐서 팀플레이로 노력해 보자! A반의 결속을 보여주는 거야!"

"그러니까 손을!"

"아— 벌써 반해버렸어요! 이미 반해버렸는데요?!"

나에겐 여동생한테 전수받은 작전이 있다. 분명 괜찮아. 어떻게든 될 터!

얼굴이 빨개진 히라노 양과 하세가와 양의 모습은 전혀 깨닫지 못하고 있었더니——.

옆에 있던 카호 짱이 문득 "마성의 미소다냥……" 하고 영문 모를 소릴 중얼거렸다.

뭐, 같이 연습해 보니 두 사람 다 결코 잘하는 편은 아니었지만…… 우리한텐 팀워크가 있으니까요!

* * *

정찰도 했다. 연습 멤버도 늘었다. 의욕은 MAX고, 걸려있는 포상은 초호화. 일단 내 목적은 포상이 아니니까 마지막 거는 제쳐두기로 하자!

그렇게 되면 승리의 퍼즐을 완성하기 위해선 마지막 한 조각이 필요하다.

고자세 양의 저 뛰어난 신체 능력에 대항할 수 있는 인재는 우리 중에 단 한 명뿐.

그렇다, 시미즈 군한테 여장을 시켜서 우리 팀에 추가하는 것이다……! 가 아니고!

나는 스마트폰으로 시선을 떨어트렸다.

『힐끔』 하고 벽에서 빼꼼 고개를 내미는 귀여운 코알라 스탬프는 아주 멋들어질 정도로 읽씹 당했다. 이걸로 12일 연속 읽씹 기록 수립이다.

"사츠키 양, 엄청 완고해……."

나는 집으로 향하는 길이 아니라 다른 길을 터벅터벅 걷고 있었다.

그쪽이 그럴 생각이면 좋아. 이제 내가 할 수 있는 일은 이 정도밖에 없어.

큭큭큭, 기껏해야 **집으로 직접 쳐들어가는 정도**밖에 없단 말이지……!

그런 생각으로 아파트 앞을 서성거리고 있는 중입니다만.

아무래도 남의 집 인터폰을 누르는 건 용기가 필요하네…….

요즘 시대엔 기본적으로 그거잖아요. 스마트폰이 있으니까 방문하기 전에 미리 연락도 하고, 초인종을 누르기보단 오히려 문자를 보내서 문 좀 열어달라고 부탁하잖아요. 아니, 나는 기본적으로 언제 가겠다고 미리 정한 다음 친구 집에 갔던 일이 없어서 그런 거지만요…….

그렇게 생각하면 방문 판매 같은 건 평생이 가도 못 할 것 같지. 사회에서 일하는 사람들은 대단하구나……. 아파트 현관문이 보이는 전신주 그늘에 숨어 훔쳐보면서 그런 생각을 하고 있는 상

황인데요.

어쩔까나, 사츠키 양이 나와 주지는 않으려나. 힐끔힐끔

옆에서 보면 빼도 박도 못 할 수상한 사람이죠. 하지만 실상은 『친구』니까요. 떳떳하게 허용되는 행동이라는 뜻. 허용되는 거…… 맞지?

어라, 혹시 나 지금 단순히 수상한 사람에 불과한 건가……? 아냐, 그럴 리가……. 그냥 좀 굉장히 예쁜 흑발 미소녀의 동태를 살펴보고 있을 뿐인데요……?

"여보세요— 경찰입니다만—."

"앗?! 아니에요!"

나는 번개처럼 휙 몸을 돌렸다.

"저기, 저는 친구한테 볼일이 있어서! 그러니까 그게! 수상한 사람이! 수상한 사람일지도 모르지만! 그게 아니라! 사정이 있는 수상한 사람이라!"

그곳에 서 있는 사람은 눈을 동그랗게 뜨고 있는 예쁜 언니였다.

"어라—? 아마오리 짱?"

"사츠키 양네 언…… 엄마!"

"응, 언니란다— 피스피스."

내가 무심코 잘못 말한 걸 굳이 입에 담으면서 사츠키 엄마는 양손으로 피스 사인을 그렸다. 하지만 손가락은 피스사인을 그리고 있어도 손에 쥐어진 물건은 무척 흉흉해 보였다.

"뭔가요, 그거……."

"오른손에 최루 스프레이. 왼손에는 스턴 건."

"어째서……."

"그렇구나, 아마오리 짱. 너는 이렇게 말하고 싶은 거구나. 주로 쓰는 손에 스턴 건을 쥐는 편이 좋지 않겠냐 이거지? 하지만 말이지, 굳이 말하자면 정확히 조준해서 얼굴에 뿌려야 하는 건 스턴 건보다 최루 스프레이야. 스턴 건은 몸 아무 데나 명중시키기만 하면 움직임을 봉쇄할 수 있거든. 그래서 최루 스프레이의 사정거리를 활용하는 의미에서도 이렇게 쥐는 게 맞아."

"하나부터 열까지 틀렸어!"

싱글벙글 뽐내는 웃음을 짓고 있던 사츠키 엄마는 고개를 갸웃했다.

"어―? 그럼 뭔데? 정답은―?"

"아뇨, 그게, 저는 계속 문 쪽을 지켜보고 있었는데요……? 어떻게 여기에……."

"어쩐지 수상쩍은 애가 보여서 뒤쪽 창문으로 나와 빙 돌아온 거야!"

"굉장해."

마치 이런 일에 익숙한 것처럼 보였다.

"항상 이런 행동을 하시는 건가요?"

"에이― 가끔이야―. 우리는 집에 여자들밖에 없는걸. 자기 몸은 자기가 지키고 적은 해치워야지! 그래서 사츠키 짱한테도 항상 당부하고 있어. 너무 지나친 행동은 자제할 것, 하지만 싸워야 할 때는 두 번 다시는 덤빌 엄두도 못 내도록 확실하게 두들겨 때려눕히라고!"

좀 더 온화한 성격일 거라고 생각했었는데 장난 아닌 전투 민족이다……. 하긴 그것도 그런가, 사츠키 양네 엄마인걸.

심장이 튀어나올 정도로 놀라는 바람에 깨닫는 게 늦었다. 오늘 사츠키 엄마는 빈틈없이 화장을 하고 있었다. 저번에 봤을 때보다 어른스러운 분위기다.

이러면 언니보다는 엄마로 보이…… 려나? 타이트한 스커트의 원피스 비슷한 옷을 입고 있는데 신발은 슬리퍼 차림이다.

"어머님 오늘은 귀여운 느낌이라기보단 예쁜 느낌이네요."

"어머— 기뻐—. 있잖아, 오늘은 지금부터 출근이야. 아마오리 짱, 언니랑 역까지 같이 갈래?"

미인 엄마의 초대에 저절로 마음이 끌리게 된다. 하지만.

"아, 저는 사츠키 양한테 볼일이 있어서……."

"그랬구나! 사츠키 짱은 지금 집에 없는데 어디 갔는지는 알아. 그러니까 안내해 줄게! 가자 가자!"

잡아끄는 손길에 황급히 만류했다.

"잠깐만 기다려주세요! 그건 감사하지만, 어머님 지금 슬리퍼 차림이에요!"

"아, 정말이네. 그러고 보니 열쇠도 집에 두고 나왔으니 창문으로 들어가야겠어."

"그, 그건 죄송합니다…… 제가 수상하게 군 탓에……."

사츠키 엄마는 한쪽 눈을 윙크하며 매력적으로 웃었다.

"있지, 아마오리 짱, 창문으로 들어갈 때 엉덩이 좀 밀어줄래? 아하하, 미안해, 사츠키 짱의 친구한테 이런 부탁을 해서."

"아뇨, 그건 좀! 저기요! 잠깐! 에엑?!"

친구 엄마가 하는 부탁이라면 모를까, 저는 사츠키 엄마를 예쁜 언니라고만 생각하고 있어서 그 부탁은 난이도가 높은데요!

"그러면 어디 가볼까."

"네, 네에."

작은 핸드백을 내려뜨린 사츠키 엄마는 높은 핀 힐을 신고 내 옆에서 또각또각 발소리를 내며 걷고 있었다. 내가 신었다간 새끼 사슴처럼 휘청거릴 것 같은 신발인데 걷는 게 능숙해……. 멋있어…….

"그래서 오늘은 사츠키 짱이랑 놀기로 약속했던 거야?"

"아, 아뇨, 그런 건 아닌데요."

얼굴을 보면 엄청난 미인이라 무심코 방심하게 될 것 같았지만 일단 이 사람은 사츠키 양네 엄마다. 가족한테 학교 일을 미주알고주알 얘기하는 건 아무리 사츠키 양이라도 부끄럽겠지.

으음— 그래도 수상쩍은 거동을 보인 탓에 폐를 끼쳤으니까……. 마냥 입 다물고 있는 것도 뒤가 켕기는 느낌이다…….

"그게, 사실은 이번에 학교에서 구기대회가 있어서요. 그래서 같이 연습하자고 말하러 온 거예요."

그러자.

"뭐어—?! 그랬어—?!"

사츠키 엄마의 표정이 반짝반짝 빛났다. 윽.

"학교에서 구기대회 하는 거야?! 어머나— 사츠키 짱은 그런

소리 한마디도 없었는데—! 어휴 사츠키 짱도 참. 학교에서 이런 일이 있었다느니, 저런 일이 있었다느니, 하는 얘기를 정말 하나도 안 해주는 거 있지. 앗, 그거 나도 보러 가도 돼—?!"

"엑, 앗, 안 될 거 같아요……."

"그렇구나—. 아쉬워라—! 있지있지, 그래서 뭘 하는데—?"

"농구예요."

"와— 좋겠다, 농구. 참 멋있지—. 휙, 하고 공을 던지는 모습에 어쩐지 눈길을 빼앗기게 되잖아. 그러고 보면 나도 학창 시절에 체육 수업에서 농구하는 게 제일 기대됐었는데. 이래 봬도 꽤 잘했거든."

"그, 그러셨군요. 어머님은 키도 크신걸요."

기관총처럼 우다다다 쏟아지는 말들 속에서 중요한 키워드만 캐치해서 맞장구를 치는 건 상당한 집중력을 요구하는 작업이었다. 대화하는 능력을 단련할 수 있을 것 같아…….

"응, 맞아. 사츠키 짱은 어때? 어때? 농구 잘해? 아니면 못하는 편? 그래도 사츠키 짱은 협조성이 없단 말이지."

"그, 그렇지 않아요! 사츠키 양은………… 조금은 있어요!"

곰곰이 생각한 끝에 짜낸 말에 사츠키 엄마가 빵 터졌다.

"응응, 고마워, 아마오리 짱. 맞아, 사츠키 짱도 조금은 협조성이 있어. 사실은 있지, 모두와 친해지고 싶다고 생각하지만 말주변도 서툴고 요령이 없는 애라서 그게 어려운 걸 거야. 생각을 비우고 애들한테 응석을 부리면 사츠키 짱은 미인이니까 다들 상냥하게 대해줄 텐데."

"생각을 비우고 응석을 부리는 사츠키 양……."

상상의 나래가 뭉게뭉게 펼쳐졌다. 학교에 가니 눈을 반짝이는 사츠키 양이 웃는 얼굴로 『안녕—!』이라고 인사를 건넨다.

그리고 『있잖아, 있잖아, 아마오리. 사실은 있지, 우후후, 어제 멋진 책을 찾았어! 굉—장히 재미있었어! 다음에 아마오리한테도 빌려줄 테니까! 다 읽으면 꼭 감상을 들려줘!』라는 말을…….

……이거, 완전히 사츠키 엄마군요.

"응?"

눈이 마주치자 방긋 미소를 짓는 사츠키 엄마.

……확실히 나는 어째서 사츠키 양이 굳이 남들과 거리를 두려고 하는 건지는 잘 모른다. 엄마처럼 항상 싱글벙글 웃고 있으면 순식간에 인기인이 될 수 있겠지.

하지만…… 사츠키 양은 그런 행동을 싫어하는 느낌이다.

"저기, 어머님."

"왜애?"

사츠키 양과 똑 닮은 날카로운 눈매는 상냥함을 가득 담고 있었다.

나는 손윗사람과 눈을 마주치지 못한 채, 머뭇머뭇 말했다.

"……뭐든 간에 그런 건, 할 줄 아는 사람이야 『그러면 될 텐데—』라고 쉽게 말할 수 있겠지만요……. 그래도 그걸 못하는 사람 입장에선 그게 굉장히 어려우니까……. 되도록 그런 말은 사츠키 양한테 쉽게 말하지 말아주셨으면, 해서……."

어린애가 건방진 소리를 해봤습니다만…….

사츠키 엄마의 반응은.

"아마오리 짱."

"히익, 죄, 죄송합니다."

이름을 불려서 움찔하고 말았다.

"아마오리 짱은 착한 아이구나."

"으왓."

품에 꼬옥— 안겼다.

사츠키 엄마한테! 품에 안겼어! 어른 여성한테! 포용력!

"저, 저기, 저기저기!"

"있잖아, 사츠키 짱을 앞으로도 잘 부탁할게. 나는 괜한 소리만 하기 일쑤지만 사츠키 짱은 정말로 기특한 아이니까. 단체 경기는 살짝 서투를지도 모르지만 그래도 자기가 할 수 있는 일이라면 최선을 다해 노력하는 아이거든."

"네, 네에……."

변덕으로 무언가를 저지르거나, 대하기가 어렵거나, 보기보다 경솔하기도 하지만.

사츠키 양이 기특한 아이라는 건 틀림없는 사실이다.

"그러고 보니 말인데."

쿡쿡 웃는 사츠키 엄마.

"옛날에 있지, 초등학교 시절이었던가. 사츠키 짱이 흙투성이가 돼서 집에 왔을 때가 있는데."

"어어, 넘어졌던 건가요?"

"아니, 듣자 하니 피구를 하다 처참하게 당했다나."

"그 사츠키 양이……."

피구……. 지금의 사츠키 양이라면 노려보는 시선만으로 공을 튕겨낼 수 있을 것 같은데.

"그게 정말로 분했던 모양이라 그 뒤로 계속 공원에서 벽에 공을 던지며 피구 연습을 했어. 왜 그렇게 지기 싫어하는 성격이 됐는지는 모르겠지만 그래도 뭐든지 자기도 모르게 노력하게 되는 모양이거든."

"그건 사츠키 양다워요."

"특히 마이 짱이랑 관련된 일이면 의욕도 두 배. 저기, 아마오리 짱. 사츠키 짱은 마이 짱을 좋아하는 걸까?"

"엑?! 그, 그건 과연 어떠려나요!"

실제로는 어떨까…….

확실히 가끔씩 그런 걸지도 모르겠다는 생각이 들 때도 있지만……. 그래도 직접 물어보기는 너무 무서우니까.

아냐, 좋아하는 건 틀림없는 사실이겠지만 연애적인 의미는 아니라고 해야 할까.

만약 연애적인 의미가 맞다면?! 아니, 그래도 그런 거면 나한테『사귀어주지 않을래?』라는 소리를 꺼내는 건 이상하잖아?!

"저, 저기, 설령 그렇다 쳐도 사츠키 양의 애정은 삐뚤어져 있다고 할까…… 솔직하게『좋아 좋아 엄청 좋아!』같은 느낌은 아니라고 생각하니까 저로선 모르겠어요……."

"그런 걸까나. 그치만 요즘 사츠키 짱은 달달한 연애 소설들만 읽는단 말이지. 별일이라니깐. 평소엔 그런 책은 전혀 안 읽으면서."

"헤에……."

그렇다는 말은 정말로 연인을 갖고 싶다는 생각에……? 그 사츠키 양이?

조금도 실감이 안 난다. 왜냐하면 예전에 당당하게『나는 연애 같은 거 안 해』라고 말한 적 있잖아. 그건 그냥 허세였어? 설마…….

도무지 알 수 없어졌다. 애초에 사츠키 양한테 누군가 좋아하는 사람이 있다는 것 자체가 상상이 안 가니…….

아니 그보다 나는 왜 자연스럽게 사츠키 양이 여자애랑 사귀는 모습을 상상하는 건데! 사츠키 양이 남자랑 사귄다는 가능성을 아예 고려조차 안 하는 건 어째서지?!

사츠키 양이 남자랑…….

뭔가, 뭔가! 그건, 뭔가, 좀! 말로 표현할 수 없는 감정이 솟구쳐! 나랑 키스한 주제에! 세 번이나!

"아마오리 짱은 표정이 휙휙 바뀌니까 재미있네."

"넷?! 제, 제가 그랬나요!"

얼굴이 빨개졌다.

사츠키 엄마랑 대화하다 보니 신사에 들어왔다. 여기는 전에.

"아, 봐봐 저기 있다—."

그곳에는 움직이기 편한 옷차림을 하고서 머리를 묶은 사츠키 양이 있었다. 농구공을 손에 들고 드리블 연습을 하는 중이다.

"사츠키 양……."

"봐, 요령은 없어도 매사에 최선을 다해 노력하는 착한 아이야."

싱글벙글 웃으며 사츠키 엄마가 지켜보는 와중.

나는 크게 손을 흔들었다.

"사츠키 양—!"

순식간에 사츠키 양의 진지한 표정이 무너졌다.

"읏, 아마오리."

사츠키 양을 향해 달려갔다.

"어휴 이런 곳에서 혼자서 연습이라니 서운하다고요! 우리랑 같이 연습하죠! 봐요, FPS 때처럼!"

"어째서 네가 엄마랑."

"지, 집 앞에서 우연히 만났거든요! 그런 건 아무래도 좋잖아요! 저기, 사츠키 양, 같이 연습해요!"

사츠키 양이 혀를 찼다. 무셔.

"……네가 농구를 잘할 리가 없을 테니까 같이 할 메리트가 없잖아."

"메리트 같은 게 아니라 그러는 편이 더 즐겁잖아요?! 그쵸!"

"과정의 즐거움은 추구하지 않으니까 문제없어. 이번에 희열을 느끼는 건 승리하는 순간이면 충분해."

사츠키 양은 공을 지면에 튕겼다.

"내 탓이니까."

"어?"

"세나가 얕보였던 건."

"무슨 그런. 사츠키 양은 아무것도."

그렇게 말한 순간, 사츠키 양의 시선에 힘이 서려 있다는 걸 깨달았다. ……어라?

"내가 말려든 시점에서 한 명도 남김없이 확실하게 숨통을 끊어놨다면 이런 일은 벌어지지 않았어. 이번에야말로 다시는 덤빌 엄두도 못 내도록 철저하게 해치워주겠어."

어머니의 가르침이 살아 숨 쉬고 있어……! 아지사이 양한테 상냥한 사츠키 양이니까 이번 일에 의욕 만만인 걸까 생각했더니, 오히려 살기등등했던 거야……?!

피구도 단순히 분해서 그랬던 게 아니라, 머리끝까지 화가 났던 게 아닐까요, 어머님……!

"저, 저기……. 그래도 제가 연습하고 있는 곳에는 농구 골대도 제대로 있으니까요……. 괜찮다면 함께……."

"……."

터엉! 하고 공을 한 번 더 지면에 튕기는 사츠키 양. 히익.

"아르바이트가 없는 날이라면 괜찮아."

"해, 해냈다……."

아니, 어떨까. 이런 사츠키 양이 함께 한다고 해서 결코 즐거운 분위기가 될 것 같지는 않다……. 히라노 양과 하세가와 양은 내가 지켜야 해……!

연습에 열중하는 사츠키 양과 그걸 겁먹은 눈빛으로 지켜보는 나.

그런 우리의 모습을 조금 떨어진 곳에서 사츠키 엄마가 싱글벙글 웃으면서 바라보고 있었다……. 아니, 이건 그렇게 훈훈한 광경이 아니라고요!

이걸로 사츠키 양도 동료가 되었다.

이튿날 연습에 얼굴을 내민 사츠키 양은 압도적인 실력이라…….
우리는 4 대 1로 덤볐는데도 손도 못 쓰고 당했다.

이 무슨 엄청난 전투력. 농구공의 화신이 된 코토・제노사이더・사츠키가 있으면 분명 이길 수 있어……! B반을 압도할 수 있어!

이 싸움은 우리의 승리다—!

* * *

그렇다고 해서 사츠키 양 한 명한테 죄다 떠넘길 수도 없는 노릇.

나는 열심히 농구에 힘썼다.

교본도 읽고, 영상도 보고. 가끔은 여동생한테 봐달라고 하고.

학교에선 시미즈 군을 비롯한 농구부 애들한테도 여러 가지 조언을 얻었다.

A반이 하나가 되어 B반에 승리하자! 라는 분위기가 뜨겁게 달아올랐다.

나는 지금까지 학교 행사에 적극적으로 참가한 적이 없었다.
운동회에서도 깍두기 신세. 합창 콩쿠르도 억지로 했을 뿐. 문화제 때도 지시에 따라 구석에 박혀서 잡일만 했다.

그런데 올해는 완전히 다르다.

고교 데뷔를 하고 퀸텟에 들어온 것만으로 이렇게나 응원을 받는다.

반 애들이 힘을 빌려준다.

이 인기는 내 것이 아니라 그룹 애들한테서 빌린 거지만…… 오히려 그래서 더 안심할 수 있었고, 그래서 더 노력해야 한다고 생각했다.

구기대회가 가까워질수록 내가 노력하는 이유도 점점 순수해졌다.

전 농구부였지만 사실은 형편없는 실력이라는 걸 들키기 싫어서도, 우리 반에서 내 지위를 지켜내기 위해서도 아니다. 혹은 사츠키 양처럼 타카다 양을 혼쭐내주고 싶다는 것도 뭔가 정확한 이유는 아니었다.

히라노 양이 말했듯이 나도 퀸텟을 좋아하니까.

응원해 주는 A반 친구들의 마음을 소중히 하고 싶으니까.

제대로 은혜에 보답할 수 있도록 나는 내가 할 수 있는 일을.

아니, 내가 할 수 없는 일이라 해도, 하고 싶어.

뭐가 어쨌든 간에 이기고 싶은 거다. 그룹에 공헌할 수 있도록. 나도 퀸텟의 일원이니까.

나는 연습에 몰두했다.

가랑비가 내려서 카호 짱이 『오늘은 패스』라고 한 날에도 나는 도무지 집에만 가만히 있을 수 없어서 공원으로 달려갔다.

조금이라도 더 잘하고 싶었다.

이 정도면 이젠 괜찮다고 생각할 수 없어.

우리 팀의 발목을 잡지 않도록 조금이라도 더 연습해야 해.

"……."

빗방울이 눈에 들어가지 않도록 눈까지 덮는 파카를 뒤집어쓰고 골대를 향해 슛을 쏘았다.

마이를 향한 진심. 아지사이 양을 향한 마음을 가슴에.

슛 하나하나에 집중해서 공을 던졌다.

결심했으니까. 제대로 노력하겠다고.

그렇다면 해내야지.

이젠 중학교 시절의 나로는 돌아가고 싶지 않으니까——.

가을비는 가늘었다. 하지만 꽤 오랫동안 쏟아져 내렸다.

…….

…………….

* * *

월요일에 있을 구기대회를 목전에 둔 토요일.

점심부터 농구 연습을 하러 나가려는 나를 불러 세우고서 엄마가 말했다.

"열이야."

"……엥?"

"레나코, 오늘은 얌전히 쉬도록 하렴."

"아니…… 아니아니."

거실에서, 나는 고개를 붕붕 저었다.

"하지만 지금부터 연습해야 해. 저녁에는 카호 짱도 올 거고."

체온계를 가져온 엄마가 걱정스러운 표정으로 나한테 체온계를 건넸다.

"일단은 한번 재 봐."

"괜찮은데…… 정상 체온일 거야."

엄마가 시키는 대로 체온계를 겨드랑이에 끼고 열을 쟀다. 삐삑, 하는 소리와 함께 체온계를 확인한 나는 깜짝 놀랐다.

"어?"

"어디 보자."

열은 38.2도였다.

"아니, 이렇게 높을 리가……."

다시 재봤다. 이번엔 38.3도. 더 올랐어…….

"어어……?"

거실 소파에 털썩 앉았다. 그랬더니 갑자기 몸에 가해지는 중력이 늘어난 느낌이 들었다. 욱신욱신 머리도 아팠다.

그러고 보니 오늘은 아침에 딱 일어나서 연습하러 나갈 생각이었는데 왜 점심 직전까지 일어날 수 없었던 걸까. 어젯밤에 그렇게까지 늦게 잔 것도 아니었는데…….

"아냐, 그래도 괜찮아. 이 정도는."

"무슨 소릴 하는 거니. 당연히 누워서 쉬어야지."

"그래도 카호 짱이……."

"지금 약을 가져올게. 잊지 말고 오늘은 못 간다고 문자 보내 두렴."

나는 소파에 걸터앉아서 고개를 수그렸다. 눈앞이 침침해서 머리가 돌아가지 않는다.

하지만…… 내가 모두한테 폐를 끼칠 수는…….

다들 응원해 주고 있는데…….

힙색에서 스마트폰을 꺼내려고 했는데 손가락에서 빠져나가 툭 떨어트리고 말았다.

"어, 어라……."

앉아 있는 것도 힘들어서 나도 모르게 풀썩 쓰러졌다.

뭔가……. 엄청나게 나른해.

몸을 움직이는 근육이 평소의 절반밖에 움직이지 않는 것처럼.

"그래도, 이 정도쯤은……. 나, 아직도 서투르니까…… 열심히 해야."

어떻게든 일어나 현관으로 향하려고 했을 때 다시 엄마한테 제지당하고 말았다. 물과 약을 건네줘서 얌전히 삼켰다.

"안 돼. 무조건 한숨 자렴!"

꽤 강하게 꾸짖는 말에 나는 내키지 않는 기색으로 방에 돌아왔다.

그렇다고 해도, 이러고 있을 때가 아닌데…….

나는 잠옷으로 갈아 입혀진 다음 부모님의 감시 아래 억지로 침대에 눕혀졌다.

그래도 병은 마음먹기에 달렸다는 말도 있으니까……. 이쯤이야 잠깐 자고 나면 괜찮아질 거라고 믿으면서 눈을 감았다. 저녁이 되기 전에 컨디션을 회복한 다음 카호 짱과 합류하자.

바로 다음 주가 구기대회니까. 느긋하게 있을 여유는 없으니까. 나는 서투른 만큼 남들보다 두 배로 연습하지 않으면 쫓아갈 수 없으니까.

그러니까, 그러니까…….

그런 생각을 하며 나는 눈을 감았다.

순식간에 잠이 들었다. 다시 눈을 떴을 때는 완전히 해가 저문 뒤였다.

머리맡에 뒀던 스마트폰이 귀찮게 계속 진동을 울렸다.

눈을 뜬 나는 방 안이 캄캄하다는 사실에 위화감을 느끼면서 스마트폰을 잡았다.

"어…… 부재중 5건?!"

전부 카호 짱한테서 온 거였다.

큰일 났다. 나는 얼굴이 새파래져서 전화를 걸었다.

잠깐 통화음이 울린 뒤, 카호 짱이 전화를 받았다.

『여보세요? 레나찡 아무리 기다려도 안 오잖아!』

"미, 미안! 잠들어서……."

『이런 시간인데?!』

"으, 응…… 조금 열이 나서. 그래도 이제 괜찮을 것 같으니까 금방 갈게."

전화 너머에서 여자애 목소리가 들렸다. 하세가와 양과 히라노 양도 와 줬구나. 나도 빨리 합류해야지.

『레나찡, 열은 어느 정도야?』

"그게……."

나는 말을 우물거렸다.

"그게, 미열 수준이야. 완전 멀쩡해."

『몇도? 재 봤어?』

"자기 전에는 좀 됐지만…… 그래도 조금 쉬었으니까 괜찮아."

그렇게 말한 직후 나는 기침을 하고 말았다. 하필 이런 타이밍에!

"미, 미안. 막 일어난 참이라서. 방도 건조하고."

『재 봐. 지금.』

카호 짱이 반론을 용납하지 않는 단호한 어조로 명령했다. 나는 "으, 응" 하고 고개를 끄덕이고서 거실로 내려가 체온계로 열을 쟀다.

"그게……."

38.6도. 더 오른 상태다.

마, 말하고 싶지 않아…….

"나, 나는 있지, 평소부터 체온이 높아서 36도는 가볍게 넘으니까. 가끔씩 37도에 걸칠 때도 있어서."

『레나찡.』

한순간 거짓말을 할까 하는 생각이 머리를 스쳤다.

하지만 아무리 그래도 그건 선을 넘는 짓이라는 느낌이 들었다.

"죄송합니다, 저기……."

내가 솔직히 말하자, 카호 짱이 벌컥 화를 냈다.

『뭐야 그게! 그런 거면 좀 더 빨리 연락하라고!』

"그, 그래도 이 정도야 금방 내려가겠지— 싶어서……."

『그럴 리가 없잖아! 병을 너무 우습게 봐! 감기 걸려본 적 없는 거야?! 바보야?!』

그, 그렇게까지 말하지 않아도…….

하지만 약속을 어긴 사람은 나라서 뭐라 반론할 말이 없어…….

"콜록콜록…… 미안해, 카호 짱……."

『끙, 화내기도 그러네……. 뭐, 화낼 거지만. 몸 상태가 이상하다 싶으면 사전에 미리 말해줘! 그리고 내일은 온 힘을 다해 푹 쉴 것!』

"하지만 내일은 나을지도."

『설령 그렇다 해도 쉬어! 인류의 가장 오래된 무기로 때린다!』

그야말로 머리에 돌이라도 한 대 맞은 것처럼 나는 몸을 움츠렸다.

"으, 응. 알겠어……."

『그건 그렇고.』

카호 짱이 여태까지보다 한층 더 진지한 어조로 말했다.

『레나찡. 당연하지만 만약 몸이 안 나으면 구기대회도 쉬도록 해.』

"……어?"

어째서 거기까지 생각이 미치지 못했던 걸까.

카호 짱의 말에 나는 무심코 『그것도 그래』라고 생각하고 말았다.

이런 몸으로 구기대회에 나가봤자 도움이 될 리가 없다.

발목만 잡을 뿐이다.

마음속의 동요를 감추고서 나는 힘없이 고개를 끄덕였다.

"응…… 알겠어……."

지금, 처음으로 전화로 얘기하고 있다는 사실에 감사했다. 만약 얼굴을 맞대고 있었다면 잔뜩 풀 죽은 내 표정이 상대방을 불편하게 만들었을 테니까.

몇 마디 더 대화를 나눈 뒤, 전화를 끊고서 방으로 돌아왔다. 열이 더 오르는 느낌이었다.

"레나코, 저녁밥은?"

이불 속으로 파고들었을 때 엄마가 방문을 열고 상태를 보러 왔다.

"필요 없어."

"조금은 먹도록 해. 빨리 낫고 싶잖니. 그리고 물이랑 약이랑 이온음료도 두고 갈 테니까 제대로 챙겨 먹으렴."

"……응."

빨리 낫고 싶은 건 맞지만…… 그런데 정말로 나을까…….

엄마가 만들어 준 우동을 후루룩 삼키면서 나는 빌었다.

적어도 내일까지는 열이 내릴 수 있기를.

고등학교에 입학하고 드디어 처음으로 학교 행사에 진심으로 노력하고 싶다고 마음먹었어요. 부디 제가 노력할 수 있게 해주세요.

그런 생각을 하면서 안정을 취하러 눈을 감았지만.

익숙하지 않은 훈련으로 계속해서 무리해온 몸의 피로가 겨우 하루 남짓한 시간으로 풀릴 리가 없었다.

* * *

이튿날, 일요일.

오후를 넘긴 시각, 이불 속. 나는 잠이 오는 것도 아니지만, 일어나기엔 몸이 물먹은 솜처럼 나른해서 한가한 시간을 주체할 수 없었다.

일요일에도 여는 병원에 가본 결과, 과로로 보인다고 했다. 당분간 안정을 취하면 괜찮아질 거라고 들었는데……. 하지만 아마도 그래선 구기대회 전까진 회복되기 힘들겠지.

엄마와 병원에 갔다 돌아오니 하루나가 위로해 줬다.

『열심히 연습했는데 아쉽게 됐네, 언니.』

여동생치고는 드물게도 놀리거나 깔보는 게 아니라 진지한 어조였다.

아마 지금까지 스포츠를 해 오면서 컨디션이 안 좋은 탓에 제 실력을 발휘하지 못하고 졌던 경험도 있었겠지.

하지만 나는 슬픔 탓에 여동생의 진지한 위로에도 성의 없이 대답하고 말았다. 한심한 언니다. 오히려 내가 한심하지 않았던 적이 없긴 하지만…….

중학생 때 일이 떠오른다.

『아마오리, 오늘 한가하지?』

『어?』

같은 반이었던 밝은색 머리카락을 가진 예쁜 여자애. 화려하고 목소리도 큰 데다, 반 애들과도 친했다. 사나워 보이는 눈이 왕도

마뱀처럼 나를 응시하고 있다.
나는 당시 얌전한 여자애들이 모여든 수수한 그룹에 소속되어 있었기 때문에 나한테 말을 걸었다는 사실에 깜짝 놀랐다.
『있지, 같이 놀러 가자.』
『하지만, 그게.』
그야 어쩌다 말을 나눠본 정도였지 특별히 사이가 좋았던 것도 아니었으니까. 같이 놀러 가봤자 어색하게 만들지 않을까, 등등 여러 가지 생각이 들었다.
고민하고 있는 동안에도 그 아이는 불쑥 거리를 좁혀 다가왔다.
『괜찮잖아, 남자애들도 온다고 그랬으니까 가끔은 신나게 놀아 보자.』
『으, 응. 그래도 나는.』
마치 상대방의 퍼스널 스페이스를 짓밟는 것처럼.
『어차피 한가하잖아, 아마오리. 조금쯤은 어울려 달라고.』
『아니, 그게.』
나는 스스로를 보호하는 것처럼 양손을 가슴 앞으로 들어 올렸다.
모르는 애들한테 둘러싸여 얘기를 나눈다니, 살아있는 느낌이 안 들 테니까.
시선을 피하고, 곤혹스러움과 불쾌감을 숨김없이 드러내면서 작게 고개를 흔들었다.
『나시지 양, 미안, 나…….』
『어?』
『별로, 가고 싶지…… 않아요…….』

나한테 권유한 애가 친구들한테 비웃음을 당했다. 『거절당했대. 완전 웃겨』 대충 그런 말들을 들었던 것 같다.

하지만 그 당시엔 상대방의 체면을 구기지 않도록 세심하게 배려할 여유도 없었다.

여자애의 눈이 단번에 차가워졌다.

『뭐? 아마오리 주제에 건방진데.』

그리고 나에겐 두 번 다시는 기회가 주어지지 않았다.

만약 그 순간으로 돌아갈 수 있다면 좀 더 좋은 방식으로 거절했겠지.

아니면 하루쯤은 어쩔 수 없지, 하고 그녀를 따라가는 것도 가능했을지도 모른다.

나는 매사에 그 모양이다. 한번 실패를 맛보고 아픈 꼴을 당해야만 안다.

모두가 『그런 건 누구나 다 아는 거잖아ㅋ』라고 말하는 것들도 나로선 전혀 몰랐던 사실이다.

반의 권력자한테 거스르면 중학교 시절 내내 따돌림을 당한다거나, 연습을 지나치게 열심히 하면 그만큼 반동이 와서 컨디션을 망친다거나.

남들과 다른 행동을 할 때마다 나는 혼자서 후회를 거듭해왔다.

나는 처음부터 평범하지 않은 행동을 해서는 안 되는 거였어.

그렇다면──.

──마이와 아지사이 양 두 사람을 동시에 선택하고 함께 사귀겠다고 결심한 것도, 언젠가는 『시간을 되돌리고 싶어』라면서 후

회하고 마는 걸까.

그건…… 싫은걸…………….

누군가가 머리를 쓰다듬었다.

반쯤 꿈에 잠겨있던 나는 무거운 셔터를 들어 올리는 것처럼 눈을 떴다.

"……응."

누운 상태에서 시야에 들어오는 익숙한 광경 속에 누군가의 낯선 그림자가 있었다.

금발 머리를 가진 굉장히 아름다운 여자애.

한 명만 있는 게 아니다. 조금 뒤에 무척 상냥해 보이는 여자애도 있었다. 두 사람은 걱정스러운 시선으로 나를 바라보고 있었다.

"미안, 깨우고 만 걸까."

"레나 짱…… 몸은 좀 어때?"

뇌가 기억을 읽어 들이고, 나는 간신히 상황을 이해했다.

"어라……? 마이랑 아지사이 양……. 어째서, 여기에."

두 사람은 침대에 몸을 기대는 것처럼 바닥에 앉아 있었다.

"카호한테서 네가 열이 났다고 들었거든."

"응. 그래서 같이 병문안 온 거야."

"아…… 그랬구나……."

그야 냉정히 생각해 보면 두 사람이 우리 집에 올 만한 이유는 그것 말곤 없을 텐데, 나는 얼빠진 맞장구를 쳤다.

그건 그렇고 잠옷 차림인데다 속옷도 입지 않았기 때문에 몸을

일으키기가 부끄럽다……. 실례를 무릅쓰고 나는 이불을 입가까지 당겨 덮고서 두 사람을 올려다보았다.

"미안해, 걱정 끼쳐서."

커튼이 닫힌 어슴푸레한 방 안. 석양이 틈 사이로 비집고 들어온다.

"나, 노력하는 방식이, 잘못됐던 모양이야."

아, 이러면 안 돼.

눈 아래서 무언가가 비집고 나오려 한다.

더 깊숙이 이불을 끌어 올렸다. 노력한 것도 컨디션을 망친 것도, 다 내가 저지른 짓인데 거기에 더해 병문안을 와준 두 사람 앞에서 눈물을 보인다니, 성가신 짓에도 정도가 있다.

짐짓 등을 돌리고서 나는 기침했다.

"미, 미안. 옮는 건 아닐 거라고 생각하지만 너무 가까이는 오지 않는 편이 좋을지도."

이런 꼴사나운 모습을 보여주고 싶지 않아…….

연인으로서 노력하겠다고 결심한 직후인데.

한 달도 채 안 돼서 거짓말쟁이가 된 나는 두 사람을 볼 면목이 없었다.

"미안해, 정말로, 미안…… 미안해요……."

오열이 새어 나왔다.

그런 나에게.

"레나코."

"레나 짱."

두 사람의 손이 내 머리에, 등에 닿았다.

몸이 굳었다.

“미, 미안. 이렇게 곤란하게 만드는 소리만 해서.”

몸을 둥글게 말고서 신음했다.

마치 두 사람의 다정한 손길을 뿌리치는 것처럼.

“나, 사실은 열심히 하려고 했어. 열심히 하자고. 두 사람을 위해 노력하자고. 그러면 두 사람도 조금은 기뻐해 주지 않을까 해서…….”

그런 건 다 변명이다. 알고 있는데도.

“그치만 연인이니까. 두 사람의 연인이 되려면 똑바로 해야 한다고……. 노력하고, 노력하면 언젠가는 두 사람한테 제대로 인정받을 수 있지 않을까 했는데……. 그런데 나…… 나는…….”

스스로가 한심해서.

이런 스스로가 분해서.

“나, 뭘 하든 엉망이구나……. 뭐 하나 제대로 되질 않아……. 반에서도 애들이 응원해 줬는데 기대에 부응하지 못하고……. 카호 짱도, 하세가와 양도, 히라노 양도, 사츠키 양도……. 모두를 배신하고 말았어…….”

이미 흘러내리는 눈물을 감추는 건 불가능했다.

두 사람은 분명 난처해하고 있겠지.

나는 아지사이 양과 마이를 난처하게 만드는 나 자신도 싫었다.

왜냐하면 이런 내 모습을 좋아해 줄 리가 없으니까.

좋아할 만한 사람이 되고 싶었지만 무리야.

좋아할 만한 사람이 되고 싶었는데 될 수가 없어.

"레나 짱."

토닥토닥, 아지사이 양이 내 머리카락을 쓰다듬어 주었다.

두 사람은 상냥하니까 내가 무슨 말을 해도 귀담아 들어줄 게 뻔했는데.

"미, 미안해, 정말로."

강렬한 자기혐오에 등을 떠밀려 저도 모르게 몸을 일으켰다.

아지사이 양은 침대 옆에 무릎을 꿇고 나를 투명한 눈동자로 바라보고 있었다.

그리고서 이곳이 아닌 어딘가 다른 곳으로 데려가는 것 같은 목소리로, 입을 열었다.

"있지. 만약 레나 짱이 내일까지 몸이 낫지 않으면 나도 같이 학교를 쉴까나."

"……어?"

나는 멍하니 아지사이 양과 시선을 맞췄다.

아지사이 양은 아주 잠깐 눈길을 비스듬히 아래로 내렸다.

"나도 소프트볼, 조금은 연습했었지만…… 그래도 괜찮지 않을까 싶어서."

밑을 향한 눈동자의 속눈썹이 무지개처럼 빛나고 있다.

"어째서."

"음—."

나와 눈을 마주 보면서, 아지사이 양은 맑게 웃었다.

"그러면 만약 시합에서 지더라도 책임은 나랑 레나 짱이 반씩

나눠야겠네."

하나밖에 없는 케이크를 둘이서 나누자고 하는 것처럼, 아지사이 양이 그런 말을 꺼냈다.

나는 나도 모르게.

"──그, 그럼 안 돼!"

그렇게 외치는 바람에 아지사이 양을 놀라게 만들었다.

"왜?"

"그야 아지사이 양까지 그런…… 나랑 같이 혼날 필요는."

"그러네. 필요는 없을지도 모르지만."

아지사이 양은 온화하게 웃고 있었다.

나는 눈물을 뚝뚝 흘리면서 조그맣게 고개를 흔들었다.

"그럼 안 돼, 모두한테 폐를 끼치게 돼. 아지사이 양까지 그럴 수는."

누구보다도 상냥한 아지사이 양이니까. 모두가 자신을 위해서 노력하고 있는데 이유 없이 땡땡이를 친다니, 그런 짓을 했다간 아지사이 양 스스로도 상처받게 될 거야.

만약 내가 아지사이 양 입장이었다면── 그런 짓은 절대로 무리다.

"하지만 있지."

아지사이 양은 침대에 걸터앉으면서 나랑 거리를 좁혔다.

"나는 레나 짱이 상처받는 게 더 싫으니까."

"그런 건."

"편애긴 하지만, 나는 레나 짱과 사귀고 싶다고 생각했을 때 그

러겠다고 결심했는걸."

아지사이 양이 힘없이 축 늘어진 내 손을 쥐었다. 양손으로, 사랑스럽다는 듯이.

"누군가를 선택한다는 건 그런 거라고 생각하니까."

"아지사이 양……."

"나, 지금도 전에 했던 말과 똑같이 생각하고 있어. 슬픈 생각도, 괴로운 마음도 맛보게 하고 싶지 않아. 할 수 있다면 전부 내가 떠맡아주고 싶어."

아지사이 양이 미소를 지었다.

"후훗, 왜냐하면 나는 어리광쟁이니까."

"………."

어리광쟁이인 걸로 치면 아마 나도 피차일반이다.

내가 두 사람한테 보답하고 싶은 것도, 모두의 기대를 배신하고 싶지 않은 것도 내 어리광이니까.

하지만 나는.

"아지사이 양이 악역을 자처해서 모두한테 미움받는 거, 싫어……."

"아하하, 괜찮아, 레나 짱. 그래도 나는 꽤나 인기인인걸. 이 정도쯤이야 아무렇지도 않아."

그 말은 내가 멋대로 상상하던 흑화 아지사이 양 같은 발언이었는데 어쩐지 전혀 다른 느낌으로 들렸다. 그렇게 하면 아무도 상처받는 일이 없을 거라면서 숨겨진 비법을 가르쳐 주는 장난꾸러기 마법사 같았다.

나는 코를 훌쩍였다.

“어쩐지, 정말로 미안……. 폐를 끼쳐서, 신경 쓰게 만들어서.”

“그 점에 관해서는 나도 피차 마찬가지라고 해야 할까……. 여름 방학 때 레나 짱을 끌고 돌아다니면서 먼저 폐를 끼친 건 나인걸.”

티슈로 얼굴을 닦은 다음 나는 한숨을 내쉬었다.

아지사이 양이 머리를 쓰다듬어준다.

“레나 짱은 항상 노력하고 있어. 레나 짱은 참 장해. 분명 또 다음 기회가 있을 거야. 괜찮아. 나는 틀림없이 레나 짱을 좋아하니까.”

“응…….”

나를 위해서 학교를 땡땡이치겠다는 말까지 꺼내 준 아지사이 양을 통해 마음 구석구석의 빈틈이 전부 채워지는 느낌이었다.

“고마워…… 아지사이 양…….”

격렬한 감정을 토해내고서, 엉망으로 구겨져 있던 마음이 무언가로 차오른다.

몸 안쪽에서부터 따끈따끈해지는 듯한 감각.

그건 분명 아지사이 양의 따뜻한 호의였다.

“그렇다면.”

우리의 대화를 따뜻하게 지켜보고 있던 마이가 아지사이 양과 마찬가지로 침대에 걸터앉았다.

얼굴에 미소를 띠며, 자신만만하게.

“나는 너희들이 나중에 신경 쓰이지 않도록 구기대회에서 완승에 가까운 격차로 승리를 거둬보도록 할까.”

그렇게 선언하는 마이의 말에 아지사이 양이 쿡쿡 웃었다.

"뭐야 그게, 마이 짱 멋져."

나는 눈을 비비면서 마이를 쳐다보았다.

"그, 그래도 마이는 소프트볼 쪽에 나가는 거잖아. 그것도 투수로."

"레나코가 열이 나서 쓰러졌다고 하면 대체 선수 등록도 허용되겠지. 한 시합 던지는 정도야 몸 푸는 수준이야."

그렇게 마이가 농구에도 출전해서 무쌍을 찍고 승리를 거둔다면, 나랑 아지사이 양도 눈치 볼 일 없이 학교에 올 수 있겠지. 하지만!

뭔가, 그건.

"뭔가 엄청 나한테만 이득인 이야기잖아……!"

"무슨 문제라도 있는 걸까?"

마이의 얼굴이 가까이 다가온다.

"그, 그치만……. 그런 건……."

"아지사이가 너를 지키고, 내 활약으로 A반은 우승한다. 이걸로 모두가 해피엔딩이야."

"그거 좋은 생각이야, 마이 짱."

나를 사이에 끼고서 마이와 아지사이 양이 단결했다.

두 여자친구가 나누는 말에 내 머릿속은 공황 상태.

"나는 뭔가 해낸 것도 없는데…… 행복한 부분들만 맛본다니, 그런 건 치사해……."

지금까지 행복이란 건 행복하기를 바라고, 노력하고, 행동하고, 그러고 나서야 간신히 쟁취할 수 있는 거였으니까.

저절로 주어지는 행복에 엄청난 위화감이 느껴져서, 그래서…….

아지사이 양이 나를 옆에서 껴안았다.

"레나 짱은 잘 해냈어. 그래서 우리도 레나 짱을 위해서 무언가를 해주려는 거야."

마이도 마찬가지로 반대쪽에서 나를 품에 안았다.

"맞아. 처음으로 행동한 건 바로 너야. 그래서 너는 앞으로도 행복해질 권리가 있어. 개인적으로는 의무라고 표현하고 싶지만."

우리가 앉은 위치는 찌그러진 삼각형을 그렸다.

아지사이 양과 마이의 온기를 느끼면서, 나는.

나는…….

"고마워, 두 사람 다…… 고마워……."

이렇게까지 말해 주는데, 그런데도 아직 삐져서 스스로를 단념하다니, 그런 짓 할 수 있을 리가 없어서.

자기혐오까지 흘려보내려는 것처럼 또다시 눈물을 흘렸다.

두 사람의 품에 안긴 상태로 생각했다.

두 사람이 상냥하게 대해주는 건 내가 연인이라서 그런 거지만.

그런 거라면.

나는 두 사람의 연인(특별함)이 될 수 있어서 다행이라고.

처음으로 연인이란 좋은 거라고 생각했어.

*** ***

아마오리 레나코네 집을 나온 마이와 아지사이는 나란히 서서

걸었다.

해가 저무는 시간. 역으로 향하는 길을 걷는 도중이었다.

"레나 짱, 그렇게 열심히 연습했는데…… 보기 안타까웠지."

다정함이 가득 어린 목소리로 아지사이가 침울하게 중얼거렸다.

"그러게."

마이도 울음을 터트리던 레나코의 얼굴을 떠올리고 있었다.

"컨디션 탓에 현장에서 생각만큼 퍼포먼스를 발휘하지 못하는 사람을 옛날부터 자주 봐왔어. 그리고 나는 그런 모습을 볼 때마다 가슴이 아팠지."

자신이── 마이가 결코 남들 앞에서 눈물을 보이지 않는 이유도 그게 거북해서다. 여성이 울고 있는 모습을 보면 어찌할 바를 모르게 된다.

게다가……. 한순간 떠오른 어머니의 모습에 마이는 고개를 흔들었다.

"내일은 반드시 분발해야겠는걸. 두 사람 몫의 기대를 등에 짊어지고 싸우는 거니까."

"미안해. 마이 짱한테만 다 떠넘겨서."

"괜찮아. 오히려 고난을 앞에 두니 투지가 끓어오르고 있어. 게다가 아직 레나코가 학교에 나오지 못하고 쉬게 될 거라고 정해진 건 아니잖아?"

"응, 그렇지. 아, 가는 길에 신사에 들러서 기도하고 갈까."

"신의 가호인가. 그것도 나쁘지 않겠는걸."

두 사람은 평소보다도 천천히 보조를 맞춰 걷고 있었다. 그건

마치 레나코와 만났을 때의 여운을 조금이라도 길게 끌어보려는 것 같았다.

"사실은 있지."

자백하는 것처럼 아지사이가 입을 열었다.

"카호 짱이 보낸 그룹 채팅방 메시지를 봤을 때, 혼자서 갈까 말까 고민했어."

마이는 조용히 얘기를 듣고 있었다.

"나는 치사한 애니까. 혼자서 병문안을 가면 키스할 타이밍도 있지 않을까, 그런 생각까지 떠올렸어."

"……그런가."

"응."

그런 생각을 하는 것도 당연하다. 서로 연인을 공유한다는 건, 한 사람의 시간과 마음을 쪼개서 나눈다는 뜻이니까.

애초에 그런 속마음을 솔직하게 자백하는 시점에서 도저히 아지사이를 치사한 애라고 생각하긴 힘들지만.

"그래서 있지, 오히려 나는 방해꾼이니, 두 사람을 위해 양보하는 게 좋지 않을까 했어……. 마이 짱이 같이 가자고 연락해 줬는데 그런 고민을 한 거야."

아지사이는 앞으로 내딛는 자신의 발끝을 바라보고 있었다.

만약 아지사이가 그런 식으로 기회를 양보해 줬다면, 마이는.

"양보해 줬어도 나는 네가 가겠다고 할 때까지 계속 권했을 거야."

"……마이 짱은 이젠 고민하지 않는 거구나."

"두 사람을 좋아하니까."

물론 허울 좋은 말로 쉽게 정리할 수 있는 감정은 아니다.

게다가 레나코와 아지사이에겐 이미 솔직한 내면을 다 까발린 상태다. 온갖 못 볼 꼴을 다 보여줘 놓고 이제 와서 수습하기엔 늦었을 지도 모르지만.

하다못해 평온하게 지낼 수 있는 동안만큼은 레나코와 아지사이의 행복을 위해 최선을 다하고 싶다.

"멋있어, 마이 짱."

"그런 말 말아 줘."

아지사이가 그럴 사람이 아니라는 걸 알고 있는데도, 아지사이한테 그런 칭찬을 들으면 왠지 놀리는 듯한 기분이 든다.

미안해, 라며 살짝 웃은 아지사이가 다시 앞을 향해 고개를 돌렸다.

"그래도 조금이지만 깨닫게 된 걸지도 몰라. 나는 분명 혼자서 병문안을 왔어도 똑같은 말을 했을 거야. 둘이서 같이 학교를 쉬자고."

"그렇지. 그건 나로선 할 수 없는 말이었어. 한 사람만을 위해 성큼 다가갈 수 있는 너의 마음이 조금 부럽게 느껴졌어."

마이는 아무리 해도 모두를 위한 자신이라는 역할을 버릴 수가 없다. 설령 그게 연인이 생긴 지금이라 해도.

공적인 영역과 사적인 영역의 경계선을 손쉽게 넘나들 수 있는 아지사이는 무척이나 가볍고, 매력적인 여자애라고 진심으로 생각한다.

하지만.

"부럽다니. 그래도 있지."

아지사이는 천천히 고개를 가로저었다.

"내가 할 수 있었던 건 거기까지야."

"……그 말은?"

"레나 짱은 분명 신경 쓰게 될 거라고 생각해. 나랑 둘이서…… 도망친걸."

굳이 도망이라는 표현을 써서 스스로가 제안한 미래를 걷어차는 아지사이.

그 대신 마이의 손을 살짝 집듯이 가만히 쥐었다.

"마이 짱도 함께 있어 줬기 때문에 레나 짱도 마음의 부담을 날려버릴 수 있었던 거야. 마이 짱이 자기가 다 이기겠다고 말해줬으니까. 누구도 불행해지지 않는다고 보증해 줬으니까."

마이는 쓴웃음을 지었다.

"글쎄, 그건 어떨지."

"……나, 나는 그렇게 생각해."

어리광을 부리는 연인처럼, 아지사이는 짐짓 어린애 같은 말투로 말했다.

그리고서는 쑥스럽게 시선을 피했다.

"그래서, 그게……. 마이 짱이 있어 줘서 다행이었어. 허세가 아니라 진심으로 그렇게 느꼈어."

마이와 마주 잡은 손을 가볍게 흔들었다.

"있지, 셋이서 사귄다는 건 레나 짱을 나랑 마이 짱 둘이서 반씩 나눠 갖게 되는 거라고, 그렇게 생각했는데…… 하지만 그것

만 있는 게 아니었구나. 나랑 마이 짱이 함께 레나 짱의 마음을 북돋아 줄 수 있는 거였네."

아지사이는 그게 마치 굉장히 근사한 발견이었던 것처럼 말했다.

"내가 괴로워서 마음의 여유가 없을 때도, 마이 짱이 있어 준다면 레나 짱을 안심하고 맡길 수 있어. 그건 어떤 의미로는 괴롭기도 하지만…… 그래도 그 이상으로 기뻐."

남의 행복을 자기 일처럼 생각할 수 있는 아지사이니까 할 수 있는 말이었다.

그래서 마이는 고개를 흔들었다.

"아쉽지만 그렇게는 안 돼, 아지사이. 만약 네가 괴로워하고 있다면 그때는 나랑 레나코가 너를 맞이하러 갈 거니까."

옆에 선 아지사이를 향해 미소를 지었다.

아지사이는 잠시 동안 마이의 미소에 눈길을 빼앗겼다.

"만약 그런 날이 온다면…… 나는 기뻐서 엉엉 울어버릴지도 몰라."

"후후."

소리 내어 웃는 마이와 맞잡은 손을 의식하면서, 아지사이는.

"있잖아, 마이 짱……."

"응?"

"만약에, 정말 만약의 이야기인데."

자기 나름의 용기를 짜내서 뒷말을 꺼냈다.

"만약…… 내가 마이 짱이랑 키스하고 싶다고 말한다면…… 마이 짱은 곤란해?"

"어? 아니, 그건."

놀라서 아지사이를 응시하는 마이. 뺨을 붉게 물들인 아지사이는 황급히 손을 내저었다.

"아, 아니야. 아직 레나 짱이랑도, 그게, 안 했는데 이런 말을 꺼내는 건 너무 마음이 앞섰다고 해야 하나, 마음이 앞섰다고 표현하면 조만간 꼭 할 것 같은 느낌이지만 그것도 아니고, 저기."

"으, 응."

아지사이가 습—하—습—하—, 하고 과장스럽게 산소를 들이마셨다.

"세, 셋이서 사귄다는 건 삼각관계랑은 다르게, 아마, 그런 의미라고 생각하니까…… 그게, 어쩌면 그런 날도 오지 않을까 싶어서……. 그렇게 되면 마이 짱은 어떻게 생각할까 궁금해서 물어보고 싶었달까…… 네……."

빨개진 얼굴을 숨기려는 것처럼 반대쪽으로 고개를 돌리는 아지사이.

마이는 진지하게 생각에 잠겼다.

예전에 그런 대화를 나눴을 때는 좋아함의 마음이 달랐기 때문에 아지사이와 키스를 할지 어떨지는 잘 모르겠다고 대답했다.

하지만 셋이서 사귀게 되었고, 상황이 달라진 지금 다시 한번 생각해 보면.

"그건 분명 행복한 기분이 들 거라고 생각해."

"어, 어어……?"

아지사이와 맞잡은 손이 살짝 뜨거웠다.

"한때는 포기하려고 했던 사랑이 이루어진 건 네 덕분이기도 해. 그러니 예전보다도 너를 훨씬 좋아하게 된 게 당연하잖아. 그 마음이 레나코에게 향하는 마음과는 다르다 하더라도 친애의 정을 입맞춤으로 표현하는 데는 일말의 저항감도 없어."

"그, 그런 식으로 생각하는구나……."

"? 어딘가 이상했던 걸까?"

"아, 아니야……. 하, 하긴 그렇지, 마이 짱은 벌써 몇 번이나 키스해 본 적이 있는걸……. 내가 좀 지나치게 의식하는 걸까……."

이제는 아예 귀까지 새빨갛게 물든 아지사이를 향해 마이가 장난스럽게 웃었다.

"그러면 지금 여기서 체험해 보겠어? 제법 멋진 느낌일 거야."

"뭐어어?!"

잡은 손에 가볍게 힘을 넣자 아지사이는 재미있을 정도로 당황했다.

"그, 그치만 그러면 나! 첫 키스가 마이 짱이 되어버리니까!"

"그거 영광스러운 일인걸."

"그게 아니고오!"

쿡쿡 웃자 아지사이는 부루퉁하게 입술을 비죽였다.

"마이 짱이랑 얘기하고 있으면 맨날 나만 놀림당하는 느낌이 들어……!"

"그런가. 아지사이는 귀엽다 보니 그만."

"레, 레나 짱이랑 있을 때는 제대로 언니처럼 행동한단 말이야."

"내가 봤을 때는 여동생이었던 모양인데."

"아이 참—!"

아지사이가 씩씩대다가 이내 웃음을 지었다. 마이도 즐겁게 미소를 지었다.

같은 여자애를 좋아하게 된 사이. 그런 기묘한 인연으로 맺어진 두 사람을 정확히 표현할 말이 있다면, 그야말로 친구 이상 연인 미만의 관계—— 라고 표현해야 할지도 모른다.

마이는 어딘지 새콤달콤한 기분이 드는 아지사이와의 한때가 유쾌하게 느껴졌다.

"그래도."

간신히 진정한 아지사이가 후우, 하고 한숨을 쉬었다.

"레나 짱, 내일은 다 나았으면 좋겠네."

그건 물론.

"분명 씩씩하게 일어날 거야."

"마이 짱?"

아지사이가 고개를 갸웃했다.

미소 지은 마이는 입술에 손가락을 대고서 고이 간직한 비밀을 알려주는 것처럼 말했다.

"왜냐하면 너와 내가 그걸 바라고 있으니까."

*** ***

"…………열이 내렸어?"

월요일 아침. 일어나자마자 바로 체온을 잰 나는 체온계에 뜬

숫자를 보고서 마치 꿈을 꾸는 것처럼 중얼거렸다.

나중에 들은 얘기로는 심인성 발열이었을 가능성도 있었다나. 그래서 마이와 아지사이 양의 말 덕분에 안심한 내가 단숨에 회복한 거라나 뭐라나.

이것도 저것도 전부 병문안을 와준 두 사람의 덕…………

그건 그렇고!

"이러면 구기대회에 나가도 되는 거지?! 그치?!"

나는 원반을 물어온 강아지마냥 엄마한테 달려가 체온계를 보여줬다. 어때요, 어떤가요 이거! 네? 어떠냐고요!

그런데 엄마는 잠시 동안 내키지 않아 하는 기색이었다! 어째서! 열은 내렸잖아!

"그치만……. 원래 병은 회복된 직후가 위험하다고도 하니까……."

"엄마아—!"

소매를 잡아당기며 졸랐다. 제발 부탁드립니다!

"아침부터 시끄럽네……."

여동생이 거실로 나왔다. 잠옷 차림인 나와는 다르게 벌써 나갈 준비를 다 마친 상태다.

"학교에, 학교에 가게 해줘어!"

이젠 아예 엎드려 비는 것도 마다하지 않을 각오로 엄마한테 졸라대자 식빵을 우물거리던 여동생이 끼어들었다.

"괜찮잖아, 열도 내렸으니까."

"하루나 짱!"

천사처럼 사랑스럽고 총명하고 똑 부러지는 여동생 님께서 도움의 손길을 내밀어 주셨다!

"엄마도 옛날엔 배구부였잖아. 언니의 마음도 이해가 가지 않아?"

"그거야 그렇지만."

"게다가 출전 멤버인데 구기대회 날 결석이라니, 그러면 엄청 거북해질 게 뻔하잖아. 언니가 또 학교 가기 싫다고 할지도."

내 흑역사를 꺼내서 엄마를 협박하는 극악무도한 여동생……! 그런데 여자애는 약간 나쁜 사람한테 마음이 끌린다고들 하는데 지금만큼은 그 기분이 이해가 가……!

하루나, 용돈이야? 용돈이 필요한 거야? 좋아좋아. 다음에 밀크 초콜릿 과자 사줄게, 하루나…….

"정말 어쩔 수 없네……. 레나코, 너무 무리하지 않도록 하렴."

나는 세뱃돈 줄 테니 이리 오렴, 이라는 말을 들었을 때보다도 훨씬 씩씩하게 대답했다.

"네—!"

아지사이 양한테도 빨리 메시지를 보내놔야지. 오늘 학교 갈 수 있어! 라고!

이리하여 드디어 나에게 있어서 최대의 승부처인 구기대회의 날이 다가왔다.

이제 다음은 연습의 성과를 남김없이 발휘하여 보란 듯이 B반을 쓰러트리고 승리를 따낼 뿐!

이었다면.

참 좋았을 텐데!

내 앞엔 아직 인간관계의 커다란 고난이 기다리고 있었던 모양이다.

누군가에겐 소중한 누군가가 있고, 그 사람들은 서로의 행복을 염원한다. 그런 당연한 사실을 나는 똑똑히 깨닫게 된다.

나를 위해 함께 학교를 쉬겠다고 말해준 아지사이 양처럼——설령 그게 잘못된 방법이라고 해도.

나는——.

히메유리 : 다들 봤어……?

츠루 짱 : 봤어…….

히메유리 : 다른 반에서 넘어온 농구 슈퍼 플레이 모음집. 거기에 얼굴은 안 찍혀 있었지만 그거 코토 사츠키 맞지…….

퀸 : …….

히메유리 : 뭔가 대학생 선수를 상대로도 손쉽게 승리를 따냈다는 소문도 들리고…….

츠루 짱 : 내가 듣기로는 중학교 대회를 3년 연속 제패한 농구팀 소속, 환상의 6번째 멤버였대.

miki : 잠깐, 그런데 그 소문은 누구한테 들었어?

히메유리 : 어? 나는 C반에서.

츠루 짱 : 나는 D반 애들한테…….

miki : 이건…… 코야나기 카호의 짓이야.

히메유리 : 뭐?!

츠루 짱 : 무슨 뜻이야? 미키.

miki : 걔가 정보를 교란하고 있는 거야. 영상을 만들고 소문을 퍼트려서. 전부 다 우리가 동요하게 만들기 위해……. 코야나기 카호라면 할 법 해.

히메유리 : 그, 그치만! 코야나기 양이랑은 나, 평범하게 대화 나누는 사이인데…….

츠루 짱 : 맞아, 나도. 그런 나쁜 짓을 할 만한 애는 아냐.

miki : 그게 걔의 수법이라고!

히메유리 : 히엑.

miki : 아무나 가리지 않고 환심을 산 다음! 자기 필요할 때만 이용한다! 이 탐욕스러운 도둑고양이가!

츠루 짱 : 그럼 그 코토 사츠키의 영상도 조작된 것?

miki : 아니……. 그건 어떨지 확실치 않아.

miki : 코야나기 카호라면 자기가 만들었다는 사실을 눈치챌 거라는 것도 미리 내다보고서, 그 허를 찔러 방심을 유도한 다음 진짜를 준비해 두는 짓까지 할지도 모르니까…….

퀸 : 그만 됐어요!

히메유리 : 히미 짱.

퀸 : 어느 쪽이든 시합은 당장 내일. 우리는 반드시 이긴다. 그렇죠?

퀸 : ……여기까지 와서 패배하는 파렴치한 행동이 용납될 리가 없는걸요.

일동 : …….

히메유리 : 있잖아.

히메유리 : 히미 짱, 괜찮을까.

츠루 짱 : 그건 좀 기가 죽은 것처럼 보였지.

miki : ……응.

히메유리 : 만약 진다면 어떻게 되는 걸까.

츠루 짱 : 그야 뭐……. 그렇게나 시비를 걸어놓고 진다면 히미코 말대로 엄청 창피를 당한 다음, 반에서 입장도 상당히 불편해지지 않을까.

miki : B반에도 강제적인 방식을 안 좋게 생각하는 학생들이 꽤나 많은 모양이고……. 지는 순간 바로 불만이 폭발하겠지…….

히메유리 : ……퀸텟의 인기는 전교에서 엄청난걸…….

츠루 짱 : …….

miki : …….

히메유리 : 저기, 나.

츠루 짱 : 어?

miki : 왜, 왜 그래—?

히메유리 : 아, 아니야! 아무것도 아냐!

히메유리 :그게, 내일은 열심히 하자!

츠루 짱 : 그, 그러게! 히미코를 위해서!

miki : 오, 오오—! 이기자—!

히메유리 : 응! 무슨 수단을 써서라도.

구기대회 당일. 날씨는 양호. 몸 상태도 쌩쌩합니다!

참고로 오늘은 오전엔 평범하게 수업을 한 다음, 오후 시간에 수업 대신 구기대회가 열리게 된다. 그래서 만약을 대비해 낮까지 좀 더 수면을 취해도 괜찮았겠지만, 모처럼 열도 내렸으니까!

나는 친구들한테 걱정을 끼친 만큼 더욱더 활기차게 웃으면서, 교실에 들어가자마자 씩씩하게 인사를 했다.

"좋은 아침!"

"레나찡!"

"우왓."

카호 짱이 폴짝 점프하면서 내 양어깨를 덥석 붙잡았다. 그 기세에 균형을 잃고서 앞으로 몸을 굽히자, 지체 없이 내 이마에 손을 가져다 댔다.

"열은…… 없음!"

"으, 응. 다 나았다니깐!"

"조금 신용이 안 가서."

"뭐어—?!"

그럴 수가. 매일 누구보다도 오늘 학교 쉬고 싶다고 바라던 내가 이제 막 앓다가 나은 참인데도 바로 학교에 온 거니까 믿어줬음 좋겠다…….

뭐, 친구들을 위해 무리를 할 거냐 말 거냐라고 묻는다면 그 정

도는 저지를 것 같은 느낌도…… 들긴 하지. 앞뒤를 가리질 않으니까. 이해해. 카호 짱이 옳았다.

"걱정 끼쳐서 미안해."

"정말 그렇다니까. 뭐, 건강하게 와줬으니까 용서하겠지만! 구기대회 시작 전까지는 얌전히 있도록 해! 자자, 앉아!"

카호 짱한테 이끌려 억지로 자리에 앉았다.

그래도 나를 필요로 해주는 건 솔직히 기쁘다……. 헤헤헤…….

"알겠어. 체력을 아껴둘게……."

"응. 사소할 볼일이 있으면 내가 대신해 줄 테니까 쉬도록 해."

상냥해…….

"아, 그래도 그전에 화장실 좀."

"요 녀석! 앉으라니까! 내가 대신 다녀올 테니까."

"대체 어떻게?!"

자기 볼일은 자기가 직접 해결해야 하는 법이라 화장실로 향했다. 도중에 히라노 양과 하세가와 양을 만났기 때문에 제대로 사과했다.

"죄송합니다, 열이 나는 바람에 모두한테 걱정을 끼쳐서……. 오늘은 전혀 문제없으니까요! 농구, 같이 열심히 해요!"

그러자 두 사람 다 내 몸을 염려하면서도 오늘 대회를 향한 의욕을 불태워 주었다. 후후후, A반의 사기는 높다!

"앗."

"……."

여자 화장실에서 손을 씻고 있었을 때, 우리 학교에서 제일가

는 늘씬한 흑발 미인이 나타났다.

"사츠키 양."

"몸 상태는 괜찮아졌나 보네."

"으, 응."

사츠키 양은 나를 위아래로 가만히 훑어보았다. 왜, 왜 그러는 걸까요.

"오늘은 모쪼록 열심히 하도록 해."

"네, 넵!"

"사랑하는 세나를 위해서 말이지."

"윽…… 그, 그거야 뭐, 그렇지만……. 사츠키 양도 아지사이 양을 위한 일이라면서 의욕을 불태웠으면서……!"

사츠키 양은 시원스러울 정도로 태연한 표정. 그게 어쨌는데? 라고 말하는 듯한 당당함에 나는 더 이상 아무 말도 할 수 없었다.

일단은 우리 팀 최고 전력이니까 이 정도쯤에서 봐주도록 할까요…… 응!

"저기, 아마오리."

화장실을 나가려고 했을 때, 사츠키 양이 불러 세웠다.

"무슨 일인가요?"

사츠키 양은 화장실 중앙에 멈춰 서있었다. 주변에 아무도 없다는 사실을 확인한 참이라서 그런지 대놓고 물었다.

"너는 마이와 세나랑 사귀어서 행복해?"

"그건…… 무슨 의미에서."

"의심하지 않아도 돼. 말 그대로의 의미로 받아들여 줘."

무슨 그런, 밤길에 마주친 남자가 양손에 손도끼를 들고서는 웃는 얼굴로 『저는 수상한 사람이 아닙니다』라고 말하는 듯한 소리를…….

"속의 속의 속까지 의심하는 버릇이 생기고 말았거든요…… 사츠키 양 상대로는……."

"성가신 여자네."

"어라아? 사츠키 양, 거울은 이쪽이 아닌데요?! 저쪽이에요, 저쪽!"

친절한 마음을 발휘해 세면대 거울을 손가락으로 가리켰더니 사츠키 양한테 살의가 담긴 시선을 받았다. 앗, 이쪽이 맞는 것 같네요…….

"그야, 뭐, 행복한데요……."

"흐응."

사츠키 양은 어째선지 심기가 불편해 보였다. 순순히 대답했는데!

"그렇게나 내키지 않아 했으면서."

"소급 적용하면 안 된다고요!"

과거의 내가 품었던 생각을 지금의 내가 뛰어넘는 게 바로 성장하는 인간 아닐까!

여기선 오히려 내가 사츠키 양한테 연인이 얼마나 멋진 건지 아냐면서 으스대보는 건 어떨까? 사츠키 양은 아마 모르겠지만요—! 라면서. 역으로 재미있을지도 몰라. 호기심의 대가는 내 목숨으로 지불하게 되겠지만…….

"아마오리."

"네, 네엣?!"

당황해서 삑사리가 났다.

실수했다. 사츠키 양은 내 마음을 읽을 줄 아는 요괴였어!

아냐, 그게 아니에요! 이건 무심코 그런 생각이 떠올랐을 뿐이라……! 생각만 하는 건 딱히 죄가 아니죠?! 사람의 마음은 자유로운 법이잖아요?!

한동안 빤히 바라보더니 사츠키 양은 흥미를 잃은 고양이처럼 고개를 돌렸다.

"그거 다행이네."

"네? 그게…… 네."

솔직하게 축복해 줬어……? 그럴 리가 없어. 살짝 한기를 느꼈다.

"괘, 괜찮아요, 사츠키 양! 연인이 생겨도 우리는 친구니까요!"

그 말에 대답은 없었다. 사츠키 양은 화장실 개인 칸으로 들어갔다.

……뭔가, 뭔가 좀.

손톱에 생긴 거스러미처럼 평소에는 그다지 신경 쓰이는 일이 없지만, 문득 갑자기 사츠키 양의 상태가 이상한걸, 싶을 때가 있다. 그건 사츠키 양한테 문자를 받았을 때부터. 혹은 내가 마이랑 아지사이 양과 사귀게 된 다음부터다.

사츠키 양의 『말하고 싶지 않은 일』이란 대체 뭘까……. 이 거스러미가 시간이 가도 낫지 않는다면 어쩌지. 불안해진다.

구기대회가 끝날 때까지는 나도 다른데 신경 쓸 여유가 없지만……. 하다못해 구기대회가 끝난 다음에라도 사츠키 양과 제대

로 대화를 나눠볼 수 있다면 좋겠네.

"……혹시 사츠키 양은 마이한테 연인이 생긴 뒤부터 자기랑 놀아주는 시간이 줄어서 외로운 걸까……?"

"아마오리."

얼떨결에 생각을 입 밖에 내버린 나를 향해 개인실 칸 문 너머에서 목소리가 들렸다.

"죽으면 멍청한 게 나을지 안 나을지 실험해 볼래?"

"아뇨!!!"

나는 질풍과도 같은 속도로 재빠르게 발걸음을 돌렸다.

교실 앞 복도에는 또다시 인파가 몰려 있었다.

응, 뭔가 낯익은 광경이야…….

나는 안 좋은 예감을 느끼면서 슬쩍 안을 엿보았다. 그러자 그곳에는 고질라와 킹 기도라가 있었다. 다시 말해, 마이와 타카다 양이 대치하는 중이었다.

으아아아아. A반과 B반의 정점…….

"정말로 유감이에요. 이번에야말로 당신과 승부를 낼 수 있을 거라고 생각했는데요. 하지만 어쩔 수 없군요. 당신의 동료들을 납작하게 때려눕혀서 누가 더 위인지 깨닫게 해드리겠어요!"

아시가야에서 소리 높여 웃는 모습이 가장 잘 어울리는 학생, 부동의 넘버원인 타카다 양이 적극적으로 덤벼들었다. 그래도 마이는 언제나처럼 태연한 표정으로 흘려 넘기겠지 생각했더니.

"이런 이런……. 슬슬 네가 하는 소리에도 신물이 나는걸."

그 도발적인 발언에.
찌릿찌릿한 긴장감이 감돌기 시작했다.
"뭐라고요?"
타카다 양이 희미한 미소마저 거둬들이자.
마이 또한 지성이 느껴지는 날카로운 눈빛으로 입꼬리를 말아 올렸다.
"나도 친구가 상처 입은 상황에서 입 다물고 가만히 있을 여자는 아니라는 뜻이야."
두 사람 사이에 폭풍이 휘몰아친다……!
"흐, 흐흥, 무슨 소릴 하든, 우리 5déesse의 승리는 흔들리지 않아요! 당신이 분해하는 얼굴이 벌써부터 기대되는군요!"
"글쎄, 그건 과연 어떨까."
평소에는 결코 온화한 미소를 무너뜨리지 않는 마이가 지금만큼은 위협적인 태도로 타카다 양에게 얼굴을 들이밀었다.
우와, 미녀의 위용……. A반과 B반에서도 남녀 가리지 않고, 『와아아아……!』 하고 기쁨 섞인 환호성을 터트렸다. 타카다 양조차 기세에 밀려 뒷걸음질을 쳤다.
속삭이듯이. 그러면서도 귀에 쏙쏙 들어오는 목소리로 마이가 선언했다.
"승리를 얻는 자는 정도를 걷는 자야. 꾸준한 노력도 필요하지만 무엇보다도 진지한 태도로 임했어야 했어. 너의 방식으로는 나한테도, 내 친구들한테도 이길 수 있을 리 없어. 그걸 가르쳐 주도록 할까."

"윽."

타카다 양은 튕겨 오르듯이 훌쩍 물러나 마이한테서 거리를 벌렸다.

굴욕 때문일까, 그 얼굴은 빨갛게 물들어 있군요!

"그렇지만 그건, 당신이 나를――."

히스테릭하게 말을 끊고서, 타카다 양은 마이를 쫙 째려보았다.

"――됐어요! 어쨌든 결과는 곧 나올 테니까요! 목을 씻고 기다리도록 하세요! 오우즈카 마이!"

타카다 양이 장미 꽃잎을 휘날리는 것처럼 한쪽 손을 치켜들자, 마이가 사나운 웃음을 지었다.

"너야말로 기껏 세팅한 그 예쁜 머리가 더러워질 테니 유감이야."

"……무슨 소리인가요?"

분노와 의아함이 반반씩 섞인 타카다 양의 질문에 마이가 툭 대답했다.

"패배해서 미안합니다, 라고 B반 애들한테 땅에 닿도록 머리를 숙여야 할 테니까 말이지."

"――――."

그때 타카다 양의 모습을 본 사람들은 훗날 이렇게 말했다. 어어, 그건 석유 콤비나트가 대폭발하는 것 같았어, 라고…….

타카다 양이 한바탕 소리를 지르고 있었을 때, 수업 시작을 알리는 종이 울렸다.

머리에 잔뜩 뿔이 난 채 물러가는 타카다 양을 지켜본 뒤, 인파 속에서 카호 짱이 튀어나왔다.

"굉장해, 마이마이! 말 잘했잖아! 처음 봤어!"

그 말을 시작으로 A반 남학생도 여학생도, "조금 속이 시원해졌어!" "오우즈카 양, 멋졌어!" "이제 남은 건 승리뿐이네!" "이미 품격에선 완벽하게 승리했지!"라고 입을 모아 외치며 크게 환호했다.

남학생 한 명이 "다 함께 세나 양의 원수를 갚자!" 하고 주먹을 높게 들어 올리자, 인파 한구석에 있던 아지사이 양이 "안 죽었어~!"라고 외쳐서 웃음바다가 되었다.

아지사이 양과 눈이 마주쳤다. 나는 크게 고개를 끄덕였다.

아지사이 양은 우리 반보다 나를 선택하겠다고 말해주었다. 그 말은 굉장히 기뻤지만…… 그래도 역시 아지사이 양은 이렇게 모두에게 사랑받는 모습이 잘 어울리니까. 이렇게 돼서 다행이야.

아지사이 양이 예쁘게 미소를 지었다. 입가에 손을 대고서 입술만 움직여 『파이팅』이라고 응원해 주었다. 귀여워!

정말 학교에 오길 잘했어!

그리고――.

"레나코."

"와, 와아앗!"

마이의 눈에 띈 나는 인파 한가운데로 끌려왔다.

"자, 그렇게 됐으니 믿고 있겠어."

마치 사교댄스를 추는 것처럼 손을 붙잡힌 채, 마이의 미소를 정면에서 맞으며.

반 친구들의 시선을 한 몸에 받았다.

눈에 띄고 싶지 않아! 눈에 띄고 싶지는── 않지만!

코스프레 차림으로 스테이지 위에 서서 뿅뿅이라고 말하는 거나, 잔뜩 모인 사람들의 구경거리가 되는 것보다는 훨씬 나아! 나는 친구들을 돌아보았다.

"마, 맡겨줘!"

나는 주먹을 꽉 쥐고서, 솔직히 거창한 말은 전혀 떠오르지 않았지만 아무튼 위세 좋은 말을 큰소리로 외쳤다!

"이 아마오리 레나코가 1학년 A반을 대승리로 이끌 테니까!"

와아, 하고 환성이 터졌다.

지금까지 마이 그룹에 소속되어, 스쿨 카스트 최상위다 야호─! 하고 신을 냈던 나였지만……. 왠지 그걸 실감한 건 이번이 처음인 느낌이다.

모두가 내 이야기에 귀를 기울여주고, 내 한마디에 친구들의 분위기가 달아오르고, 내 일거수일투족이 반 애들한테 영향을 미친다. 이게 바로 인싸……! 학교 최강의 존재……!

그러면 빌려 업은 여왕의 권위에 흠집이 나지 않도록 어디 힘껏 발버둥 쳐 볼까요!

* * *

그렇게 떵떵거리다, 점심시간.

내가 생각해도 감정 기복이 너무 격렬한 탓에 이러다 오버플로 해버리는 건 아닐까 걱정되지만…… 나는 인적 드문 교사 뒤편에

서 혼자 덜덜 떨며 누군가를 기다리고 있었다.

누군가가 내 책상 안에 괴문서를 넣어뒀다는 사실을 깨달았기 때문이다.

지금 그 편지는 내 손에 쥐어져 있다.

대체 내가 뭘 어쨌다는 거야……. 그냥 학교의 여왕 옆에서 꿀만 빨고 있었을 뿐인데……!

죄상이야 차고도 넘치는 내 앞에 나타난 건 의외의 인물이었다.

“기다리게 해서 미안해.”

“다, 당신은!”

타카다 양의 친구. 아지사이 양이랑 살짝 캐릭터가 겹치는 하가 스즈란 양이었다.

“잘 와줬어.”

“그야 당연히 오죠! 올 수밖에 없잖아요! 이런 편지를 받으면!”

나는 편지를 들이밀었다.

편지에는 이렇게 쓰여 있었다.

『아마오리 레나코. 나는 너의 중요한 비밀을 쥐고 있다. 까발려지고 싶지 않다면 점심시간에 혼자서 교사 뒤편으로 오도록.』이라고.

“대체 뭘 알고 계시는 건가요, 하가 양…….”

온몸을 긴장시켰다. 미리 사츠키 엄마한테 스턴 건을 빌려올걸.

그러자, 하가 양은 갑자기 고개를 푹 숙였다.

“미안!”

“…………뭐, 뭐가 말인가요?”

쭈뼛쭈뼛 조심스럽게 물었다.

"있잖아, 그 편지는 전부 거짓말이야."

"…………거, 거짓말?"

"응."

"아뇨, 하지만 중대한 비밀을 쥐고 있다고 적혀 있는데요……."

"아마오리 양도 눈에 띄는 인싸니까 중대한 비밀 한두 개 정도는 있겠지."

"그건 대체 무슨 편견인가요?!"

나도 모르게 외쳤다.

"있을지도 모르잖아요. 비밀이 없는 인싸도……."

딱히 떠오르는 사람은 없지만…….

"그렇다는 말은 아마오리 양한텐 있는 거구나?"

이런! 함정이었다!

"묵비권을 행사하겠습니다……."

나한테 비밀이 있다는 거야 명백한 사실이지, 어쩌면 아시가야에서 가장 비밀이 많은 여자일지도 모르는 수준이다.

중학교 시절 아싸였다는 사실. 사츠키 양과 키스를 했다는 것도 있다. 저번에는 코스프레 이벤트에 나갔다. 마이랑 사귀고 있다. 아지사이 양이랑도 사귀고 있다……. 이 중 뭐 하나만 까발려져도 치명상은 우스운 수준이다.

"아, 괜찮아. 시험 점수가 망해서 부모님한테 안 보여드렸다거나, 스마트폰 게임에 과금을 해버렸다거나, 한밤중에 초콜릿을 너무 많이 먹었다거나, 그런 거야 누구한테나 있는 일이니까!"

"그렇죠! 안심했습니다!"

괜히 더 하가 양이 상처를 헤집기 전에 그건 그렇고, 라고 화제를 돌렸다.

"그럼 저한텐 무슨 볼일로…… 헉."

나는 주변을 둘러봤다. 설마 저번 사츠키 양 때처럼 이번엔 보기 좋게 유인에 걸려든 내가 뭇매를 맞는 건가……?!

무리야. 그건 사츠키 양이니까 견뎌낼 수 있었던 거라고! 나는 장녀지만 사츠키 양이 아니니까 견뎌낼 수 없어!

"아, 아니야. 그렇게 경계하지 말아 줘!"

경계하지 말라는 소리에 바로 넵, 알겠습니다, 라고 납득할 수 있을 리도 없지!

"있잖아, 히미 짱에 대한 얘기야."

"히미 짱…… 역시 타카다 히미코 양 얘기였잖아요!"

"그렇긴 한데, 그게 아니고! 아마오리 양한테 부탁하고 싶은 일이 있어서."

이번에도 또 하가 양이 고개를 푹 숙였다.

"미안, 있잖아, 말도 안 되는 부탁이라는 건 알고 있어……. 그래도 다른 방법이 없어서. 미안해."

"뭐, 뭔가요……?"

절박함 가득한 목소리는 방금 전의 편지와 다르게 거짓처럼 들리지가 않아서 왠지 부탁을 들어주지 않으면 너무 불쌍하다는 생각이 들게 만들었다.

고개를 든 하가 양은 나랑 눈을 마주치지 못하면서 머뭇거리며

입을 열었다.

그리고 꺼낸 부탁은 너무나도 예상 밖의 내용이었다.

"아마오리 양, 부탁이야……. 히미 짱을 위해 **구기대회에서 살살 해줬으면 좋겠어**."

나는 B반 애들을 잘 모른다. 연관이 있었던 적도 없다. 굳이 말하자면 항상 시비만 거는 그룹인데, 그런 애한테 어처구니없는 소리를 들은 나는.

"……뭐?"

그 말인즉슨……?

"일부러 져달라는 뜻……?"

하가 양은 잠시 침묵하다가 조용히 고개를 끄덕였다.

너무 적나라한 부탁이라 나는 신음했다.

"아뇨, 무리인데요……."

당연히 그런 부탁은 절대로 들어줄 수 없다.

사츠키 양이 『나랑 사귀어 줘』라고 부탁했던 거와는 비교조차 할 수 없을 정도. 나는 강한 거부감을 느꼈다.

그렇게까지 해서 쉽게 이기고 싶은 건가요……? 그래서 그룹에서 제일 마음 약해 보이는 나를 노린 건가요…….

질색하고 있는 나를 향해 하가 양이 고개를 좌우로 저었다.

"그치만, 만약에 히미 짱이 졌다간…… 그런 일은 결코 있어선 안 되니까……."

"……어?"

하가 양이 찌부러진 풍선에서 바람 빠지는 듯한 목소리로 말했다.

"히미 짱, 이 승부에 목숨을 걸고 있어!"

"그, 그게 무슨 뜻인가요."

지면 죽어……? 내가 모르는 사이에 그런 데스 게임 같은 전개가……? 아니 너무 무섭습니다만!

하가 양이 더듬더듬 사정을 설명했다.

"히미 짱, 구기대회 얘기가 나오기 전부터 쭉 A반의 오우즈카 양을 적대시했었어. 그야 학교의 화제를 전부 걔가 독차지하니까 바보멍개해삼말미잘진짜짜증나— 라고 자주 욕하고는 했는데."

아주 물 흐르듯이 욕이 나오네, 이 사람…….

"왠지 집착이 보통이 아닌 것 같고, 점점 이상하다는 생각이 들어서 직접 물어봤거든. 그랬더니 히미 짱은 옛날엔 모델을 했었던 모양이야."

"엥……?!"

"아, 이거 절대로 남들한테 말하지 말아 줘! 옛날 기사 같은 걸 끄집어내면 아무래도 창피해 할 테니까."

확실히 타카다 양은 키가 크지……. 그렇다 쳐도 한 학교에 모델 출신이 여러 명이나 있구나. 도쿄는 굉장해.

"그런데 있지, 히미 짱이 모델로 실리던 잡지가 어느 날 오우즈카 마이 특집을 실었더니 매출이 쏠쏠했다는 이유로…… 히미 짱이 그 잡지에서 제외됐고……. 그 밖에도 몇 번씩이나 오우즈카 양한테 일거리를 빼앗겼다는 모양이라……. 히미 짱은 자존심이 세다 보니 그 일이 있고 모델을 그만둬버렸대."

…….

"그래서 학교에서까지 자기보다 눈에 띄는 걸 용납할 수 없어서, 하다못해 학교에서만큼은 이기고 싶다며……. 히미 짱은 진심이야. 이대로라면 오우즈카 양한테 자기가 있을 곳을 전부 빼앗기게 돼."

목숨을 걸었다는 건 그런 뜻이었나…….

같은 세대 모델이라면 누구나 적지 않게 마이한테 영향을 받고 있겠지. 타카다 양 같은 사람은 얼마든지 있을 것 같다.

왠지 모르게 하나토리 씨가 보여줬던 영상이 떠올랐다. 마이와 사츠키 양. 그리고 그 뒤에 있던 다른 수많은 아역 모델들…….

……하지만.

"그런 건 화풀이잖아……."

"그렇긴 한데! 그래도 오우즈카 양한테 이기면 이제부터 히미 짱은 분명 달라질 거라고 생각해. 부탁이야, 아마오리 양."

하가 양이 필사적으로 나를 응시했다.

"부탁이야. 세나 양한테 한 짓은 나중에 제대로 사과할 테니까…… 그러니까 부탁해. 우리한테 손을 빌려줘, 아마오리 양."

그런 건…….

"무슨 소릴 해도 저한텐 무리입니다……! 죄송해요!"

"아마오리 양!"

더는 견딜 수 없었던 나는 하가 양의 시선에서 도망치듯이 자리를 떠났다.

아무리 친구를 위해서라고 해도 그런 방식은 비겁해.

사람의 선의를 파고들 여유가 있으면 훨씬 더 연습에 매진했으

면 됐잖아! 실제로도 했을지 모르지만……!

무슨 말을 하든 승부조작 같은 짓을 도와달라니, 무리니까!

그렇게 나는 하가 양을 뿌리친 끝에.

“부탁이야, 아마오리 양.”

다음 사람한테 붙잡혔다.

앞머리를 길게 기르고 있어서 표정을 보기가 힘든 카메사키 치즈루 양이 90도로 허리를 숙이고 있다. 하가 양 때랑 똑같다.

“뭐, 뭔가요…… 설마, 구기대회에서 일부러 져달라는 소리는 아니겠죠…….”

나랑 카메사키 양이 인적이 드문 연결 복도에서 1 대 1로 마주한 상황. 카메사키 양은 내 말에 깜짝 놀라더니 진지한 얼굴로 끄덕였다.

“……그 설마가 맞아. 나는 그렇게 불안해하는 히미코를 보는 건 처음이었어.”

궁금하지도 않은 사정을 멋대로 떠들기 시작했다.

“어떤 때에도 자신만만했는데……. 드물게도 히미코가 약한 소리를 했어. 더 이상 뒤로 물러날 수 없게 된 이상 이길 수밖에 없어. 만약 자기가 지면 모든 걸 잃게 된다고, 앞으로 학교생활을 해나갈 수 없대.”

뒤로 물러날 수 없게 됐다는 건 아지사이 양의 필통을 떨어트린 걸 말하는 걸까.

확실히 그 일 탓에 A반과 B반의 대결이 진지한 승부로 변했다.

타카다 양은 엄청난 빌런이 되었고, A반의 결속은 단단해졌다.

그치만…… 이것도 저것도 전부 타카다 양이 뿌린 씨앗이잖아…….

"히미코는 옛날부터 항상 우쭐해서는 자기가 마음먹은 대로 달려가려고 하고, 혼자서 상처를 입고……. 정말 위태위태해서 보고 있기가 힘들어. 정말 바보야. 하지만 이번 일만큼은 평소와는 전혀 달라……."

그런 건…….

내가 **모르는 캐릭터 설정만 듣고 있는 기분**이었다.

내가 아는 타카다 양의 모습은 마이한테 시비를 거는 모습뿐. 그 이면에는 이렇게나 많은 스토리가 있다고요! 라고 아무리 얘기한들…….

그쪽 얘기에 나를 끌어들이지 말아 줬으면 한다.

아니면…… 이게『눈에 띈다』는 뜻인 걸까.

"아마오리 양, 부탁합니다. 나쁜 짓이라는 건 알고 있어. 그래도 이제는 이것 말곤 방법이 없어……. 내가 이런 짓을 하고 있는 걸 들키면 히미코한테 혼이 나겠지만……. 꼭 좀 부탁합니다."

머리를 숙이는 카메사키 양 앞에서 나는 굳어있었다.

어째서 하가 양도, 카메사키 양도, 하필이면 나한테 이런 식으로 호소하는 걸까. 왠지 그 이유를 깨달은 느낌이었다.

인싸의 인생에는『이야기』가 있다.

그건 오우즈카 마이를 예로 들면 이해하기 쉽다.

마이는 친구가 되는 걸로 나를 구해줬고, 사츠키 양의 라이벌

로서 군림하고 있고, 타카다 양을 포함한 학교 전체를 끌어들여서 자신의 이야기를 쌓아 올리고 있다.

그건 그냥 평범하게 마이가 마이답게 살아가고 있을 뿐인데도 그렇다.

내가 만약 고등학교에서도 아싸였고, 그 상태로 어쩌다가 우연히 마이랑 아는 사이가 되었다고 치자. 예를 들어 마이가 방과 후 도서관에서 나를 향해 두세 마디 말을 건네며 상냥하게 대해준다던가 웃어줬다거나 했다면…… 그것만으로도 분명 고등학교 졸업 후에도 나의 소중한 추억으로 자리 잡았겠지.

그게 마이의 이야기. 인싸만이 가지고 있는 빛나는 존재감이다.

마이만 그런 게 아니다. 사츠키 양도, 아지사이 양도, 카호도 현재진행형으로 누군가에게 영향을 주고 있다.

그리고 어쩌면 그건――.

타카다 양이 아지사이 양의 필통을 떨어트리고, 내가 발끈해서 선전포고를 했던 그때부터―― 나도 그런 존재에 한쪽 발을 담그게 된 걸지도 모른다.

그렇게 생각하자 무서워졌다.

"미안, 나…… 그런 건 무리라서……!"

"앗, 아마오리 양!"

나는 카메사키 양의 호소를 거절했다.

누군가한테 영향을 끼친다는 게 좋은 것만은 아니다.

이런 식으로 말도 안 되는 부탁을 받고, 그걸 거절하면 원한을 사고……. 불합리하다. 하지만 분명 마이는 이런 불합리한 일에

휘말리면서 몇 번이나 상처를 받았을 거야.

유명세라는 말. 지금까지는 아무런 느낌도 없었지만……. 눈에 띈다는 건 누군가의 이야기 속 등장인물로 초청되어 강제로 역할을 떠맡게 된다는 뜻이다.

나는 달려서 도망쳤다.

인싸가 된다는 건 특권이 아니라 책임인 거야.

하지만 나는 그렇게 많은 사람과 교류할 능력은 안 된다.

소통 능력은 쉽게 말해 바닥을 치고, 멘탈 포인트 회복 속도는 너무나도 느리다. 능력도 없으면서 지위만 올라가 봤자 내가 할 수 있는 건 아무것도 없다.

타카다 양을 위해서라며 하가 양이나 카메사키 양이 나에게 마음을 부딪쳐 와도.

나는 두 사람을 책망하거나 타이르지 못하고, 그저 벽을 두른 채 도망칠 뿐이었다.

숨을 헐떡이며 호흡을 가다듬는 내 등 뒤에서 말을 걸어오는 목소리가 있었다.

"저기, 아마오리 양! 지금 잠깐 괜찮을까!"

뒤를 돌아보았다.

카호 짱과 캐릭터가 겹치는 수수께끼의 갸루. 네모토 미키 양이 양손을 모은 채, 미안해하는 표정을 짓고서 서 있었다.

이제 좀 봐줘…….

* * *

목소리가 들린다.

"레나찡!"

"어?"

고개를 들었다. 눈앞에는 눈썹을 찌푸린 카호 짱이 있었다.

"괜찮아?! 멍하니 있고……. 역시 아직 열이 있는 거 아니야?"

"아냐, 그렇지는."

나는 옷을 갈아입고서 체육관에 와 있었다. 주변에는 마찬가지로 옷을 갈아입은 여자애들이 잔뜩. 카호 짱은 농구 유니폼을 나한테 쑥 내밀면서 입술을 비죽였다.

"어휴, 정신 차려. 이제 곧 시합이니까!"

"으, 응. 미안. 조금 긴장한 걸지도."

체육복 위에 유니폼을 걸쳤다. 번호는 4번. 이거 뭔가 좋은 번호였던 느낌이다.

"함께 열심히 해요, 아마오리 양!"

"저, 이걸 고교 시절 최고의 추억으로 삼을게요……!"

히라노 양과 하세가와 양도 나한테 말을 걸었다. 내가 황급히 어색한 미소를 지으며 끄덕이자.

머리를 뒤로 묶은 사츠키 양이 고개를 갸웃했다.

"무슨 일 있었어?"

"어? 아뇨, 딱히요."

"그래."

운동장에선 남자애들은 풋살, 여자애들은 소프트볼을. 그리고

체육관에선 남자애들이 배구, 여자애들이 농구를 하게 된다.

옆 코트에는 A반 남학생들이 둥글게 모여서 전의를 불태우고 있었다. 의욕 만만이다.

운동장에서 와아— 하는 환성이 터졌다. 어느 쪽인지는 몰라도 시합이 시작된 거겠지. 그 목소리에 간신히 나도 주변이 눈에 들어왔다.

1학년은 D반까지 있는데, 우리 학교는 리그전도, 토너먼트도 아니고, 심플하게 A반 대 B반. C반 대 D반으로 대전하게 된다. 그래서 농구도 한 시합뿐이다.

"마이마이랑 아 짱처럼 우리도 열심히 해야겠네!"

그랬다. 방금 전까지 우리보다 먼저 시작한 소프트볼 시합을 응원하고 있었다.

B반에는 소프트볼 부원이 많은지 상당히 뛰어난 타선을 갖춘 모양이지만, 투수로 나선 마이는 차례차례 전부 삼진으로 잡아냈다.

마이는 그야말로 스타 선수의 아우라를 내뿜고 있어서 삼진을 따낼 때마다 남자든 여자든 하나가 되어 꺅꺅거리며 난리를 피웠다.

몇 회까지 지켜봤는지는 잊어버렸지만……. 그래도 C반 대 D반의 농구시합이 끝났기 때문에 우리도 체육관으로 불려온 거였다.

체육관에는 아직도 열기가 소용돌이치고 있는 느낌이었다.

그리고, 우리 앞에는.

"드디어 승부군요. 퀸텟."

타카다 양을 포함한 B반의 다섯 명이 나란히 서 있었다.

"흐흥—! 엉망진창으로 때려눕혀 줄 거야!"

중앙에 선 카호 짱이 손가락을 척, 들이밀었다.

파직파직 불꽃이 튀는 모습을 보고 응원하던 남자애들이 "오오……" 하고 술렁였다.

상대는 타카다 히미코 양, 하가 스즈란 양, 카메사키 치즈루 양, 네모토 미키 양, 그리고.

"부디 잘 부탁드립니다."

마지막 한 명은 뭔가 엄청나게 키가 크고 스포츠맨처럼 강해 보이는 여자애였다.

"어라?! 요우코 짱이 아니야?!"

요우코 짱은 체육관 2층의 좁은 통로에 있었다. 얘들아—, 하고 외치면서 손을 흔들고 있다.

"다들—! 힘내—!"

"어째서?! 5déesse 멤버들끼리 팀을 짠 거 아니었어?!"

내가 외치자.

"아하하, 나는 그다지 운동을 잘 못 해서—!"

"치사해! 치사해—!"

이어서 카호 짱도 외쳤다.

"으엑, 농구부 1학년 에이스를 데려왔잖아!"

"얘는 오늘 한정으로 5déesse야."

타카다 양이 뻔뻔스레 어처구니없는 소리를 했다. 에이스 양은 『싫은데』라는 표정을 짓고 있었다.

"괜찮아요! 우리한테도 전 농구부였던 실력자가 있는걸요! 그쵸, 아마오리 양!"

"어?!"

히라노 양의 말에 크게 당황했다.

하지만 시합 직전에 동료의 사기를 꺾는 말을 할 수도 없는 노릇이고!

"그, 그렇지! 나한테 맡겨! 그리고 최대한 사츠키 양한테 공을 돌리자."

"네!"

"상관은 없는데."

이리하여 정리가 된 건지 아닌지 잘 모르겠는 상태로 우리는 정렬했다.

윽…… 하가 양과 카메사키 양, 네모토 양이 뭔가 호소라도 하듯 나를 힐끔힐끔 보는 것 같아…….

아까 전에 들은 얘기들을 최대한 머릿속에서 몰아냈다.

B반 애들 얘기를 듣고 나니, 타카다 양이 "반드시 이길 수 있어요!" "몇 점을 빼앗겨도 만회하겠어요!" "다들 긴장하지 말고요" 라면서 주변 친구들을 신경 써주고 격려하는 것처럼 보였다.

어쩌면 정말로 그냥 나쁜 사람은 아닐지도 몰라…… 그런 생각을 떠올리면 저쪽 의도대로 되는 거야!

혹시 나를 정신적으로 흔들어 놓으려는 작전이었다거나……? 아무리 그래도 그건 아니라고 쳐도, 결과적으로는 그렇게 된 거잖아!

안 돼, 안 되지 안 돼. 지금은 오로지 시합만 생각해.

카호 짱이나 친구들과 연습한 나날들을 헛수고로 만들 순 없으

니까.

심판을 맡은 선생님이 공을 들고 코트 한가운데에 섰다. 처음은 점프볼부터다.

센터 서클에 서는 선수로 말하자면 저쪽은 당연히 타카다 양. 그리고 우리는.

"좋아, 레나찡 가라!"

"에엑?!"

카호 짱한테 떠밀려 나왔다.

"타카다 양이랑 키가 20센티 가까이 차이가 나는데요!"

"레나찡이 리더잖아!"

"그랬던가……."

대체 어느새……. 그래도 그런 거라면, 나는 리더로서 지휘봉을 들었다.

"부탁드립니다, 사츠키 양!"

"상관은 없는데."

좋아, 나는 만족스럽게 이마의 땀을 훔쳤다. 리더로서의 책임을 완수했구나. 옆에서 카호 짱이 『그걸로 괜찮은 거야?』라고 묻는 눈으로 바라보았지만 리더로서 모른 척했다.

드디어 시합이 시작된다.

괜찮아 괜찮아. 카호 짱도, 사츠키 양도 함께야. 적으로 돌리면 도무지 당해낼 수 없지만, 아군이면 든든하게 의지가 되는 친구들이다.

나도 열심히…… 사츠키 양을 서포트할 테니까요!

점프볼은 놀랍게도 사츠키 양이 따냈다.

"큭!"

타카다 양이 분한 듯이 신음한다.

굴러온 공을 잡은 사람은 카호 짱.

"고고!"

카호 짱은 볼을 커트하러 달려든 네모토 양을 날렵하게 뿌리쳤다. 나도 패스를 받을 수 있도록 골 근처로 이동하는데——.

나한테 마크로 붙은 사람은 농구부 에이스 여자애였다. 어째서?!

"자, 잠깐, 저기."

위압감이 너무 강해. 뚫을 각이 안 보여!

머뭇거리는 사이에 카호 짱이 히라노 양한테 패스를 했고, 그걸 다시 사츠키 양한테 넘겨서——.

사츠키 양이 폴짝 점프슛. B반 누군가가 "앗?!" 하고 소리쳤다.

공은 안정적인 궤적을 그리면서 골네트를 갈랐다. 최고점 높은 포물선. 여자 농구의 견본과도 같은 깔끔한 투핸드 슛이었다.

"역시 사 짱! 유능한 여자—!"

카호 짱이 사츠키 양의 등을 찰싹찰싹 때렸다.

"하, 하와와와…… 내 패스가 코토 양한테 이어지고, 코토 양이 슛을 해줬어……!"

"이건 이미 공동작업 아닌가요……!"

감격에 찬 히라노 양과 하세가와 양이 소리를 질렀다.

훗훗훗. 이게 진정한 퀸텟의 힘……. 바로 이 기세예요, 사츠키 양!

상대편은 분해 보이는 기색.

"역시 강적……! 하지만 이미 알고 있던 사실! 뺏긴 만큼 확실히 갚아주는 거예요, 여러분!"

타카다 양이 호령하고, 이번에는 우리가 수비할 차례.

나도 친구들을 향해 말했다.

"좋아, 준비한 작전대로 가자!"

"……준비한 작전?"

상대 팀이 미간을 찌푸리는 와중에 우리는 일치단결해서 디펜스에 나섰다.

이것이 바로 여동생님께서 하사해 주신 작전.

——전원 수비에 올인이다!

구기대회에 앞서 즉석으로 결성된 팀원은 거의 다 초보자고, 변변찮은 팀 연습도 이루어지지 않았으니 긴밀한 연계를 취하는 건 애초에 무리.

그렇다면 어떻게 해야 할까.

『상대의 골 성공률을 낮추고, 우리 쪽 골 성공률을 높이면 되는 거야.』

여동생은 자기 친구들이 가르쳐 준 작전을 내 방에서 전수해 주었다.

『마크가 붙은 상황에서 초보자의 3점 슛 같은 건 거의 다 빗나가기 마련이니까. 외곽은 그냥 버리는 거야. 그러다 들어가면 공격으로 전환하고, 빗나가면 다 같이 달려들어서 어떻게든 공을 따내. 그걸 반복하면 우리 쪽 공격 기회는 늘어나고, 상대편은 점

점 자멸한다는 뜻.』

완전히 초보자 대 초보자 대전에만 초점을 맞춘 필승법이었다.

『뭐, 이걸로 이기려면 이쪽도 어느 정도 슛을 넣지 않으면 안 되지만.』

그래서 나는 주구장창 슛 연습만 계속해왔다.

상대의 패스 코스를 가로막거나, 디펜스나 드리블 기술을 연마하는 건 어려우니까!

전원이 수비에 올인하고 상대의 외곽 패스는 방치. 그리고 공격 턴에 날리는 슛은 실패하지 않도록 하고, 상대의 공격 기회를 최대한 뺏는다.

이게 A반의 작전이다!

실제로도 공을 들고 파고들려던 하가 양은 카호 짱과 히라노 양의 수비에 막혀 고전하고 있었다.

전방으로 패스할 만한 공간은 막혀버렸기 때문에 프리 상태인 카메사키 양을 향해 공을 돌렸다.

나도 괜히 더 앞으로 나가지 않고서 내곽에 있는 타카다 양 사이의 공간을 몸으로 막았다.

곤란에 빠진 카메사키 양은 상황을 살피더니 그 자리에서 슛을 쏘았고——.

——빗나갔다!

그 공을 마침 딱 좋은 위치에 있던 사츠키 양이 따냈다. 높은 도약이 어울리는 여자!

이번에는 우리의 공격이다. 이미 적진으로 달려가고 있는 카호

짱에게 패스가 갔다.

"이랴압!"

카호 짱이 기합과 함께 슛을 쏘려고 했고, 그대로 나한테 패스했다. 히엑.

동료의 페인트 동작에 나까지 속아 넘어갈 뻔했지만, 이번에는 침착하게 슛을, 슛을…….

좋아, 들어갔다!

"4 대 0!"

카호 짱이 나한테 하이파이브를 날렸다. 해냈다―!

여동생이 전수해 준 작전은 훌륭하게 적중했다. 이 작전대로 계속하면 이길 수 있어. 분명 이길 수 있어.

"아마오리 양, 원핸드 슛 멋져……!"

"퀸텟이 잇는 공의 인연…… 아아, 신성해……! 지금 나는 역사의 산증인이 되었어……!"

히라노 양과 하세가와 양한테도 엄지손가락을 치켜세우며 방긋 웃었다.

아아, 설마 내가 체육 시간에 활약하고 있다니, 믿기지 않아. 뭐, 한 거라고는 정위치에 서서 슛을 넣었을 뿐이지만!

여동생의 주의가 머릿속에 떠오른다.

『하지만 이 작전의 어려운 점은 공격에도 수비에도 전부 적극적으로 참여해야만 하니까 체력 소모가 굉장하다는 점이야. 기초 체력을 제대로 붙여둬.』

만약 이게 40분짜리 시합이었다면 분명 불가능했을 거다.

하지만 구기대회 시합 시간은 전반 10분에 잠깐의 하프타임을 두고 후반 10분. 일반적인 농구 시합의 절반밖에 안 되는 시간이니까.

"마지막까지 이 기세로 힘내자!"

순조로운 흐름이었다.

여동생이 말했다. 『팀원 모두가 의욕이 넘치고, 자기가 눈에 띄려고 무리한 행동을 하는 일 없이 작전을 수행하면서 팀플레이를 우선으로 생각한다면, 구기대회 정도는 낙승이야』라고.

어쩌면 그 말은 정답일지도 모른다.

어차피 그냥 학교 행사니까, 라면서 다들 **설렁설렁하는 구기대회였다면** 말이다.

하지만 B반도 진심이었다. 어쩌면 우리보다도 훨씬.

이 결과는 바로 그런 의미였다.

12 대 15.

전반전도 막바지에 접어들었을 무렵, 놀랍게도 점수는 역전된 상태였다.

전원 수비에 올인하는 작전은 중간까진 순조로웠다. 순조로웠는데……. 유일한 오산은 농구부 도우미의 존재였다.

우리 작전을 눈치챈 타카다 양의 지시로, 에이스 양이 외곽에서 3점 슛을 노리기 시작한 것이다. 제대로 된 농구부원이니만큼 완벽한 프리 상태에서 쏘는 슛은 그야말로 뛰어난 스나이퍼나 마찬가지였다.

백발백중까진 아니었지만 무시할 수 있는 수준도 아니었다.

그래서 우리 중에 두 번째로 잘하는 카호 짱이 에이스 선수를 마크할 수밖에 없었고…… 그랬더니 이번에는 타카다 양을 막을 사람이 없어지고 말았다.

투톱 체제인 상대방에 비해 우리 쪽에서 특출난 실력을 가진 건 사츠키 양뿐. 그 사츠키 양도 상대방의 엄중한 마크에 가로막혀 마음껏 점수를 뽑아낼 수 없는 상황이다.

다들 열심히 연습한 덕에 큰 실수는 저지르지 않는다. 하지만 동시에 급격하게 실력이 늘어날 리도 없는 것이다.

사츠키 양이 레이업 슛을 성공시켜서 다시 1점 차이까지 좁힌 직후.

"여기서 넣어서 따돌리겠어요."

타카다 양이 에이스 여자애와 패스를 주고받고 있다. 어느 쪽에서 치고 들어올지 알 수 없는 상황. 사츠키 양은 상대편한테 공을 내주지 않기 위해 리바운드를 대비해서 골밑에 있어야 한다. 이제 이렇게 된 이상 내가 타카다 양을 막을 수밖에 없어……!

"아마오리 양, 오셨군요."

"에, A반은 지지 않을 거니까."

"유감이지만."

패스를 받은 타카다 양이 나를 노려보았다. 그 강렬한 눈빛에 기가 죽었다.

타카다 양은 목숨을 걸고 있다. 하가 양은 그렇게 말했다. 나를 노려보는 시선 너머에서 집념과도 같은 무언가를 느꼈다.

드리블 리듬이 바뀌었다.
온다――.
"――당신으론 역부족이에요."
"앗."
알고 있었는데도 막을 수 없었다. 타카다 양은 너무나 쉽사리 나를 뚫고 지나갔다.
그대로 풀업 점프슛. 공이 네트를 흔들었다.
마지막에 2점을 먹혀서 전반전 스코어는 14 대 17.
전반전이 끝나고 2분의 하프타임, 이제 승부는 후반전으로 넘어갔다.

"미안……."
나는 친구들에게 고개를 숙였다.
타월로 흐르는 땀을 훔친 사츠키 양이 후―, 하고 숨을 내쉰 후, 한마디.
"뭐에 대해?"
"윽."
마지막에 타카다 양을 막지 못한 것뿐만 아니라, 슛이 빗나가거나 패스를 컷 당하는 등…… 이런저런 추태를 저질렀는데……!
사츠키 양이 아무렇지도 않게 내 이마에 손을 가져다 댔다.
"엥?!"
"……아직 열이 있는 건 아니네."
까, 깜짝이야.

"뭔가요……?"

"시합에 집중하지 못하는 것처럼 보였으니까."

그건……. 사츠키 양의 시선을 피하려 눈을 돌리자, 그곳에는 카호 짱이 팔짱을 끼고 서 있었다.

"빡세게 집중해도 레나찡은 이 정도라고!"

"그것도 그러네."

거드는 말이 뭐 저래. 그래도 거들어줘서 고마워, 카호 짱…….

"그런 것보다 후반전은 어쩐다냥. 작전은 이대로 가고 기합으로 어떻게든 역전?! 이라는 식?"

"너무 무능한 거 아닐까."

"그럼 사 짱한텐 뭔가 좋은 제안이 있다는 건가요—?!"

"그걸 논의할 시간이잖아."

"확실히……!"

카호 짱은 충격받았다는 것처럼 몸을 휘청거렸다. 만담 같은 대화 덕분에 분위기가 조금쯤 누그러진 느낌이다.

"하지만 그러면 어떻게 할까나—."

하지만 정작 중요한 부분은 정해지지 않은 상태로 시간만 흘러간다.

그 순간 나는 히라노 양이 힐끔힐끔 시선을 위아래로 올렸다 내렸다 하는 걸 보았다. 헉, 이건 아싸 특유의, 어떤 타이밍에 얘기에 끼어들어야 할까 기회를 엿보는 행동……!

"히라노 양, 혹시 뭔가 하고 싶은 말 있어?"

"넷?! 아…… 저, 저기요……!"

말을 건네자 모두의 시선이 히라노 양에게 모였다. 핫, 혹시 미안한 짓을 한 건가……?!

히라노 양은 동공 지진을 일으키는 와중에도 어떻게든 입을 열었다.

"저, 전원이 수비에 집중하는 작전이었으니까 이번엔 다 함께 공격에 집중해보는 건 어떨까요!"

결국 말해버렸어……! 라는 듯이 히라노 양이 눈을 꾹 감는다.

말을 꺼낸 직후의 침묵이 무엇보다도 무섭다는 그 마음은 아주 잘 압니다. 그래서 나도 말이 끝나자마자『아—, 아무것도아니에요아무것도아니에요, 역시 그런 건 안 되죠—!』하고 괜한 말을 덧붙이게 된단 말이죠.

히라노 양은 서둘러 손을 내저었다.

"아, 아뇨, 아무것도 아니에요, 아무것도 아니에요! 역시 그런 건 안 되죠—!"

내 마음속 소리를 토씨 하나 안 틀리고 그대로 읊는 히라노 양. 하세가와 양은 그런 히라노 양에게 크게 고개를 끄덕여 주었다.

"좋을지도……! 다들 어떤가요!"

"그러네."

사츠키 양은 생각에 잠긴 표정.

"현재 상황의 문제점을 꼽자면 상대방의 공격을 막아낼 수 없다는 점이지."

"마, 맞아요. 그러니까 다 함께 수비해도 전부 막아내지 못하는 게 점수 차가 벌어지는 이유 아닐까 해서……. 앗, 도움도 안 되

는 제가 건방진 소리를 해서 죄송합니다…….”

바로 꾸벅 사과하는 히라노 양의 말을 카호 짱이 이어받았다.

“그러면 수비를 버리고 점수를 버는 작전에 임하자는 뜻인가! 대담하네, 히라농!”

“히, 히라농……?”

눈을 끔뻑거리던 히라노 양의 시선이 조용히 있던 내 쪽으로 향했다.

“응.”

나는 히라노 양 쪽을 향해 최대한 밝은 목소리로 외쳤다.

“좋은 생각이야!”

“아뇨, 그래도.”

“어차피 이 상태로 계속해 봤자 질지도 모르는 거니까! 그렇다면 한번 해보자! 나는 아무것도 하지 않은 채로 지는 건 싫은걸!”

내 말에 카호 짱이 “오우!” 하고 주먹을 치켜들었고, 사츠키 양이 “그렇지”라며 맞장구를 쳤다. 히라노 양은 잠시 동안 어쩔 줄 모르는 표정이었지만 눈이 마주친 하세가와 양이 등을 밀어주듯이 고개를 끄덕였다.

“그럼 구체적으로는 어떻게 할지 정해야겠네.”

“으, 응…… 응!”

퀸텟한테 의견을 낸다니, 내가 같은 입장이었다면 절대로 불가능했을 텐데, 히라노 양은 대단하네. 특히 그렇게나 경외심을 품고 있던 사츠키 양을 상대로…….

그래도 히라노 양은 퀸텟을 정말 좋아한다고 말했었지. 그렇다면

히라노의 양의 작전으로 승리해서 좋은 추억을 만들어주고 싶다.

나도 집중해야지……!

하지만 내 시선에 들어오는 광경. B반 다섯 명도 최대한 이 리드를 지켜내기 위해 열심히 서로를 격려하고 있었다.

우리 A반과 타카다 양의 B반.

친구들과 사이가 돈독하고, 이날을 위해서 연습을 거듭했고, 결코 질 수 없다는 강력한 의지를 불태우고 있다…….

둘 사이에 대체 어떤 차이가 있는 걸까. 나는 여전히 그걸 알 수 없었다.

그러고 보면 아지사이 양이 나한테 이런 말을 했었다. 나는 누구에게나 상냥하다고.

그리고 또 이 말을 했던 건 사츠키 양이었던가. 나는 아싸에 남들한테 신경을 쓰니까 상대가 누구든 그 사람의 연약한 면에 공감한다, 대충 비슷한 소리를.

그 말을 들었을 때는 그다지 와닿는 게 없었지만……. 이렇게 승부를 벌이고 있으니 알겠다.

이 코트에 선 학생 중에 행복해질 수 있는 건 오직 다섯 명뿐.

남은 다섯 명은 패배의 슬픔에 잠기게 된다.

한창 싸우는 도중에 패배하는 쪽에 감정이입을 한다니 멍청해서 말도 안 나온다.

항상 하던 것처럼 상대방의 얼굴이 보이지 않는 온라인 대전이었다면 이런 식으로 생각하지 않았겠지.

상대편의 사정 같은 건 정말 모르는 편이 나았다.
나는 상냥한 게 아니다. 그저 어리석을 뿐이다.

후반전이 시작되고, 코트 주위에 구경꾼이 늘어났다.
이번 시합은 타카다 양이 하도 불을 지폈던 것도 있어서, 아시가야 1학년들 사이에서 주목의 대상이 되었던 모양이다. 다른 반에서도 많은 학생이 시합을 구경하러 와 있었다. 뭐, 꼭 그게 아니더라도 카호 짱이나 사츠키 양이 농구를 하는 모습은 눈 호강이 될 테니까…….
이렇게나 많은 사람한테 주목을 받으며 시합이라니, 주목 내성이 0인 채였다면 나는 드리블조차 제대로 할 수 없었겠지. 고마워, 리나뿅.
작전 내용을 설명하자면, 히라노 양과 하세가와 양 둘이서 어떻게든 골대 밑만큼은 필사적으로 지키고, 다른 세 사람은 수비에 쏟는 체력을 최대한 줄이면서 공격에 온 힘을 쏟는 전법.
아니나 다를까, 좀처럼 상대방 골을 막아낼 순 없었지만 그건 예상 범위 내였다. 오히려 착실하게 카운터로 골을 넣은 덕분에 시합은 스코어 승부의 양상을 띠게 되었다.
16 대 17. 16 대 19. 18 대 19. 18 대 21. 21 대 21.
좀처럼 역전할 수는 없었지만, 그렇다고 크게 뒤처지지도 않는다.
우리는 어떻게든 물고 늘어졌다.
"……상당히 끈질기네요."

"응…… 우리는 도우미까지 불러왔는데."

생각만큼 점수 차가 벌어지지 않은 탓에 타카다 양과 하가 양도 피로해하는 기색이었다.

"과연 퀸텟. 그렇게 나오지 않으면 재미없죠."

속마음은 어쨌든, 타카다 양은 끝까지 자신만만하게 가슴을 폈다. 마치 그게 위에 선 자의 역할이라는 것처럼.

하지만 상대방이 지쳤다는 건, 우리도 그만큼 체력을 소모했다는 뜻이다.

"저, 저기, 코야나기 양."

"하아, 하아…… 왜애—?"

"아뇨…… 그게, 괜찮으세요……?"

"뭐, 어떻게든, 되겠지! 단련하고 있으니까!"

히라노 양의 걱정을 산 카호 짱은 마치 허공에서 기운을 쥐어 짜내듯이 피스 사인을 그렸다.

실제로도 우리 중에서 가장 지친 건 카호 짱이었다. 공수 양면의 핵심인 타카다 양을 상대하며 서로를 마크하고 있기 때문에 부담이 너무 심했다.

겨우 20분의 승부지만, 시간 내내 전력 질주를 하는 거나 마찬가지니까.

하지만 그렇다고 사츠키 양과 카호 짱이 포지션을 바꾸면 이번엔 리바운드를 따낼 수가 없게 된다.

"저기, 카호 짱…… 내가 교대할까?"

"안 돼. 모처럼 작전이 잘 풀리고 있는데."

"그래도."

"나는 운동부 계열은 아니지만 이래 보여도 꽤 뜨거운 타입이라고."

카호 짱이 내 이마를 쿡 찔렀다. 윽.

"한계를 넘은 탓에 풀썩 쓰러지더라도 그건 분명 좋은 추억이 될 거니까. 반 애들이 하나로 뭉쳐 의욕을 불태우는 것도 지금까지 경험해 보지 못한 일이거든. 힘들긴 해도 즐거우니까 괜—찮아!"

"……알겠어."

따봉을 날리는 카호 짱의 마음도 나한테 전해졌으니까.

애초에 열이 나는 몸을 끌고서라도 시합에 나가려고 했던 건 나였고…….

"진짜로 무리겠다, 싶으면 꼭 말해줘."

"말 안 해!"

"어휴!"

"너희들, 이제 올 거야."

장난치고 있는 우리를 향해 사츠키 양의 냉정한 목소리가 날아왔다. 유일하게 사츠키 양만큼은 조금도 둔해지지 않은 날렵한 움직임을 보여주고 있었다.

이렇다 할 운동을 하는 모습을 본 적이 없는데 대체 어째서. 어쩌면 무한의 스태미나를 갖고 있는 걸지도 모른다.

A반과 B반의 점수는 팽팽히 맞서고 있었다. 하지만 그건 거미줄 위를 걷는 듯한 아슬아슬한 균형 위에 자리 잡은 팽팽함이었다.

하지만 그 가느다란 균형은 어떤 순간이 오면 뚝 끊어지고 말 것이다.

어쩌면 B반도 크게 지친 상황에서 기력을 쥐어 짜내 서 있는 건 아닐까. 한 번만 역전할 수 있으면 흐름은 A반으로 넘어올지도 모른다.

하지만.

승리의 여신이 미소 짓는 건 아무래도 B반 쪽인 것 같았다.

공중에서 격돌한 두 사람이 지면에 우당탕 부딪혔다. 둔탁한 소리가 울려 퍼진다.

구경꾼들이 술렁였다. 나도 황급히 지면에 넘어진 사람을 향해 달려갔다.

"사츠키 양!"

계속 리바운드를 빼앗기기만 했던 에이스 여학생이 농구부 부원으로서의 자존심에 상처를 입었는지 후반전부터는 잔뜩 약이 올라 사츠키 양한테 치열한 공중전을 걸었다.

그럼에도 사츠키 양은 나비처럼 날렵하면서도 화려하게 볼을 빼앗아 공격의 시발점을 만들어냈다. 이번에도 그러던 와중이었다.

"미, 미안!"

에이스 학생이 당황하며 사츠키 양에게 손을 빌려주었다. 사츠키 양은 아무것도 아니라는 듯 태연한 얼굴로 그 손을 잡으려다가.

"아파……."

얼굴을 찡그렸다.

"사츠키 양?!"

내가 외치자 사츠키 양은 불쾌한 것처럼 미간을 찌푸렸다.

"시끄럽네……. 소란 피우지 말아 줘."

"어디 부딪힌 거야?!"

"살짝 삐끗했을 뿐이야."

사츠키 양은 발목을 손으로 누르고 있었다.

시합은 일단 중단됐고, A반 B반 가리지 않고 한곳에 모였다. 나는 주변을 둘러봤다.

"누, 누군가, 보건위원은."

"괜찮다니깐."

"아니아니, 안 되지! 사츠키 양의 발목에 그런! 부상이라니! 게다가 정말로 아파 보이잖아!"

"……딱히. 항상 있는 일이야. 나는 통증에 약해서 그래. 예방접종 주사에도 펑펑 울 정도로."

"사 짱은 악어한테 물려도 태연하면서!"

카호 짱이 사츠키 양한테 태클을 날렸다. 아, 진짜, 그런 소리 할 때가 아니잖아!

하지만 사츠키 양은 퉁명스럽게 말했다.

"내가 빠지면 너희들끼리 B반을 이길 수 있어?"

"아니, 그건."

교체 선수가 없으니, 규칙상으론 아무나 대타를 찾거나, 혹은 대체할 사람이 없을 경우엔 B반에서 한 명이 빠져서 4 대 4로 시합을 속행하게 되어있다.

시합 시간은 이제 4분도 안 남았다. 그런데도 점수는 여전히 3점 차이. 사츠키 양이 빠지면 A반이 이 점수 차를 뒤집기는 힘들지 않을까.

아니 정확히는…… 아마 절대로 무리……. 하지만…….

"그건 사 짱이 통증을 참고 뛰어도 마찬가지 아니야?"

A반 팀원들 모두가 머릿속에 떠올린 사실을 카호 짱이 대표로 말했다. 나는 조금 놀랐다. 카호 짱은 이것저것 서슴없이 말하는 애지만 사츠키 양한테까지 이렇게 대놓고 말할 수 있을 줄은 몰랐으니까.

아픈 곳을 찔린 것처럼 사츠키 양이 시선을 피했다.

타카다 양이 다가왔다.

"아무래도 여기까지인 모양이네요."

"…………. 글쎄, 시합은 계속할 수 있는데."

"거짓말 마세요. 심하게 부어오르고 있다고요."

사츠키 양한테 부상을 입히고 만 에이스 여학생은 얼굴이 새파래진 상태다. 사츠키 양은 에이스한테 최대한 감정을 배제한 목소리로 말했다.

"네 탓이 아니니까 신경 쓰지 마. 나중 가서 보복한다거나 그럴 생각도 없으니까."

"네, 넵."

사츠키 양 나름의 농담이었겠지만, 진짜로 할 거 같아서 무섭다고…….

모두가 지켜보는 상황에서 사츠키 양은 절뚝거리며 일어섰다.

"정말이지……. 참 볼품없는 마무리야."
"사츠키 양……."
내가 손을 빌려주자 사츠키 양은 나를 바라보면서.
"결국 이래서야 밥상을 차려다 바친 거나 마찬가지인걸."
아니, 아니었다. 사츠키 양은 내가 아닌 내 뒤쪽을 바라보고 있었다.
어딜 보는 거지.
"아무래도 큰일이 벌어진 모양이네."
뒤를 돌아보자, 활짝 열린 체육관 문 앞에 한 명의 미소녀가 서 있었다.
"힘을 빌려줄까."
금빛 머리카락을 나부끼고 있는 오우즈카 마이가.

타카다 양이 증오를 가득 담아 그 이름을 불렀다.
"오우즈카, 마이……!"
"최소한 잠깐이라도 응원할 수 있으면 좋겠다는 생각에 와 봤는데, 혹시 이건 대타가 필요한 상황인 건가?"
구경꾼들을 지나 앞으로 걸어 나오는 마이. 학생들 사이에서 "오오……" 하는 기대 섞인 목소리가 흘러나왔다. 이거 어쩌면 A반과 B반의 여왕 간의 대결을 볼 수 있는 거 아닐까……?! 하고.
그 들뜬 기대가 분위기로 바뀌어 겉으로 나타나기 전에, 하가 양이 외쳤다.
"자, 잠깐! 교대라니 말도 안 돼. 우리는 이미 15분 넘게 시합을

뛰었다고! 이 상황에 쌩쌩한 사람이 투입되는 건 비겁하지 않아?!"

앗, 약삭빠르게!

"현장에선 몇 시간씩 계속 서 있어야 하는 일을 하는 만큼 확실히 아직 쌩쌩하긴 하지. 하지만 방금 소프트볼 시합에서도 완투를 하고 온 참이야. 그걸로는 불만일까."

"윽."

하가 양이 겁을 집어먹은 틈에, 마이는 이어서 타카다 양에게 시선을 돌렸다.

"타카다 히미코 양. 너도 나를 꺾지 않고서는 B반이 A반을 이겼다고 당당하게 말하긴 어렵지 않을까. 어때."

많은 사람이 보는 앞에서 그런 식으로 도발을 당하면 타카다 양이 할 대답은 이미 정해져 있다.

"……좋아요! 제가 바라는 건 오직 하나, 완벽한 승리예요! 자아, 코트로 들어오도록 하세요, 오우즈카 마이!"

"후후, 그렇게 나와야지."

"……마이."

보건위원 여학생의 부축을 받고 있던 사츠키 양은 질렸다는 표정으로 한숨을 쉬었다.

"알고는 있겠지."

"물론. 너를 위해서라도 이기겠어. 그러지 않으면 너도 계속 신경을 쓰게 될 테니까."

"그다지. 나는 그렇게 정이 깊은 여자가 아니야. 그냥 재를 위해서 이기도록 해."

사츠키 양이 턱짓으로 가리키는 끝에는 시합을 마치고 서둘러 달려와 조마조마하게 상황을 지켜보고 있는 사람── 아지사이 양이 있었다.

"사, 사츠키 짱……!"

아무것도 아니라는 것처럼 사츠키 양이 한쪽 손을 들었다. 마이가 그 모습에 미소를 짓는다.

"아아, 그렇지. 즉, 너를 위해서라도 이기겠어."

"……말이 안 통하는 애네."

사츠키 양은 갑자기 내 쪽을 보았다.

"아마오리."

"아, 응."

부르길래 다가갔더니 턱을 붙잡혔다.

"우읍……?!"

"네가 뭘 신경 쓰고 있는 건지는 모르겠고, 어째서 집중하지 못하는지도 사실은 아무래도 좋지만. 그래도 말이지."

강한 의지가 담긴 목소리.

"무언가를 선택한다는 건, 그걸 제외한 나머지는 선택하지 않는다는 뜻이야. 그 말을 가슴에 똑똑히 새겨두도록 해."

그 눈동자는 내 영혼까지 꿰뚫어 보는 것 같았다.

"사츠키 양……."

훗, 하고 미소를 짓는 사츠키 양.

"못생긴 얼굴이네."

"너무하지 않아?!"

사츠키 양의 손을 뿌리치고서 외쳤다.

"……뭐, 나는 아직 포기하지 않았지만."

"어?"

알 수 없는 한 마디를 남기고서, 사츠키 양은 천천히 코트를 빠져나갔다. 지, 지금 건 대체 무슨 뜻일까요……? 두근두근했다.

그래도, 응.

사츠키 양이 떠나간 방향. 아지사이 양이 사츠키 양한테 가볍게 몇 마디를 건넸고, 다시 구경꾼들 틈에 합류했다. 걱정이 담긴 그 표정을 보고서 나는 크게 공기를 들이마셨다.

편애. 하지만 결심했으니까. 그렇게 말해준 아지사이 양.

우유부단하고, 어중간하고, 뭘 하든 잘하는 게 없는 나지만.

그럼에도, 사츠키 양의 말대로 나는 선택했어.

이게 내 소중한 것이라고, 그렇게 결심했으니까.

그렇다면 더 이상은.

우선순위를 헷갈리지 않겠어.

"마이!"

그 말에 모든 애들이 깜짝 놀라고 있었다.

나는 학교에선 마이를 언제나 오우즈카 양이라고 불렀으니까.

하지만 마이만큼은 웃는 얼굴로 나를 돌아보았다.

"그래."

나는 간신히 눈이 뜨였다.

소중한 여자애를 위해서. 소중한 여자애와 함께.

"이기자! 이 시합!"

후훗, 하고 마이가 웃으며 내 머리 위에 손을 툭 올렸다.
"맡겨줘. 내가 승리의 여신이야."
그 한마디는 너무나 멋있어서 나는 저도 모르게 할 말을 잊고 말았다.

시합은 A반의 공격으로 시작됐다. 마이한테는 간단하게 작전을 설명하고서 사츠키 양이 빠진 구멍을 메워달라고 부탁했다. 그렇긴 한데.
"꺄!"
드리블로 적진을 파고든 카호 짱이 너무 쉽사리 공을 빼앗겼고, 공은 타카다 양의 손으로 넘어갔다.
"오우즈카 마이!"
"이런이런, 벌써부터 분위기를 달궈주는걸, 타카다 양."
1 on 1의 승부. 타카다 양 앞에 마이가 자세를 낮추고 맞섰다.
그야말로 누구도 끼어들 수 없는 결투장. 지켜보는 사람들조차 다들 숨을 죽이고서 마른 침만 삼키며 지켜보는 중이다.
"당신을 쓰러트리고 제가 이 학교의 정점에 서겠어요!"
"솔직히 그런 거에 흥미는 없지만 말이지."
"……뭐라고요?"
"그저 내가 지면 친구가 슬퍼하거든. 그러니 진심으로 임할 수밖에 없는 거야."
"당치도 않은 소릴——."
타카다 양이 드리블 리듬을 바꿨다. 또 그게 온다. 내가 전혀

반응하지 못하고, 정신을 차렸을 땐 이미 등 뒤로 뚫고 나갔던 드리블이.

내가 만에 하나를 대비해서 마이를 커버하려고 했을 때.

“그럼 보여주도록 하지.”

공은 마이의 손에 있었다.

“——뭐?!”

타카다 양의 눈이 크게 떠졌다. 마이가 드리블로 적진에 파고든다.

“그렇게는 안 돼!”

“아무리 오우즈카 마이라도 이 정도 머릿수라면!”

“반드시 막을 거야!”

하가 양과 카메사키 양, 거기다 네모토 양까지 셋이서 마이를 둘러싼다. 아무리 그래도 저 포위망을 뚫을 수 있을 리가——.

빛줄기가 나무 사이를 파고드는 것처럼, 마이가 세 사람을 제쳤다.

마지막으로 골대 앞으로 달려와서 펄쩍 뛰어올라 슛 코스를 방해하는 에이스 여학생마저, 마이는 높게 날아올라 공중에서 공을 다른 손으로 바꿔 쥐더니——.

——그대로 레이업 슛을 성공시켰다.

소위 더블 클러치라고 부르는 기술이다.

“자, 그럼 앞으로 3분인가.”

높게 올려 묶은 금발 머리가 페가수스의 꼬리처럼 흔들렸다.

“3점 차로 안심할 수 있을까? 아니, 이젠 1점 차인가.”

마, 마이……!

어떡하지. 마이의 제대로 된 멋진 모습은 처음 본 걸지도 몰라.

뭐야 얘…… 뭐냐고 얘……!

타카다 양은 공을 손에 들고, 팀원들을 격려했다.

"지금 건 잠깐 허를 찔렸을 뿐이에요! 코토 사츠키도 충분히 막아낼 수 있었어요! 당신도 계속 충격받은 채로 있지 말고 정신 차리세요!"

사츠키 양한테 부상을 입히고 만 에이스 여학생한테 말을 건네는 타카다 양. 에이스의 눈에도 다시 힘이 돌아온다. 이러면 이젠 그리 간단히 돌파하기는 힘들게 됐다고…… 생각했는데.

마이는 조금도 개의치 않았다.

그러기는커녕.

"사츠키는 운동이 서투른 편이거든. 그녀는 독서가 취미야."

아니아니 그건 아니지, 하고 카호 짱이 힘껏 손을 좌우로 내저었다.

"사 짱이 운동이 서투른 편이면 우리는 무척추동물이잖아……."

"이게 마이의 진짜 실력……!"

나랑 카호 짱은 이제 완전히 일반인 시점. 히라노 양과 하세가와 양은 아예 눈이 하트가 되었다.

"아앗, 이게 퀸텟의 여왕, 오우즈카 마이님……!"

"너무나도 아름다워서 이 눈으로 보는 모든 영상을 HDD에 영구 보존하고 싶어……!"

B반은 어느새 하가 양이 중심이 되어 지시를 내리고 있었다.

"오우즈카 마이라도 모든 사람을 막아낼 순 없어! 다 함께 열심히 공격하자!"

그 말이 맞다. 마이의 마크가 타카다 양한테 붙었기 때문에 내가 에이스를 맡았고, 덕분에 카호 짱이 조금은 편해지긴 했다. 하지만 숨통이 트인 건 둘째 치고 다른 사람한테 패스를 돌리면 바로 수비가 뚫리는 상황이라 점수 차이가 좁혀지지 않는다.

B반도 어지간히 집중하는 건지, 아니면 집념인 건지, 이젠 슛이 전혀 빗나가지 않고 쏘는 족족 들어가고 있어서 리바운드 기회도 오지 않았다.

이 순간에 와서 B반은 완벽하게 단결된 상태다.

아이러니하게도—— 압도적으로 강력한 여왕 폐하, 오우즈카 마이의 존재가 B반의 마음에 불을 지핀 것이다.

"히미 짱이 이길 수 있게 해주는 거야!"

"응! 이제 조금만 더 하면 되니까!"

마이가 점수를 따내고, B반이 팀워크를 발휘해 골을 집어넣는다.

전반전과는 정반대다. 기묘하게도 히라노 양의 작전대로 포인트 쟁탈전이 되었다. 일진일퇴의 공방 속에서 속절없이 시간만이 흐른다.

36 대 37. 남은 시간은 이제 거의 없다.

남은 건 앞으로 원 플레이.

공이 타카다 양에게 넘어갔다. 정면에서 맞서는 사람은 이번에도—— 마이.

"어째서 항상 당신만 뭐든지……!"

"……."

"가진 자가 모든 걸 손에 넣는다는 건가요? 그런 게 세상 이치인가요……! 당신 같은 사람은 내 마음을 이해할 리가 없어요!"

"확실히 나는 축복받은 사람이야."

"그렇기 때문에 더더욱 저는 당신한테 이겨야 해요! 이기지 못하면 저에겐 아무것도——."

"하지만."

마이의 눈이 가늘어지면서 속삭였다.

"뒤를 돌아보도록 해. 너 역시, 누구한테도 지지 않는 훌륭한 걸 가지고 있잖아."

나는 그걸 레나코한테 배웠어——.

마이의 소리 없는 목소리가 나한테 들린 것 같았다.

타카다 양의 공을 스틸한 마이가 앞으로 질주한다.

"——!"

깜짝 놀라 눈이 휘둥그레져서 돌아보는 타카다 양.

그곳에는.

"이번에야말로 반드시 막을 거야!"

B반의, 타카다 양의, 소중한 동료들이 있었다.

마치 물고 늘어지는 것처럼 마이의 앞길을 가로막는다.

한 사람, 두 사람. 하지만 세 사람 째를 제치기 전에 이미 제쳤던 두 사람이 집념을 발휘해 따라붙었다. 마이의 질주가 멈춘다.

남은 시간은 이제 없다.

한순간이지만 마이의 눈동자가 좌우를 훑었다.

골대 앞에는 내가 있었다.

알고 있었다. 마이가 억지로 골대를 향해 돌파하지 않을 거라는 사실을. 왜냐하면 이 시합은 우리 모두가, A반이 움켜쥐어야 할 승리니까.

마이의 공이 나한테 전달됐다.

누군가가 외친다.

"아마오리 양, 안 돼——."

그건 B반 애의 목소리였다.

타카다 양을 소중하게 생각하는 여자애의 목소리가 가시넝쿨처럼 내 손목에 감겨들었다.

슛 자세에 들어갔다. 연습했던 원핸드 슛.

숨쉬기가 힘들다.

누구나가 빠짐없이 행복을 바라고 있다.

자신의 행복이 아니라, 누군가의, 소중한 사람의 행복을.

온 힘을 다해.

"부탁이야, 빛나가 줘!"

하지만 나도 똑같아.

"들어가지 마!"

어느 쪽이 옳다거나, 그르다거나 그런 게 아니라.

"빛나가라—!"

소중한 사람을 행복하게 만들어주고 싶어.

왜냐하면 결심했으니까.

노력하겠다고, **나 스스로** 결심했으니까.

"——레나 짱! 넣어—!"

몸이 가볍다.

내 손에서 쏘아진 공은.

비 갠 뒤의 무지개와도 같은 궤적을 그리며 골대에 들어갔다.

점수판이 넘어간다.

38 대 37.

휘슬이 울렸다.

"시합 종료!"

심판을 맡은 선생님의 목소리가 사우나 같은 체육관의 공기를 흔들었다.

A반의 승리다.

"나……."

마지막엔 아예 슛을 했다는 감각조차 없었다.

그저 텅 빈 마음으로 조준선 안에 들어온 목표물을 향해 탄환을 쏘듯이, 반사적으로 몸이 움직였다. 실감도 없었다.

마이가 다가온다.

"믿고 있었어, 레나코."

"나…… 내가 넣었어……?"

"그래. 마지막은 네가 넣은 거야."

내 손가락을 내려다보았다.

"내가……."

내가 스포츠 쪽에서 활약하는 모습 같은 건 상상해 본 적도 없

었다.

하긴 그렇게 치면, 구기대회에 진지하게 임하는 것도 말도 안 되는 일이라 생각했고, 내가 반 친구들한테 응원을 받는 것도, 아니 애초에 고등학교에 들어오기 전에는 친구나 연인이 생길 거라고도 전혀 상상하지 못했다.

손끝이 떨린다.

"내가 넣어서…… 이겼어."

몸 안쪽에서 지금까지 느껴본 적 없는 고양감이 샘솟아 오른다.

이건 성취감이다.

"레나찡—!"

"우왓!"

"엇차."

카호 짱이 나한테 달려와 안겼다. 그 기세에 떠밀려 나까지 마이의 품에 쏙 안겼다.

"굉장해, 굉장해요! 저, 감동했어요—!"

"고등학교 3년, 아니 윤회전생을 하더라도 다음 세상까지 이 추억을 가지고 가겠어요!"

히라노 양과 하세가와 양이 바로 달려와서 감동의 눈물을 흘렸다.

코트 밖에선 아지사이 양과 부상을 치료하고 돌아온 걸로 보이는 사츠키 양이 나란히 서 있었다. 사츠키 양은 그야 당연하지, 라고 말하는 것 같은 의기양양한 표정이었고, 아지사이 양은 눈물을 글썽이고 있다.

……고마워, 아지사이 양.

골이 들어간 건 아지사이 양의 마지막 응원 덕분이었어. 그런 느낌이 들었으니까.

아, 이런.

왠지 끝났다고 생각하니까 눈물이 차오른다……!

눈물을 꾹 참았다. 지금은 계속 웃자! 이겼으니까!

"역시 레나찡은 대단해! 제법이잖아! 마지막에 제일 멋있는 장면만 가져가고 말이야, 요놈요놈!"

"잠깐, 카호 짱?! 왜 간지럽히는 거야?! 저기, 좀! 아핫, 아하하하!"

문득 B반을 보았다.

에이스 여자애가 다시 한번 사츠키 양한테 고개 숙여 사과하고 있었다. 탄식을 뱉은 사츠키 양이 손을 내밀자 두 사람은 굳게 악수를 나눴다. 어쩌면 농구부에 들어오라는 권유를 받고 있을지도 모른다. 농구부 사츠키 양도 분명 멋질 거라고 생각해.

하지만…….

타카다 양은 그 자리에 주저앉았고, 친구들이 주변을 둘러싸고 있었다.

……나한텐 안타까워할 자격도 없겠지.

뭐라고 한마디 말이라도 해야 할까, 싶었는데.

"승리 축하해, 레나코 쿤."

"아, 응…… 요우코 짱."

마지막으로 양 팀이 마주 보고 인사를 마치고 난 뒤 다가온 요우코 짱은 타카다 양을 비롯한 친구들을 등 뒤로 감싸듯이 맨 앞

에 서서 쓴웃음을 짓고 있었다.

"뭐라고 해야 하나, 지금은 그냥 가만히 놔뒀으면 좋겠어. 미안, 제멋대로라."

"아니야."

이 상황에 타카다 양한테 추가타를 가할만한 멤버는 우리 퀸텟에 없다. 나중에 진정되고 나서 아지사이 양한테 사과한다면 그걸로 충분해.

"사실은 있지, 솔직히 조금 의외였어. 히미코 짱을 이길 수 있을 거라고 생각하진 못했거든. 대단하네, 레나코 쿤은. 역시 **가진 사람**인 거겠지."

"그런 말 처음 들어봐."

내 말을 겸손으로 받아들인 모양이다. 요우코 짱이 아하하, 웃었다.

"아니면 이건 사랑의 힘인 걸까."

"어?!"

요우코 짱은 내 귓가에 속삭였다.

"후훗, 앞으로도 자기야랑 사이좋게 지내."

"아니, 그건, 그게 아니고!"

아직도 오해가 안 풀렸어!

착각이 그대로 남은 채, 우리 자기야(가짜)는 양손을 치켜들며 소리쳤다.

"좋아쓰—! 그러면 다음은 축하 파티다아아아아아아아아!"

이다음에는 반 애들과 승리의 뒤풀이가 있을 예정이라고 한다.

나는 처음 알았다.

어? 나도 포함되어 있는 거지? 이런 흐름에서 나만 빠져 있으면 당연히 울 거야. 여자는 평생 3번 울어도 되는 순간이 있다. 태어났을 때, 죽을 때, 그리고 뒤풀이에서 자기만 제외됐을 때다.

"에이, 설마!"

다행이다. 카호 짱이 보증해 줬다. 다행이야………….

다만, 기회라는 듯이 짓궂은 웃음을 지으며 나를 놀려대는 카호 짱.

"단둘만의 러브호텔 뒤풀이♡는 그 후에 해도 되니까♡"

"안 할 건데요?!"

그런 말을 요우코 짱이 들었다간 오해가 더욱 깊어질 테니까! 하지 말아 줄래?!

안 그래도 나한테는 연인이 두 명이나 있으니까요!

이리하여 나의 구기대회는 끝을 맞이했다.

마지막의 마지막까지 파란만장해서, 몸도 마음도 녹초가 되어버린 이벤트였지만…… 끝나고 보니 응, 즐거웠다는 생각이 든다.

대회뿐만 아니라, 대회를 위해 공원에서 연습했던 것까지 포함해서.

할 줄 아는 걸 해내서가 아니라, 할 줄 모르는 걸 할 수 있게 됐기 때문에 느낄 수 있었던 성취감이지.

잘한 게 좀 과했을지도…… 내가 생각해도 이번엔 열심히 했다고 생각하니까요.

내가 동경했던『특별한』네 사람과 어깨를 나란히 하고 걷기엔 아직 힘들지도 모르지만.

뒤풀이 장소인 패밀리 레스토랑에서 친구들한테 아낌없는 칭찬을 받고 있는 나를, 나도 조금은.

칭찬해 줘도 괜찮지 않을까, 싶은 기분이 들었어.

WATA-
Friends?
Lovers?
NARE

〈 그룹명『5déesse의 공간』(4) 다섯 번째

히메유리 : ……수고했어.

츠루 짱 : 져버렸네.

히메유리 : 아마오리 레나코 짱인가. 마지막의 마지막에 전부 가져갔네.

츠루 짱 : 얌전하고 소녀다워서, 그냥 귀엽기만 한 애라고 생각했는데.

miki : 의외로 근성이 있었네.

츠루 짱 : 숏도 어지간히 연습했던 거겠지.

히메유리 : 퀸텟의 일원이라는 타이틀은 겉치레가 아니었다는 걸까…….

히메유리 : ……어쩌면 순진한 척하고서 사실은 걔가 진정한 퀸텟의 리더—?!

츠루 짱 : 아니, 아무리 그래도 그건.

miki : 그러고 보니 오우즈카 마이를『마이』라고 불렀던 것 같은데……?!

츠루 짱 : 아예 가능성이 없는 건 아니라는 뜻……?

히메유리 : 아— 진짜!

히메유리 : 그런 짓까지 하면서 히미 짱을 이기게 해주고 싶었는데 말이야……!

퀸 : 그런 짓?

히메유리 : 어?! 히미 짱?!

퀸 : 대체 무슨 소린가요?

히메유리 : 아니, 그건, 아하하, 아무것도 아냐.

히메유리 : ……엑?! 전화?!

츠루 짱 : 그, 그게.

츠루 짱 : 그, 그러고 보니 걔, 테루사와 양이랑 친해 보였지.

miki : 그, 그러게!

츠루 짱 : 테루사와 양은 특별히 친한 애가 아무도 없는데도, 상대가 누구든 대화를 나누니까 그 거리감이 참 신기해.

miki : 응.

miki : 처음에 5déesse가 함께 A반에 선전포고하러 갔을 때도 왠지 슬쩍 같이 껴있었지.

츠루 짱 : ……그러고 보니 왜 4명밖에 없는데 5déesse라고 하는 거야?

miki : 퀸텟은 다섯 명이니까 4déesse라고 하면 머릿수에서 지는 느낌이라 그런 거 아닐까…….

miki : 5억déesse이라고 하려고 했는데 스즈란 짱이 말렸어.

츠루 짱 : 만약 그룹 이름이 5억déesse였다면 나는 빠졌을 거야.

miki : ……하긴!

에필로그

그렇다곤 해도, 이번에 받게 될 제 노력에 대한 포상은 좀 지나치게 달콤한 게 아닐까요…….

나는 거울 앞에서 화장수 대신 접착제를 발랐나 싶을 정도로 잔뜩 경직된 미소를 지은 채 뻣뻣하게 긴장하고 있었다.

구기대회가 끝나자 찾아온 지옥의 근육통과 재발한 컨디션 악화를 어떻게든 극복하고, 이튿날 방과 후.

바깥 날씨는 무척 좋았다. 올해 마지막 따뜻한 날이라고 하는 맑은 가을날.

여자 화장실을 나와 발걸음을 옮겼다.

『내일 방과 후에 옥상에서 기다리고 있을게.』

어젯밤에 그런 메시지를 받고서, 나는 OK 스탬프를 보내는 것 말고는 뭐라 답장해야 할지 알 수 없었고, 그때부터 계속 긴장한 상태다.

심장도 가히 엔진 소리를 연주하는 중이라, 이 상태로 아지사이 양과 대면했다간 죽어버리는 거 아닐까.

포상이 뭔지는 말할 필요도 없다.

아지사이 양이 해주는 키스다.

"으으으……."

나는 가슴을 억눌렀다.

솔직히 말해, 이런 나로 괜찮을까 하는 갈등이 여전히 남아 있

다. 정확히는 영원히 있겠지. 분명 2만 년이 지나 인류가 우주로 진출을 이뤄내도 나는 계속 고민할 거다.

하지만 이미 결심한 일이다.

노력한 보상으로 받는 키스. 첫 던전에서 엑스칼리버를 줍는다면 고개를 갸우뚱거리겠지만, 최종 던전 안에 떨어져 있는 성검은 마침내 내가 여기까지 왔구나 하는 성취감을 느끼게 한다. 이건 그거랑 비슷한 거다.

아니…… 그래도 한창 열심히 하던 중에는 괴로웠던 것도 같지만, 다 끝나고 보니 연습도, 시합도, 과연 아지사이 양한테 키스를 받을 만한 일이었던 걸까……? NBA 올스타 팀을 쓰러트리는 업적 정도는 이뤄내고서 키스를 받아야 하는 거 아닐까…….

안 돼! 겁이 나기 시작했어!

마이 때도 그렇고, 사츠키 양 때도 갑작스러웠으니까! 나는 각오를 다질 시간이 충분히 주어지면 오히려 마음이 꺾이게 된다고!

옥상으로 이어지는 계단을 올려다보면서 주먹을 꾹 쥐었다.

좋아, 도망치자.

도피라는 긍정적인 빛을 눈동자에 머금고서 그대로 빙글 발걸음을 돌렸다. 만약을 대비해 변명거리로 삼을 수 있도록 계단에서 발을 헛디뎌서 뼈 한 군데쯤 부러뜨리는 편이 좋으려나.

내가 정말 쓰레기 같은 생각에 다다르고 있을 무렵, 누군가가 말을 걸었다.

"——아마오리 레나코 양. 잠깐 시간 괜찮을까요."

"……어?"

타카다 양, 그리고 그 뒤에 세 명의 여자애들이 있었다.

…………뼈 한 군데로 끝나려나?

교사 뒤편으로 끌려간 나는 필사적으로 뒷걸음쳐봤지만, 등 뒤는 벽.

"그, 그건가요……?! 패배한 분풀이로……! 한 명씩 때려눕혀 주겠다는 뭐 그런 건가요……?! 제가 첫 번째 타깃인가요?!"

설마 직전에 겁을 먹고선 아지사이 양한테서 도망치겠다고 머뭇대는 바람에 천벌이 내린 걸까……?

아니에요, 그냥 좀 망설였을 뿐이라고요, 하느님! 제가 당신의 천사에게 거역할 리가 없잖아요! 이런 처사는 너무 지나쳐요!

내가 당장 울며불며 목숨을 구걸하려고 했던 그 타이밍에.

타카다 양이 천천히 고개를 숙였다.

"정말 드릴 말이 없어요!"

"…………대, 대체 뭔가요……?"

사과해야 할 상대는 내가 아니라 아지사이 양이고, 사실 그렇게 따져도 이미 타카다 양과 친구들은 아지사이 양한테 사과를 했다. 자기들 네 사람이 폐를 끼쳤다고 아지사이 양에게 확실히 사과했다. 그러니까 이제 아무것도 더 할 말이 없을 텐데…….

"당신한테 한 짓을 친구들한테 들었어요."

"……저한테 한 짓?"

눈치를 보니 날 때리러 온 건 정말 아닌 것 같지? 괜찮은 거야?

그러자, 뒤에 있던 하가 양이 자기가 쓴 시말서를 읽는 것처럼

말했다.

“아마오리 양한테…… 일부러 져달라고, 부탁했던 일…….”

“아, 아아.”

“정—말로—!”

타카다 양이 목소리를 키우자, 뒤에 선 세 사람이 움찔, 몸을 떨었다.

“최악이에요! 끝나고 나서 얘기를 듣고는 피가 거꾸로 솟는 기분이었어요! 그런 짓까지 해서 이기면 제가 기뻐할 거라고 생각했던 걸까요! 정말이지 진심으로 유감이에요!”

“미, 미안합니다, 아마오리 양……. 정말로 미안해요…….”

카메사키 양이 울먹였다.

여기서 살해당하는 게 아닌 모양이다. 다행이다………….

일단은 가슴을 쓸어내리고 나서, 상황을 다시 확인했다.

타카다 양이 세 사람을 데리고서 구기대회 때 있었던 일을 나한테 사과하러 온 건가. 과연.

뭐, 그건 확실히 내 멘탈을 상당히 뒤흔들어 놓는 부탁이었지만…….

“저기, 타카다 양. 나는 이미 신경 안 쓰니까……. 세 사람한테 너무 화내지 말아 줬으면 하는데…….”

그러자 타카다 양은 의외라는 듯이 눈썹을 치켜 세웠다.

“……뭐라고요?”

“그야 세 사람은 B반을…… 아니 정확히는 타카다 양을 이기게 만들어주고 싶어서 노력한 거니까. 노력하는 방식이 틀렸던 걸지

도 모르지만…… 그래도 타카다 양을 위해 했던 일이고.”
그러자 세 사람은 깜짝 놀라 일제히 나를 쳐다보았다.
타카다 양은 미간에 주름을 잡고 있었다.
“그러니까 그게 저를 위한 행동이라고 생각했던 것부터가 몹시 제 기대에 어긋나는 일이었고…….”
“그건 그럴지도 모르지만.”
“허나!”
화염방사기와도 같은 성대한 한숨을 내쉬는 타카다 양.
“피해를 입은 당사자인 당신한테 그런 말을 들어서야 이쪽도 면목이 없어요……. 여러분.”
타카다 양은 돌아보지 않고서 고개를 숙인 상태로 세 사람한테 말했다.
“두 번 다시는 이런 행동을 하지 말아 주세요. ……정말로 저를 생각하신다면.”
친구들은 저마다 풀 죽은 기색으로 대답했다.
자기는 선의로 한 행동이라도 상대방이 그걸 어떻게 느낄지는 알 수 없다. 그런 경험은 나한테도 있다.
아지사이 양과 가출 여행을 떠났을 때, 내 딴엔 선의로 나도 돈을 내야 한다고 생각했었고, 아지사이 양 또한 선의로 자기가 전부 부담하는 게 옳다고 생각했다. 가치관의 대립을 겪은 우리는 여러 가지 일을 통해 어찌어찌 원만하게 끝났지만…….
결국은 서로 대화를 나눠볼 수밖에 없는 거지. 어떤 게 서로를 위한 일인가. 그 행동을 했을 때 상대방이 어떤 기분을 느끼는가.

뭐, 그것 때문에 남한테 폐를 끼쳐서는 안 되겠지만! 이번에 세 사람이 했던 것처럼!

아니 그보다 나 지금 아지사이 양을 기다리게 하고 있었어!

"용건이 다 끝났다면 저는 이만."

"그러고 보니 당신한테는 얘기한 적이 없네요……. 제가 어째서 그렇게나 오우즈카 마이한테 집착하는지를."

"어?"

아니, 알고 있는데요…… 라고 말하려고 했다가, 생각해 보니 하가 양한테 들은 얘기는 발설하지 않기로 약속했었다.

나는 이도저도 못하고 입만 우물거렸다.

"으, 응……."

"이번에 이래저래 폐를 끼치고 말았으니까요. 좋아요, 부끄러움을 무릅쓰고, 당신에게만 알려드리겠어요. 그건 제가 초등학교 5학년 때……."

먼 곳을 바라보면서 가슴에 손을 올린 타카다 양이 옛날얘기를 풀어놓았다.

뭐, 뭐어 조금 정도라면……. 얘기가 끝나면 바로 옥상으로 향하면 되는 거야…… 응…….

하지만 타카다 양의 원 맨 라이브는 전혀 조금이 아니었다.

"거기서 저는 온몸에 벼락같은 충격을 느꼈어요……. 아아, 어쩜 이렇게 아름다울 수가. 비너스의 은총을 받은 사람이 이 세상에 있었던 건가, 하고요."

"완벽한 패배였어요. 제 마음은 이미 굴복하고 말았던 거예요. 하지만 그렇게 되면 제가 살아갈 길은 둘 중 하나뿐. 받아들일 것인가, 그게 아니라면 거절할 수밖에 없었어요. 저는 스스로를 지키기 위해 오우즈카 마이를 부정했습니다."

"하지만 예상하지 못한 재회였어요. 아시가야 고등학교에 저 여자가 있을 줄이야. 오우즈카 마이는 이미 제 안에서 결코 인정할 수 없는 존재로 존재감을 키우고 있었고…… 이제는 맞서는 것 말곤 다른 길이 없었어요. 그렇기 때문에 저는 B반의 여왕으로 군림하겠다고 선택한 거죠."

"참으로 긴…… 기껏해야 나이 열여섯의 소녀에 불과하지만 정말로 긴 저주였어요……. 하지만 패배를 인정할 수 있게 되었으니 드디어 저도 앞을 향해 나아갈 수 있을지도 모르겠어요."

긴 건 타카다 양의 이야기야………………!

그렇게 힘껏 외치고 싶었지만 타카다 양은 자신의 인생 속에서 엄청 중요한 이야기를 하는 것처럼 보이니까 찬물을 끼얹을 수도 없는 노릇……!

이게 인싸로 산다는 것. 그리고 이게 누군가의 인생에 얽히게 된다는 뜻인가……. 그렇구나, 인싸도 편하지만은 않아!

주절주절 얘기하는 사이에 알아서 정화된 타카다 양이 맑은 웃음과 함께 손을 내밀었다.

"이것도 저것도 전부 당신 덕분이죠. 아마오리 양, 당신은 정말로 좋은 사람이자 별난 사람이군요. 그래도 고마워요. 당신과 만

날 수 있어서 다행이에요."

"처, 천만에요!"

나는 서둘러 타카다 양의 손을 쥐었다. 고운 여자애의 손이었다.

이 사람도 오우즈카 마이 때문에 인생이 뒤틀린 거구나…….

그렇게 생각하자 동정심이 샘솟았다. 사츠키 양, 하나토리 씨에 이어 세 번째 피해자인가……. 어라, 그렇게 치면 나도 그런가? 아냐, 깊이 생각하는 건 그만두자. 아지사이 양이 기다리고 있어.

"그, 그럼 저는 이만."

"하지만 어린 시절 꾸었던 꿈을 다시 한번 반복하는 건 불가능해요. 화려하고 빛나는 직업을 동경하던 소녀는 이제 없어요. 하지만 이런 저에게도 저를 소중히 여겨주는 친구가 있어요. 그걸 깨닫게 해준 사람이 저 오우즈카 마이라는 게 참 아이러니한 일이지만요. 후후."

……어라?!

"스즈란 양, 당신에게는 지금까지 많은 폐를 끼쳤죠. 하지만 사실은 당신의 꾸밈없는 상냥함에 항상 구원받고 있었어요."

"히, 히미 짱……. 히미 짱한테 그런 말을 들을 줄이야."

뭔가 타카다 히미코의 이야기 시즌 2가 시작되지 않았어?!

"떠올려 보면 당신과의 만남도——."

그보다 이거, 내 눈앞에서 할 필요가 있나요?!

저는 진짜로 바쁘다고요! 이 이상 아마오리 레나코 은행에 과잉된 마음을 저축하려고 하지 마! 저희 지점은 그런 건 취급하지 않습니다!

나는 손을 내밀었다.

"잠깐만 기다려주세요, 저기, 일단 좀 기다려주세요! 지금 대타를 부를 테니까요! 남은 얘기는 걔 앞에서 계속해 주세요!"

다급하게 말하고서 전화를 걸었다.

부탁이야, 제발 아직 학교에 있어 줘……!

기본적으로 내 인생은 이런 상황에 처하면 항상 내 뜻대로 풀리지 않곤 했지만 오늘은 달랐다. 뭐니 뭐니 해도 오늘 만날 사람은 아지사이 양이다.

그 말은 즉, 내 행동에 아지사이 양의 축복이 함께하고 있다는 뜻! 그러니까——.

『네, 여보세요—, 레나찡—?』

"카호 짱, 부탁이야! 나 좀 도와줘!"

『어, 어어……?』

이리하여 나는 (카호 짱을 제물로 바침으로써) 타카다 양의 포위를 돌파했다. 카호 짱에게는 원망을 사겠지. 하지만 어쩔 수 없으니까! 나중에 실컷 사과할게! 오늘만 끝나면 얼마든지!

냅다 달려서 옥상 계단을 뛰어올랐다.

이대로 도망가야겠다는 마음은 이미 사라진 지 오래였다. 미안합니다, 그건 진짜 잠깐 망설였을 뿐이에요! 그러니까 이제 천벌은 참아주세요, 하느님——.

만약 아지사이 양이 엄청 시간 약속에 엄격한 사람이었다면, 『나, 1분 1초를 소중히 여기지 않는 사람이랑은 1분 1초도 같이

있고 싶지 않아서……』라는 말을 내뱉고서 집으로 돌아가 버렸을지도 몰라. 그리고 그대로 인연이 끊어지게 될지도…….

부탁이에요, 아지사이 양! 아직 학교에 있어 줘!

나는 울고 싶은 마음으로 옥상 문손잡이에 손을 올렸다. 그리고.

쾅, 하고 문을 힘껏 열었다.

아지사이 양은?!

다행히 계셔!

내 시선이 닿는 끝, 아지사이 양은 바람에 머리카락을 흩날리며 난간 앞에 서 있었다.

“아, 레나 짱.”

나를 향해 살짝 손을 흔드는 그 미소에 그늘이라곤 1밀리도 없었고, 하염없는 사랑스러움만이 넘쳐흐르고 있었다.

“아지사이 양!”

그 모습을 보자, 어째선지 나는 묘한 감동을 느꼈다.

비틀비틀 옥상으로 나오자 바닥에 내 그림자가 길게 드리워진다.

노을빛으로 물든 아지사이 양은 귀엽기만 한 게 아니었다.

무척이나 예뻐 보였다.

“미안, 늦어서!”

“아니야, 하나도 안 기다렸어.”

아지사이 양은 정말로 괜찮다는 것처럼 미소를 지었다.

“꼬맹이들이랑 생활하다 보면 잠깐 기다리게 되는 것쯤은 아무렇지도 않게 되거든. 꼬맹이들이랑은 다르게 늦더라도 연락을 주거나, 약속 장소까지는 와주니까 오히려 안심이야.”

"으으, 죄송합니다. 앞으로 두 번 다시는 아지사이 양을 외롭게 만들지 않기 위해 최선을 다하고자 합니다……."

"외롭지 않았어."

가슴에 손을 올리면서, 아지사이 양은 웃음을 머금었다.

"레나 짱을 떠올리고 있었으니까."

"아지사이 양……."

나는 아지사이 양 앞에서 발걸음을 멈췄다.

손을 뻗으면 닿는 거리.

아지사이 양이 후훗, 웃는다.

"사실은 있지, 교실에서 기다려달라고 할까— 싶기도 했는데. 그러면 다른 사람들이 볼지도 몰라서 옥상으로 했어."

"그, 그러신가요."

"응……. 그리운걸. 교실에서 레나 짱한테 좋아한다는 말을 잔뜩 들었던 거. 그 일이 있고서 아직 반년도 안 됐네."

"그, 그건."

아마 마이를 쫓아 아카사카의 호텔에 갔을 때를 말하는 거다.

그때 나는 타인의 권유를 거절하는 게 무서워서, 정말로 무서워서, 아지사이 양이 오해하지 않도록 필사적으로 호소했다.

그런데 그거 흑역사에 속하는 거잖아요……!

"……있잖아."

아지사이 양이 머뭇머뭇 입을 열었다.

노을빛 볼터치를 찍은 것처럼 뺨이 발갛게 달라올라 있었다.

"사실은 그때부터 살짝 레나 짱을 마음에 두고 있었어."

"그, 그랬었나요……?!"

"이상하지. 여자애들끼리 서로 좋아한다는 말쯤이야 종종 주고받는데. 그런데 어째서일까. 레나 짱의 좋아한다는 말에선 진심 어린 울림을 느꼈어."

소중한 말을 이곳에 간직해뒀다는 것처럼 아지사이 양은 양손을 가슴 한가운데에 모았다.

"정말로, 정말로 얘는 나를 좋아하는구나…… 하고, 그렇게 깨닫게 됐어. 그래서일까. 오히려 내가 레나 짱을 의식하게 되었어."

"부, 부끄럽네요."

나한테는 머릿속에서 잊어버리고 싶을 정도로 창피한 기억이었는데…… 그런 식으로 생각해 줬구나…….

확실히 나는 아지사이 양을 정말 좋아했지만, 연인이 뭔지는 잘 알 수 없었다.

하지만 아지사이 양도 말했다. 내가 생각하는 정말 좋아하는 친구의 정의는, 다른 사람의 눈에는 연인의 정의와 똑같다고.

그렇다면 다 함께 행복해질 수 있다면…… 연인이어도 괜찮지 않을까, 하고 생각을 바꾼 거였다.

좋아한다는 마음은 조금도 달라지지 않았으니까. 게다가 그……. 연인이 아니고서는 하지 못할 만한 일들을 할 수 있게 되는 게, 저기…….

긴장이야 되지만…… 그래도, 싫지 않았고…….

"레나 짱, 얼굴이 새빨개."

아지사이 양이 너무나도 사랑스럽게 웃으니까.

부끄러움을 감추려고 소극적으로 반격했다.
“아, 아지사이 양도 남 말할 처지가 아닌데.”
“어, 어어—?”
뺨에 손을 대보는 아지사이 양의 눈이 살짝 동그래졌다. 그 모습도 엄청 귀여웠다.
잠시 동안 둘이 마주 웃고 나서 아지사이 양이 마치 애교를 부리듯이.
“손, 잡아도 될까?”
“응.”
손을 내밀자 아지사이 양이 양손으로 포개듯이 내 손을 쥐었다.
긴장 탓일까, 아지사이 양의 손은 떨리고 있었다.
“이제 연인이 됐는걸.”
“응.”
나랑 비슷한 키의 아지사이 양이 내 눈을 물끄러미 바라본다.
이번엔 올곧게 전해지는 호의에서 눈을 돌리지 않는다.
나 또한, 아지사이 양의 손을 양손으로 마주 잡았다.
“우리는 사귀는 사이인 거야.”
“응——.”
석양보다도 아름다운 눈을 곱게 접으며 아지사이 양이 웃었다.
“정말 좋아해, 레나 짱.”
아지사이 양은 나와 거리를 좁히는 것처럼 한 걸음 내디뎠다.
관람차에 탔을 때처럼 살짝 고개를 기울인 아지사이 양이 천천히 다가오고.

관람차에 탔을 때와는 다르게……. 나는 눈을 감았다.
설령, 우리 앞에 무언가 커다란 문제가 일어난다 해도.
그럼에도 나는 평생 이 사람을 소중히 하고 싶어.
어떤 사람보다도 고귀한 여자애, 나의 연인, 아지사이 양을.

입술에서 부드러운 감촉이 느껴지고――.
――우리는 반짝 눈을 떴다.

"아지사이 양!"
"꺄!"
아지사이 양의 가녀린 몸을 꼬~~~옥 끌어안았다.
"나도 아지사이 양을 좋아해! 정말 좋아해! 평생 좋아할 테니까!"
아지사이 양의 머리카락과 향기에 감싸 안긴 채 전하는 내 말에, 아지사이 양은 얼굴을 새빨갛게 물들이고서 활짝 웃고 있었다.
"아하하, 레나 짱, 나도 사랑해! 레나 짱이 좋아!"
이번에는 아지사이 양이 나를 껴안았고, 그 후로도 잠시 동안 우리는 서로를 쭉 마주 안고 있었다.
옥상에서 보이는 석양은 마치 보석처럼 반짝이고 있었고.
지금이라면 좋아한다는 마음만으로 하늘도 날 수 있을 것 같은 느낌이 들어. ……그건 좀 오버일까?

WATA-NARE

Friends? Lovers?

『누나, 무슨 좋은 일이라도 있었어?』라며 코우키가 물었다.

저녁 식사 준비를 하면서, 아무 일도 없었어— 하고 대답했지만.

나중에 빨래를 도와드리던 중에 엄마한테도 『뭐 좋은 일 있었지』라는 소리를 들었다.

아지사이는 조금 고민했다. 나, 표정에 그렇게 쉽게 드러나는 걸까…… 싶어서.

그야 조금 마음이 들뜬 건 맞지만. 그래도 어쩔 수 없는 거잖아. 나는 기다려달라는 말에 계속 **참아왔는걸**. 기다려 마지않던 포상이니까.

『그거 잘됐는걸, 아지사이.』

"응……. 엄청 기뻤어."

밤, 아지사이는 침대에 몸을 웅크리고서 전화로 대화하고 있었다.

그녀의 목소리는 오늘도 맑고 투명해서 황금빛처럼 아름다웠다.

"하지만 마이 짱…… 그게, 괜찮아?"

『너희들의 오붓한 만남이 끝난 후에 나도 좋아한다는 말을 확실하게 들었으니까 괜찮아.』

마이의 꾸밈없는 목소리.

"응, 그렇구나."

그 말이 허세인지, 아니면 진심인지, 아지사이로서는 아직 분간이 가지 않았다.

어쩌면 마이 스스로도 모를지도. 그럴 정도로 마이는 자신이 굳센 사람으로 있으려고 노력하고 있으니까. 하지만…… 아니, 그렇기 때문에 더욱.

"있잖아, 마이 짱……. 나도 말했으니까 마이 짱 얘기도 듣고 싶은걸."

『내 얘기?』

"응. 마이 짱이랑 레나 짱이 처음으로 키스했을 때는 어땠어?"

『그, 그건.』

허둥대는 마이가 재밌어서 무심코 웃고 말았다.

물론 부끄러워서 그렇다기보다는 그 얘기를 듣고서 아지사이가 불쾌해하지는 않을까, 하는 배려 쪽이 더 크겠지.

그렇기 때문에 굳이 물었다.

"저기 저기, 가르쳐 주라. 괜찮잖아, 지금이라면 어떤 이야기를 들어도 괜찮은 기분이야. 응? 모르는 상태로 있는 게 훨씬 더 신경 쓰이니까."

『으음……. 네가 그렇게까지 말한다면 알겠어.』

일부러 떼를 써서 마이를 곤란하게 만들었다.

지금 아지사이에겐 두 가지 목표가 있다.

첫 번째는 레나코한테 내가 얼마나 좋아하는지 확실하게 깨닫게 해주는 것. 아무래도 레나코는 자기 혼자 일방적으로 아지사이를 좋아한다고 생각하는 모양이다.

결코 그렇지 않다고 입으로 아무리 설명해도 듣질 않는다. 그러니 앞으로도 레나코가 확실하게 이해할 수 있도록 행동할 생각

이다. 험난한 길이 되겠지만…….

그리고 또 하나의 목표.

『그랬는데 갑자기 비가 내려서 우리는 호텔을 빌렸거든.』

"호, 호텔……?!"

마이가 더욱 솔직해졌으면 좋겠어.

싫을 때는 싫다고, 상처받았을 때는 상처받았다고 말해줬으면 좋겠다.

마이는 나보다 훨씬 강한 사람이지만 그렇다고 해서 아픔을 느끼지 못할 리는 없다. 레나코 앞에서 마이와 아지사이가 대등한 위치라면, 아지사이는 마이의 슬픔이나 불안도 함께 나누어가지고 싶다.

어쩌면 나는 다른 일반적인 여자애들보다 감정이 무거운 편일지도 모른다……. 그런 생각에 조금 신경이 쓰인 적도 있었지만 어쩔 수 없다.

두 꼬맹이들이 바르고 정직한 사람이 될 수 있도록 평소에 입 아프게 타이르고 있으니까. 그래놓고서 누구보다도 소중한 사람을 상대로 적당한 거리를 유지하면서 모른 체할 수는 없는 노릇이다.

세 사람의 관계는 복잡하고, 불안정하고, 불가사의하다. 균형을 유지하기 위해선 서로의 노력이 꼭 필요하다. 그렇다면.

『하지만 말이지, 거기서 레나코가 이렇게 말했어. 지금 키스는 친구니까 노 카운트라고. 그렇게 나온다 이거지, 하고 나도 발끈하는 바람에.』

"뭐, 뭐어?! 키스라는 게 그냥 키스가 아니라, 그런……?!"

그렇다면 지금은 이 기묘하고 특별한 연인들을 위해 미력하나마 아지사이도 할 수 있는 일들을 하자고 마음먹었다.

파닥파닥 손부채를 부치면서 아지사이는 새빨개진 얼굴로 중얼거렸다.

"괴, 굉장해……. 마이 짱이랑 레나 짱은 벌써 그렇게나 진도를 나갔구나……."

『…………아니.』

"어?! 아니라니 무슨 뜻?!"

『뭐라고 해야 할까, 그 이후로도 여러 가지 일들이 있었거든……. 응, 이건 또 다음 기회에 얘기할까! 어쨌든 나는 아지사이도 응원하고 있으니까! 응!』

"여러 가지 일들이 뭔데?! 어? 마이 짱! 엄청나게 신경 쓰이는데! 저기저기! 여러 가지 일들이 뭐야—?!"

셋이서 사귀게 된 이상 이 상황을 즐겨야 한다고.

허세도, 겉치레도 아니다. 지금의 아지사이는 흔들림 없이 그렇게 생각할 수 있었다.

프롤로그

"심한 꼴을 당했다냥……."

카호는 자기 방에서 홀로 지친 한숨을 꺼져라 내쉬었다.

방과 후, 어쩌다 교실에 남아 있었더니 레나코가 갑자기 불러서 나갔는데, 거기에는 어째선지 타카다 히미코를 비롯한 그쪽 그룹 애들이 기다리고 있었고, 카호는 가히 폭력적인 사과의 소용돌이에 삼켜지게 되었다.

사과 자체는 선의에서 비롯된 행동이라고 쳐도, 사과를 받는 쪽도 상당한 인내심을 요구받았다. 아니 정확히는 진이 빠지도록 지쳤다.

"설마, 타카다 히미코와 네모토 미키의 만남에 그런 기가 막힌 과거가 있었을 줄은 몰랐다냥……."

석양도 저물어갈 때쯤 집에 온 카호는 자, 그럼 뭘 할까 생각하면서 책상으로 향했다. 만화나 애니메이션이라도 볼까, 아니면 다음 이벤트 준비를 해볼까.

코스프레 페어 이후, 카호의 SNS 팔로워는 순조롭게 늘어나고 있었다.

분별없는 사람들이 페스에서 기록한 순위를 들먹일 때도 있었지만, 페스에 출장한 적이 있다는 경력을 통해 얻는 이득이 훨씬 더 컸다.

그래서 요즘 들어 코스프레에 대한 의욕이 한껏 올라간 상태다.

지금 이럴 때 잔뜩 벌어두면 잘하면 연말, 혹은 내년 여름엔 코스프레 사진집 같은 것도 낼 수 있을지도……!

만화를 보며 자란 카호에게 자신의 책을 낸다는 건 꿈만 같은 일이었다.

사실 솔로 사진집으로 할지 어떨지는 아직 고민거리긴 했지만……. 대량의 재고를 떠안게 됐다간 심대한 정신적 대미지를 입게 된다는 의미에서…….

"아니, 벌써부터 그런 미래의 일은 고민해 봤자지! 좋아, 옷을 만들까—."

몸을 일으켰을 때, 집 초인종이 울렸다.

"얼레."

그러고 보니 오늘 약속한 게 있었다. 종종걸음으로 현관으로 향했다. 찾아온 손님은 아시가야 학교 교복을 입은 흑발의 미소녀. 코토 사츠키. 시합에서 다친 발목은 이미 다 나은 모양이라 다행이다.

"안녕."

"사 짱! 어서 와!"

"그럼 실례할게."

코토 사츠키는 우아한 몸짓으로 벗은 신발을 가지런히 정리하고서, 머리카락을 쓸어 넘기며 몸을 일으켰다.

"호와……."

"……왜?"

"완전 한 폭의 그림이다— 싶어서."

무슨 소린지 전혀 모르겠다는 표정을 짓고 있는 사츠키였지만 이것도 항상 있는 일이다.

애초에 코토 사츠키는 카호 입장에선 전혀 엮일 일이 없을 부류였고, 그건 아마 사츠키 입장에서도 마찬가지라, 두 사람에겐 아예라고 표현해도 좋을 정도로 공통된 화제가 없었다.

카호는 만화, 애니메이션을 좋아하는 데에 반해, 사츠키가 읽는 책은 기본적으로 순문학. 도서관에 놓여 있는 책들뿐이다. 도서관에 있다면야 라이트노벨도 즐기는 모양이지만, 카호한테는 익숙한 인터넷 용어 같은 건 완전히 까막눈이었다.

"사 짱. 사 짱이랑 나는 어떻게 친하게 지내는 걸까."

"뭐야 갑자기. 딱히 그렇게 친하지는 않잖아."

"너무 딱 잘라 말한다냥! 하지만 그런 사 짱의 얼굴이 사랑스러워♡"

"그러네. 나도 네가 주는 노동의 대가가 무엇보다도 좋아."

굳이 말하자면 이런 느낌으로 서로 하고 싶은 말을 쉽사리 주고받을 수 있어서 그런 걸지도 모른다.

이용하고, 이용당하는 알기 쉬운 명확함이 마음 편했다.

(뭐, 얼굴이 사랑스럽다는 건 틀림없는 사실이지만.)

사츠키를 방으로 초대해, 바로 갓 만든 따끈따끈한 의상을 입혔다.

다음번 촬영회 땐 다시 사츠키랑 나갈 예정이라 오늘은 그 의상을 체크하는 날이었다.

카호는 이 순간이 즐거워서 어쩔 줄 몰랐다.

"어때?! 사 짱!"

"…………끼는 느낌은 없어. 딱 좋아. 그렇긴 한데……."

새 의상. 그것도 다리 노출이 상당해서 꽤 야한 하이레그 차림을 내려다보며, 사츠키는 예쁜 눈썹을 찌푸렸다.

"…………어쩐지 또 천 면적이 줄어든 거 아닐까."

"엥? 그런가?! 확실히 이번 의상은 페이크 레더 레오타드가 포인트니까! 이세계물 여검사야! 사 짱한테 딱 어울리는 역할!"

"그래……."

석연치 않다는 표정으로 거울에 비친 자신의 모습을 확인하고 있다.

그러는 한편 카호의 가슴에는 태풍, 사츠키호가 몰아치는 중이다.

(아앗, 사 짱……! 어쩜, 어쩜 이리 아름다운지……! 2D 작품 의상이 이렇게나 잘 어울리는 사람은 눈 씻고 찾아봐도 없다고요, 진짜로……! 내가 만든 의상에서 환희의 노래가 들려오고 있어……!)

이제는 혀까지 날름거릴 정도로 텐션이 극에 달했다.

(압도적인 재능의 광채……! 사 짱이 의상을 돋보이게 해주고, 의상이 사 짱을 돋보이게 만들어……! 코스플레이어로서는 너무나 분하지만, 의상 제작자로서는 이렇게 기쁠 수가 없어……! 두 가지 인격이 팽팽하게 맞서느라 쪼개질 것 같아!)

카호는 기쁨에 몸을 떨었다.

인싸와 아싸라는 두 얼굴을 구분해서 사용하는 카호지만, 가끔씩 두 가지 감정이 뒤죽박죽으로 섞일 때가 있는데—— 대부분은 사츠키나 레나코 앞에서지만—— 그럴 때는 저도 모르게 본성이

겉으로 드러나기 쉬워진다. 오타쿠에 아싸인 코야나기 카호다.

"사 짱, 본격적으로 코스플레이어 해보자! 세계를 정복할 재능이야!"

"싫어. 관심 없는걸."

"커억~~~!"

만약 이 말을 한 사람이 레나코였다면 무심코 짱돌을 쥐고 달려들었을 상황이지만, 상대가 사츠키라서 손쓸 도리가 없다.

집안 살림에 보탬이 되려고 아르바이트를 할 정도로 성실하고, 해님 아래를 걷는 것처럼 바르고 올곧은 사람한테 자기가 사랑하는 세계를 단호하게 거절당하는 데에서 어째선지 음습한 기쁨을 느끼게 된다. 오타쿠의 안 좋은 측면이다.

"사 짱의 그런 차가운 점…… 좋아!"

"슬슬 벗어도 괜찮을까."

"사진 6만 장만 찍고 나서 벗어도 될까?!"

"벗을게."

사츠키한테 매정한 취급을 당해도 싱글벙글한 카호였다.

"저기."

교복으로 다시 갈아입은 사츠키가 머리카락을 쓸어넘기면서 물었다.

"카호는 내 어디가 좋은 거야?"

"얼레."

의외의 질문이었다. 아니 정확히는 사츠키가 먼저 무언가를 물어보는 일 자체가 드물뿐더러, 카호가 사츠키를 어떻게 생각하는

가를 신경 쓰고 있다니.

평소에 언제나 남들한테 관심 없어 보이던 사 짱한테도 귀여운 구석이 있었다냥…… 하는 생각을 하면서 선뜻 대답했다.

"응! 좋아! 얼굴이 특히 좋아! 완전 최고!"

"그래."

잠시의 공백.

사츠키는 카호를 응시하고서.

"그러면 나랑 사귈 수 있어?"

고개를 갸웃했다.

"그건 무슨 뜻―?"

되묻는 질문에 사츠키는 대답 없이.

천천히 자리에서 일어섰다.

"아무것도 아니야. 용무는 마쳤으니 그만 갈게."

"앗, 사 짱――."

감정을 떨쳐버린 것처럼 빠른 걸음으로 자리를 떠나는 사츠키의 뒷모습을 보면서.

카호는 직감적으로 이해했다.

그냥 이대로 떠나게 놔뒀다간 사츠키는 두 번 다시는 이번 일을 입에서 꺼내지 않을 거란 사실을.

사실 그렇다 해도 특별히 카호한테 문제 될 건 없다. 없긴 하지만――.

"으랏차!"

"꺄──."

카호는 사츠키의 등 뒤에서 태클을 걸었다. 한 덩어리가 되어 바닥을 나뒹군다.

끌어안긴 상태로 뒤를 돌아본 사츠키는 화를 냈다. 당연한 반응이다.

"가, 갑자기 뭘 하는 거야?! 무슨 생각을 하는 건데?!"

"아무것도 얘기 안 해주는 사 짱 잘못이야!"

"잘못은 다짜고짜 폭력을 휘두르는 사람한테 있겠지!"

맞는 말이다.

"죄송합니다."

조금의 망설임도 없이 납작 엎드려서 사과하는 카호를 보며 사츠키는 어이가 없다는 듯 한숨을 쉬었다.

"정말이지, 황당한 짓이나 하고……. 아마오리의 안 좋은 점이 옮은 거 아니야?"

"그거 가능성 있을지도!"

복도 한가운데에 무릎을 꿇은 채로 사츠키를 올려다보았다.

"그래서, 무슨 일이 있었는데? 아, 알겠다. 그룹에서 나랑 사 짱만 남겨져버렸으니 아예 우리 둘이서 사귀면 되지 않을까? 뭐 그런 뜻?"

"……그게 아니야."

사츠키는 머리카락을 정리하고 있었다. 일단 바로 자리를 떠나려는 마음은 없어 보인다.

시간을 버는 데는 성공한 모양이니 음—, 하고 카호는 팔짱을 끼고서 생각에 잠겼다. 그때 번뜩였다.

"설마 사 짱, 레나찡을 좋아했었어……?! 그래서 상심한 나머지……!"

"때릴 거야."

맞고 싶지는 않았으므로 다른 추론을 꺼내기로 했다.

그렇다면.

(이게 맞을 거 같아서 싫다냥…….)

꺼림칙하게 생각하면서도 말을 꺼냈다.

"마이를 좋아했었다, 라든가."

"…………."

사츠키는 역시라고 해야 할지, 침묵에 잠겼다.

자기도 예전에 마이한테 고백한 전적이 있어서 조금 거북하다.

그런데 사츠키는 딱 잘라.

"아니야."

"어라라."

태도를 보건대 정말로 아닌 모양이었다. 그렇다고 한다면 카호로서는 더는 짐작 가는 이유가 없다. 아니지, 혹시.

"아 짱을 좋아했어?!"

그게 제일 진흙탕 전개잖아!

"세나에 대해선…… 뭐, 좋아하지만 그런 쪽의 좋아함은 아니야."

이해가 간다. 카호도 아지사이를 좋아한다. 착하고, 귀엽고, 가슴도 크고. 그나저나 그것도 아닌가 보다.

"저기저기, 사 짱."

카호는 사츠키의 교복 소매를 살짝 잡았다.

"미안해. 나, 사 짱의 마음을 잘 모르겠어."

사츠키는 카호의 손을 뿌리치지 않았다.

"……왜 사과하는 거야."

"그야 친구가 고민하고 있는데 힘이 되어줄 수가 없는걸."

"그건…… 상당히 제멋대로네. 내가 도와주길 바라는지 어떤지는 상관없는 걸까."

"응."

이런 상황에서도 카호는 태연하게 고개를 끄덕일 수 있다.

"나는 항상 까불거리잖아? 그런 방법으로 학교 친구들과 친해졌고, 애들한테 귀여움도 받고 있지만 사실은 있지, 그것 말고는 다른 방법을 모르는 거야."

"……."

사츠키는 조용히 그 말을 듣고 있었다.

"그래서 인간관계의 깊은 이야기에 대해선 솔직히 어떻게 해야 좋을지 전혀 모르겠어. 잘 모르니까 항상 익살스럽게 굴거나 농담으로 매듭짓곤 해. 하지만 지금은 그걸론 안 된다는 생각이 들었으니까 솔직하게 배를 터놓고 대화하려 하고 있어."

"……배가 아니라 속이야."

"그래 그거."

바로 그거라는 듯 손가락을 척 세웠다.

안 되지, 안 돼. 자꾸 이러는 게 문제라니깐. 고개를 흔들었다.

"그러니까, 그게 음……. 사 짱이 속마음을 알려줬으면 좋겠어. 다른 사람한테도 얘기할 수 없을 만한 내용이라면 더더욱."

"……정말로 서투르구나."

카호는 머리를 긁적였다.

"아니 뭐……. 인싸 코스프레라고는 해도 할 수 없는 것까지 갑자기 할 수 있게 되지는 않으니까냥……. 얼버무리는 거야 제법 능숙해졌지만."

사츠키는 체념한 것처럼 한숨을 쉬었다.

"너는 지금까지 좋아하는 사람이 있었어?"

"어? 뭐, 그야…… 마이마이라든가."

어떨까. 그 질문에 대한 적절한 대답이라는 생각이 들지 않았다. 마이는 연인으로 삼고 싶은 사람이었지만 좋아했냐고 물어보면 딱히…….

굳이 말하자면.

두루뭉술한 생각이 구체적인 형태를 띠기 전에 사츠키가 먼저 뒷말을 이었다.

"그래. 나는 그런 사람이 없었어."

"응."

그래 보인다.

"연애라는 건 나한텐 오로지 창작물에만 존재하는 동화 속 얘기 같은 거였어. 어느 정도는 가정환경 탓에 그런 것도 있지 않았을까. 내 인생에 연애 따위 필요 없었어."

사츠키는 그게 무척이나 쓸쓸한 일인 것처럼 얘기하고 있었다.

대체 어째서.

"하지만 아직 고1이니까 좋아하는 사람이 없는 애가 더 많지 않을까. 우리 주변 친구들이 조금 특별할 뿐이고."

"그런 건 상관없어. 왜냐하면——."

사츠키가 이를 악물었다.

"마이한테는 이미 좋아하는 사람이, 있는걸."

그 말은……?

"카호."

"응."

순간 카호는 "흐갹?!" 하고 비명을 질렀다.

사츠키가 카호의 양쪽 귀를 손바닥으로 꽉 누르듯이 덮었기 때문이다.

아무 소리도 안 들리는 카호 앞에서 사츠키는 계속해서 입을 움직였다.

"——그 마이가, 뭘 하더라도 공허하고 외로워 보이던 마이가, 마치 드디어 자기 집에 돌아온 것 같은 얼굴을 하고 있어. 연애란 게 그렇게나 푹 빠질 정도의 일인 거야? 그렇다면 어째서 나는 그걸 이해할 수 없는 거야? 마이만 그렇게."

그 한마디 한마디가, 마치 못을 때려 박는 쇠망치처럼 무겁게 떨어졌다.

하지만 카호가 느낄 수 있는 건 묵직한 말들이 아닌 사츠키의 표정뿐.

"……그런 식으로, 울면서, 미소 짓고……."

마쿠하리 멧세 스테이지 위. 레나코와 아지사이 가운데에 안긴 마이는 더 이상 없을 정도로 행복해 보였다.

무엇보다도 용서할 수 없는 게 바로 그 점이라고, 분명 사츠키는 카호한테가 아니라 자기 자신한테 말하고 있었다.

"나도 알고 싶어. 연애라는 게 얼마나 멋진 건지. 아니면 사실은 얼마나 하찮기 그지없는 일인가를."

마이의 결실은 사츠키에겐 시작에 불과하다.

다시 한번.

"잘못된 건 나인가, 아니면 마이인가. 그 정답을 알고 싶어——."

그렇게 말하고 나서야.

사츠키는 카호의 귀를 막고 있던 손을 떼었다.

"——이상."

카호는 멍하니 사츠키를 바라보았다.

"사 짱."

"그래."

"뭔가 후련한 표정을 짓고 있는 와중에 미안하지만 나는 한 마디도 못 들었다구."

"그렇구나, 안심했어."

누구의 말도 필요로 하지 않는 사츠키는 머리카락을 나부꼈다.

"만약 들렸다면 너를 제거할 수밖에 없었을 테니까."

"대비책이라곤 손으로 막은 것밖에 없으면서 그런 무시무시한

소리 하는 거 아니야!"

카호는 아무리 그래도 이건 정당한 항의라고 생각했다.

그때였다.

조용해진 복도에 둔중한 진동음이 울렸다.

사츠키는 이미 표정을 갈아 끼운 것처럼 평소의 무표정으로 돌아와 있었다. 진동음을 울리는 스마트폰을 주머니에서 꺼내더니 중얼거렸다.

"……별일이네."

카호한테 시선으로 허락을 구하고서 등을 돌려 전화를 받았다.

"네, 여보세요, 아주머니?"

선생님을 앞에 둔 것처럼 사츠키가 정중한 목소리로 얘기하고 있다. 그러고 있으니 조금의 빈틈도 없는 완벽한 미소녀다.

"네에, 그건 괜찮지만요…… 네, 알겠습니다, 네."

통화는 금방 끝났다. 사츠키는 다시 자리에서 일어나더니 혼잣말처럼.

"그럼 실례했어."

그렇게 말하고서 현관으로 걸어간다.

"저기—, 사 짱!"

"무슨 일일까."

현관에서 신발을 신고 있는 사츠키를 배웅할 겸, 카호는 입을 비죽이면서 말했다.

"잘은 모르겠지만, 사 짱도 누군가 멋진 사람을 찾게 돼서 결국 그룹 내에 연인이 없는 사람은 나만 남게 되면 너무 외롭다고!"

"그때는 아마오리한테라도 고백해 보면 어때?"
"대체 레나찡한테 얼마나 업보를 쌓게 만들려는 거야?!"
역까지 바래다주겠다고 제안했지만 사츠키는 혼자서 휙 가버리고 말았다.
방으로 돌아온 카호는 쿠션을 품에 안고서 멍하니 허공에 시선을 던졌다.
아직 사랑은 잘 모르겠지만. 카호한테도 초조한 마음은 있다.
퀸텟은 마음 편한 그룹이다. 고등학교 3학년까지 다섯 명이 변치 않고 그대로 있을 수 있었다면 분명 행복했겠지. 하지만 그렇게 되지 않았다.
바로 옆에서 세 사람이 알콩달콩 붙어있는데도 변함없이 있을 수 있을 정도로 강한 사람은 못 되니까.
"이렇게 다들 조금씩 어른이 되어가는 거구나……."
그렇게 중얼거리며, 카호는 옆으로 풀썩 쓰러지듯 누웠다.

그리고 카호가 모르는 곳에서 사츠키의 이야기가 움직이려 하고 있었다.

＊＊＊

깨끗한 회의실에 사츠키가 얼굴을 내밀었다.
전화가 끝나자마자 사츠키를 데리러 사람이 왔다. 그 차를 타고 도착한 곳은 정보와 유행의 발상지 시부야에 있는 퀸 로즈의

회사 빌딩이었다.

당당하게 허리를 세우고 걷는 모습이 건축 디자이너가 설계한 세련된 빌딩과 몹시도 잘 어울렸다. 누가 봐도 이 빌딩에 드나드는 모델들 중 한 명이라고 생각할 터.

접수처의 안내를 받아 회의실로 이동했다. 곧 모습을 드러낼 여성은 바로 이 장엄한 성의 주인이겠지.

"잘 와줬어."

철컥 소리와 함께 문이 열리고, 오우즈카 마이의 엄마── 오우즈카 르네가 나타났다.

그녀는 여전히 몸단장에는 별 관심이 없는지 마치 연구에만 몰두하는 과학자 같은 분위기였다. 그리고 옆에는 조수인 것처럼 한 소녀를 대동하고 있었다.

"그간 잘 지내셨나요, 아주머니."

"응. 적당히 앉아."

상석에 앉은 르네의 대각선 앞쪽 자리에 앉았다.

벽면에 서 있는 소녀가 신경 쓰인다.

"저쪽은?"

아직 어리다. 고등학생 정도일까. 하지만 모델일 리는 없었다.

아무리 봐도 모델 치고는 키가 한참 작은 데다, 무엇보다도 일개 모델이 여제 르네 앞에서 얼빠진 표정으로 하품이나 삼키고 있을 리는 없으니까.

"아, 저는 전혀 신경 쓰지 마시죠."

사츠키가 물끄러미 응시해도 어깨만 으쓱할 뿐. 뭔가 느껴지는

분위기도 어딘지 모르게 수상했다.

르네가 종이로 된 자료를 탁자 위에 휙 던졌다.

"너보고 와달라고 한 일과 관련이 있는 애야."

"……."

뭐 때문에 부른 건지는 대충 짐작이 간다. 오우즈카 르네는 가끔씩 사츠키를 모델로 스카우트하고 싶어 했고, 어디까지나 그 용건의 여담인 것처럼 오우즈카 마이의 근황 이야기를 듣고 싶어 했다. 고등학교 들어와서 연락받은 건 처음이었지만 이번에도 매번 있던 일의 연장선상에 있겠지, 싶었다.

딸의 사생활에 대해선 하나토리한테 남김없이 보고받고 있을 텐데도. 오우즈카 르네 말로는『또 보이콧 당할 수는 없으니까』라는데, 그 이유를 꺼내 들면 옛날에 그 보이콧에 한 손 거들었던 사츠키도 켕기는 구석이 없잖아 있어서 입장이 약해진다.

만약 마이한테 들키면『밀회』라고 손가락질당해도 부정하지 못할 상황이지만, 그렇게 따지면 마이도 자기가 없을 때 엄마랑 얼굴을 마주한 적도 있잖아, 그러니까 쌤쌤이라며 자기합리화를 하고 있었다.

그런데 프린트된 자료에 실린 사진 속 인물은 의외의 사람이었다.

아마오리 레나코다.

"……이건?"

"너와 같은 학교에 다니는 반 친구. 맞지?"

"맞아요."

어째서 오우즈카 마이의 엄마인 르네가 아마오리 레나코의 사

진을 가지고 있는 걸까.

아니, 입이 찢어져도 마이와 관계가 없다고 말할 수는 없는 사람이고, 오히려 관계가 엄청나게 깊은 인물이지만…….

뭔가 터무니없는 일이 시작되려고 하고 있다―― 그런 예감만이 열기구처럼 부풀어 오른다.

"딱 한 번, 패션쇼에서 만난 적이 있는데 그때는 그 아이의 친구라고 소개했었어. 하지만 정말로 단순한 친구라면 **하나토리가 흥신소에 아마오리 레나코의 조사를 의뢰할 이유가 없지.**"

"……하나토리 씨가 그런 짓을?"

"그래."

그건.

위험한 거 아닐까, 하고 사츠키는 눈을 피했다.

어쨌든 아마오리 레나코는 친구(라고 한 번은 인정한 상대)고, 그녀가 도쿄 만에 수장됐다간 눈물을 흘릴 애도 있을 테니까 어떻게든 커버를 쳐주고 싶지만…….

르네는 새로운 작품의 카탈로그 스펙을 선보이는 것처럼 담담하게 사실을 읊었다.

"조사 보고서가 우리 집에 도착했거든. 미안한 일이지만 하나토리가 보기 전에 회수했어. 그래서 이제부터 있을 일에 대해서는 하나토리는 일절 모르는 거야."

"그런, 가요."

"이것 참―."

그 순간, 가만히 존재감 없이 듣고만 있던 소녀가 끼어들었다.

"사실 이런 짓은 좋지 않은데 말이죠. 그래도 수습 직원일 뿐인데 같은 학교라는 이유만으로 조사원으로 발탁된 제가 퀸 로즈 사장님한테 협박을 받으면 순순히 따를 수밖에 없잖아요. 아무튼 그런고로 이게 그 결과 보고인데요."

아무래도 소녀는 흥신소 소속 조사원인가 보다. 다시 말해 신출내기 탐정이라는 뜻인가.

듣고 보니 확실히, 세상 물정에 찌든 태도가 어딘지 엄마가 일하는 직장에 있는 여성들과 닮았다는 느낌이 든다.

어째서 하나토리 히토에가 아마오리 레나코의 신변에 대한 조사를 의뢰했는가, 그거야 당연히 그녀의 주인과 아마오리 레나코의 관계를 의심했기 때문이겠지.

하나토리에게 저 **문란한 관계성**을 들키지는 않았다는 게 그나마 불행 중 다행이겠지만……. 오히려 그 탓에 레나코는 더 큰 궁지에 몰리게 된 걸지도 모른다.

하필이면 마이네 엄마한테 들킬 줄은.

"너는 알고 있었어?"

사진에는 아마오리 레나코 말고도 오우즈카 마이, 그리고 세나 아지사이가 찍혀 있었다.

이미 결정적이다.

사츠키는 아마오리 레나코를 위해서 자기가 다소의 위험을 무릅쓰고서라도 변명을 해줘야 할지 망설였고, 망설임 끝에 반쯤은 의무감에 떠밀려서 입을 열었다.

"저기, 아주머니. 걔는 결코――."

르네가 그 말을 덧씌우는 것처럼 툭 말했다.

"——그녀가 여자애 넷과 동시에 사귀고 있다는걸."

…….

사츠키는 눈을 깜빡거렸다.

넷?

"……누가, 말인가요?"

"인정하고 싶지 않은 마음은 이해해."

르네는 마치 상대를 위로하는 듯한 눈을 하고 있었다. 여태까지 한 번도 본 적 없는 표정이다.

자료의 페이지를 넘겼다. 거기에는 사츠키, 그리고 코야나기 카호의 사진이 있었다.

빈 교실에서 사츠키가 레나코를 몰아붙이고 있는 사진.

거기에다 레나코와 카호가 체육관을 엿보면서 몸을 딱 밀착하고 있는 사진이다.

"……그러니까."

"어떤 경험이든 마이를 위한 경험이 된다면야 못 본 척 넘어갈 생각이었어. 하지만 아무리 그래도 이건 너무 지나치다는 게 내 생각이야. 네다리를 걸치고 있다고? 게다가 여자끼리라니, 일본 고등학교에선 그게 허용되는 일이야?"

르네의 목소리에서 느껴지는 감정은 분노가 아닌 순수한 의문. 그리고 곤혹스러움이었다.

뭐라고 대답해야 좋을까.

"허용되는 건 아니라고, 생각하는데요……."

"그렇다면 그녀는 어째서 지금도 철창 안이 아니라 버젓이 스쿨 라이프를 만끽하고 있는 걸까. 이럴 줄 알았으면 앞뒤 가리지 말고 마이를 프랑스로 데려갔었어야 했어."

눈을 내리깔고 있는 르네의 모습은 당연하지만 마이와 굉장히 많이 닮았다. 하지만 마이가 가지지 못한 연약한 태도가 가끔씩 드러나는 순간이 있다.

어쩌면 엄마로서 딸을 구해내고 싶다고 진심으로 생각하는 걸지도 모른다.

소녀가 가슴에 손을 얹고서 하아아아아, 하고 성대하게 한숨을 내쉬었다.

"저도 믿을 수 없었습니다! 게다가 얘, 제가 살짝 꼬시기만 하면 바로 넘어올 것 같은 표정을 짓는데……. 이건 다섯 다리일 수도 있다고요! 사장님!"

"당신."

기억났다. 어쩐지 어디서 본 적 있는 소녀 같다고 생각했더니.

"그, 뭐라고 했더라. 그 B반 그룹의."

"어? 저는 히미코 짱이랑 그 정도 접점은 없는데요."

"하지만 그 바보 같은 이름을 가진 그룹의 일원이잖아."

소녀는 웃었다.

"퀸텟에 대항하기 위해서라고는 해도 4명인데 5déesse라고 이름을 붙인 건 확실히 바보 같다는 소리를 들어도 어쩔 수 없겠지만요."

아무튼 말이죠, 라면서 소녀가 말을 이었다.

"오우즈카 마이랑 사귀고, 세나 아지사이랑 사귀고, 거기다 코토 사츠키와 관계를 맺고, 그걸로 모자라 코야나기 카호랑 서로 자기야라고 부르면서 꽁냥내고 있죠……. 사장님께선 그런 애를 그냥 내버려 둘 수는 없다고 말씀하시는 거예요."

소녀── 테루사와 요우코는 검지를 세우면서 응응, 하고 고개를 주억거렸다.

사츠키는 다시 르네 쪽으로 시선을 돌렸다.

"저기, 아주머니. 그녀는 네다리를 걸치고 있는 건 아니라고 생각해요. 적어도 저는 사귀는 사이가……."

거기까지 말하고서.

사츠키는 문득 생각에 잠겼다.

이 상황은 확실히 레나코 입장에선 궁지일지도 모른다. 자칫했다간 도쿄 만 앞바다에 가라앉게 될 수도 있는 위기. 뭐, 양다리든 네다리든 죄의 무게가 크게 달라지지는 않을 테니 아무래도 상관없지만.

하지만 내 입장에선 어떨까.

혹시, 어쩌면.

『그 대답을 알고 싶어──.』

스스로를 향해 통렬하게 외쳤던 그 목소리가 들린다. 정말로 알고 싶은 대답을 손에 넣기 위해서 무슨 짓까지 할 생각이 있는가. 각오를 묻는 목소리가.

그거야 물론──.

사츠키는 고개를 들었다.

"아주머니."

옅은 미소를 지었다.

"확실히 저도 그렇게 생각해요. 내버려 둘 수는 없어요. 하지만 아마오리 레나코의 지배력은 아직 강해서 단순히 마이를 설득하는 것만으론 역효과가 날 거예요."

"딸의 연애에 참견을 하는 건 부모로서 부끄러워해야 할 일일지도 몰라. 무엇보다 마이는 아직 학생 신분. 하지만."

르네가 손목시계를 내려다보고서, 마음대로 되지 않는 현실에 빰을 갈기는 것처럼 말했다.

"……15분이네. 어쨌든 마이는 지금이 한창 중요할 때야. 퀸 로즈가 명실공히 세계에서 인정받기 위해 그 아이의 힘이 필요해."

일어서는 르네.

"네."

사츠키는 보이지 않게 주먹을 꾹 쥐었다.

그 마음이 겉으로 드러나지 않도록 한 박자 틈을 두고서 가슴에 손을 올리고.

"그러니까."

선언했다.

"——아마오리 레나코에 대해선 저에게 맡겨주세요."

자기까지 포함해 **현재진행형으로 네다리를 걸치고 있는 여자**

라니, 그런 굴욕을 당하고 가만히 있을 수는 없다—— 그런 대의 명분을 내세워서.

딸을 쏙 빼닮은 푸른 눈동자로 르네가 사츠키를 응시했다.

"너한테?"

"네."

크게 고개를 끄덕였다. 르네는 분명 의심하지 않을 거다. 그녀는 서투를 뿐이지 나쁜 사람은 아니니까. 딸과 마찬가지로.

그런데—— 요우코가 손뼉을 쳤다.

"아, 그러면 승부를 하죠!"

"……뭐가?"

"이번 건수는 저도 일로서 의뢰를 받을 생각이었거든요. 사장님은 따님을 걱정하고 계시잖아요? 그러면 자, 마침 잘 됐네요. 탐정 업무의 일환으로『커플 찢어놓기』라는 일도 있어요. 다시 말해서."

사업계획서를 제안하는 회사원처럼 요우코가 양팔을 펼쳤다.

"저와 당신 중 **어느 쪽이 아마오리 레나코와 오우즈카 마이를 헤어지게 만들 수 있을 것인가**. 연인 관계를 갈라놓는 쪽이 성공 보수를 가져간다. 이런 건 어떤가요?"

"……."

사츠키는 잠시 침묵한 다음 요우코를 마주 보았다.

어째서 승부 같은 소리를 꺼낸 건지는 알 수 없었다. 얘는 대체 무슨 생각을 하는 걸까. 하지만 정말로 돈을 원해서 그럴 뿐이라면 협력도 가능할 것이다. 정말로 그것뿐이라면——.

천천히, 그리고 신중하게 입을 열었다.

"네가 멋대로 움직일 거라면 알아서 하든가. 나는 **내 목적이 있으니까.**"

요우코는 잠시 동안 사츠키를 응시한 뒤, 순정만화 주인공처럼 밝게 웃었다.

"후훗, 알겠습니다. 그 부분은 차차 얘기를 나눠보도록 하죠. 학교생활이 어쩐지 즐거워질 것 같네요."

"……응, 그러네."

마녀처럼 미소 짓는 사츠키와 해바라기처럼 밝게 웃는 요우코.

대조적인 두 사람의 웃음 앞에서.

"On n'a qu'une vie. 인생은 한 번뿐. 너는 후회하지 않길 원해, 마이——."

르네는 어두운 눈으로 사진 속 인물을 바라보고 있었다.

후기

평안하세요, 미카미 테렌입니다.

와타나레 시즌 2 개막! 488페이지라니 뭐냐고!

알고 계시나요? 라이트노벨이라는 건 대체로 300페이지 이내로 끊으면 꽤 준수하게 팔리고, 이익도 괜찮게 난다는 데이터가 있다는 모양이에요. 그래서 256페이지나, 272페이지 분량의 책이 많단 말이죠.

그래서 이렇게나 페이지 수가 불어나면 아무래도 전편, 후편 두 권으로 나눠야 하는 거죠. 나도 그러고 싶었어. 하지만 불가능했어……. 도저히 끊을 곳이 없었습니다.

왜냐하면 훨씬 더 짧은 에피소드가 될 거라고 생각했으니까!

담당자님한테도 말했습니다.

"아, 5권은 짧게 갈게요. 끝까지 밝은 분위기의 일상 에피소드가 될 예정이니까요. 4권은 역시 너무 두꺼웠으니 말이죠.(웃음)"

어디서 끊어야 할까, 굳이 말하자면 제 숨통부터 끊어야 하겠지만요.

그런 고로 여기서 선언하도록 하겠습니다.

6권과 7권은 전후편으로 내겠습니다! 그리고 두 권을 최대한 빨리 전해드릴 수 있도록 할게요. 만약 불가능했을 경우엔 나를

나무 밑에 묻어버려도 상관없어! 빠밤—!

그럼……. 이번엔 후기도 6페이지로 넉넉하게 받았으니 시즌 2에 관해서 최대한 스포일러 없이 얘기해 보고자 합니다.

해주겠어!

1 : 시즌 2란 뭐야—? (5권 내용에 대한 약간의 스포일러 있음)

여기서 다시 한번 복습해 보죠. 시즌 1은 알기 쉽게 권마다 각 캐릭터의 담당 에피소드를 진행했습니다. 1권에선 마이 짱. 2권에선 사츠키 양. 3권에서 아지사이 양. 4권에선 카호 짱과 시즌 1의 마무리.

그에 비해 시즌 2는 살짝 구성이 복잡해졌습니다. 복잡한 내용을 최대한 재미있는 부분만 골라내서 심플하게 전해드릴 수 있으면 좋을 텐데— 싶습니다. 이번에 페이지 수가 불어난 것도 복선에 예상 이상으로 분량을 잡아먹는 바람에 그런 것도 있단 말이죠.

그리고 시즌 2라는 이유로 시즌 1의 복습을 할 생각으로 캐릭터들을 잔뜩 등장시켰더니 손쓸 도리가 없었어. 와타나레, 캐릭터가 참 많았어……. 그래도 전부 좋아해…….

아, 그렇지. 그리고 이거 꼭 말해놔야겠다.

5권 내용에 대한 약간의 스포일러가 됩니다만, 이번 에피소드에서도 추가 히로인 느낌으로 나타난 여자애가 있잖아요(등장인물이 더 늘어났어!), 하지만 메인은 앞으로도 변함없이 퀸텟의 다섯 명입니다.

이건 제 취향입니다만 메인 캐릭터가 좋아서 읽기 시작한 소설인

데 메인 캐릭터의 출연이 점점 줄어들어서 서브 캐릭터가 메인이 되면 "앗……" 하는 기분이 들지 않나요? 저는 그렇단 말이죠…….

물론 그걸 통해 더 재밌어진 이야기도 얼마든지 있겠지만 제 작품에선 퀸텟을 훨씬 더 좋아해 주실 수 있게 되도록 노력할 생각입니다. 저는 제일 처음에 잡은 포켓몬들로 챔피언에 도전하는 타입인 포켓몬 트레이너…….

그러니 결국, 시즌 2에서 해야 할 일은 마이 짱과 사츠키 양과 아지사이 양과 카호 짱을 더욱 좋아해 주실 수 있도록 노력하는 일이군요! 열심히 해줘, 레나코.

2 : 4권에서 사츠키 양의 마무리에 대해

그런 마무리를 해놓고 이렇게나 기다리게 만들어서 드릴 말씀이 없습니다. 사츠키 양의 장난기가 드러나고 말았군요. 드러나고 말았다가 아니잖아.

코토 사츠키가 떨어트린 폭탄에 대한 대응은 아직 조금 더 시간이 걸립니다. 폭탄 해체엔 순서도 복잡하고 시간도 걸리는 모양이라…….

이야기가 마무리되는 건 조금 더 미래의 일이 될지도 모르겠네요.

(하지만 4권에서 그렇게나 끙끙대며 고민한 끝에 대답을 내놓은 주제에, 레나코가 다음 권에서 갑자기 "아, 저는 사츠키 양이랑도 사귈게요ㅋㅋ 이예이—" 같은 소리를 꺼내는 건 좀 그렇지 않아? 아무리 그래도 용서가 안 되지 않아??)

다만 와타나레는 이야기를 질질 끄는 일은 일절 없이 풀 악셀을 밟아 온 작품이기 때문에……. 어쩌면 6권을 쓰고 보니 사츠키 양이 갑자기 레나코나 다른 누군가와 사귀고 있을지도 모릅니다……. 사츠키 양이 무슨 짓을 할지는 저도 잘 모르겠으니까요…….

어찌 됐든 연인에겐 연인의 장점이 있듯이, 친구에게도 친구의 좋은 점이 있습니다.

관계가 진전되기 전에(진전될지 어떨지는 모르겠습니다만!) 지금의 관계에서만 가능한 재미있는 부분들을 남김없이 전부 독자 여러분들께 전해드릴 수 있으면 좋을 텐데, 라는 게 제 생각이니 최선을 다해 노력하겠습니다. 열심히 해줘, 레나코.

3 : 이번 권의 마무리에 대해서

뭔가 굉장한 사태가 됐어…….

대체 어떻게 되는 거야. 열심히 해줘, 레나코.

4 : 그런고로 정리!

2022년 2월에 발표된 『**차세대 라이트노벨 대상 2021**』에서 와타나레는 경사스럽게도 『단행본 신작 부문 최우수상』을 비롯해, 여러 상을 받았습니다.

이것도 저것도 전부 지지해 주신 독자 여러분들 덕분입니다. 정말로 감사드립니다. 와타나레를 지금까지 계속할 수 있었던 건, 여러분들이 『뭔가 재미있는 소설이 있다』라고 입소문과 평판을 퍼트려주신 덕분이라고 진심으로 느끼고 있습니다.

앞으로도 재미있는 이야기를 쓰는 걸로 그 은혜에 보답할 수 있었으면 좋겠습니다.

시즌 2는 "시즌 1도 재미있었지만 시즌 2는 그 이상으로 재밌네!"라고 말씀해 주실 수 있도록 노력할 테니 부디 잠시만 더 함께해 주세요!

일단 6권은 **아마오리 하루나가 메인인 에피소드**입니다! 언니보다 뛰어난 여동생이다. 분하냐? 레나코.

그러면 여기까지 주절주절 얘기를 했으니 감사 인사에 들어가겠습니다.

타케시마 에쿠 선생님. 먼저 **『속삭이듯 사랑을 노래하다』의 애니메이션화 축하드립니다—! 웨이—!** 타케시마 씨가 그리는 매력적인 캐릭터들이 움직이는 모습이 벌써부터 몹시 기대됩니다!

또, 이번에도 멋진 일러스트 감사합니다! 와타나레가 잘 팔린 건 100퍼 타케시마 씨의 덕분이에요, 헤헤헤. 5권의 목욕씬도 최고였으니 6권에도 최고의 목욕씬을 준비해둘게요, 헤헤헤.

담당자 K하라 씨. 항상 신세를 지고 있습니다! 5권도 엄청 재미있는 교정 메모를 달아주셔서 감사합니다. 칭찬을 받으면 글 쓰는 속도가 빨라지는 타입이라, 항상 타협하지 않는 작품을 만들 수 있는 건 100퍼센트 K하라 씨 덕분이에요, 헤헤헤.

더욱이 이 책을 만들기 위해 도와주신 모든 분들께 감사드립니다. 특히 디자이너 분들에겐 매번 곤란한 부탁을 드리게 돼서 죄송합니다. 덕분에 즐거움이 가득 담긴 재미있는 책이 되었습니

다! 아마도!

또한 만화판을 담당해 주시고 계시는 뭇슈 선생님과 담당 편집자인 아미다 씨에게도 커다란 감사를! 와타나레가 여기까지 올 수 있었던 건 100퍼 두 분 덕분입니다, 헤헤헤. 매달 올라오는 만화를 저도 무척 기대하고 있습니다. 큭…… 두 분 때문에 레나코가 점점 사랑스러워져버려……!

그리고 그런 뭇슈 씨의 **『와타나레 만화판 5권』은 3월 17일** 발매! 내용은 원작 3권의 아지사이 양편 스타트다! 휘유—!

그리고그리고, 또 하나의 걸즈 러브 코미디 『백일함락』도 잘 부탁해! 떠들썩한 와타나레와는 다르게 알콩달콩한 걸즈 러브 코미디를 그려내고 있는 백일함락입니다만, 7권은 아주 조금 야한 내용이 될 거라서…… 조심해 주세요!

그러면 다음은 6권에서 만나 뵙도록 하죠! 최, 최대한 빨리……!

미카미 테렌이었습니다!

내가 연인이 될 수 있을 리 없잖아, 무리무리! (※무리가 아니었다?!) 5

2023년 7월 15일 1판 1쇄 발행

저　　자 미카미 테렌
일러스트 타케시마 에쿠
옮 긴 이 정백송
발 행 인 유재옥
본 부 장 조병권
담당편집 정영길
편 집 1 팀 김준균, 김혜연
편 집 2 팀 정영길, 조찬희, 박치우, 정지원
편 집 3 팀 오준영, 이해빈, 이소의
미　　술 김보라, 박민솔
라이츠담당 김정미, 맹미영, 이윤서
디 지 털 박상섭, 김지연, 윤희진
발 행 처 ㈜소미미디어
인쇄제작처 코리아피앤피
등　　록 제2015-000008호
주　　소 서울 마포구 토정로 222, 403호(신수동, 한국출판콘텐츠센터)
판　　매 ㈜소미미디어
마 케 팅 한민지, 최원석, 박종욱, 박수진
경영지원 최정연
물　　류 허석용
전　　화 편집부 (070)4164-3962, 3963 기획실 (02)567-3388
판매 및 마케팅 (070)4165-6888, Fax (02)322-7665

ISBN 979-11-384-1919-2 (04830)
ISBN 979-11-6611-240-9 (세트)

WATA-NARE

Lovers?

미카미테렌
타케시마 에쿠
가
연인이
5
될 수 있을 리 없잖아,
무리!
초판 한정 쇼트스토리